鋼鉄の黙示録

チャーリー・ヒューマン

ケープタウンに住む高校生バクスターは失踪した恋人を捜すうちに，超常世界専門の賞金稼ぎローニンと出会う。どうやら，最近話題のハードコア裏動画に出演するゴブリンや寄生蜘蛛といった異形のクリーチャーはこの街に実在し，恋人も彼らにさらわれたらしい。しかも，事件の陰にはバクスターの血筋に連なる異能者や，政府の秘密諜報機関までが関わっていた。バクスターたちは手がかりを求め，モンスターが饗宴を繰り広げる〈肉
ː呪術が乱れ
暴れする，英
ビュー作！

登場人物

バクスター・ゼヴチェンコ……ケープタウンに住む十六歳の高校生
ジャクスン（ジャッキー）・ローニン……超常世界を専門とする賞金稼ぎ
エズメ……バクスターのガールフレンド
レイフ……バクスターの二歳年上の兄
カイル……バクスターの友人
パット……〝隠れ族〟の面倒を見ている女性
トーン……秘密諜報機関MK6の呪術師
ドクター・バッスン……精神科医。バクスターの主治医
マース……秘密諜報機関MK6のトップ

鋼鉄の黙示録

チャーリー・ヒューマン
安原和見訳

創元ＳＦ文庫

APOCALYPSE NOW NOW

by

Charlie Human

目次

1 レインコートと陰謀と　一三
2 頭爆発しそう　三六
3 家族のきずな（ファミリータイズ）　五五
4 心臓を持つことの耐えられない不便さ　八一
5 偽物だと思うけど大好きだ　一〇七
6 元素（エレメンタル）だよ、バクスターくん　一四五
7 魂の叫び（ガラガラプーン）　一八〇
8 ゾンビのホラー・ニンジャ・ショー　二一三
9 オバンボネーション　二三八

10 肉食獣（プレデター） 二六六
11 おれの顔をひん剝（む）いて、愛していると言ってくれ 二八七
12 心神喪失の中立 三一一
13 先祖たち（アンセスターズ） 三三七
14 銃、ポルノ、鉄 三五三
15 重篤な身体損傷の意図を有する暴行罪 三八一
16 アポカリプス・ナウナウ 四〇一
17 燃え尽きるまで待て（レット・イット・バーン） 四一一

謝辞 四二七

解説／橋本輝幸 四二九

ジョージアとクロエに

鋼鉄の黙示録

Now now［副］南アフリカでよく使われる方言で、あることが起こるまでの時間の長さをさす。「近い将来」の意。まだ起こっていないがまもなく起こるだろうということ。

「自分が連続殺人鬼だとなったら、いろんな疑問が湧いてくるもんだよな。『テッド・バンディ（一九七〇年代のアメリカで、少なくとも三十人の女性を殺害）とどっちが凶悪なんだろう』とか、『〈犯罪捜査ネットワーク（ヨーロッパのテレビチャンネル。犯罪、捜査、事件に関する番組を一日じゅう流している。南アでも放送されている）〉の番組になるかな』とかさ。でもだいたいのところ、ほんとに人の頭の周波数帯を占領してるのは、いつ、だれが、どこで、なぜってことだから、まずはそこから始めようか。

おれはバクスター・ゼヴチェンコ、十六歳。ケープタウンのウェストリッジ高校に通ってる。友だちはひとりもいない。おれは人を殺してきた。何人も。無惨に。少なくともあれは人だったと聞かされた。おれにはどっちかって言うと化物に見えたんだけど。まあ、細かいことにこだわって人を退屈させるのはやめとく。興味があったらインターネットで調べてみて。

おれは悪魔だってみんなに言われてるけど、それはちがう。いろんな幻覚が見えるだけなんだ。たとえば、巨大カマキリの姿をしたアフリカの神が、原始の闇の奥底から現われた怪物と戦ってるとか。それが十億年も続く戦争で、最後にはのたくる怪物をカマキリが天空の高みから奈落（ならく）の底へ投げ落としたんだ。『眼』というレンズを通して過去も見た。きれいなセピア色なんかしてなかった。血と死でエッチングされた過去で、それを涙のベール越しに眺めたんだ。この都市の下では、深淵が汗にまみれ、うなり、わめき、引っかき、血を流し、悲鳴をあげてる。羽とうろこと鉤爪（かぎづめ）のある深淵が。それをおれは見てきた。これは言っときたいんだけど、それはあんまり――」

「バクスター」と、精神科医が声をかけてくる。「その妄想は回復の妨げになる。それはきみも納得してくれたんじゃなかったかな？」

おれは息を吸って、頭からイメージを追い払う。「あれは現実じゃない。カマキリ神なんかいないし、原始の闇の怪物もいない。兵器化学者も、賞金稼ぎもいないし、ガールフレンドを助けに行かなくちゃいけないなんてこともない。おれがいるだけ。それでおれは病気だ。結局のところ、おれたちはみんな自分の知覚にだまされてるんだよ、少年。それはわかってもらえると思う」

「その調子だ」精神科医は言ってビデオカメラのスイッチを切る。「よくなってきているようだね」

1　レインコートと陰謀と

「チャーリー、デルタ、ナイナー、ばっちり受信だ」レイフがCB無線機に向かってぼそぼそ言っている。おれはあと十分で出かけなくちゃならない。学校まで歩きだからな。うちの親ときたら、雨降りでも歩いて登校させやがる。それで、今日は雨降りだ。CB無線機がザーザーガーガーゴボゴボ音を立てる。ホラー映画の効果音のようだ。悪魔に取り憑かれたコンピュータが、人類は知的に劣った存在だから抹消すると言いだすみたいな。

おれはリビングルームの床に寝ころんでいる。床には毛足の長い濃いオレンジ色のじゅうたんが敷いてあるんだけど、これがやたらに古いじゅうたんで、もう二度も流行後れになってるぐらいだ。レイフはおれのふたつ上の兄貴で、テレビわきの小さな丸いガラステーブルのうえっていう、戦略的な要所に小型CB無線機を置いている。ここがどうして戦略的な要所かっていうと、人をいらいらさせることにかけちゃレイフは孫子そこのけだからだ。CB無線機がガラスをびりびり言わせて、それがぴったり脳死の周波数なんだよ。おれは眼鏡からじゅうたんの房を払い、レイフの後頭部をにらみつけた。

「音を小さくしろよ」と声をかけると、ぼさぼさの赤毛の丸い頭をふり向かせて、レイフは例の千里眼でこっちを見た。黒い波のように、腹の底から怒りがふくれあがってくる。

この千里眼ていうのは、うちの家系に代々伝わる一種の武器で、父方の祖父ちゃんもこの眼の持主だ。たぶんそのせいで、祖母ちゃんは酒びたりの色情狂になったあげく、祖父ちゃんと離婚して北ケープ州の人種差別主義者の共同体に入っちゃったんだと思う。それと、変身するでっかいカラスの集団につけ狙われてるって、祖父ちゃんが思い込んでるせいもあるかもな。

この眼は一代飛ばして、長男のレイフに受け継がれた。ちらっと見るだけで人をX線みたいに透視して、いちばんの弱点っていうか、いちばん知られたくない秘密を見抜いてしまう。

レイフはものも言わずに、くっだらない南アフリカの歴史の本を開いた。自閉症の軽いほうの端っこに腰を落ち着けてるやつらは、たいていなにかに執着するらしい。レイフの場合、それが南アフリカの歴史なんだ。本を何冊も持ってて、それをしょっちゅう開いてる。植民地時代なんか、でたらめで血まみれのタペストリーみたいなもんなのに、そこになんかの規則性でも見つけるつもりなんだろうか。まったく気に障るやつだ。レイフの頭が狂ってるせいで、こっちは起きてるあいだじゅうふりまわされっぱなしだ。しかも、最近じゃこいつのおかしな強迫観念が寝てるときにも侵入してきて、夢に牛車やボーア人が出てくるようになってしまった。

レイフはまたこっちを向き、開いた本を見せてきた。だれも憶えてないボーア人と英国人の戦争の図が見開き二ページに描いてあって、それをしつこく指でつついてみせる。サルに読みかたを教えようとしてるみたいだ。闘犬の目の前に赤ん坊をぶら下げるようなもんだ。こんなの我慢できるかよ。おれは黒い波に呑み込まれた。怒りに歯を剥(む)き出し、床から勢いをつけて起きあがるなり、レイフの背中に飛びかかった。首に裸絞め(スリーパーホールド)をかけて床に引き倒す。

経験上、ほんの数秒しか時間がないのはわかっている。そのあいだにできるだけ痛い目を見せてやらなきゃならない。すぐにおふくろが引き離しに駆けつけてくるからだ。おれは怒りにうなり声をあげ、歯ぎしりしながらこぶしをレイフの腹に何度も叩き込んだ。レイフが滅茶苦茶に暴れる。こんなもんじゃ足りないが、少なくとも多少は憂さ晴らしになった。おふくろのどかどかいう足音が階段をおりてくる。おれはレイフから身体を引っぺがして、友好的に背中をぽんぽん叩いてみせた。

「ふざけてただけだよ」おふくろがリビングルームに入ってくるのを見て、おれは言った。

「バクスター、いったいどういうつもりなの」おふくろは言った。剃刀(かみそり)のような視線が、おれの顔のうわっつらをそぎ落としていく。ふざけてたなんていう月並みな言いわけは、まるで通用しなかったようだ。

「こいつの目つきが――」おれは口を開いた。

「十六にもなって情けない。お兄ちゃんをいじめて、それでどうして兄弟仲よくできると思うの」

ただの修辞疑問なのはわかってるけど、そもそも前提がまちがっているのを指摘せずにはいられない。おれはべつに、兄弟仲よくしたいなんて思ってないぞ。この反論が受けたことったら、日曜学校で〈アイアン・メイデン〉の『魔力の刻印』を演奏するのも同然だった。

要するに問題は、レイフが学習困難児で特別支援学校に通ってることだ。だから、分別とか自分の行動に責任を持つとか、そういうくだらない厄介ごとをみんな免除されてるんだ。

「最初にこいつが――」

「しかたがないでしょ」小声でぴしゃりと決めつける。

勝ち目はないし、引き時はわかってる。おふくろとおれは、レイフの知的能力については意見が合わないってことでいつも意見が一致するのだ。おふくろの考えでは、レイフは超ノータリンかなんかで、レーザー光線みたいにいらいらの種をぶつけてきても、自分ではまるで気がついていないっていうんだが、おれはそうは思わない。しかたないことなんかあるもんか、わかってやってるんだ。こいつのただひとつの生きがいは、おれを文字どおり発狂させることなんだから。

「謝んなさい」おふくろは言って、細いまゆを吊りあげた。

「ごめん」ふたりでぼそっと言いあい、おざなりに握手した。おれはまわれ右をしてバックパックをつかみ、玄関から雨のなかへ出ていった。おふくろが傘を差し出すのも見ないふりをして。

土砂降りの雨をついてとぼとぼ歩いた。あんまりだ。レイフはおれの破滅のもとだ。めったに口をきかないが、たまに口を開けばボーア人の将軍のこと、英国の強制収容所のこと、サン族の神話の話ばっかりだ（おれの知るかぎりじゃ、サン族の神話の基になってる世界観は完全にいかれてると思う。変身するカマキリの神がレイヨウに恋をして、月だの変てこな怪物の集団だのを生み出したんだとさ。そりゃあ、変身できる神さまならなにに恋してなにを生んだっていいわけだ。まったく筋の通ったこって）。あんなやつ、病院に入れりゃあいいんだよ。だけど、この世はもともと不公平にできてるんだ。誕生日のパーティの包み渡しゲーム（何重にも包装した包みを順に渡していき、音楽が止まったときに受け取った人が包みを一枚ずつ開いていくゲーム。最後の包装を開いた人がなかの賞品をもらう）のときだって、そこんちの母親がうまいこと仕組んで、お気に入りのガキに賞品が行くようにするもんな。

よく憶えてるよ。金髪で、天使みたいな顔をしてて、インターネットのダイヤルアップ接続（ピーヒーヒョロヒョロヒー）みたいにとろいやつがいつも勝つことになってるんだ。ガキのころ、そういうパーティに何百回も出たけど、一度だって賞品をもらったためしがない。統計的に言ってありえないだろ。つまり、どこの母親にも気に入られなかったってことなのさ。

なんでかって言えば、ほかのガキを泣かしてたからだろうな。これは生まれつきの才能で、やめろったって無理なんだ。世の母親の好きなもんがふたつあるとすれば、それはジョシュ・グローバンと泣かないガキだ。ジョシュは新しいアルバムを二年おきにしか出さないから、泣かないガキのほうにばっかり目が行くのさ。

空は灰色、一日二箱のヘビースモーカーの汚れた肺にそっくりだ。煙草（たばこ）が吸いたくなってきた。車通りの多い幹線道路をそれて、駅のそばの地下鉄のトンネルにおりていく。この胸のむかつく神聖な秘密の洞穴で、ガールフレンドのエズメと会って、学校が始まる前に煙草と唾液をやりとりしてるんだ。

地下鉄のトンネルは、不潔なカタコンベみたいに、地上の線路の下を曲がりくねってのびている。描き散らされた落書きが、壁に埋め込まれた多色の竜の骨みたいだ。両手でかばいながら煙草に火をつけ、壁に背中を預ける。格闘する二頭のでかい怪物みたいに、煙がのたくりながら上昇していく。なんとなく向かいの壁に目が行って、落書きの内容が頭に入ってくる。ここに落書きしているのは、このトンネルを通って毎日学校へ行ってるやつらだ。

「吸入小僧（インヘラント・キッド）」の落書きがあった。蛍光ブルーのスプレーで、「IK」を基にデザインした署名（タグ）が横に描き添えてあるからわかる。線路沿いのあいつの落書きには、ときどきすごく美しいのがある。幻覚みたいな歪（ゆが）んだ美しさっていうか。あいつがここの絵師連中とつるんでるのは、ほんとはスプレー缶を確保するのだけが目的なんだが、べつにいやいやつきあってるわけでもないみたいだ。

「タミー・ラウブシャーはフェラがドへた」と極太の黒いマーカーで書いた横に、十字架が突き刺さったチンポの絵が描いてある。だれに訊いても、これは事実ありのままらしい。歯並びが滅茶苦茶なせいで、フェラチオがどうしてもうまくならないんだってさ。その横には、赤いペンキで「おひまならミズ・ジョーンズに電話して。〇七六－九二四－八七二四」とある。うちの地理の教師、絵師のだれかに恨まれてるようだ。番号が本物なのはおれが保証するよ。

小さいが派手な落書きに目が留まった。大きく見開かれた赤い眼で、ふちから黄色いペンキが垂れているのが膿汁（のうじゅう）みたいだ。その下の短い文に背筋がぞっとした。「バクスター・ゼヴチエンコは人殺し」。頭のてっぺんから冷水をぶっかけられたようだ。くそったれ。カイルのやつ、おれの夢のことをだれかにしゃべったな。親友の秘密を守るなんてのは、いまじゃもう「イケて」ないってことか。

昨夜も夢の世界に突撃をかけてるから、いまでもはっきり思い出せる。混沌として意味をなさない世界。森の黒っぽく湿ったこけの強烈なにおい。風に揺れる松の木は、古代の失われた神々に仕える神官のようだ。頭上には不吉な利鎌（とがま）のように銀の月が光り、すべてが静まりかえっていた。

おれはBMXに乗り、タイヤが松葉を踏みつぶす音を聞きながらゆっくり進んでいた。そのとき真正面に現われたのが、エメラルドの背中をした巨大なカマキリだ。微風のなか、酔っぱらってるみたいにゆらゆら身体を揺らしていて、まるで太極拳（たいきょくけん）でもやってるみたいだ。逆ピラミッド形のでかい頭を下げ、透き通ったきらめく翅（はね）を大きく広げて、巨大カマキリは踊りはじめた。なぜだか、滑稽なのに恐ろしい。こちらに顔を向けてあの千里眼で見つめてきたが、それが恐ろしいことに眼病持ちのサウロン（『指輪物語』の登場人物。「火に縁どられた眼」はサウロンの象徴）みたいで、血と火がおれの脳みそにしたたり落ちてくる。逃げようとしても、まるで炎の道でつながってるみたいに、それはひたいからもぐり込んでくる。

そのあとは、見えるものといったら、夜闇のなかで燃える牛車と虐殺される人々ばかり。こういう夢はいつも、人間が虐殺される場面で終わるのだ。眠ってるとき、おれの脳はヒストリー・チャンネルにずっとつながってるみたいだ。ヒストリー・チャンネルの再現映像が、みんなクエンティン・タランティーノ作だったらの話だけどさ。

「おはよ」ジャズシンガーみたいな聞き慣れた声に、はっとわれに返った。エズメだ。地下トンネルをゆっくり歩いてきて、並んで壁に寄りかかった。短い黒髪はくしゃくしゃで、いたずら妖精みたいな顔の尖（とが）った頬骨に、長い髪がひと房垂れかかっている。緑の目をコール墨で黒く縁どってるが、これは学校に足を踏み入れた瞬間に落とせって言われるだろうな。煙草のにおい、ジャスミンの香水のにおい。

　おれの煙草の箱から一本抜くと、火をつけようと身を寄せてくる。髪の毛が顔に落ちかかり、それをかきあげてやりたくなるのを我慢した。この地下トンネルの明かり、彼女のにおい、寄せあった身体、そんなこんなが重なって、なんだかおかしな気分になってくる。時間がこの一点に凝縮する。胸がうずくような変な感じがして、なにも考えられない。

「ジョディ・フラーが殺されたんだって。山（テーブルマウンテン）で」エズメが当たり前のことのように言った。

「マジかよ」冷たいものが戻ってきて、まずい牡蠣（かき）のようにのどをすべり落ちていく。ジョディ・フラーはおれよりひとつ年上だが、一度だけキスしたことがある。かすかにミルクとミントの味がしたのを思い出す。

「不思議だよね」エズメが言う。「大っきらいだったのに、なんか寂しい気がするんだ」

「わかるよ」

　ふたりで黙って煙草を吹かした。やがてエズメは吸殻を溝に投げ込み、勢いをつけて壁から身を起こした。ななめに覆いかぶさるように身を寄せて、湿った唇を唇に押しつけてくる。

た。

「あとでネットで話そ」そう言って、エズメはぶらぶら離れていく。入口から射し込む光に輪郭が縁どられて、まるで宗教画のようだった。その後ももう少し、おれは静かな地下トンネルでぐずぐずしていた。あのキスのおかげで、朝っぱらからくさくさしてたのがリセットされたみたいだ。煙草を吸い終えると、壁から身を起こしてまた雨のなかに出ていく。その後の学校までの道のりは悲惨だった。古い鉄製の校門にたどり着いたときには、もう靴下まで濡れていた。

用意周到にもビニール袋で包んでおいたので、バックパックの中身は無事だった。ランチと教科書のほかに、四枚にわたる声明文が入っているのだ。この声明文でなにもかも変わるはずだ――先にとんでもない騒動が始まらないかぎり。ウェストリッジ高校の門の前で、おれは雨に濡れた眼鏡を拭いた。

校舎は堂々たる花崗岩（かこうがん）造りで、ケープタウンの郊外人種を、その大あごから何世代も吐き出してきた。緑の多いサザン地区（高級住宅街の多い豊かな地域）の名のある高校はみんなそうだが、校庭は緑に覆われ、高級な（しかし設置されたとたんに時代後れになった）コンピュータルームがあり、弁論部があり、強いラグビーチームがあり、派閥（ギャング）があり、ヤクに過食症にうつ病にいじめもそろっている。

学校はひとつの生態系だ。世界を形作る政治力経済力軍事力の縮図と言ってもいい。仲間うちの人気を気にする生徒もいれば、成績を気にするやつもいる。で、おれが気にしているのは、ギャングどうしのもろい協定を維持することだ。ウェストリッジが空中分解せずにすんでいるのはこの協定のおかげだし。親父がよく言うように、だれしも得手不得手があるってこと。

足早に門から入ったところで、また足をゆるめた。前方にマイキー・マーコウィッツの姿が見えたからだ。まっ黄っ黄のレインコートという小さなバナナ色の信号が、ここにうすのろがいると知らせている。

中学時代、マイキーはおれの親友だった。賢くて親切なやつで、いつもおれのためを考えてくれたけど、高校にあがるころには、おれはマイキーとのつきあいを考えなおすようになった。高校の連中は――少なくとも、両親に成長ホルモンを注入されてから革のムチで引っぱたかれてやさぐれちまったような連中は、マイキーが発散してる弱さをすぐに嗅ぎつけられるってわかってきたからだ。丸ぽちゃでピンクの肌に金髪のマイキーは、助けようにも助けられない底なし沼さながらだった。校内にはでかくて凶暴で字も読めないフンバエどもが飛びまわってて、マイキーは糞(くそ)みたいにそいつらを引きつける。そんなこんなで現実的な選択をしたわけだ。

山に登ってるとき、後ろのやつが足を滑らせたとする。それに引きずられて、ぽっかり口をあけた氷のクレバスにこっちまで落ち込みそうになったらどうするかって話だ。ザイルを切って厄介払いするしかない。高校ってのはまちがいなく、ぽっかり口をあけた氷のクレバスなんだよ。だからマイキーとつながってるザイルは切るしかなかったんだ。それでも、昼休みにあいつがひとりぼっちで座って、チーズサンドイッチを暗い顔でにらんでるのを見ると、やっぱり罪悪感で胸が痛む。おれは足をゆるめて、マイキーが遠ざかるのを待った。すんだことをほじくり返してもしかたがない。

マイキーが雨の向こうに姿を消すと、おれは素早く隅々に目を配った。青いブレザーの青少年どもがたむろしている。〈無法地帯〉（スプロール）――タールで舗装された運動場のことを、生徒はそう呼んでる。この運動場は赤レンガの講堂の裏から始まって、いちばん奥の競技場の端にある用務員の小屋まで続いている――の向こうから、冷たくぎらぎら光る目がこっちを見ている。

ウェストリッジの「政治家」にとって重要なことは、すべてこの〈スプロール〉で起こることになっている。そしてまさにこの月曜日の午前中、そんな重要なことが起ころうとしていた。おとながそれを感じられないのは不思議だが、校庭じゅうに見えない電線が張りめぐらされて、高圧電力でびりびりしている。自動ロボットみたいに、親たちがわが子を混沌と憤怒の海に笑顔で放り込んでいく。見てるとやるせないぐらいの気分になる。おめでたいほどなにも知らず、高いイタリアのエスプレッソでちょっとハイになって。

いつもの片隅に〈スパイダー〉のメンバーが寄り集まっていた。そこへぶらぶら歩いていって、仲間のあいだにもぐり込む。高校生活という荒野のなかの小さなオアシスだ。

「調子はどう、バクス」ジホーナが低い声で言い、ふざけて肩をぶつけてきた。

そのせいで引っくり返りそうになったが、「商品の需要はけっこうありそうだ」とおれはにやっと笑った。

「そりゃけっこう」ぜいぜいしながらインヘラント・キッドが言う。

「なんか変わったことは？」おれは尋ねた。

「ギャングどうし、あいかわらず喉笛を狙いあってるぜ」カイルが言う。

「まだおれの計画を知らないからな」おれは鼻高々でにやりとした。それがすべての鍵なのだ。おれの計画。ウェストリッジの未来を決める精密な青写真。

〈スパイダー〉は、校庭に生まれるたいていの集団とはわけがちがう。学校は刑務所と同じで、徒党を組まないとたちまちカモにされる。カマを掘られる心配はあまりないが（ラグビーの合宿に行けば話はべつだ）、後ろに気をつけてくれる仲間もなしでふらふらするのはやめたほうがいい。〈スパイダー〉は、〈スプロール〉という原始の闘技場から進化してきた新種の生物だ。腕力ではなく、機動力を武器に生き抜いている。

規模は小さいが、〈スパイダー〉はうまくいっている。おれたちがつるみだしたのは、はみ出し者どうしを引き寄せる特殊なレーダーのおかげだ。おれは生まれつき目が悪くて変てこな眼鏡をかけてるし、カイルは異常なぐらい頭が切れる。インヘラント・キッドことタイは、ペンキ缶の底に生きがいを見つけてるやつだし、ジホーナは相撲取りかと思うほど身体がでかい。お互いを発見しあったとき、おれたちはジグソーパズルのピースみたいにぴったり嵌（は）まってたわけだ。

「うまくいくと思う？」インヘラント・キッドが不安げに尋ねた。

「うまくいかなかったら、おれたちマジにやばいことになるぞ」とカイル。

「そんときはアンワルをぶっ殺すだけだよ」ジホーナが顔をしかめた。「それで、山（マウンテン）・殺人鬼（キラー）のせいにすればいい」おれは危うく、自分の夢の話をしそうになった。夢のなかでは、おおぜいの不運な人間といっしょに、アンワルは無惨に殺されるのだ。

「キメラの頭を切り落としたって、べつのが出てきて交代するだけだ」カイルが言う。

「それに、おれたちはギャングじゃない」おれは言った。「企業だ」

じつのところ、おれたちがうまくやっていけるかどうかは、権力の枢軸のあいだで中立を保てるかどうかにかかっている。ウェストリッジ高校を支配しているのはふた組のギャングだ。学校を実際に動かしてる巨大権力が〈ナイスタイム・キッズ〉で、リーダーは自称「最高司令官」のアンワル・デイヴィズだ。よく組織されてておっかない連中で、ヤクの最大の供給元になってる。組織としては第三帝国みたいな感じかな——でかくて冷酷で、メンバーには絶対の忠誠を要求する。

もういっぽうのプレイヤーは〈フォーム〉で、リーダーはデントン・デ・ヤーガー。こっちは、にせの診断書とか保護者の同意書とか、流出した試験問題なんかを売って儲けてる。どっちかっていうとアルカイダ型だろうな。ネットワークで結びついたゲリラ式の民兵組織で、ふつうの生徒たちに紛れ込んでる。

問題は、このふた組が両立できるほど〈スプロール〉はでっかくないってことだ。この一年で緊張はどんどん高まってきて、いまじゃ相手の喉笛に食らいつこうと狙いあってる。それを、おれたち〈スパイダー〉だけがなんとか食い止めてるんだ。刃物は安いし簡単に手に入るしで、どっちのギャングも持ち歩いてる。アンワルなんか銃まで手に入れてるから、ウェストリッジ始まって以来の無差別乱射事件が起こるのも、そう先の話じゃないんじゃないかと心配だ。高校ってのはゼロサム・ゲームなんだってカイルは言う。アニメの『ハイランダー』みたいなもんで、生き残れしはただひとりってわけだ（こっちの場合はギャングで、マレット・ヘア（後ろ髪だけが長い髪形）の不死人が剣をふりまわしてるわけじゃないけどさ）。

だけど、心配してるのは生徒が腹をかっさばかれることじゃない。おれたちには特殊な販売計画がある。偉大な民主的製品、サッカーと並んで世界一集客力の高いスポーツ――そのとおり、要はポルノさ。

このデジタル時代にポルノを売るなんて時代後れだと思うだろう。絞り染めを着て、蚤（のみ）の市でLPレコードを売ってる無愛想な爺（じい）さんみたいだって。だけど、そういう老ヒッピーとおんなじで、商売はそれなりに成り立ってるんだ。おれたちが売るのは商品じゃない。いっときの夢だ。

はりねずみ（ヘッジホッグ）ことロン・ジェレミー（有名なアメリカのポルノ男優）の初のポルノ映画を探してる？　『デビー・ダズ・ダラス（一九七〇年代に大ヒットしたアメリカのポルノ映画）』のオリジナル・ビデオが欲しい？　なら任せといてくれよ、その日のうちに手に入れてみせるから。おれたちはポルノ界のシネマ・ヌーヴォー（主として芸術的映画を上映する映画館）でね。扱ってるのはアナルのアルトマン、口内射精のコーエン兄弟だ。もっとまともな世のなかなら、ウェストリッジの文化委員をやってるとこだと思うね。

生徒がひとり刺されたって不都合にはちがいない。だけどギャング戦争が始まったら、おれたちのビジネスにとっちゃ死亡宣告も同然だ。ロッカーは捜索されるし、生徒は尋問され、親たちが集められる事態になれば、証拠が多すぎてばれずにすむはずがない。だから介入しないわけにはいかないんだ。

始業のベルが鳴って、生徒たちはぞろぞろと講堂に入っていった。今学期最初の集会だ。

「だれかにしゃべったか?」一団になって講堂に入りながら、おれはカイルに小声で尋ねた。まわりのガキどもは、群れに入りなおそうとする犬ころみたいに、いがみあってきゃんきゃん言ってる。

「おまえの死体嗜好症(しこう)のことか? とんでもない、秘密は墓まで持ってくよ。そしたら、おまえはおれの死体を好きにできるってわけだしな」

「おれの夢のことだよ、このうすらばか。だれかにしゃべったか、おれの夢の話」

「おいおいキャプテン、おれの忠誠を疑ってんの?」

「まじめに答えろ。しゃべったのかしゃべってないのか、どっちだ」

「信用してくれよ、おまえの冷や汗もんの大事な秘密をだれに漏らすもんか。親指締めされたって、毛衣(苦行のため地肌に直接着る馬巣織りの下着)を着せられたって――」

「もういい、言いたいことはわかった」おれはぴしゃりと言った。

「いまもやっぱり……なわけ?」カイルは自分のこめかみを指先でつついた。

おれはうなずいた。「どんどん悪くなってきてる気がする。いまじゃほとんど毎晩だ」

「精神科の医者はなんて言ってる?」

「問題を解決する」のを助けるためとかで、おれは親に言われて精神科に通ってるんだ。主治医のドクター・バッスンは変な年寄りで、かたっぱしからテストを受けさせてくれた。知能テスト、共感性テスト、精神分析かなんかのテスト、果ては超能力(ESP)でも調べてんのかみたいな突飛なテストもやらされた。おれの見るとこ、うちの親はむだに大枚はたいてるだけだね。社会に承認された呪術だろ、精神科なんて。

「おれの無意識がストレスを発散してるんだとさ」

「そんじゃあさ、気を楽にもったほうがいいんじゃないの」カイルは言った。

「ああ、気を楽にもつさ。それで退学になって、親がくれる小遣いしか収入がなくなったらどうすんだよ」

「滅茶苦茶やばいよな」カイルは顔をしかめた。

「だったら、気を楽にもてとか言うなよな」

講堂の座席にどさりと腰をおろして見ていると、〈フォーム〉の連中が入ってきて左後ろの定位置についた。〈フォーム〉は先祖伝来の特権の権化みたいだ。００７の裕福な悪役みたいにふるまい、またそういうふうな考えかたをする。〈ナイスタイム・キッズ〉みたいに金に執着したりしない。いまのままずっと楽しくやっていきたいと思ってて、だからそこにちょっかい出してくる生意気なのがいれば、人でもなんでも叩きのめそうとするわけさ。

〈ナイスタイム・キッズ〉は〈ＮＴＫ〉って呼ばれることが多いが、ともかくこいつらは右後ろに陣取ってる。思春期のガキの残忍さと、ホルモンの洪水と、腹黒さと、根拠のない尊大さをそっくり抽出して、下卑た一個の有機体に注入すれば、それで〈ＮＴＫ〉のできあがりだ。やつらのだらしないことときたら、ふつうの高校生の怠惰なほったらかしのレベルをはるかに超えている。だらしないのが勲章代わりなんだ。ボタンはとれてるし、えりや袖口はすり切れてるし、靴はすり減って穴だらけ。そういうあれこれで、仲間だってことをぶきっちょに宣言してるのさ。このふた組のギャングがいまどういう状況にあるのか、ほかの生徒たちはいつも気にしてる。休戦が成立してるのか。理性が勝っているのか。平和と信用とポルノの分厚い利ざやが〈スパイダー〉に微笑んでくれそうか。

アンワル・デイヴィズの頭はでこぼこなクルーカットで、あっちこっち地肌がのぞいて照明に光ってる。その頭をめぐらして、やつはにっと笑ってみせた。全校生徒がいっせいに息をひそめる。ゆっくりとアンワルは片手をあげ、さらに笑みを大きくして、自分ののどもとに親指で一文字を書くと、デントン・デ・ヤーガーのがっちりした体躯(たいく)をまっすぐ指さした。

デントンは大きなずんぐりした手を伸ばし、興味なさそうに自分の爪を眺め、椅子の背もたれに寄りかかってあくびをした。その意味を悟って、講堂じゅうに震えが走る。ともかく全員が、なにが起ころうとしているか理解したのだ。

その緊張を破って、校長のひげ親父が演壇にのぼった。だれもしゃべっていないのに、静粛にと言うように片手をあげる。ねずみみたいな茶色の口ひげをひねると、校長は話しはじめた。「おはようございます。生徒諸君は、ああその、楽しい週末を過ごしたことと思います」忍び笑いが起こる。見たところ、うつろな目でぼけっと前を見てるやつが何人かいるようだし、そいつらが〈NTK〉のおかげで楽しい週末を過ごしたのはまちがいないだろう。

「ああその、月曜日の朝からこのような話でまことに残念ですが、ええその、警察の情報によると、また山で死体が発見されたそうです」生徒たちがいっせいに息を呑む。「そこで今朝は、ええその、警察のかたから、つまりその、ご説明を聞こうということになりました」

頭の薄くなりかけた小男が、大股に演壇にのぼってきた。派手なカイゼルひげをはやし、みっともない赤紫のスーツを着ている。ジョン・レノンふうの丸サングラスをかけていて、それをひたいに押しあげてしゃべりだした。

「おはようございます、犯罪学者のビールトといいます。マウンテン・キラー事件を担当しております。非常にショッキングな事件なのはたしかですが、ここでぜひ忘れないでいただきたいのは、世界的に見れば、落ちてきたココナツや故障したトースターで死ぬ人のほうが、連続殺人犯の刃物で死ぬ人より多いということです」と言うと、笑顔を作った。励ましてるつもりなんだろう、あれで。「そうは言っても、もちろん用心を怠ってはいけません。犯罪と戦ううえでは、警戒こそが最大の武器ですからね。

状況から言えるのは、被害者と犯人は知り合いであったか、あるいは犯人がきわめて巧妙であるということです。犯人は鋸歯状の刃物を用いて被害者ののどを切り裂いたうえで、ひたいに眼のような絵を刻みつけています。もうご存じでしょうが、この眼はいわゆる『マウンテン・キラー』のトレードマークです。この連続殺人犯の被害者は、ケープタウン周辺ですでに十二人にのぼっています」

「この『すべてを見通す眼』の絵には、明らかにオカルト的な意味がありまして」ビールトは続けた。「魂の眼とか、超越的な幻覚を表わしています。こんな絵をトレードマークに使うということから、カルト集団の犯行が疑われますが、オカルトに関心のある個人のしわざとも考えられます。連続殺人犯は一般に、他者への共感に欠けると同時に選民意識を持ち、また誇大妄想に取り憑かれていることも多いものです。支配欲が病的に強いのも特徴です。そして言うまでもなく、殺人は究極の支配と言えます。

ということで、不審な点に気がついたら、すぐに近くの警察署に通報してください」

「殺されたのジョディ・フラーなんだってな」カイルが小声で言う。

「ああ、エズメから聞いた」声を殺して答えた。

「よかったな、本格的につきあってなくて」

「そうだな」ジョディが死んだことを思うと、また頭から冷水を浴びせられたように感じる。ひたいがずきずきしはじめ、またあのいまいましい夢を思い出しそうになる。あの壁の落書きにおれの名前を書いたやつ、どういうつもりか知らないが、きっと見つけ出して思い知らせてやるから見てやがれ。

「生意気な女だったぜ」おれはささやいた。

カイルがみょうな目でこっちを見た。「だからって死んでいいわけじゃない」

おれは肩をすくめた。世のなか不公平にできてるのさ。

集会は終わり、おれたちは人だかりをかき分けて講堂を出て、花崗岩敷きの中庭に入った。この学校の百五十年にわたる植民地時代の歴史の心臓部、それがここだ。ウェストリッジは、コンクリートとグラスファイバーで何層にも拡大してきたが、祖先のDNAを保っているのはこの花崗岩造りの中心部なのだ。行け行け野郎ども、やっちまえってわけだな。

「バクスター、元気？」コートニー・アダムズが媚びるような笑顔で話しかけてきた。

おれは無視した。アダムズはNPC――ゲームに登場するその他大勢キャラ、要するに捨て駒だ。頭が空っぽで社会的プログラミングに支配されてて、〈スプロール〉の権力の中枢からは遠いところにいる。こういう雑魚連中は、盾代わりに使うとか、利用したり操縦したりするのはいいが、戦略を立てるときには信用できないし、当てにしてもいけない。

リケット・ヘンドリーズとすれちがいざま、アジア人の女どうしのからみが入ったUSBメモリを素早く手渡した。ヘンドリーズはにやりとして、こっちに向かって親指を立てる。おれもにやりと笑ってみせ、甘いにおいを吸い込んだ。汗とホワイトボード用マーカーと恐怖の混じりあったにおい。高校のにおいだ。

チェスのようなものだ。ああいう体育会系、つまりリケットとか、安い制汗剤をぷんぷんさせたクロマニョン人みたいな連中はナイトだ。こういうやつらは、筋肉量が多いってだけで自分のほうが上だと思い込んでるから、じかにまっすぐ動かすのは無理だ。だが横にというか、ななめに動かすことならいつでもできる。自分の意思で動いていると思い込ませればいいのだ。

ルークにあたるのは、でかくて乱暴な一匹狼たちだ。たとえばジョシュ・サウスフィールド。親父さんがホワイトカラーの犯罪（横領、脱税、贈収賄などの犯罪）でいま刑務所に入ってて、本人はニキビだらけだし成績は悪いし、そんなわけで自暴自棄になってる。動かすのは簡単だが、逆に止めるのが大変だ。

それでおれはと言えば、まあキングになりたいとは思わない。キングなんてのは、すごくワりのいいポーンみたいなもんだ。おれはビショップだな、黒幕さ。いつも事件の陰で糸を引いてる。本気になったら、チェス盤でいちばん力のある駒だ。

おれたちはNPCの群れを肩でかき分け、金属加工のクラスに移動した。ひげの金属加工の教師ミスター・オリーは、もと秘密警察みたいなつらがまえをしてる。アパルトヘイト時代には残虐なこともやったけど、真実和解委員会に恩赦を認められましたみたいな。クラスの連中はほとんど、オリーがボードに書いた指示に従い、舌を口から垂らして作業している。屠場に連れていかれて頭を撃たれたのに、まだなんか変だとすら気づいていない家畜みたいだ。おれはオリーがあっちを向くのを待って、教室の奥のベンチにさりげなく近づいていった。

「やあ、将軍」おれは並外れて頭のでかい生徒に声をかけた。子供のころ象皮病にかかったせいで肥大化しているのだ。トビー・セプテンバーは顔をあげ、冷たい灰色の目をこっちに向けた。生まれてからずっと罵声を浴びてきたトビーは、社会階層を上昇することにその怒りのエネルギーを注ぎ込み、おかげでいまじゃ〈ナイスタイム・キッズ〉の将軍さまだ。彼の上にいるのはもうアンワルひとりである。

「よう、ゼヴチェンコ」ゆっくり時間をかけておれの名前を言い終えた。

「最高司令官に話があるんだけど」と言うと、向こうは考え込むようにでかい頭をうなずかせたが、口を開いたときその声にはとげがあった。

「昼休みに、〈セントラル〉でな。けど、怒らせないようにせいぜい気をつけるんだな」

おれはにやりとした。これはもちろん遠回しな脅しだが、この手の駆け引きは生まれつき好物なんだ。礼のしるしに頭を下げて、自分の机に戻った。これで第一関門突破だ。

症例報告――バクスター・アイヴァン・ゼヴチェンコ

ドクター・コーバス・バッスン

バクスター・ゼヴチェンコは十六歳の白人、南アフリカ・ケープタウン在住。初めて来診したときはややだらしない恰好で、プルオーバーパーカーにジーンズという服装だった。最初のうちはけんか腰だったが、何度か受診するうちにいくらか気持ちがほぐれて、自分自身について話すようになった。

患者の人格には明らかに異なるふたつの側面が認められるが、ただしバクスター自身はまだそれに気づいていないようである。いっぽうは、反社会的人格特性との強い関連性を示し、自己愛傾向、マキャベリズム的思考、精神病質(サイコパス)傾向という要素が見られる。

他者を操る自己の行動を喜んで話し、嘘がうまいのを自慢し、感情刺激に正常な反応を見せず、自己の社会的役割を誇大に吹聴(ふいちょう)する。

〈スパイダー〉という特殊なグループのリーダーであるというテーマで話をすることもある。バクスター自身が作りあげている「網(ウェブ)」の意味するところを考えると、このグループ名の選択には興味深いものがある。患者の語る友人たちは、患者の人生という壮大な物語のたんなる脇役として生み出されたもののように思える。これもやはり、誇大さや支配を欲する傾向のあらわれである。これらの「友人たち」が存在しない、あるいはバクスターの語っているのとはまったく異なる役割を演じていたとしても、驚くには当たらないだろう。

もういっぽうの弱い側面には、思いやりの能力がうかがわれる。たとえば祖父について語る言葉には愛情や敬意が感じられるが、これは他の人々との関係には欠如しているように思われる。

これらふたつの側面は頻繁に競合しているようであり、患者の精神の支配権を奪いあっているように見受けられる。その結果として生じるのが悪夢であり、不適応的な思考と他者を操ろうとする自己中心的な行動パターンである。筆者の見るところでは、これがバクスターの健康および人間関係に悪影響を及ぼしている。

患者はつねに怒り――本人の言う「黒い波」――を身内に抱えており、兄に対する敵意は気がかりなほど度を超している。兄とのけんかをべつにすれば、暴力的な徴候はまったく見られないが、真の人格をごまかし隠蔽する患者の能力を軽視するのは危険であろうと思われる。

2　頭爆発しそう

「飛びおりろ、飛びおりろ、飛びおりろ」生徒たちの低い声がしだいに大きくなる。数学教師のミス・ハンターは、窓際に立って震えている。くしゃくしゃの金髪が風になびいている。

人の好い気弱な教師――生徒たちが授業に関心がないと思うと耐えられず、教師の権威を絶えず陰険に傷つけられてヒステリックになっている――に、二階の窓から飛びおりるようけしかけるのはいいことではない。とはいえ、面白いのもたしかだ。ミス・ハンターみたいな教師は長続きしない。生徒はみんな根は善良なのだと信じているが、それがそもそものまちがいだ。

権力。教師たちも気づいているとおり、かれらの権力は低下している。以前よりずっと複雑で危険な状況になっているのだ。生徒集団はいまではネットワーク化されて一体化し、集合意識を形成していて、一個の多細胞生物となって教師を叩きのめそうとしている。悪さをしたやつを教師は特定して叱(しか)ろうとするが、生徒は顔のない集団をなしていて、ひとりが受けた罰は全体に吸収され拡散していく。

今年だけでもうふたり、教師が神経衰弱を起こしている。ミスター・ヘンリーはわあわあ叫びながら教室から飛び出していった。刃物で刻んだ字で教卓に奥さんのことが書いてあるのを見て、とうとう壊れちまったんだ。ミス・フランクスは、インターネットにあの写真がアップされたあと、もう二度と戻ってこなかった。〈スパイダー〉の基準で見てもひどい写真だったもんな。おれにもっといい点をつけてたら、あんなことにはならなかっただろうにさ。

ミス・ハンターは窓に背を向けてこっちを見た。「わたしはみんなのためにやっているのよ」と言いながら、まっすぐおれを見てるみたいだった。そうとも、ミス・ハンター。これはみんなおれたちのためで、『いまを生きる』とか『デンジャラス・マインド／卒業の日まで』(どちらも高校教師が主役の感動映画)とかをちょっとばかり見過ぎたせいじゃないよな。ブロードバンドのインターネットとユーチューブがあれば、数学のカリキュラムなんか一週間で終わっちまうぜ。ミス・ハンター、ぶっちゃけて言えばあんたは時代後れなんだ。それに気がつかないのを見てると気の毒になる。

だがそうは言っても、今日〈スパイダー〉の全員がそろうのはこの数学の時間が初めてだから、まじめな仕事のほうを多少はやっとかなくちゃならないんだ。ミス・ハンターは意味ありげな目つきでおれを見ると、泣きながら教室から逃げていった。

「おまえにすっげえ気があるみたいだな、バクス」カイルがいつものぼそぼそ声で言った。

おれはそれには答えず、「戦略を話し合う前に、現状を確認しとこうか」

「数字を見るかぎりじゃ、クリーチャーものが人気上昇中だ」カイルは言って、スマホを机のまんなかに置いた。そろって画面をのぞき込むと、先月の売上のグラフが表示されている。

「『邪悪な精霊トコロッシュのブッカケ』をもっと焼いとかないと」

クリーチャーものは、ポルノの正典リストに新たに加わった奇妙なジャンルだ。化物のコスプレをした男と女がサカってる図が、生徒集団の歪んだ想像力にアピールしたのだ。この流行を、おれたちはとことん利用しようと計画していた。売上にさらに火をつけたのが、インターネットのフォーラムで流れた陰謀論だ。人間とヤってる人狼とかゾンビとか、そういう人間型の化物はじつは本物だっていうんだ。コーフンするのにいいとなったら、人はなんでも信じるってほんとなんだな。

「もっと焼くのはいいが、売れ行きには注意しろよ。スウェーデンのサウナの乱交みたいに、すぐ下火になるかもしんないからな」

カイルがジホーナにうなずきかけた。ジホーナはうちの保安担当連絡将校であり、用心棒でもある。コサ族らしい山のような巨体を制服に押し込み、そのうえから金色のボマージャケットを引っかけている。

厳密に言うと、おれたちがジホーナを選んだんじゃなくて、ジホーナがおれたちを選んだんだ。黒のBMWのSUVが列をなして、学校の外に停まった日のことは忘れられない。金網レスリングに出てきそうな男がふたり、上着のポケットに手を突っ込んで先頭の車からおりてきた。と思ったら、中央のBMWのドアから、黒人の女子が巨体を無理やり押し出してきたのだ。校門の前に立って、股に食い込むパンストを直そうとしていた。

迎えに出ていった教師が、たぶん始業時間は二十分前だったことを穏やかに伝え、その金色のボマージャケットは脱がなくてはいけないと言ったのだろう。ボディガードのひとりがずいと前に出て、きっぱりと首を横にふった。教師は引き下がった。女子はパンストを直すのをあきらめて、ぶらぶらと校門から入ってきた。そしてグループごとに固まっている生徒たちを眺めまわしたかと思うと、行く手に立っている邪魔な生徒を押しのけ押しのけ、おれたちのほうに近づいてくるじゃないか。

「調子はどうよ」というのが彼女の自己紹介だった。こうしておれたちは友だちになったのだ。

「〈NTK〉が〈フォーム〉にちょっかいを出す回数が増えてる」ジホーナがのどを鳴らすようなバリトンで言った。話すたびに大きな輪っかのイヤリングがちゃらちゃら音を立てる。

「噂じゃ、デントンが派手な報復を用意してるってさ」

「ちっ、本格的な戦争が始まらないうちに割って入んないと」カイルが言う。

「昼休みにアンワルと会うことになってる」おれは答えた。「一時休戦の確約を取り付けられれば、〈フォーム〉もたぶん説得できるんじゃないか」

「そううまくいくかな」ジホーナが入念に整えたまゆをあげる。「デントンはここんとこ突っ張ってるし、アンワルはそれが気に入らないみたいだし」

「低能どもが」おれは吐き捨てるように言った。またひたいがずきずきしだした。「戦争をおっ始めたら、みんなおしまいだってなんでわからないんだ」頭がくらくらし、汗が吹き出してきた。「みんなそれなりに一枚かんでるくせに、まるで全体が見えてやがらねえ」ひたいのどくどくがひどくて、なにも思いつけない。頭に浮かぶのは足を引っ張るマイナス材料のことばかりだ。

とそのとき、急に現実世界に視覚的な膜がかかったようだった。目の前をおぼろな人影が動いていく。女子供が追い立てられて収容所にぞろぞろ入っていく。「土地を奪われ、女を強姦（ごうかん）され、子供を殺された。英国の悪魔（フォッケン・エンゲルセ・ディヴェルス）に鉄槌を！　われはシーナー（エク・アス・ア・シーナー）……」おれは手のひらを机に叩きつけた。ややあって、ひたいのずきずきが収まってきた。気がつけば、〈スパイダー〉の全員がこっちを変な目で見ている。

「えっとその、大丈夫か、バクス」カイルが言う。「まさか卒中じゃないだろうな。ゴムの焼けるにおいがしないか。顔の片側がマヒしてないか？」

「いや、大丈夫だ」即座に答えた。「おいおい、ジョークだよ。いまのはジョークだって。南アフリカ史のことばっかりしょっちゅうくどくど聞かされてるから、もううんざりしてるんだ。そんだけだって」

「ふうん」ジホーナは言って、おれの顔の前で手をふった。「なんでもいいけどさ、ポルノはやめてスタンダップコメディに転向するなんて言わないでよね」

「言うもんか」おれは苦笑した。ちくしょうゼヴチェンコ、頼むからしっかりしろよ。頭んなかでなにが起こってるか知らないが、このギャングの話が片づくまでは持ちこたえてもらわなきゃ困るんだ。

「ＩＫ、新しい市場はどんな具合だ？」急いで話題を変えた。

インヘラント・キッドは両手でお椀（わん）を作って、修正液（ティペックス）のボトルのにおいを嗅いでいる。ちょっとしたことですぐに動転するたちだから、おれのさっきのミニ発狂が神経に障ったらしい。キッドは販売とPR担当だ。年齢より小柄なのは、趣味を考えれば無理もない。くしゃくしゃの縮れた茶色の髪に大きな尖（とが）った耳をしていて、いつでも遠くの物音に耳を澄ましているように見える。

彼は言ってみれば、化学薬品の目利き、あるいはスプレー缶のソムリエだ。記憶の欠落とかシンナーによる吃音（きつおん）はあっても、セールスの腕は大したもんだ。同情を誘うと同時に見下されるという特技があって、これが販売促進にぴったりなんだ。「ディルキ・フェンターと提携する話が進んでる」小声で言った。「計画どおりにいけば、八月には売上が倍になるよ」

おれは満足してうなずいた。ディルキ・フェンターは、ノーザン地区のマルダーバーグ技術高校の新しい販売パートナー候補だ。これまでのところ、おれたちの事業はウェストリッジの校内に限られていたが、そろそろ市場が手狭になってきて、多角化が必要だってことになったんだ。ディルキは、アフリカーナー（アフリカ南部に住む主としてオランダ系入植者の子孫で、オランダ語から派生したアフリカーンス語を母語とする民族集団）の多いノーザン地区への手づるになる。ディルキは英語を話すやつを毛嫌いしてて、そのせいでこっちの方向へ進もうとしてもいつもだめだったが、ちょっとずつ軟化してきている。強欲という針を呑み込んでるから、あとは釣りあげるだけだ。

みんながおれを見ている。リーダーからの激励の言葉を待っているのだ。いつも以上に、やばいところは見せないようにしなくちゃならない。

「今週はきつい一週間になりそうだ」おれは口を開いた。「いまどんな問題に直面してるか、あらためて言うまでもないよな。戦争が始まりゃ、その余波を食らって発覚するだろうし、そうなったらまずまちがいなく退学だ」

インヘラント・キッドは木工用ボンドに切り替えて、神経を鎮めるために必死で吸っている。「強制はしない。このままやってくかどうか自分で決めろ。抜けたいやつはそう言ってくれ」だんだん声に力がこもってきた。「いまおれたちには、でっかいことをやるチャンスがめぐってきてるんだ」仲間の顔に目を向けた。眼鏡越しのおれの視線にたじろぐやつはいない。これほど誇らしい気分になったのは初めてだった。

昼休みになると、おれは〈スパイダー〉の仲間たちと〈スプロール〉のいつものすみに歩いていった。

「あたしもついてく」ジホーナがうなる。「あのマスかき野郎ども、信用できない」

おれは首をふった。「あいつらに、おれがびびってるって思われちゃ困る」

「勇気あるよな、おれだったら絶対無理だ」キッドがそでで鼻をこすりながら言う。「アンワルはおっかねえもん」

ウェストリッジには、もっと大柄で腕っぷしが強くて気の荒いやつもいるが、おっかないってことじゃアンワルが飛び抜けて一番だ。気まぐれだし、他人をいたぶって喜ぶところがあって、それに恐怖心をかきたてられないやつはいない。白状すればおれだって例外じゃない。もっとも白状なんかしないけどな。

「そんなに悪いやつじゃない」おれは言った。「だいたい、いじめっ子はみんな内面は臆病者だって言うじゃないか」

「そんなのテレビだけだよ」ジホーナが肉厚のこぶしを自分の手のひらに叩きつけた。

ジホーナとインヘラント・キッドがアンワルの話を続けるのを尻目に、おれはカイルとふたり、〈スプロール〉の端に向かってゆっくり歩いていった。

「教室であったあれ、なんだったんだ」アスファルトのうえを歩きながら、カイルがささやいた。「英国の悪魔とか、シーナーとか。ディルキに取り入る練習でもしてたのか」スマホをポケットから取り出し、素早くキーを叩いて画面の文字を読んだ。「『シーナー——アフリカーナーの予言者または宗教的指導者。先覚者』だってさ。バクス、どうなってんだ」

「知らん」おれはうんざりしてひたいをこすった。「これまでんとこ、今日はどうも調子がよくない」

「あのさ、そのやばいあれ、それをだれかに話したかったら、おれ聞くぜ」

「恩に着るよ」おれはちょっと笑って言った。

「アンワルとうまくいくように祈ってる」アスファルトの端に着いたとき、カイルは言った。

「これに関しちゃ、こっちは完全に弱い立場なんだからな。バクス、気をつけろよ」

「お祈りなんか要らねえよ」と、カイルに向かって無理に笑顔を作った。「計画があるからな」

弱い立場に身を置いてると得なことが多い。それは、おれが早くに学んだ教訓だ。まだガキのころ、学校の柔道選手権を見物したことがある。出場選手のなかに、年齢より大柄でがっちりしてるうえに、柔道の技を完璧に身につけてるやつがいた。白いパジャマを着た死の渦巻きさながら、投げ技や足技や絞め技を次々に繰り出していた。

組み合わせのミスかなんかで、そいつは一回戦で自分よりずっと小さな選手と当たることになった。年齢もだいぶ下で、おまけにちっぽけで生っちろい。ウジムシとカブトムシの戦いを見てるみたいだった。

大柄な選手はにやにやしてた。でもおれはそのとき、こいつはもう負けてるってわかったんだ。どっちに転んでも、カブトムシには勝ち目がない。試合に勝てばちびをぶちのめしたやつになるし、負ければウジムシに負けたやつになるんだから。

試合が始まってみたら、ウジムシは見かけよりずっと強かった。カブトムシの首に両脚を巻きつけて、渾身の力をこめて絞めあげた。カブトムシのほうは、こういう場面でやるように教わったとおりのことをした。ちびを持ちあげてマットに叩きつけたんだ。

たちまち、四方八方から罵声と野次がどっと湧き起こった。なにせ、筋書きがはっきりしてるもんな。図体のでかいいじめっ子が、ひ弱なオタクをいたぶってるんだ。テレビでも映画でも連続ドラマでも、高校が舞台ならこのまんまの設定が絶対出てくるもんだ。だから見物人はみんな、その筋書きどおりに反応したのさ。

カブトムシは、慎重に、受けにまわって戦わなくちゃならなくなった。あんまり激しく攻めたり一方的に試合を進めたりすると、見物人がみんな敵にまわっちゃうからさ。ウジムシのほうは波に乗って、どんどん圧力をかけていった。しまいにカブトムシは支えきれなくなって、かなり情けない形で降参する破目になった。あれは心理戦で、だからカブトムシは負けたんだ。あのウジムシのおかげで、おれは校庭の政治力学の初歩を学んだ。

〈スプロール〉を歩きながら空を見あげた。空の病気はだいぶましになって、灰色のあっちこっちに白っぽいのが透けて見えるようになってた。縁起がいいと思うところだ、もし縁起なんてものを信じてればだけど。迷信にふりまわされるのは頭の弱いやつだけだ。ついでに言うと、兄弟殺しなんかを考えるのも頭の弱い証拠だ。だけど気がついてみたら、学校の錬鉄のフェンスの向こうから、レイフがこっちをのぞいてやがったんだ。このときは、本気でその気になりかけちまったよ。

「こんなとこでなにやってんだよ」おれは声を殺して言いながら、素早く周囲に目をやって、だれにも見られないか確認した。いまはこんなことにかかずらってる場合じゃないんだ。

レイフの通ってる特別支援学校は二ブロック先にあるが、昼休みに会いに来たりするなってことは前から言ってある。知的障害の兄貴がいるのは秘密ってわけじゃないけど、昼休みにいっしょにいるのを人に見られるのは願い下げだ。

「こんなとこでなにやってんだ」おれはまた尋ねた。

レイフは分厚い本を持ちあげて、ひげもじゃで長身の男の写真を見せた。ボーア人の義勇軍を率いて炎の平原を進む姿は、軍服を着たガンダルフみたいだ。

「すげえや。頭の不自由な兄弟が見せてくれる、今日の歴史のひとこまってか。まじめな話、レイフ、おまえなにやってんだよ。おまえのせいで、おれはあんな変な夢を見るようになったんだぞ。おまえがしょっちゅうこういうのを鼻先に突きつけてきて、しょっちゅうこんなくだんねえ歴史の本なんか読ませようとするからだ。さぞかしうれしいだろ、おれの潜在意識に侵入成功だもんな。クラスでアフリカーンス語なんか口走るようになったのも、みんなおまえのせいだ」

レイフは、ぎゃあぎゃあわめき立てる阿呆（あほう）を見るような目でおれを見ると、こっちに背を向けてのろのろと遠ざかっていった。

「ああ、そうだよ」おれは大股で歩きながらつぶやいた。「阿呆はおれのほうさ」

奥の競技場の端にたどり着いた。そのすみに鉄のフェンスがねじ曲がってるとこがあって、そこから外に出られるのだ。素早くあたりを見まわし、身をかがめてその穴をくぐった。幹線道路と周囲の住宅地をつなぐ橋のそばの小道をはずれて、もとはフリーメイソンの支部だった廃屋に向かう。これが〈セントラル〉、〈ＮＴＫ〉の作戦基地だ。ノックして、待つあいだに変な顔をしてみせた。ドアの上部に不気味なメイソンの眼が彫ってあり、それがこっちを見おろしているからだ。ドアがわずかに開いた。

「よう、ラス」おれはことさら軽い口調で言った。相手がむっとするのがわかってるってのがそのおもな理由だ。ラッセルが〈ＮＴＫ〉に入ったのは一目置かれたかったからだが、アンワルは一目どころか半目だって置きゃしないし、おれだってそんな気はさらさらない。

「ゼヴチェンコか」ラッセルは言った。おれはうなずき、笑顔で待った。入れてくれと頼んでほしいのはわかってる。そうすれば門番としての役割が認められることになるからな。でも黙っていた。おれがここに来た理由は知ってるはずだし、アンワルを待たせるようなことができるわけがない。おれが口笛を吹きながら足で拍子をとりだすと、ラッセルはうろたえてドアをあけた。小物は小物らしくってわけ。ポーンの行動を予測するのなんか簡単だ。

〈NTK〉の下っぱどもが、ソファに寝そべってテイクアウトを食ったり、教師の車から盗んできた電球を使って覚醒剤(ティック)を吸ったりしてる。そばを歩いていくと顔をあげ、血走ったアブナイ目でこっちの姿を追う。塗装のはげた壁には、かびくさいメイソンの旗が下がっている。〈NTK〉もそこに独自に装飾を付け加えていた。無数の落書きに、三流ポルノ雑誌の折り込みヌード写真、それに中国人の店で買った安いカタナが二本、交叉(こうさ)させてかけてある。おしゃれなこって。

ラッセルは先に立ってドアを抜け、奥の部屋に入った。広い部屋で、円(まる)いと言っていいぐらい彎曲(わんきょく)している。その円の中心に鎮座してるのが、黒と紫の腐りかけた説教壇だ。メイソンどもは、この部屋で赤ん坊をいけにえにしたりとかしてたんだろう。ここがアンワルの大のお気に入りなのもわかるぜ。奥の壁に小さなキーパッドがついているのがいやでも目に入る。たぶん金庫だろう。〈NTK〉の儲(もう)けが隠してあるのだ。

アンワルとトビーは、部屋の中央の埃(ほこり)をかぶった低いソファに腰をおろし、下級生が肩に刺青(いれずみ)を入れるのを見物していた。その犬の刺青はこのギャングへの入団のしるし、荒っぽい入団儀式——他校のギャングとの殴りあい、押し込み強盗、気色悪い卑猥(ひわい)な通過儀礼——をみごと乗り越えたという勲章だった。

アンワルは背が高くてひょろりとしている。歯が一本欠けているのも、片方の目が斜視なのも、全身から発散される狂暴さをむしろ強調している。シャツを脱いでいて、規定どおりの灰色の通学ズボンのウェストから銃のグリップをのぞかせてる。アンワルの兄貴は悪名高い〈ケープ・フラッツ〉という暴力団に関係していて、その兄貴のために〈NTK〉がドラッグを郊外地区に運んでるという話は聞いていた。しかし、ほんとうに〈セントラル〉に銃を持ち込んでいるとは思わなかった。

おれはごくりとつばを呑むと、拳銃から視線を引きはがして彫師に目を向けた。年配の男で、ほとんど全身、ムショで入れてきた刺青で覆われている。コンパスとボールペンの青インクを使って、〈NTK〉の新入団員の鎖骨に稚拙な犬の絵を丁寧に彫っていく。新入団員はぴくりともせず、アンワルは称賛のしるしにうなずいた。おれは、老彫師が仕事を終えるのを待った。とうとう刺青が完成して、彫師はうなり声を漏らし、足を引きずり引きずりドアの外へ出ていった。アンワルがふたこと三こと話しかけて手をふると、彼の新しい子分もまた出ていく。

アンワルとトビーがこっちに目を向けてきた。轢かれた動物の死骸を見るハゲタカのような目だ。「よう、バクスター」アンワルが言って、座れと身ぶりで示した。権力の座ことソファの前には、ずんぐりした椅子がいくつか並んでいる。おれはそのひとつに腰をおろし、なんとか肩の力を抜こうとした。「二分くれてやる」アンワルは言った。

おれはバックパックからフォルダーを取って差し出した。〈スパイダー〉を作ってからずっと、この協定の案を練ってきたんだ。ウェストリッジの政治状況の将来を形作る、絶妙にして精密な青写真だ。そのテーマは、「どうして争いあわなくちゃならないのか」だ。争うのはやめて、全員の利益のためにそれぞれの強みを発揮しあえばいいじゃないか。ディルキ・フェンターとの提携は手始めだ。ディルキの手づるがあれば、ウェストリッジの実業界は他校に勢力を広げられる。学校内密輸業者の連合を形成して、それぞれのギャングがふさわしい居場所を確保する。協力しあえば、達成できないことはなにもない。ウェストリッジのギャングに自分の未来に責任を持てと焚きつけるなんて、おれはオプラ・ウィンフリー（アメリカの有名なトークショーの司会者。南アに学校を設立するなど慈善活動にも熱心）か。もっとも、オプラは変てこな眼鏡をかけてポルノを売ったりしてないけどな。

アンワルは協定案を受け取り、〈NTK〉の作戦台に向かいながら、トビーについてこいと合図した。トビーはのろのろと立ちあがり、おれににやりと笑いかけて台に歩いていく。アンワルはフォルダーを開き、台に原稿を広げた。おれがこっそり爪を嚙んでいる横で、ふたりはそれを読んで低い声で話し合っている。しまいにアンワルが身を起こし、こちらをふり向いて笑顔を見せた。

「バクスター」アンワルが言う。いまぐらいは得意になっても許されるだろう。どうやら主戦論一本槍のアンワルの頭にも、おれの理屈は理解できたらしい。「おまえも知ってるだろ、おれはずっと〈スパイダー〉には一目置いてた」彼は穏やかに続けた。これはまるきり事実とちがう。最初のころ、おれたちは〈NTK〉から脅迫や嫌がらせを受けつづけていた。それがやんだのは、〈NTK〉のメンバーにポルノで制裁を加えてからだ。「けどな、この計画は侮辱だ」そう言い放った声からしたたる毒に、おれの得意な気分は害虫みたいにこそこそ逃げていった。おれは必死で気を取り直そうとした。「もう少し時間をかけて考えてみてくれ。あんたたちには〈フォーム〉をぶっつぶす力はあるだろうが、そんなことをしてもあとあとだれの得にもならないぜ」

「〈NTK〉はな、こそこそ裏取引する弱っちいごみあさりじゃねえんだ」と怒鳴りながら、アンワルは拳銃のグリップをつかんでズボンから抜いた。とっさに、バックパックを引っつかんで逃げ出したくなったが、そんなことをしたらアンワルが大喜びするのは目に見えている。おれはゆっくり立ちあがった。バックパックを背負い、アンワルと目を合わせた。「それじゃ幸運を祈ってるぜ、最高司令官」ありったけの冷淡さをこめて言い放った。ある意味で、それはおれの本心だった。もうだれにとっても、幸運にすがる以外に救われる道はないからだ。

〈スプロール〉の北東の端で、おれは煙草(たばこ)に火をつけてオークの古木に寄りかかった。このオークはウェストリッジの神聖な精神的シンボルだ。制服のブレザーにも絵が入ってるし、学校のモットー「根を張って空へ」の基にもなってる。おれは雲を見あげ、長い煙の渦巻きを吐き出した。アンワルとの話し合いは不調に終わったが、まだディルキというチャンスが残っている。あいつをこっちに引き入れられれば、ギャングどもとの交渉に有利な材料になる。デントンがうんと言えば、たぶんアンワルも考えなおすだろう。

ぼこぼこの白いヴァンが学校わきの道路を走ってきて、校門のそばで停まった。ディルキがおりてきて、鉄のフェンスを乗り越えてこっちに早足で歩いてくる。

「あのヴァンには、バールを持ったおれの兄弟たちが乗ってる」ディルキはきついアフリカーンスなまりの英語で言った。まるで口いっぱいにサボテンを頰張ってしゃべっているみたいだ。「なんかあったらすぐ駆けつけてくるからな」

「こっちはひとりきりだ」と、身をかばうように両手をあげてみせる。「それに、おれは商売人だよ。兵隊じゃない」

「兵隊じゃなきゃ商売できねえときだってあるぞ」仏頂面で言った。

おれは新しい煙草に火をつけた。一本勧めると、向こうはそれを受け取って耳にはさんだ。金髪を不揃いなマッシュルームカットにして、ぴったりした黒のWWEのTシャツを着ている。左の耳たぶからは金の輪っかがひとつ下がっていた。マクドナルドでバーガーを引っくり返していそうに見えるが、そのじつは西ケープ州最大の高校内組織を運営しているのだ。

「だったらなおさら、楽な商売のチャンスがめぐってきたときは喜ばなくちゃな」おれは言った。

ディルキは鼻を鳴らし、こっちに背を向けてズボンのジッパーをおろすと、オークの大木に向かって放尿しながら話しだした。「おまえら英国人は完全なろくでなしだ。南アフリカの英国人なんざ、根無し草の継子じゃねえか。アフリカーナーには文化も伝統もある。南アフリカの英国人になにがあるよ」

「なんにもないな」おれは言った。「こんなに長く生き延びられただけで奇跡だぜ」ディルキは笑いながらジッパーをあげた。ズボンで手をぬぐうと、耳にはさんだ煙草をとる。おれはすかさず火をつけてやった。

「商品はこっちが供給するから、あんたたちはそれをノーザン地区で売りさばいてくれ」おれは言った。

ディルキは長々と煙草を吸うと、こっちに目を向けてきた。「儲けの配分はどうなる」

この交渉でいちばんむずかしいのはここだ。こっちから渡すポルノの制作費は事実上ゼロなのに、販売の危険とコストはぜんぶあっち持ちになる。もちろんそんなことはおくびにも出さない。

「七三だ」

ディルキはにやっとした。「さすが英国人だぜ。いまだにおれたちを、遅れた近親相姦（そうかん）の田舎もんだと思ってやがる」笑みがすっと消えた。「半々にしろ」

おれは口をぎゅっと結んだ。「六四がほんとにぎりぎりの線なんだ」

「おれをどんなねんねだと思ってんだよ、英国人（エンゲルスマン）」

芝居がかってため息をついて、「〈スパイダー〉の仲間がなんて言うやら。まあしょうがない、半々だ」長い間（ま）があった。ディルキは考え込んでいたが、ついにうなずくと手を差し出してきた。おれはその手を握った。

ふたりして黙って煙草を吹かしているうちに、おれは今日のできごとをぼんやり思い出していた。

「シーナーってなんだか知ってるか?」うっかり漏らしてしまい、すぐに後悔した。ディルキは変な顔をしてこっちを見た。「そんなこと訊いてどうすんだ」

「いやその、いまやってる課題で」

「ググれよ、ばかたれ。みんなやってんだろ」いまいましそうに首をふる。

「すまん、ただちょっと……」ちくしょう、なんで口を開いたりしたんだ。

ディルキはおれをじっとにらんだ。「いいかエンゲルスマン、おれをこけにしやがったらただじゃ――」

「まさか、とんでもない」

彼はうなずき、おれたちはまた黙って煙草を吹かした。「宗教的指導者みたいなもんだ」しまいにディルキが口を開いた。「ひとりだけ知ってる。ニクラース・ファン・レンスブルフっていって、二十世紀はじめの第二次ボーア戦争でドラレイの義勇軍に従ってたんだ。未来のまぼろしが見えたんだとさ。つまり、英国人がなにをするかわかってたんだ。霊能者とか、なんかそんなもんだな」

おれはうなずいた。「なるほど、わかった。ありがとう」

ディルキは煙草を吸い終わると、木に押しつけて消した。「シーナーじゃなくても、だまそうとしてたらわかるんだからな、エンゲルスマン」

おれは笑みを浮かべた。「ディルキ、約束するよ。おれはろくでなしだけど、だましゃしない」ディルキは鼻を鳴らし、脅迫のだめ押しをするかのようにじっとにらみつけてきた。おれはまゆひとつ動かさず、その視線を受け止めた。やがて彼はうなずき、引き返していってまたヴァンに乗り込んだ。タイヤをきしらせて、ヴァンはウェストリッジの校門から走り去る。

3 家族のきずな（ファミリータイズ）

草原の露が朝日を受けてきらめいている。わたしの横の男性はゆっくり歩いている。木の枝を杖代わりにして、ごつごつした岩や穴ぼこをよけて。わたしは軽々と岩から岩へ飛び移り、ようやく荷馬車をおりられたこの機会を楽しんでいる。気の休まるひまもないあわただしい逃避行で、侵略者の気配はないかとずっと地平線を見張りつづけだったから。

男性——わたしのお父さんだ——は、元気いっぱいな娘を見て微笑む。「気をつけろよ、まるで岩飛びレイヨウ（クリップスプリンガー）だな」とアフリカーンス語で言う。「落ちるんじゃないぞ」

「落ちないもん」わたしは得意満面で言って、実力を誇示するみたいにまた岩に飛び移ってみせる。

「お母さんそっくりだ」お父さんは笑う。

広大な平原を見晴らす岩山にたどり着いた。茶色と灰色の草原が、ずっと遠くで白と青の空に接している。荷馬車の野営地のほうをふり返ったが、見えるのは風に翻る白い旗と、それに描かれたシーナーの赤い眼だけだ。

「きれいだね」そう言ってわたしはお父さんの手を握った。お父さんはこんな朝が大好きで、血がまた熱くなるとよく言っている。

「ああ、きれいだな」低い声。「だが、おまえをここに連れてきたのは景色を眺めるためじゃない。そうは言っても、今朝の大地はとくべつ光り輝いて見えるな」

あおぎ見ると、お父さんの顔は厳しく険しかった。周囲を取り巻く山や岩のように。

「夢はどうだ」と尋ねて、大きな手をわたしの肩にのせ、やさしくぎゅっとつかんだ。

「こわい」わたしは身震いした。「眼鏡をかけた変わった男の子が出てくるの。それで、腕が何本もある大きな怪物がわたしをつかまえようとするの」

お父さんはむずかしい顔をしてうなずく。

「わたしをつかまえようとするんだよ」わたしはささやいた。

「みんなをつかまえようとしてるんだ。敵がけものを見つけたからな。縛め(いまし)の鎖をぎりぎりまで引っ張って、こちらに迫ってこようとしている」

お父さんはでこぼこの岩にどっかと腰をおろした。わたしはそのそばにしゃがんで、自分の足の指を眺めた。剝き(む)出しで汚れていて、土にまみれた小さなピンクのイモムシのようだ。岩のあいだを熱風が吹き抜け、わたしたちの肌に土埃(つちぼこり)を叩きつけていく。

「お父さん、わたしこわい」そう言って、お父さんの腕にしがみついた。激流にもまれる救命いかだにしがみつくように。

お父さんはあの眼を向けてきた。それは身体をえぐって穴をあけ、わたしの魂は引きずり出されて、この熱く乾燥した大地のうえで身をよじってのたくっている。「おまえは、エゼキエルの戦車を見つけなくちゃならん」静かに言った。「あれが敵の手に落ちたらおしまいだ」

わたしはお父さんの腕に顔を押しつけた。「できないよ」とくぐもった声で言った。「どうやって見つけたらいいの」

お父さんはわたしを手荒く引き起こした。「おまえはシーナーなんだぞ」そう言って、だしぬけに立ちあがった。わたしは後ろざまに引っくり返り、涙が目にしみてきた。

「シーナーなんだ。お祖母(ばあ)さん、お父さん、ニクラースおじさんとおんなじだ。まぼろしを剣に変え、悪魔を押し返すすべを学ばなくてはならん」ベストに手を入れて、液体の入った小さな薬壜(くすりびん)を取り出した。その液体の美しいことといったら！　朝日を浴びて、天使の涙のように輝き、きらめいていた。

「それなに？」そでで涙を拭きながら尋ねた。

「血だよ。救世主の血とも言われてるが、それはただの迷信だ。これは、戦車を見つけるのを助けてくれる者の血なんだ」お父さんは言って、壜を差し出してきた。わたしは受け取って引っくり返し、輝く液体を壜の底に集めた。

「時が来たら、それを飲むんだ。そうすれば、思いもよらないほど遠い先まで見通せるようになる。わたしはあまり見えなくなってきたし、ニクラースおじさんは少しずつ正気を失ってきている。もうおまえしかいないんだ。戦車を捜しなさい。死ぬまであきらめるな。おまえが最後のひとりなんだ」

「最後のひとり」おれはもごもごつぶやいた。でっかい切手みたいに、顔が枕にへばりついている。その顔を無理やり引きはがして、時計を手探りした。夜の七時半。ディルキと会ったあと、帰ってきてすぐにベッドで眠り込んでしまったらしい。のどがからからだ。広大で無慈悲な草原で、渇き死にしかけているみたいな気分だ。

　ふらふらと階段をおりて、写真館で撮影した恥ずかしい家族写真（親父がおふくろをおぶっていて、レイフとおれはおそろいのシャツを着て肩を組んでる）の前を過ぎ、カリール・ジブラーン（レバノン出身の米国の詩人）の引用句の刺繍、おふくろが集めてる真鍮の壁飾りを横目に歩いていく。レイフがリビングルームでテレビを見ている。それを避けて、キッチンにオレンジジュースを飲みに行った。

　おふくろがキッチンのカウンターにひじをついて、女性雑誌をぱらぱらやっている。「バクス、今朝のことで話がしたいんだけど」おれを見ると言った。おれは顔をしかめ、冷蔵庫の扉をあけて、オレンジジュースの紙パックを取り出してひと口飲んだ。

「コップを使いなさい」

　ため息をつき、食器棚からコップを出してなみなみとジュースをついだ。「いまちょっと忙しいんだけどな」飲むあいまに言った。「宿題があるんだよ」

「あんたはいつだって忙しいじゃないの。大事なことだから、いま話したいの」

その口調からして、あまり交渉の余地はなさそうだった。レイフとけんかしたことなんかおれはもう思い出しもしなかったが、おふくろのほうはそれほど波瀾万丈な一日じゃなかったみたいだ。

おれはスツールをカウンターに寄せ、ぐたっと前かがみになって頬杖をついた。「わかったよ。それじゃ、魂の導き手に会いに行こうじゃん」

おふくろはまゆをひそめた。「それはもうすんだことでしょ、ちゃんと謝ったじゃないの。お母さんだって知らなかったのよ、バーバラの導師がまさかあんな――」

「キジルシ」代わりに言ってやった。

「変わった人だったなんて」おふくろは取り澄ました顔で言った。「ともかく、いまはそんな話をしてるんじゃないの。心配なのよ、お兄ちゃんには特別な配慮が必要なのに、あんたはぜんぜんそこを考えてくれないんだもの」

「そんなことねえよ。週に一度はぶん殴ってやんなくちゃならないんだろ。そういう苦行だったら喜んで引き受けるよ」

「バクスター！」声が尖る。

「怒ることないじゃん、冗談だってば。あいつは神経に障るんだよ」

おふくろはため息をついて、縮れた茶色の髪を手ですいた。髪がはねて、踊るスリンキー（ばねのおもちゃ。自重で階段をおりるなど不思議な動きかたをする）でいっぱいのクラブみたいだ。「それだけじゃないでしょ。最近あんたは、どんどんお兄ちゃんに当たりちらすようになってるじゃない。ほんとに反社会的になってきてるわよ。心配だわ、それ以外のことになんにも興味がないみたいなんだもの」それ以外のことって、たとえば販売会社を経営して大儲けするとか？　ときどき〈スパイダー〉が合法だったらよかったのにと思う。そうすりゃ、おふくろにうるさいことを言われずにすむのに。

おふくろは親指をなめて、雑誌のページをめくった。「いまこの記事を読んでたんだけど――」

「いやだね」おれはうなった。「かんべんしてくれよ。なんか読むたんびに、なんかの症候群だとか障害だとか病気だとか言いだすじゃないか。もううんざりだ、おれはなんともないよ」レイフは自閉症だし、祖父ちゃんは精神病だから、おふくろは完全にパラノイアになってて、おれにもなにか精神的な病気が隠れてるにちがいないと思い込んでる。ドクター・バッスンのところに通ってるっていうのに、しょっちゅうクイズやらテストやらゲームをやらせて、なんとか症候群だの恐怖症だの障害だの、そんときの雑誌で流行ってる病気にかかってるって診断するんだ。

「ちがうわよ、これはそういうんじゃないの」なだめるように言った。「ただね、ティーンエイジのころは情緒的な問題が起こりやすくて、その問題の診断がつけばいろんな悩みが解決――」

「またやってるのか、ヴィヴィアン」キッチンの入口から親父が声をかけてきた。「もういい加減にしたらどうだ」親父はパジャマのままだった。これはたいてい、もうすぐなにかで夫婦げんかが始まるという警戒警報だ。

「あーら、やっとお出ましね」おふくろが嫌みに笑った。「ソーシャルメディアの『ジャーナリスト』さまが、とうとうバットマンの洞窟から出て家族に顔を見せる気になったのね」親父は顔をしかめた。正直な話、おふくろからの初手にしてはずいぶんえげつない攻撃だ。たいていはささやかなことから始めて、だんだんエスカレートしてマジに辛辣な言い合いになってくんだけどな。親父は地元の新聞社の編集局次長だったが、経費削減で職をなくして、いまは自宅でブログを書いてる。ソーシャルメディアは人と人をつなぐとか言うけど、どうやらうちの両親の夫婦仲には効果なしみたいだ。

「それじゃ、宿題があるから」おれは立ちあがりながら言った。「また二階にあがろうかな」

「だめよ」おふくろがぴしゃりと言った。「このテストをやってからよ」

また勝ち目のない戦いだ。いつも折れなきゃならないのがだんだんいやになってきた。「わかったよ」おれは芝居がかったため息をついた。

「よかった」と笑顔になって、「大丈夫、面白いわよ」

おれは吹き出したいのをこらえた。親父がこっちに向かって目をぎょろつかせてみせたんだ。

「それじゃ始めるわね」咳払い（せきばら）いをする。「第一問。自分はほかのみんなよりすぐれていると思うことがありますか」

くだらない問いが続く。コミュニケーションとか共感とか他者の苦しみとかに関する質問がほとんどだった。おれが答えるとおふくろがチェックをつけていく。なにか言うたびに、おふくろはまゆをあげたり、意味ありげにうなずいたりする。最後に得点を合計した。

「どうだった?」おちゃらけて訊いてみた。「ぜんぜんだめでぶっ壊れてて、もう治しようがないって?」

「なんと答えてもまちがいじゃないのよ」用心しいしい答える。

「そんなの大嘘だろ」

「バクスター、ずっと思ってたんだけど、ドクター・バッスンとときどき話をさせてもらえない? あんたの治療がどうなってるか聞きたいのよ」

「精神科医におれのことをチクらせようってわけ。そりゃまた、すっげえ楽しそうじゃん」

「ヴィヴィアン、もういいじゃないか」親父がうんざりしたように言って、ローブのベルトを締めなおした。果し合いに備えるカラテのセンセイみたいだ。「そんな雑誌の心理クイズなんか、まともに答える気になれないのはしかたがないさ。だからって頭がおかしいわけじゃない」

「だって、ふつうの十六歳の答えじゃないのよ」おふくろは言って、雑誌をカウンターに叩きつけた。

両親がけんかを始めるのを尻目に、おれは退散した。言い合いのレベルはどんどん低下して、キッチンを出るころにはいつもの夫婦仲の問題が蒸し返されていた。おれの見るところじゃ、「夫婦の愛情にどちらがいちばん貢献しているか」という目に見えない得点表には、家事雑用で点数がつくのだ。昨夜は親父が食器洗い機の中身を取り出したけど、これはノーカウントになってしまった。おふくろがほとんどまる一日かけて寝室の模様替えをしたからだ。最後に聞こえたのはおふくろの金切り声だった。「うまくやっていきたいなんてあなたはこれっぽっちも思ってないんでしょ。だったらもうやめましょ、こんなこと！」

親父はやさしすぎるんだ。けんかが始まると、おふくろはタクシー運転手も真っ青な悪口雑言を次々に吐き散らすけど、どれだけ激しい言い合いになっても、親父は絶対に汚い言葉は使わない。きっとプールに潜って、まわりにだれもいないときに青い無に向かって怒鳴りちらしてるんだろう。

おれは自分の部屋のドアを力まかせに閉めて、芝居がかってばったりとベッドに倒れ込んだけど、だれも見てないのになにやってんだとばからしくなった。上体を起こして枕にもたれ、向かいの壁に作った祭壇、つまりスーパーヒーローのポスターをじっと見た。ラスプーチン、マキャヴェリ、ゴードン・ゲッコーにロバート・グリーン（アメリカの作家。『権力の四十八の法則』などの著書がある）。「あんたたちは、こんなばかみたいな我慢はしなくてよかったんだろ」とポスターに向かって言い、パソコンの電源を入れた。

メールをチェックしていると、エズメのアバターが画面のすみにぴょこんと現われた。

VampireLust　『タイタニック』を見てる主婦のほっぺたより濡れ濡れよ。
Bax74　こっちは三角法の教師の頭よりかちんこちんだぜ、ベイビー。
VampireLust　だったらねえ、ほら、来ない？

Bax74　すぐ行く。

足音を忍ばせて階段をおり、ガレージのドアをそっとあけ、車のわきを器用にすり抜けて自転車を出した。両親はいま寝室で、夫婦仲という第三度の火傷にバンドエイドを当てようとしてる。もう怒鳴り声が聞こえないということは、たぶん〈トト〉の歌に合わせてグロい中年のセックスに突入するんだろう。とすれば、今夜はもう出てこないはずだ。アフリカに降る雨に感謝しな（〈トト〉の一九八二年のヒット曲『アフリカ』の歌詞のもじり）、年寄りは年寄りで好きなだけ。おれはもっと実のある行動に出るんだ。

うちの裏を通る汚い水路に沿って、線路のほうへ進む。濡れた犬とゲロみたいなにおいがする。この水路は正直だから、そこは気に入ってる。郊外という名のボトックスに覆い隠された、病んで腫れあがった動脈みたいだ。ホームレスはこの水路で身体を洗いながら、金持ちが庭のジャクージではしゃぐ声を聞いている。水路に面する窓の奥では、弁護士がテレビを見ていたり、銀行家がポルノチューブ（ユーチューブのポルノ版）にかぶりつきだったりしてるが、水路の両岸に生い茂る丈の高い草の陰では酔っぱらいがセックスしてる。おれは灰色のフードをかぶり、ペダルをいっそう速く漕いだ。

七分三十七秒ちょうどの高速サイクリング――そのあいだおれは、重武装の恒星間宇宙船を操縦してるつもりになってた――のあと、自転車をグローヴ・クローズ十四番地の車寄せに入れて、ガレージのドアを叩いた。せつないため息のように鉄と鉄のこすれる音がして、ドアが半分開く。そのすきまに自転車を滑り込ませ、首をすくめて入っていくと、薄暗い光のなかにエズメが立っていた。植木剪定用の大ばさみを構え、サイコキラーみたいな顔をしてる。「悪くないな」おれは言った。

「ありがと、演技力を認めてくれて」とお辞儀をした。

オラフのシルバーのアウディが駐めてある横に、おれは自転車を押していった。エズメは、平日はこの家で母親や継父のオラフと暮らしているが、週末はパロー（ケープタウン中部の地区）の父親のとこに行かされる。おれたちはクロームでぴかぴかの広いキッチンをこっそり抜け、裏口から庭に出てエズメの離れに移動した。

離れはしゃれた建物だけど、エズメのねぐらはふつうのティーンエイジの少女の部屋とは少しちがう。その最大の理由はひどい盗癖だ。おかげで、泥棒の神さまを祀ったでかい祭壇みたいになってるんだ。エズメは行く先々でものを盗んでくる。コーヒーカップ、時計、アクセサリー、「エズメ通り」という道路標識、ボウリングのピン、馬術の優勝トロフィー。こういうエズメの呪符をおれはみんな把握してて、新しい盗品が付け加わるとかならず気がつくのが自慢だった。

「盗んだ人と盗まれた人のあいだには、特別な絆ができるのよ」初めておれがこの部屋に来たとき、エズメはそう言った。「だからあたしは、ここにあるものの持主みんなとつながってるんだ。おかげでちょっと寂しくなくなるの」

「マジ？」おれは尋ねた。

「まさか、ばか言わないでよ」エズメは目をぎょろつかせた。「お金を払わずにものをとってくるのが好きなだけ」

エズメは明かりのスイッチを入れず、ただ安っぽい紫と緑のラバランプ（透明容器に封じ込めたカラフルな粘液が電球の熱で浮き沈みする装飾的な照明器具）だけをつけた。これも盗品で、エズメに熱をあげてた無愛想な草の売人が持ってたものだ。部屋はどんよりした緑色に変わり、水没したチェルノブイリみたいだった。エズメはにっと笑って、またサイコキラーの顔をしてみせる。「そのほうがいい」おれは言って、さりげなく近づいた。「さっきはほんとに血の飢えを感じたもんな」

片腕をエズメの腰にまわしたとき、なにかが床を素早く走っていった。「なんだ、いまの」おれは思わず飛びすさった。

「ああ、たぶんハミーよ。行方不明なの。ケージから逃げちゃって」

「まさか、ハムスターよりずっとでっかかったぞ」

「バクスターったら、なに神経質になってんの。ハミーだってば、大丈夫よ」

「ああ、ごめん」手の甲で目をこすった。「ここんとこ、ちょっとストレスがたまってて」

エズメは色あざやかなメキシコのショールをとった。ちなみにこのショールは、メキシコ料理店の壁に飾ってあったのをまんまと盗んできたものだ。手に手をとって、いっしょに離れの平らな屋根にのぼった。月が雲と鬼ごっこをしていて、屋根は交互に光を浴びたり闇に沈んだりしている。

エズメは屋上にショールを広げ、そのうえに横になった。月は雲をよけて下界を照らしている。おれもとなりに身体を伸ばし、ふたりで星を見あげた。

「きらきら(トゥインクリー)」エズメは言って、両手を伸ばして星に向かって指をくねくねさせた。

「ヒッピーみてえ」

「あのねえ、ここに不機嫌を持ち込まないでよぉ」マリファナでへべれけになってるような鼻声で言う。

「ごめん、悪かった」

エズメは腹這(はらば)いになってこっちに顔を向けた。「TILFか死か、やる?」

TILF(Teacher I'd Like to Fuck「寝たい教師」の略)か死かってのは、おれたちが発明した最高の遊びだ。すごく単純なゲームで、まずいっぽうが教師の名前をあげる。するともういっぽうは、核戦争で文明が滅んだあと、人類の存続のためならその教師と寝てもいいか、それとも自分も人類も滅亡したほうがましだと思うか答えるのだ。校内の交流行事でお互いの教師を何度も見てきたから、どれがどれより虫酸(むしず)が走るかってことはよくわかっていた。

「ミスター・ベイリー」おれは言った。

「死ぬ」とエズメが言ったとき、月が雲につかまって世界がいきなり真っ暗になった。とたんに頭に閃光(せんこう)が走ってまぼろしが見えた。エズメがのどを掻(か)き切られていて、ひたいには眼が刻みつけられている。おれは歯を食いしばり、しきりにまばたきをしてまぼろしを追い払った。

「いまのは簡単すぎたな」おれは言って、急いでパニックを隠そうとした。ひたいに汗が浮かぶ。「やりなおし。それじゃ、ミスター・ロディックは?」

「うげ。死ぬ。ていうか、先に自分の目玉をえぐり出しちゃうよ。死ぬ前に最後に見るのがあの顔なんていやすぎる。じゃ今度はこっちの番ね。ミス・ハンター」

おれは深く息を吸って、落ち着こう、理性的になろうと努めた。ストレスがかかると、頭はおかしなことをしはじめる。それに、潜在意識にずっとマウンテン・キラーのことがあったせいだ。だからあれは正常な反応だ。ジョディ・フラーは知り合いだったし、それが殺された。それをエズメに投影してるだけなんだ。

「とうぜんTILFだ」おれは言った。

「ほんと?」

「もちろん」

「うげ」エズメはまた言った。それと同時に、雲の湿っぽい抱擁から月が身をふりほどき、おれたちに銀色の光を浴びせかけた。「ねえ、大丈夫?」エズメが軽く肩で小突いてくる。

「大丈夫大丈夫。もう一回やろう」同じゲームをまたくりかえして、そこで黙り込んだ。おれは腹這いになってエズメを見つめた。

「やめてよ」と、黒い髪を顔から払いのける。

「なにを?」

「その目つき。なんでもわかってるみたいな、ひとの心を見通してるみたいな目つき」身震いして、「あんまり気持ちよくないよ」

「ごめん」小さく肩をすくめた。「遺伝なんだ」

「ビョーキなわけね」エズメがそう言ったとき、またべつの雲が月に抱きついた。ふいに訪れた暗闇に、おれはのどが締めつけられるようだった。

「やだな」エズメはひじをついて身体を起こした。「冗談だよ」

「わかってる」声がしゃがれている。「ただ――」

「気にしないでよ」にじり寄ってきて、そっと唇にキスをした。

割れた蜂の巣みたいに心臓がはちきれて、ねっとりべとべとと愛が胸に垂れ落ちる。子供のころ、雲は柔らかくてふわふわしてると思ってたよな。空に昇って、あの雲のうえでごろごろしてみたいと思ったことがあるだろ？　エズメとするのはちょうどそんな感じだ。

その日は、月曜の夜とは打って変わってまるで興ざめな日だった。昼休みに親父が迎えに来て、祖父さんの面会に連れていかれたんだ。養老ホーム〈シェイディ・パインズ〉は、ウェストリッジから車で十五分の気の滅入る場所だ。親父の車のタイヤがホームの車寄せの砂利を砕き、ツタに覆われた古い建物をおれは憂鬱（ゆううつ）な気分で見あげた。やらなきゃいけないことはいくらでもあるし、年寄りに会いに行くなんてのはその予定表には入ってない。ここに来たのは祖父さんが死にかけてるからで、おれはゼヴチェンコ家の最年長者に表敬訪問することになったんだ。

「そんな顔するなよ、バクス」親父が言った。「そう不愉快なことにはならないから」

「うん」おれはむっつりと答えた。

そう不愉快なことになるんだよ。なにしろ、ゼヴチェンコ祖父さんは「変わってる」のだ。もっとあけすけに言えば「完全にいかれてる」のだ。最後に祖父さんに会ったのは二〇〇八年の「家族の大げんか」のときで、あのときのことは本気で忘れてしまいたい。

あの「大げんか」のことを話すなら、まずはロジャーおじさんの話をしなくちゃならない。親父の弟なんだけど、つば広の帽子をかぶって、スポーツの話でもするみたいに悪魔の話をする人なんだ。そういうこと、ロジャーおじさんは目をぎらつかせた狂信的なキリスト教徒だ。この世でいちばんえらいひげの親父、雲のうえを巡回して人間の心を見張ってる爺さんに男どうしで恋しちゃってるのさ。

ゼヴチェンコ祖父さんが巨大カラスの話を始めると、尖った棒でつつかれた大トカゲみたいに、ロジャーおじさんは決まってもじもじしだす。二〇〇八年のクリスマスもそうだった。ゼヴ祖父さんはあの日、ジョニーウォーカーをちょっと飲みすぎてたんだけど、最初はだれも気にしてなかった。腹いっぱい食べたし、クラッカーはみんな鳴らしたし、家族の思い出話も底をついたし、みんな余韻にひたって眠そうな顔をしてた。祖父さんが酔っぱらうぐらいいいじゃないかって感じだった。だけどそこで、カラスの話が始まっちまったんだ。

ゼヴ祖父さんは、クリスマス用の緑のプラスチック帽子をもじゃもじゃの白髪頭にななめにのせて、ふらふら立ちあがって部屋を見わたした。なにが始まるか予想がついたのはおれだけだった。まだ十二歳だったのにさ。それですぐにクリスマスプレゼントを抱えて、部屋のすみで籠城を開始したわけだ。

「あのカラスどもがいかんのは、人ののどを食い破って、器用に血を飲みよるんだ。マティーニかなんぞでも飲むみたいによ」祖父さんは言った。雰囲気ぶち壊しってことじゃ、どの点をとっても右に出るものなんかありゃしない。長い間があって、みんながいっせいにべつのことをしはじめた。がさごそ音がしだすなかで、ゼヴチェンコ祖父さんの声だけがはっきり響きわたった。「あのカラスどもは、人の目ん玉をえぐり出しよるんだぞ。ちょっとでもすきを見せようもんなら！」

　ロジャーおじさんが立ちあがって、祖父さんとまともに向かい合った。「親父、巨大なカラスなんてもんはいやしないよ」おじさんは無理に抑えた声で言った。祖父さんはにたりとした。人に食いつきそうな、狂人そのもののやばい笑顔だった。「あのカラスは現実におるんだ。お空にいるとかいう、おまえの想像の友だちとはわけがちがう」

　かっとなって、おじさんは一歩前に出た。これが失敗のもとだった。ロジャーおじさんは背も高くて肩幅も広いけど、ゼヴチェンコ祖父さんは軍隊にいたころボクシングで優勝してるんだ。年寄りにしちゃ強烈な右フックを繰り出して、あっさりロジャーおじさんをのしてしまった。あとはもうめっちゃくちゃだ。おじさんの奥さんのマリーキーおばさんが割って入ろうとしたんだけど、ゼヴチェンコ祖父さんは完全に戦争の霧のなかに迷い込んでたんだよな。で、おばさんのパーマをかけた髪をつかんで、パッションフルーツのトライフル（南アのクリスマス定番のデザート。大きな器にスポンジケーキを入れて酒やジュースをふんだんにかけ、パッションフルーツの果肉、ゼリー、生クリーム、カスタードソースをのせて果物を飾ったもの）に突っ込んだんだ。へたしたら、おばさんが手足をばたつかせるのをやめて動かなくなるまで、ずっとそのまま押さえつけてたかもしれない。だけど、そこでおれの親父とダリルがなんとか引き離した。ダリルってのは身体の不自由なおとなりさんなんだけど、車椅子から祖父さんの腰にタックルして床に引きずり倒してくれたんだ。

十二歳のおれは、この経験からいろんなことを学んだ。第一に、人をトライフルで溺れ死にさせたければ、ほかに人がいないときにしろってこと。そして第二に、おれの一族は見世物にできそうな変人ぞろいだってことだ。

「お祖父ちゃんはもう長くない」おれが車をおりるとき、親父は言った。「この機会にお別れを言っておくといい」

廊下はライラック色だった。おまるを運ぶ介護士や、ぶつぶつ言いながら足を引きずって歩く老人たちとすれちがいながら、おれはその廊下を進んでいった。祖父さんの部屋は、裸電球一個に照らされた廊下の突き当たりにあった。深呼吸をして、一度だけドアをノックしてなかに入った。

室内は胸の悪くなりそうなカスタードソースの色で、小便のにおいをごまかすために、ラベンダーっぽいにおいの芳香剤が置いてある。家具はベッドがひとつに、ずんぐりしたベージュの肘かけ椅子、これには年寄り標準装備のモヘアの毛布がかかってて、あとは丸テーブルがひとつに、部屋のすみに小さな木製の戸棚がある。見覚えのある白髪頭が、バルコニーの籐のベンチに腰をおろして庭を眺めていた。おれはゆっくり近づいていって咳払いをした。「バクスターだよ」ふだん赤ん坊とか子犬に向かって使う声で言った。

白髪頭はくるりとこちらを向き、例の千里眼でおれを釘付けにした。身動きもできずにいると、その眼はおれを調べ、つつきまわし、無遠慮な視線で深く探りを入れてきた。「おまえがだれかぐらいわかってる」ゼヴ祖父さんはめっきり老け込んでいた。肌は色あせて血管が透けて見えるほどで、記憶にあるよりずっと弱々しく見えた。だがその青い目はいまも、混じりけのない純粋な狂気に光っている。

「祖父ちゃん、具合はどう」と尋ねてみた。

祖父さんは首をふった。「おれはおまえの祖父ちゃんじゃない。つらい話だが、おまえのほんとうの生まれのことを、死ぬ前に伝えとかんとならん」と言って、しなびた手で手招きした。おれは祖父さんと並んでベンチに腰をおろした。

祖父さんはまちがいなく頭が狂ってる。それにしても、なんでこんな作り話をするんだろう。祖父さんは咳払い(せきばらい)をしたが、それが苦しそうな痰(たん)のからんだ咳になった。「おまえの親父は、おれがよく買ってた売春婦の子でな。その女が梅毒で死んだとき、祖母ちゃんと相談して引き取って、自分の子として育てたんだ」祖父さんのひとことひとことが、小さなハンマーになって頭をがつんがつんやってくれた。「そんな……」言葉に詰まった。「だけど……」

祖父さんは真顔でじっとこっちを見ていたが、やがて吹き出して、むせながら笑いだした。「引っかかったな、バクスター」うれしそうにぜえぜえ言った。「これでわかったろう、ひとをよいよい扱いするとどうなるか」なるほど、こんな作り話をしやがるのは、こいつがくそじじいだったからなんだな。おかしな話、おかげで祖父さんが前より好きになった。

話すことがあるだろうかと心配してたけど、ゼヴ祖父さんとおれはいつまでも話し込んでいた。話していると胸のなかでなにかがうずいて、その熱くなる感じはちょっと胸焼けみたいだった。おれはそれを無視した。祖父さんは、自分の両親のことを教えてくれた。親父はポーランド人だったが、おふくろはアフリカーナーで、変てこな宗教的なとこがあったそうだ。また、ポーランドで育った子供時代のこと、ティーンエイジのころに犯罪組織の下っぱだったことも話してくれた。つられて、おれは自分から〈スパイダー〉のこととポルノ・ビジネスのことを話していた。

祖父さんは考え込むようにうなずいた。「悪くない商売だ。おれがおまえぐらいの年齢ごろにそういうのがあったら、あの戦争はもっとずっと面白かっただろうな」と笑った。「まあしかし、戦前ポーランドで育ったころ、あっちにはあっちの〈スプロール〉があったがな。ギャングもおったし、三流の悪党もおったし、政治的な若いののグループもあった。みんながみんな、周囲をいいように操ろうとしとったもんだ。それで、おれが学んだいっとう大事なことはなんだと思う」

おれは身を乗り出して、ありがたいお言葉を聞き逃すまいとした。なにしろ祖父さんは、ゼヴチェンコ一族中いちばん年寄りでいちばん頭がおかしいんだから。

「どれもこれもまるっきり無意味っちゅうことさ」と痰のからんだ笑い声をあげる。「ナチが来よってぜんぶ奪っていきよった。だがそのナチも蹴り出されて、そん次に来よったのがロシア人だ。どんだけ自分に力があるつもりでも、海にはかならずもっとでっかい魚がおるもんなのさ」そこで激しい咳の発作が起こり、祖父さんは震える手で部屋のすみにある小さな木の戸棚を指さした。「黒い壜を」と咳き込みながら言う。

おれは戸棚に歩いていき、戸をあけた。医薬品が大量に入っているなかから、大きな黒い薬壜を探しあてて持っていった。ゼヴ祖父さんは震える手で受け取り、栓を抜いてぐいとひと口飲んだ。「ジンだ。ここのファシストども、アルコールを一滴も飲ませようとしよらん。だから隠しとかにゃならんのさ」と言って壜を差し出してきた。おれは受け取ってぐいと飲んだ。溶けた鉄のように、酒がのどを熱く灼(や)く。

「女はどうだ」祖父さんが言う。「決まった相手がおるのか」

「彼女はいるよ」

「好きなのか」おれはノーと答えたかった。愛情なんてむだに厄介ごとを増やすだけだって、たいていはそう思っていると言いたかった。会うとドーパミンとセロトニンの組み合わせがどれだけあふれ出すにしても、エズメもほかのみんなと同じ、たんにチェス盤の駒のひとつにすぎないと言いたかった。でも言えなかった。

「たぶん」ぽつりと答えた。

祖父さんはうなずいた。「ゼヴチェンコの男はみょうなもんでな。簡単には女を好きにならんくせに、いったん好きになると生命がけで、好きになった相手からはてこでも離れるもんじゃない。なにがあろうともな」顔をしかめて、またジンをあおった。「まあその、たいがいのことではな」

「祖母ちゃんともそうだった?」

祖父さんは含み笑いをした。「いいや、残念ながらな。そりゃあ、祖母ちゃんともそれなりに熱い時期はあったさ。だがな、あいつと出会う前に、おれはもう一生の恋人を手に入れて、それを失っておったんだ。なにをしてくれても、それは変えようがなかっただろうな」

「なにがあったの」

「カラスどもさ」と吐き捨てるように言って、剣の柄でもつかむように壜の首を握った。「カラスどもが来やがったら、どうしたって止められるこっちゃねえ」

例の冷たい不安な感覚がまた首を伝いおりてきたが、おれはそれを振り払おうとした。祖父さんの妄想は認知症が進んだ結果だ。腹を立てるようなことじゃない。

祖父さんはおれの手をぼんやりと握った。「祖母ちゃんに会う前に、おれはべつの女に恋をした。まだ女とは呼べないような年齢(とし)で、肌が透けるように白くて、切れ長の緑色の目で、見たこともないような変わった耳をしてた」昔を懐かしむような笑みを浮かべる。「美しい子だった。珍しい野生の動物みたいに。臆病なことも野生動物みたいだったな。同族はもう死に絶えて、自分が最後の生き残りだと言っとった。王家の末裔(まつえい)で、そのせいで追われてるというんだ。おれたちは恋に落ちた」

「また引っかけようとしてるんじゃないよな、祖父ちゃん」おれは言った。

「突拍子もない話に聞こえるのはわかっとる」祖父さんは言った。「おとぎ話みたいだもんな。ときどきは、みんなおれの作り話なんじゃないかと自分でも思うぐらいだ」

「それでどうなったのさ。祖父ちゃんとその……お姫さまは」

「やつらがつかまえに来たのさ」と言っておれを見る目は、かっと見開かれてほとんど正気とは思えなかった。「バクスター、あれは恐ろしかったぞ。あんなものは見たこともないだろう」震える手でシャツのすそを探り、めくりあげて、しわの寄った毛深い老いた身体を見せた。「戦おうとしたんだ」と訴えるように言う。「けどな、あんまり数が多すぎた。止めようったって止められるもんじゃない。あの子を守ろうったって無理だったんだ」ぼんやりと、太くてぎざぎざの傷痕を指でなぞっている。傷痕は左の乳首からへそまで続いていた。「バクスター、約束してくれ」と、いまではぜいぜい息をしながら言って、おれの手を握りしめた。

「約束って、なにを？」低い声で尋ねた。

「おれがあの子に惚れたように、おまえもだれかに惚れたらな、そのだれかのために戦うんだぞ。約束してくれ」

「約束するよ、祖父ちゃん」

祖父さんはうなずいた。「家族のみんなには、あんなことになって悪かったと思っとるよ。だがな、この目で見たものを見なかったというふりはできん」ため息をつき、ずっと肩にかついできた大きな荷物をおろしたような顔をした。「いつかカラスどもにつかまったらな、いいか坊主、そんときはどうしたらいいかちゅうと……」

インディーフィルム・マガジン
モンスター・ポルノのビッグ・トレンド来るか

ジョニー・ステュアート

大仰なせりふ、とろんとした目つき、人狼にゴブリンにヴァンパイア――〈グラモレックス〉映画の冒頭を観れば、これが最新のティーンエイジ向けパラノーマル映画だと思っても不思議はない。

濃厚で激しいアクションに突入してやっと、これがよい子のパラノーマル界進出などではないことがわかってくる。ハリウッドは、魔法使いや天使やヴァンパイアのフランチャイズで大儲けしている。ポルノ業界もそそくさとその例にならおうとしているのだ。

『邪悪な精霊トコロッシュのブッカケ』、『アナンシのゾンビの部屋』、『ドワーフ族の女漁り（アス・パトロール）』などの作品によって、〈グラモレックス・フィルムズ〉はポルノ界の不気味革命の最前線に躍り出た。最先端の特殊効果、高い制作品質、ポルノ映画のトップスターと三拍子そろった作品は、プールボーイ（裕福な屋敷のプールの清掃などをする若い男）と退屈した主婦というお定まりの凡作をはるかに凌駕（りょうが）している。

「流れがパラノーマルに来ているのはまちがいない」〈グラモレックス・フィルムズ〉の販売部長トニー・マクベインは言う。「〈グラモレックス〉は、人々の欲しているものに真っ先に気がついた。ヴァンパイアと人狼が、情欲に燃える眼差（まなざ）しをからませるだけではもう物足りない。

もっと本格的なからみあいが見たいのだ」そう気づいたところから〈グラモレックス〉は変身をとげた。家内工業的なポルノ制作会社だったのが、何百万ドル規模の大企業になったのだ――わずか三年のあいだに。この急成長は、ひとつには陰謀論のウェブサイトのおかげもあった。〈グラモレックス〉映画で激しいアクションを見せる、奇怪にしてみごとなモンスターは本物だというのである。

マクベインはこの説を一笑に付した。「もちろん本物だよ。本物のドワーフや妖精やゴブリンが一日二十四時間、週に一日の休みもなしでやりっぱなしなんだ。本物の乱交ショーだよ」パラノーマルなポルノスターの集団を隠しているわけではないだろうが、〈グラモレックス〉の秘密主義は有名だ。出演者が本物のモンスターかどうかはともかく、本物かもしれないと思わせるオーラをうまく利用しているのだから、精巧な着ぐるみに隠された俳優たちの素顔はけっして明かそうとしない。また、同社の作品はほとんど〈肉欲の城〉で撮影されているが、この施設の所在地を知っているのも、ごく少数の選ばれた人々――ここでのお楽しみを市の有力者に味わってもらうために、〈城〉が門戸を開くさいに幸運にも招待される人々のみだ。

この謎の〈肉欲の城〉はつまり、ケープタウン版プレイボーイ・マンションになっているわけだ。ケープタウンのVIPのために開かれるパーティでは、新奇な禁断の快楽を味わえるともっぱらの噂である。

マクベインによれば、秘密主義はすべて用心のためにすぎない。「なにもかも秘密にしなくちゃならないのは、出演者を保護するためだ。熱狂的なファンもいれば、宗教的な抗議運動もある。そういう過激な分子が、真っ先にターゲットにするのは俳優たちだからね」

とはいえ、この新しいポルノの波をだれもが歓迎しているわけではない。〈ケープタウン・フェミニスト連盟〉は、〈グラモレックス〉を激烈に批判している。「クリーチャー・ポルノは、セックス産業に関わる人々の人間性を否定しようとする新たな組織的一歩です」と〈連盟〉の広報担当者クレア・フルトンは語る。「『クリーチャー』では、どうしたって尊重のされようがないでしょう」

また〈グラモレックス〉の評判にとってはありがたくないことに、同社には大規模犯罪組織に関わっていると言われるメンバーがいる。共同所有者のひとり、「ロシア人」ことユーリ・ベルキンは現在、映画に出演させるため未成年の少女を誘拐した疑いで警察の取り調べを受けているのだ。

ポルノ革命かただの変態か、〈グラモレックス〉の作品をどう見るにしても、たしかに言えることがひとつある。パラノーマル・ファンタジーどころか、これはまさしくＮＳＦＷ（Not Safe For Work、「職場で（見るに）は安全でない」の略）だということだ。

4　心臓を持つことの耐えられない不便さ

そのあと親父の車で学校に戻ったとき、おりるおれを親父が不器用にハグしようとしてきたが、それはなんとか回避できた。なんで親は、校門を見ると感傷的になるんだろう。パヴロフの犬ばりに、校門が刺激になって無関係な感情的反応が呼び覚まされたりするんだろうか。ありがたいことに、ゼヴ祖父(じい)ちゃんとなにを話したのか、親父はあまり訊こうとしなかった。だって、祖父さんが話したぶっ飛んだ内容を説明しろと言われても、どこから話していいのかもわからないもんな。

教室に戻ると、またミミズの生殖器の授業だった。これで続けて三週めだ。ミスター・ロディックは細かいことにいちいちこだわる。自然界でいちばん軽視されがちな地中生活者に、どれだけ美と複雑さと精妙さが備わっているか、必死で生徒に気づかせようとしてるみたいだ。熱狂的なギターのファンが、聴覚障害者の集団にスティーヴ・ヴァイのすばらしさを語るようなもんだよな。

教室には不穏な空気が流れていた。食物連鎖の頂点で厄介なことが起こりかけていると、ポーン(NPC)たちもそれを嗅ぎつけるんだろうか。デントン・デ・ヤーガーが教室のいちばん後ろに陣取って、副官たちとぼそぼそ相談している。ときどきこっちにちらちら視線を投げてくる。おまえのことは忘れてないぞと言わんばかりに。これはいい徴候だ。おれがデントンの席にさりげなく近づいていこうとしたとき、教室の入口にひげ親父が現われた。教師の話が途切れるのをそわそわと待っている。ミスター・ロディックはちょうど、彼のミミズへの熱愛にいかにして火がついたかという、退屈このうえない話をしているところだった。

その話が終わったところで、ひげ親父は身を乗り出してミスター・ロディックの耳になにごとかささやいた。ロディックがふり向いてまっすぐおれを見たんで、心臓がスキップしたりハードルを跳んだりしはじめた。ロディックはしばらくひげ親父の話をじっと聞いていたが、やがてうなずいた。

「バクスター・ゼヴチェンコ」と深刻な顔で言う。「校長先生が、きみにお話があるそうだ」

ひとつの生物のように、クラス全員がいっせいにこっちに目を向けた。おれは立ちあがり、教壇に歩いていった。みょうに平静な気分だった。衝突する車のなかにいて、周囲でガラスと金属が爆発するのを見ているみたいな。ポルノの出どころをたどっておれに行き着いたんだろう。すぐに、頭のなかで最悪のシナリオが展開しはじめる。デニス・ブラウンは学校でただひとりのエホバの証人だ。あいつが、おれから買った『ラテン系ビッグママ総集編』のことで罪悪感の発作に襲われて、ポルノのことやどこから手に入れたかをほんとのママにしゃべったにちがいない。ミセス・ブラウンの宗教的情熱はただごとじゃなくて、これは悪魔のしわざだと思えば、それを徹底的にやっつけないと気がすまない。まちがいなくおれをサタンの子だと思っているだろう。これは退学だな。たぶんミセス・ブラウンは学校に警察を呼ぶよう要求するだろうが、学校はその要求を呑むかもしれないし、呑まないかもしれない。どうなるにしても、もうこっちの手に負える事態じゃない。

「バクスター」教室の外の廊下で、ひげ親父が口を開いた。「気の毒だが、とても悪い知らせなんだよ。エズメ・ファン・デル・ヴェストハイゼンが昨夜(ゆうべ)から行方不明なんだ」自動車事故が空中で停止し、おれは意味がわからなくてしきりにまばたきをした。

「エズメが?」おれは言った。「お父さんのとこじゃないんですか。それか友だちのとことか」

ひげ親父が首を横にふる。「いや、それがそうじゃないんだ。脅かしたくはないんだが、マウンテン・キラーにつかまったんじゃないかと警察は言っている」

自動車事故の停止が解けたかと思うと、それが核爆発に変わった。頭のなかが爆発した。都市という都市が消滅していく。

「でも、ふた晩前に会ったばかりなのに」おれはぼうぜんと言った。

「あまり力を落とすんじゃないよ」ひげ親父は言って、肩に手を置いてきた。「警察が全力をあげて捜査してるから」

おぼつかない足どりで教室に戻った。教室の全員が情報を引き出そうとしてきたが、おれの目にはほとんど入ってなかった。

「どうしたんだ」カイルがささやきかけてきた。「なあ、バクス」

返事をしなかった。目に映るのはエズメのまぼろし、のどを掻(か)き切られ、ひたいに眼を刻みつけられている姿だけだ。

おれはぼんやりと廊下を歩いていた。エズメの失踪のことはもうみんなが知っているようで、気の毒がるやつもざまあ見ろとほくそ笑むやつも同じぐらいいて、どっちもよけて歩かなくちゃならなかった。中庭の花崗岩(かこうがん)の冷たい壁に背中を預けて、何度か深く息を吸った。頭が割れそうに痛んで、呼吸が浅く乱れている。酸素が足りなくて死にそうな気がした。

そのとき異様なことが起こった。ちゃんと説明できそうな気がしないから、数式で表現してみようと思う。いま頭のなかで起こってることを数学的に表現するとしたら、たぶんこんな感じになるだろう。夢＋もともと全体に変だった＋誘拐された彼女＝多重人格。ジキル博士とハイド氏じゃないが、頭のなかにべつべつのふたつの声が出現して、脳みその究極の支配権をめぐって生命がけで戦ってるんだ。

まずひとりは、論理的で客観的なビジネスマンのおれ。計画を立て、戦略を練って、カスパロフみたいにポーンを自在に動かす。このおれはストレートのウォトカを飲みながら、赤んぼからキャンデーを、年寄りから一生ぶんの貯金を盗んでいくようなやつだ。この小脳のドナルド・トランプには、さっそく「ビズバクス」とあだ名をつけた。

もうひとりは、おれにそんな一面があったとは自分でも知らなかった人格だ。こいつは感情を持ったおれだ。うん、自分でも気色悪いと思う。このおれは、たぶん大脳皮質のクリスタルヒーリング（さまざまな結晶体を用いて体調を整えるセラピーの手法）とか受けたりして、人はひとりひとり大切だとか信じていて、まずまちがいなくピニャコラーダが好きで、雨に降られるのも好きなはずだ（ルパート・ホルムズの一九七〇年代のヒット曲『エスケイプ』の歌詞から）。なよなよしたメトロセクシャル（ゲイではないが嗜好や生きかたがゲイに似ている、おしゃれで都会的な男性のこと）なやつだから、こいつは「メトロバクス」と呼ぶことにする。

たぶんこのふたつの部分は、前からおれのなかに存在していたんだろう。表層の意識の下で、こいつらのおしゃべりはかすかなつぶやきでしかなかった。それが、エズメが行方不明と聞いてから本気で騒ぎだしたわけだ。

ビズバクス　ひどい話だけど、正直なところエズメだって、ほかのみんなと同じただのボーンだ。ボーンのなかでは貴重な部類で、特別に親しみや好意を感じてはいた。役に立つボーンだ。でも、ボーンはボーンじゃないか。

メトロバクス　いいか、これはエズメのことなんだぞ。わかってんのか。おれたちにナードコア・ラップ（ナード（オタク）の好むとされるテーマを特徴とするラップのジャンル）を教えてくれたのも、バナナとピーナッツバターと蜂蜜のサンドイッチを教えてくれたのもエズメなんだぞ。

ビズバクス　それでその情報はありがたく吸収させてもらったさ。だけど、いつまでも過去にこだわってるわけにはいかないだろ。だいたい、おれたちになにができるっていうんだ。

メトロバクス　エズメを見つけるのを手伝わなくちゃ。協力しあえばどんなことだってできるはずだ。ともかく、こわいのはおれたちの闇じゃない。光が……

ビズバクス　闇だって？　闇ってなんだ。よぼよぼの四肢切断の獣姦のことか。
メトロバクス　なんだよそれ。よくもそんなことが言えるな。
ビズバクス　おれはおれだからな。おれこそがほんとうのバクスターだ。おまえはたんに、おれっていう精神が生まれたあとの後産みたいなもんだ。

狂気か。テレビで見る狂気は、いつでももっと面白い気がするんだが。頭を強く押さえて声を止めようとした。ビジネスマンのおれの言うとおりだ。こんなことに気をとられてる場合じゃない。容赦なく感情を奥に押し込むと、みょうに落ち着いた気分に襲われた。

愛だって？　おまえはばかか、ゼヴチェンコ。これまでにどれだけ笑えるラブソングが作られたか考えてみろ。これまでどれだけ時間と労力がむだに費やされてきたか。それも、いまじゃ進化論的に無意味になってることのためにさ。遺伝子の永続を確実にするために、人はだれかを好きになるようにプログラムされてるんだ。遺伝子の永続を確実にするならほかにいいものがある。精子銀行さ。

残されたもののうち、いま考えなくちゃならないのは〈スパイダー〉のことだ。でっかいことをやるチャンスが目の前にぶら下がってるのに、おまえの脳はお花畑ホルモンを撒き散らして邪魔をしてる。ガキっぽい夢なんか忘れろ。エズメのことは忘れるんだ。

翌朝はホイットニー・ヒューストンにやられた。コカインで自分の人生をぶっ壊すだけじゃ足りなくて、おれの人生までぶっ壊しにかかってやがる。なにが『オールウェイズ・ラヴ・ユー（いつまでも愛してる）』だ、これはまるでメリケンサックの感情版だぜ。七時十三分にラジオのスイッチが入って、ホイットニーのむせび泣くような高音におれはいきなりたたき起こされた。

胸に鋭い痛みが走り、息が苦しくなった。壁が揺れたりまわったりして、壊れた遊園地の乗物に乗ってるみたいだ。息を吸おうとあえいだ。「母さん」と声を張りあげた。「母さん！」階段をどたどたとのぼる足音がして、おふくろが縮れた髪に縁どられた顔を突っ込んできた。

「どうしたの？」心配そうな顔で言う。

「心臓発作が起きたみたいなんだ」あえぎながら言って、胸をつかんだ。おふくろはベッドに腰をおろし、手をおれの胸に置いて、脈を確かめ、ひたいに手を当て、それから微笑みかけてきた。

「バクスター、あんたはこれまで、あんまり感情を出すほうじゃなかったからね。そこはお父さんそっくり」

「おれ、どこが悪いんだろ」また胸をつかんだ。「すげえ痛いんだけど」

おふくろはまた、さっきのいまいましい笑みを浮かべた。「エズメのことが心配なのね。それでパニック発作が起きたのよ」パニック発作だって。ばかばかしい。あんまり当たり前でわかりやすすぎるし、俗受けする心理学そのまんまだ。そうだな、だからたぶんそのとおりなんだろう。おれの精神はまたたがはずれだして、まんなかでまっぷたつに分かれてしまった。

論理的で客観的なビジネスマンのバクスターがいっぽうにいて、もういっぽうにはめそめそなよなよのメトロセクシャルなバクスターがいる。

ビズバクス　どう考えても、食品添加物から発情ホルモンを摂取しすぎてる。それで冷静な判断ができなくなるんだ。

メトロバクス　自分のガールフレンドのことなんだぞ。おれたちは切っても血が出ないとでもいうのか。

ビズバクス　涙が川になるほど泣け（クライ・ミー・ア・リヴァー）（一九五五年にジュリー・ロンドンが歌って大ヒットしたジャズの名曲）ってか。いいこと教えてやろう。トマス・ファーンズワースは一九七六年にエベレストの北壁を登ろうとしたんだが、その遠征は雪崩のせいで完全に失敗した。登山隊は彼ひとり残してみんな死んじまって、ファーンズワースはガラスの破片で仲間の遺体を切って食べて生き残った。凍傷で手足の指はぜんぶなくしたけどな。仲間の胆嚢（たんのう）をかじりながら、ファーンズワースは手を止めて小娘みたいにわあわあ泣いたとでも思うのかよ。

メトロバクス　その話、いま作っただろ。

ビズバクス　事実じゃなくたって、言いたいことはわかるだろ。念のために言っとくと、要するにめそめそしてんじゃねえってことさ。

メトロバクス　あの晩、初めてエズメに会ったときのことは憶えてるだろ。あのときなにを感じたか、正直にほんとのところを言ってみろ。それが言えたら、もうちょっかい出すのはやめてやるよ。血も涙もないサイボーグめ、いいから言ってみろよ。

おふくろはベッドの端っこに腰をおろしていたが、身を乗り出してきて、面食らったようにおれの顔を見た。「なに？」

「愛だ」おれは言った。

「愛だよ」また言った。「初めてエズメに会ったとき感じたのは愛だったんだ」おふくろはにっこりした。中世のキリスト教神秘主義者（修行の一環として他者を慈しむことを重んじた）の慈悲を残らず詰め込んだみたいな笑顔だった。「ここのどこかに、あんたがいるのはわかってたわ」と言って、軽くおれの胸をつついた。

根本的な再調整にとりかかる時が来たわけだ。これまで閉じたフィードバック・ループだと思ってたところに新しいデータが入ってきて、パラダイム・シフトが起こったんだから。これまでは愛なんてのはくだらないおとぎ話だと思ってたし、そんなものをおとなになっても信じるやつはばかだと思ってた。政治家の公約かサイエントロジーみたいな。だけどそうじゃなかったんだ。パラダイム・シフトが完了した。情報は吸収同化された。以前の指令——ウェストリッジのギャング戦争を食い止めよ。いまの指令——エズメを救え。さらっていったやつをつかまえて、心臓を引き裂いてやれ。だれにも邪魔はさせるものか。

ファン・デル・ヴェストハイゼンの家は上を下への大騒ぎになってた。玄関前には警官やレポーターがうじゃうじゃしていたが、そのあいだを縫うようにして自転車を進めていく。するとでかい警官にハンドルをつかまれて止められ、「家族と友人以外は立入禁止だ」と言われた。「ぼくはエズメとつきあってるんです」おれは言った。「家族の人たちに会いに来たんだけど」「誘拐された少女と交際してるっていう少年が来てますが」警官は無線機に向かって吼えた。「入れろ」無線機からガーガーと声がした。警官は親指を立ててドアのほうをさしてみせる。おれは自転車を塀に立てかけ、ごてごてした真鍮の把手をまわして玄関のドアからなかに入った。

なかでは親戚たちがあちこちに立っていて、背中を叩いて慰めあってるのが類人猿みたいだ。警察官が数人、所在なげにリビングルームをうろうろしている。でっかいパステルピンクのソファの陰から、エズメがぴょんと飛び出てくるとでも思ってるんだろうか。エズメのおふくろさんはきっちり化粧して、まるでパーティでも開いてるみたいにみんなをもてなしている。「気を強く持とうとはしてるんですけれどね、エズメはわたしたちの大事な大事な……」と言いながら、応接間の入口に鎮座してる大きな陶製のダルメシアンに寄りかかって身体を支えていた。

おれにわかるかぎりでは、エズメの失踪はこんなふうに起こったらしい。おふくろさんと継父のオラフはなんかの行事で外出してて、エズメはひとり家でテレビを見てた。ふたりが戻ってみたら、庭の離れにエズメはいない。友だちに電話をかけた。おれにもしたらしいが、切ってあったらしい。エズメはどこにもいなかった。

エズメのおふくろさんのサンドラ・ファン・デル・ヴェストハイゼンは、アーリア人種に典型的なごつごつした顔だちで、サイと頭突きあいをしても勝てそうに見える。実際、ある意味ではそれをやって勝ったと言えなくもない。つまりオラフがそのサイだってこと。オラフは超人ハルクみたいな大男で、だからこそいっそう情けない話なんだが、完全に奥さんの尻に敷かれてる。ファン・デル・ヴェストハイゼン家でだれがベージュのチノパンをはいてるか、それについちゃまったく疑問の余地がないんだ（ある英国のメーカーが男性向けにベージュのチノパンのシリーズを出していたが、その洗濯ラベルに「よくわからなければきみの女に任せよう。洗濯は女の仕事だから」というジョークが書かれていたため、それがツイッターで取りあげられて女性差別だと騒ぎになった）。

「まあ、バクスター」サンドラが空々しく意気込んで言った。つけまつげをぱちぱちさせ、そばかすの浮いた胸もとに光る金の十字架に触れた。もちろんサンドラはおれを嫌ってる。よくない影響を与えるからだとエズメには言ってるみたいだが、ほんとのとこ、おれの目が悪いもんだから卵巣のレベルで警戒してるんだと思う。遺伝的に見て娘のためにならない選択だってこと。残念でした、進化心理学はあんたにあんまり味方してないみたいだよ。

「つらいのはわかってるわ、そりゃつらいわよね。でもわざわざ来てくれることなかったのに」サンドラは言って、おれの両頬にふりだけのキスをし、親戚たちのいないほうへおれを連れていった。「なにかわかったらすぐに連絡するわ。でもその前に、シューマン巡査部長と話をしてくれないかしら。あなたたなら、なにか役に立つことを知ってるかもしれないし」と言いながら、キッチンに案内していく。

「巡査部長」とサンドラが声をかけた男は、ひとりキッチンテーブルに向かって座っていた。

「こちらはバクスター、エズメの……友だちです。なにか知ってるかもと思って」

とおれの肩をぽんと叩くと、今シーズンでいちばん大事な悲嘆のイベントに戻っていった。

シューマン巡査部長は大きな男だった。いや、こんな遠回しな言いかたはやめよう。でぶだった。ぶくぶくに太ってた。実際のとこ完全に太りすぎだった。はっきり言って、シューマン巡査部長は南アフリカ警察署のミシュランマン（ミシュランタイヤのキャラクター。タイヤを積み重ねたようなぶくぶくした体型）だった。まるで、よれよれのレザージャケットに詰め込んだ巨大なクリームドーナツだ。黒っぽいひげが口のまわりを囲んでいて、排気管を口に当ててふうふうやってきたみたいに見える。おれに向かってうなずきかけて、テーブルの向かいの椅子を指さした。

「それじゃ、ぼくちゃんがあの子の彼氏か」おれが腰をおろすと、そいつはおつに澄まして言った。

「いまなんて呼びました？」

「いやその、なんでもない」大きな顔が内側に集まって、派手なしかめ面に変わった。「わたしはこのあたりで聞き込みをしてまわってるんだ。名前は？」

「バクスター・ゼヴチェンコ」

「ゼヴチェンコね。ゼヴチェンコと」ペンであごをこつこつやりながら、「昔ベルフフリットにゼヴチェンコって一族が住んでたが、その親戚かな」

「ちがいます」

「いや待て、あれはゼヴチェンコじゃなくて、ザーコウィッツだった。それで最初の質問だが、だ」

きみは行方不明の彼女とまぐわったのかね」

「は？」

「性交だよ。性的交渉、恋愛というダンスフロアで横になって踊るマンボ、あるいは――」

「もういいよ。おまわり、ポリ公、カンケン、意味はわかった。そんなこと訊いてどうすんだ」

シューマンは口角をあげて笑顔を作った。「確認のためだよ。犯行動機は痴情のもつれか否か」と言って、メモ帳になにか書き込んだ。でっかい手をしてるのに、やけになよなよした字を書く。警察のメモ帳じゃなく、ピンクの薄紙の日記帳にでも書いてるみたいだった。

「おれが関係あるって思ってるんですか」

「いいから質問に答えなさい」

「答えはイエスです」おれは言った。「セックスしました」

「よし！」と言って、ハイファイブをするように片手をあげた。

おれはにらみつけた。向こうはくすくす笑っている。「もうひとつ知りたいのは、きみがジョディ・フラーも知ってたかどうかだ」

「ジョディのことはよく知りません」ついどもってしまった。「それで、警察はどうしてエズメがマウンテン・キラーにさらわれたって思ってるんですか。新聞を読んだかぎりじゃ、手口がちがうように思うけど」

「それはそうなんだがね。ただ、部屋の壁に大きな眼の絵が刻んであったんでな」

シューマンは封筒をあけて、写真を一枚こっちに滑らせてよこした。エズメの部屋の写真だ。たしかに、壁紙に大きな眼ががたがたの線で刻みつけてあった。

「『シーナーの眼』って知ってるかね」ソーセージみたいな太い指で、写真をとんとんやりながら尋ねてきた。「シーナー」という言葉が頭のなかで鳴り響く。「そう呼ばれてるんだ」シューマンは続ける。「この眼のことだがね。アフリカーナーの神秘主義のたわごとさ」

「聞いたことないです」と言って、写真から目をそらした。

「きみの言うとおり、これはいままでになかったやり口だ。だから、今回は特別なケースなのかもしれん。マウンテン・キラーはエズメとは特別な関係にあるのかもな」

「遠回しにつっつかれるのは気に入らないな」写真を向こうに押しやった。「はっきり言ってくれよ」

シューマンがにたりと笑うと、犬歯が剝き出しになり、二重あごが揺れた。「ずいぶん鼻っ柱が強いんだな。だがいいだろう、はっきり言おう。エズメの失踪にはきみが関係してるとわたしは思うんだがね」

「ばかばかしい」おれは言って立ちあがった。シューマンはテーブル越しに身を乗り出し、こんなでぶにしては驚くほど素早くおれの手をつかんだ。それをぐいと背中にまわされ、腕に激痛が走って、しかたなくまた腰をおろした。

「なにするんだよ」痛みに歯を食いしばりながら言った。「痛いじゃないかよ」

「そのへんの、頭のにぶい警官を相手にしてると思ったら大まちがいだぞ、バクスター」シューマンは言って、顔にぐっと顔を近寄せてきた。「マウンテン・キラーはかならずつかまえる。それに、のらくら時間をつぶす気もない」と手を放して、また自分の椅子にどっかと尻を落とした。「そういうわけだから、これは一度しか訊かん。隠してることがあるんなら、いまのうちにしゃべってみないか」

「おれじゃない」手をこすりながら言った。「エズメを誘拐なんかしてない。だからあんたは自分の仕事をして、だれのしわざか突き止めてくれよ」

「バクスター」立ちあがって出ていこうとすると、また声をかけてきた。

「なにか?」

「もしおまえがマウンテン・キラーなら、かならずとっつかまえてみせるからな」

側面のドアから庭へ出て、ぐるっとまわって裏庭のエズメの離れに歩いていった。ドアの枠に灰色の粉がついている。この部屋はもう指紋の採取が終わったらしい。あたりに警官の姿はないかと見まわしたが、正面玄関のマスコミの騒ぎで手いっぱいのようだ。ひじでドアを押しあけ、なかに入った。エズメの盗品のコレクションを見ていくと、心臓がずきんと痛んだ。なにもかも、このあいだここに来たときとほとんど変わっていない。

室内を注意深く見ていったが、とくにおかしなところはなかった。出ていこうとしかけたとき、衣装だんすの下からなにかが突き出しているのが見えた。ひざをついて見てみたら小さな骸骨だった。ハミーだ。どうやらなにかの動物にかじられたらしい。なんてこった。足で骸骨を押しやって立ちあがったが、そのときべつのことに気がついた。衣装だんすのそばのラグの下から、変わった形の灰色の歯がのぞいている。拾いあげてみると、いっぽうの側がぎざぎざになっていて、触れると温かい。なんだかほんとに変わった歯だった。目のすみで見ると輝いているような気がした。

エズメが盗んできたものではない。もし盗んだものなら絶対その話をしているはずだ。手先の早業とか注意のそらしかたとか、戦利品を持ち逃げするのに使った戦法とかをことこまかに話して聞かせないはずがない。歯をポケットに滑り込ませると、庭の奥の塀を乗り越えて、家の裏の小路におりた。こっそり正面にまわって自転車を起こし、水路に沿ってゆっくり押して歩いた。

歩いて帰りながら、ポケットに手を入れて歯にさわった。エズメがわざと置いていったのかもしれない。おれになにかを伝えようとしたのかも。でもなにをだろう。あるいは、これもマウンテン・キラーの新しい名刺かなにかなのかもしれない。だが、いまはじっくり考えるどころじゃなかった。この胸の痛みとかはまるっきり初めて経験することで、正直言ってぜんぜん意味がわからなかった。内面の状態のせいで、筋道を立ててものが考えられなくなるってどういうことだよ。どう考えたって逆でなきゃおかしいだろ。いまは冷静に、理性的に、冴(さ)えた頭で状況を客観的に分析しなくちゃならないときだ。それなのに、胸のうずきも、頭にまとわりつく不安の不協和音の渦巻きも、理性の声になんか耳を貸そうともしない。

さっきの歯をぎゅっと握りしめて自転車を押して帰った。水路わきの泥と草とごみにまみれた道を通って。

午前一時を過ぎて、おれは負けを認めて眠ろうとするのをやめた。両親の安眠用ホワイトノイズ発生器の耳慣れた音が聞こえてくるのを待って、ガレージから自転車を引き出すと、ゆっくり走ってこの街区を抜けた。やせこけた犬が、目の前の影のなかをウナギのように滑っていく。自転車をそっちに向けると、犬は闇のなかに姿を消した。

水路に向かう下り坂を、ペダルを漕(こ)がずにおりていった。引っ込んだところでガキどもがマリファナを吸ってるにおいがして、それがマントのように全身にまといついてくる。水路のうえにそびえる古いオークの木におれは手を伸ばした。こぶだらけの木に身をもたせ、傷ついた樹皮を指でなぞった。ここで、ジョディ・フラーとキスをしたのだ。

ジョディ・フラーは死んだ。魂の抜けた遺体を想像しようとしたが、できなかった。思い出せるのは、ジョディの口のミルクっぽい味のことと、よそよそしい目の表情だけだった。彼女とキスしたことのあるやつはほかに何人いるんだろう。おれひとりきりなのか、それとも、あの唇の味を知ってるのが条件の会員制クラブができるくらい大勢いるんだろうか。「エズメが死にませんように」木に向かってささやいた。

「あんた(ヤイ)」水路のなかからささやき声がした。自転車のタイヤがパンクした音にも似ていた。暗いコンクリートの水路を見おろすと、水路の壁に男がひとり寄りかかっていた。「エンチを一本恵んでくれや」男は言って、口に指を当ててみせた。世界じゅうどこでも通じる「煙草(たばこ)」のしぐさだ。

少し近づいてみると、男は古いペンキ缶に腰かけていた。顔をあげ、歯のない口でにっと笑いかけてくる。その顔は、刑務所で入れた灰緑色の刺青（いれずみ）だらけだった。地位とか所属とか犯した悪行を示す謎めいた絵文字だ。解読できなくて幸せだ。

片方の目は乳白色に濁っていた。古ぼけた三弦のギターをひざにひょいとのせ、さらに大きく笑って歯ぐきを剝き出しにする。おれはポケットから煙草を取り出し、一本放ってやったが、いつでも逃げられるように片足はペダルにかけておいた。話の続きは刃物で、と来るかもしれないからだ。

男が煙草を取ったのを見て、今度はライターを投げてやった。男は両手で煙草をかばい、顔をオレンジ色に染めて火をつけた。「若え（ライティ）の、だれに死んでほしくねえって?」煙草をくわえたままもごもご言った。

「べつに」おれは言った。「ライター返してくれよ」

「昔、おめえによく似た娘っこに会ったことがあるぜ。ずっと昔、戦場でな。だれにお祈りしてたんだ」

「お祈りなんかしてねえよ」

男は煙草を深々と吸うと、ギターの弦を一本はじいた。耳障りな音が夜の闇に響く。「あっちの下のほうが見えるか」と煙草で円を描いて、ずっと下流のほうを示した。吸いさしの火が、おれの網膜にでたらめな模様を焼きつける。「あそこでな、若え男がふたり、裸にむかれてギャングに処刑されたんだぜ。入団の儀式のいけにえで」また煙草を吸った。「そんで、それよりずっと下流のほうでは、コンゴ人の難民が木で首吊りをしてる。パスポートが手に入らなくてな。次の朝、会社に行くってんで車で通りかかった連中は、『奇妙な果実』に目を丸くしたってわけよ。世のなかの人間がみんな忘れても、この黒い川は忘れねえ。その記憶をずっと抱えてるんだ。ここはな、死者の迷える魂が渡りに来るとこでよ、おれは魂に歌を聴かせる歌手ってわけだ。死者の魂を安らかに眠らせてやって、そいつらの記憶がずっと生きつづけるようにしてるんだ」男はささやくように言った。白濁した目は裏返って、脳のどこかを調べてるみたいだった。

「ふうん」とおれは言った。「それ、いい金になんの?」

男は答えず、歌詞のない歌を歌いはじめた。その声は低いながら声で、この水路に黒い水を吐き出す排水管の立てる、ごぼごぼという音に似ていた。歌声は高く低く響き、やがて詠唱が始まった。

「時のはじめ、カマキリと蛸(たこ)の兄弟は、深淵の宇宙を旅してわがものと呼べる場所を探していた。そうするうちにある惑星にたどり着いた。前人未踏の処女地で、兄弟はそれぞれ自分こそこの星の所有者と宣言した。争いを収めるために、兄弟は賭けをした。最もすぐれた被造物を生み出すことのできた者が、星をわがものにできるという」

詠唱に区切りをつけるかのように、男はまたべつの弦をはじいた。耳障りで金属的な音のエクスクラメーション・マークが宙に浮かび、それを背景に二柱の太古の宇宙神の姿が現われる。地球をめぐって縄張り争いをしている姿が。自転車にまたがったまま、おれは身動きもできない。それをよそに、男の言葉は暗い虚空に活き活きとした絵を描いていく。

「カマキリが先にとりかかり、ワトゥ・マクレという最古の部族を生んだ。小さな人、輝く者、尖り耳、有角馬など、目をみはるすばらしさだった。あまりにみごとなワトゥ・マクレを見て、とても勝てないと蛸は悟った。カマキリはそんな蛸を哀れに思い、妥協を申し出た。地球を共有して、力を合わせて新しい生物種、すなわちヒトを生み出し、かれらとともに生きようではないかと。ヒトには二面性があったので、兄弟神はかれらを〝奇妙な者〟と呼んだ。

しかしその後、カマキリは創造に疲れて眠り込んだ。何千年も眠りつづけた。その眠っているすきに、蛸はカマキリに対して陰謀を企てた。いまでもワトゥ・マクレのことをねたんでいた蛸は、ひとりで〝恐ろし族〟を生み出した。羽も黒く心も黒く、生まれた目的はただひとつ、ワトゥ・マクレ族を狩りたてて殺すこと。こうして、カマキリが眠っているあいだにワトゥ・マクレ族は狩りたてられ、虐殺され、しまいに陰に隠れるしかなくなった。こうしてかれらは〝隠れ族〟と呼ばれ、つねに恐怖におびえて生きるようになった。

目覚めたカマキリは、自分の被造物が絶滅に追いやられたことを知り、激怒して蛸を攻撃した。何千年間も二柱の神は激しく戦い、そのせいで地球そのものに危険が及ぶようになった。その地球こそ、神々が求めてやまなかったものだというのに。ワトゥ・マクレと〝奇妙な者〟は生き延びるために協力し、自分たちの創造主を罠にかけ、生きた檻に閉じ込めて地球の破壊を食い止めた。

しかし〝恐ろし族〟は創造主の不在を惜しみ、そのゆえに物語はそこで終わらなかった。

〝恐ろし族〟はその後もずっとワトゥ・マクレを狩りたて、創造主を解放するすべを探しつづけることになったのだ」

ふいに男は詠唱をやめた。「いつか神々はまた戦い、世界は破滅する」彼はささやいた。「おめえは知ってるはずだ。眼は忘れないからな」

眼という言葉が、狙いすました弾丸のようにおれの神経系に命中した。情けない話だけど、恐怖に襲われてアドレナリンが噴き出し、自分でも気づかないうちに自転車を押して縁石を離れ、がむしゃらにペダルを漕いで水路から逃げていた。呼吸は荒く、ひたいはずきずきする。いまではもうおなじみの搏動(はくどう)だ。眼。力いっぱいブレーキをかけた。砂利にタイヤが滑り、自転車が横倒しになって、地面に叩きつけられ、手が地面にこすれて火がついたように鋭く痛んだ。

起きあがり、また自転車を漕いで水路に戻った。あのひとつ目のくそったれ、どういうことか説明させてやる。「おい！」水路に向かって怒鳴った。自転車を停めて草むらに投げ倒す。「いいか、もうたくさんなんだよ」水路の闇をのぞき込んだ。だれもいない。盲目の歌い手も、ギターも見えない。からのペンキ缶があるだけ。水路の上流や下流を見わたした。「くそ、なにがどうなってるんだ」闇に向かって言い、その瞬間に気がついた。おれの存在はロープみたいにぎりぎりに引き伸ばされて、ぽっかり口をあけた深淵に渡されている。そのロープの繊維がほぐれて弾けだすのが見える。助けが必要だ。それもすぐ。

ドクター・バッスンの診療所は、おれの家から自転車で二十分のとこにある。朝の通勤ラッシュの道路を抜け、タクシーの列を抜け、大通りに出て、自転車のペダルをしゃかりきに漕いだ。滝のように流れる汗が目に入り、ひたいはずきずきする。偏頭痛が起こる一歩手前だったが、かまわずペダルを踏みつづけた。学校をサボり、ギャングたちを好きにさせておくのは〈スパイダー〉にとってはまずい。しかしどうしようもない。生まれて初めて、物事が自分の手に負えなくなってきていると感じていた。

オフィスビルの外で自転車を停めた。ビルはスチールとガラスと赤い化粧レンガの塊だ。自転車を街灯柱にチェーンで固定して、ガラスの自動ドアを通ってなかに入った。筋骨たくましい警備員はマレット・ヘアのニキビ面で、そいつに上から下までじろじろにらまれながら、おれは汗まみれの髪をいっぽうになでつけ、シャツのそでで眼鏡を拭いた。

「名前書いて」警備員がうなるように言う。おれは来館者名簿に名前を書き、エレベーターで三階へのぼった。足早に廊下を歩いていき、「ドクター・コーバス・バッスン（精神科医）」と白い文字で書かれた曇りガラスのドアの前にたどり着いた。ブザーを押す。

「はい？」バッスンの声がした。

「バクスターです」

短い間があって、ドアがかちりと開いた。

「おはよう」ドクター・バッスンはいつもどおり、細いが熱のこもった声で言った。背が高くてやせていて、鼻梁の細い鷲鼻をしていて、尖った頬骨が顔から突き出している。水色の目はけげんそうに見開かれていたが、それでも笑顔で、脂じみた薄くなりかけの髪を傷痕のある手でかきあげた。髪は後ろで虹色のスクランチー（ゴムを布などで包んだもの。日本で言うシュシュ）を使って束ねて、小さいポニーテールにしている。

身ぶりでついてくるように示すと、診察室に入っていった。「いや、驚いたな。次の予約は水曜日だったよね」

「おれ、おかしくなったみたいなんです」おれは言った。

バッスンは心配そうな目でこっちを見て、「それじゃ、来てくれてよかった。運がよかったね、今日の午前中は予約が一件も入ってないんだ。話がしたい？」

おれはすぐにうなずいた。

「コーヒーはどうかな」と、コーヒー沸かしのある部屋のすみに向かう。

「いただきます」と言って、デスクわきの長い革張りの寝椅子に腰をおろした。

腰を落ち着けると、おれは壁にかかった二枚の写真を眺めた。ここへ来るといつもそうしてるんだ。一枚はテーブルマウンテン、もう一枚は老船長の写真だ。白髪まじりの髪、気むずかしそうな顔、長くて赤いひげが滝のようにあごから垂れ落ちている。

デスクには写真のフレームがふたつ置いてある。ひとつには軍服を着た男ふたりの写真が入っているが、もうひとつは伏せてあってどんな写真が入っているのかわからない。

おれはいらついて貧乏ゆすりをしていた。わきに雑誌が積んであり、それを何冊かそわそわめくっているあいだに、バッスンはきちんと手順どおりにコーヒーを二杯淹れている。その淹れかたは耐えがたいほどのろくさい儀式のようで、それを待っているうちに、ここに来る必要があったのかどうか疑わしくなってきた。

最近になってわかったとおり、おれの持っていた自己像――マキャヴェリ的な黒幕で、感情的なしがらみとか好き嫌いには左右されないという――には欠陥がある。とすれば、それで不安が生じたとしても当然だ。

あの入眠時幻覚、ボーア人やカマキリの夢は、生物として当然のただのストレス反応だ。言ってみれば脳がデフラグやってるようなもんだ。レイフがしょっちゅう歴史の話をおれののどに突っ込もうとするから、それがそこに影響してきただけだ。べつに不思議なことじゃない。だけど、昨夜の老ホームレスの一件はどうだろう。ああ、あれは確証バイアス（自分に都合のいい情報だけを見て、そのほかは無視するという精神的傾向）さ。おれは答えを探してた。だからあいつのたわごとを、自分の求める物語に合うようにねじ曲げてしまったんだ。

バッスンが足を引きずりながら歩いてきて、おれにマグを渡した。デスクに戻り、そろそろと椅子に腰をおろす。

「来てくれてうれしいよ」彼は言った。「しかし、きみはこれまで治療にあまり乗り気じゃないようだったから、正直言って少し驚いたね」

「エズメが誘拐されたんです」おれはさっそく言った。

バッスンはまゆをあげた。「なんだって。いつ?」

「四晩前です。警察は、マウンテン・キラーのしわざじゃないかって」

「なんてことだ、気の毒に。バクスター、それできみは大丈夫？」

「それがその」と口ごもった。「いや、大丈夫じゃないみたいで。その……変なものが聴こえるんです。変な声が」

いつのまにか手のなかに現われたペンで、バッスンは猛然となにか書きだした。いきなり創作意欲に取り憑かれた人みたいだ。「それで、その声はなんと言ってるの」

「言い合いをしてます。おれのなかのふたつの部分がけんかしてるみたいなんです」

ペンの動きがいっそう激しくなった。おれの問題の核心部分を、言葉にしてとらえようとしてるんだろうか。「ストレスは、人の心にひじょうに強い影響を与えるものだからね。愛する人が危険な状況に置かれるというのは、強烈なストレスになりがちだ。バクスター、きみはエズメを愛してるんだね」

さあ来た。こうずばり訊かれたんじゃはぐらかせない。愛。何千何万という歌、詩、本が、神経化学的刺激に反応して内臓がぶるぶるして困るというテーマで書かれている。この感じがそれなんだろうか。心のうちでは、おれはイエスと答えていた。

口に出してはこう言った。「いやその。はい。たぶん」

バッスンはデスクの引出しをあけ、茶色のフォルダーを引っぱり出した。「これはきみの通知表なんだがね。これからすると、きみの言語能力や抽象的思考力はきわめて高く、同年齢の生徒をはるかに上まわっているね。ただ、知的な人にはそういう例が多いんだが、共感能力の発達が遅れている。ところがいまきみは、ある少女を愛していると言う。人はだれかを愛すると、心ならずも相手を傷つけることがあるものだ。きみはエズメを心ならずも傷つけたりはしてないだろうね？」

「ふざけんなよ」おれはとっさに言った。「先生も、おれがエズメをどうこうしたと思ってんですか。ちくしょう、どいつもこいつも頭おかしいんじゃないのか」

「暴力的なことを考えたり、夢に見たりしたことは？」バッスンは切り返してきた。

「ありません」

彼は首をふった。「バクスター、いっしょに考えていきたいんなら、わたしに嘘をついちゃいけないいな」

いったいいつから、精神科医は読心術が使えるようになったんだ。「ええ、その、あります」おれは言った。「アフリカーナーとか牛車とかの変な夢を見るんです。たしかに、暴力的な夢を見たり考えたりすることはありますよ。だけど、だからっておれが連続殺人鬼だってことにはならないでしょう」

バッスンはうなずいた。「もちろんだよ。その夢の話をしてくれないか」彼は続けてこう言った。「その夢が鍵だと思うね。いまきみがどう感じているか、それでわかると思う」

5　偽物だと思うけど大好きだ

「費用対効果をばっちり分析してみた」カイルが言った。ラップアラウンドのミラー・サングラスをかけて、派手なアロハシャツを着ている。映画『カクテル』のSFふうリメイクのエキストラみたいだ。ここ二、三日雨模様だったのが息の詰まる蒸し暑さに変わり、おれたちはわが家のプールのそばでラウンジチェアにぐったり座ってる。プールは藻がはびこって緑色になっていた。

数週間前、おれたちはとなりんちの庭から地の精（ノーム）の像を盗んできた。カイルは今日、それを古い腐りかけた飛び込み板のうえに置いて、石をぶつけて遊んでいる。こういうささやかな楽しみに熱中するたちなのだ。

「ちょっと読んでみろよ、バクス」彼は言った。「なかなか悪くないと思うんだよな」片手で大きな石ころを拾い、片手でおれに紙を渡してよこす。ノームを狙って石を放り投げたが、落ちたところは何光年も離れていた。

カイルは石投げはまるでなってないが、エズメが誘拐されたままのほうがよいという分析はよくできていた。

「第一点。十六歳で決まった彼女がいると、高校時代の恋人と結婚して、中年になってからあたら若い盛りをむだにしたと気がつくという、よくいる連中の仲間入りをする危険が高まる」

まったくそのとおりだ。そういう連中に会ったことない？ まるで宣教師だぜ。

「第二点。同情の波にずっと乗っていられて、個人的・組織的な利益を最大化できる」ひとつ言えるのは、カイルはおれと同じ言葉をしゃべってるってことだ。厄介ごとを回避するなら、彼女を誘拐されるのは癌や自閉症になるのと同じぐらい効果的だ。今月末には、おれは宗教の授業中にもポルノをおおっぴらに売れるようになってるかもしれない。

「どっちも言えてるな」それは事実だった。ただあいにく、この胸のなかで爪を出して暴れてる、愛という異質な胎児が計算に入ってない。そんなわけで、おれは秘密を打ち明けることにした。自分の本性をいちばんの親友に見せられなくて、ほかのだれに見せられるかっていうんだ。「費用対効果の分析じゃわからないこともあるんじゃないかな」おれは言った。「愛とかさ」

カイルはおれをまじまじと見つめた。やがて、その顔に間抜けなにやにや笑いが広がっていく。「それじゃ、これがいわゆる決定的瞬間てやつか」

「たぶんな」

「それ、悪かったな」と、おれの手にした紙にあごをしゃくった。「役に立つと思ったんだ」

ため息をついて、「おれもそう思ってた。だけどどうしようもない。エズメを愛してるんだ」

「ピノキオ、あなたは人間の男の子になったのよ」カイルは裏声で言った。

「うっせえ」

「まあ、おまえがエズメを愛してるって確認したところで、それじゃこれからどうする?」

おれはポケットから、エズメの部屋で拾った歯を取り出して渡した。カイルはミラーサングラスを頭に押しあげた。「ハイレ・セラシエさま、こりゃなんでございましょう」

「エズメの部屋で見つけたんだ。

「光ってる」指でつまんでまわしてみながらつぶやいた。

「そうなんだよ。やっぱり変だろ」

「変もなにも、光る歯なんてあるのか」

おれは降参のしるしに肩をすくめた。「ずっと考えてんだけどな」

「紫外線スプレーかなんかかもな」カイルが考え込むように言う。

「誘拐犯がなんでそんなことするんだ?」と言いながら、おれはなめらかな石を拾った。手にのせて重さを確かめる。

「頭のおかしいやつなのかな。ちょっと調べてみるよ、なんかそういう技術があるのかもしれないし。ああそうだ、オンラインでエズメの銀行口座をのぞいてみたぜ」

「どうしたらそんなことができるんだ」

カイルはサングラスをまたおろした。「彼女、自分の誕生日を暗証番号にしてるからさ。見つかったら、あれは変えとけって言っといたほうがいいぜ。行方不明になってから、デビットカードの引き落しはされてなかった。だけど取引通知の方法をいじっとくよ、カードが使われたら、こっちにテキストメッセージが来るように」

おれはノームに石を投げた。小さな赤い帽子がはじけ飛んで、ノームは飛び込み板の端でぐらぐら揺れた。もう一個投げようと目をあげたら、プールの反対側に目障りなうすのろが立ってやがった。この暑いのに、迷彩柄のカーゴパンツに分厚いオレンジ色のジャージを着ている。そのオレンジ色で強調されて、くしゃくしゃの髪がいつにもまして赤く見え、まるで頭に火がついてるみたいだ。胸に雑誌をしっかり抱えてこっちを見ている。

「なんか用か」おれは言った。

レイフはその雑誌を持ちあげてみせた。

「そうか、字が読めるのか。そりゃあおめでとうさん」つっけんどんに言ってやった。

レイフはゆっくりプールのふちをまわって近づいてきて、おれが寝そべってるラウンジチェアの前で止まった。慎重に雑誌をチェアの端に置き、あるページを開いて、一歩あとじさった。生まれたばかりのイエスに黄金でも捧げるみたいに。むらむらと怒りが湧いてきた。「おまえのくだんねえ雑誌なんか読みたかねえや」声を殺して毒づいた。

「バクス」カイルが言った。雑誌のほうに身を乗り出して、歯の裏を吸っている。なにかを真剣に考えているときのくせだ。「これ、ちょっと読んでみろよ」

顔をしかめ、身を起こしてみると、三か月前の映画雑誌だった。カイルがページに指を当ててみせ、おれはその指がさしている行を読んだ。「〈グラモレックス〉の所有者で、ロシアマフィアの一員と言われる『ロシア人』ことユーリ・ベルキンは現在、映画に出演させるため未成年の少女を誘拐した疑いで警察の取り調べを受けている」

「『邪悪な精霊トコロッシュのブッカケ』と『ドワーフ族の女漁り（アス・パトロール）』が例にあげてある！」

カイルが言った。この二本は、カイルの好きなクリーチャー・ポルノなのだ。しかし、そこに興奮するかふつう。

「つじつまは合う」おれは言った。「こいつはクリーチャー・ポルノを作ってるんだから、あの歯はきっと着ぐるみのが落ちたんだ！」

「それはどうかなあ」カイルがうさんくさげに言った。

「ここに書いてあるじゃないか。少女を誘拐してポルノに出演させてるんだ。エズメがどこへ連れてかれたのか調べなくちゃ」

カイルはため息をついた。「なんかやばいまねをすることになりそうな気がするんだけど」

「やばいって、ロシアマフィアの幹部を誘拐して拷問するのとどっちがやばい？　まさかそこまでやばかないよな」おれは尖（とが）った石を拾って狙いをつけた。「エズメに手出ししてやがったら……」投げた石はみごと命中し、ノームは自爆テロリストみたいに吹っ飛んだ。

「それではごきげんよう」ダグラスは言って、ワインのボトル二本をしっかり抱えた。カイルの親父さんのコレクションから失敬してきたやつで、おれたちはそれを礼金代わりに渡したのだ。「酒をまことにありがとう」ダグラスは、名づけて「ロシアから愛をこめて作戦」の第一段階を実行に移すのを手伝ってくれたところだった。

　ここまでは信じられないほど簡単だった。マフィアが滑稽なのは、まともなビジネスマンみたいな見せかけをなんとしても守ろうとすることだ。ユーリも、自分はただの正直なビジネスマンなのに、ロシア出身というだけで、外人嫌いの南アフリカでは白い目で見られるとたびたび主張してる。だが、そう主張するにはそれなりの裏付けが要る。人身売買の疑いがかけられているとなったらなおさらだ。

　そんなわけで、おれたちが電話をかけて「南アフリカ産業技術フォーラム」で基調演説を頼みたいと持ちかけたら、一も二もなく飛びついてきた。えーと、ここで「おれたちが」電話をかけたっていうのは、もちろんダグラスがかけたって意味だ。ホームレスなんだが、上流階級ふうのなまりがあって、しゃべるのを聞いてるとイギリスの保守党の議員みたいなんだ。ダグラスは、うちの近くの水路に住みついてるんで、ときどき手間賃を払って酒を買ってきてもらってる。「南アフリカ産業技術フォーラム」のCEOに昇進したって張り切っちゃって、ちょっとわざとらしいところはあったけど、大した役者ぶりを見せてくれた。

　打ち合わせは翌日に設定した。「演説内容を話し合う」というのはもちろん、「テーザー銃で動けなくして頭に袋をかぶせ、拷問してエズメの居場所を吐かせる」という意味だ。明日も学校がある日だが、今夜はカイルをうちに泊めたいと両親に頼んだ。同情の波のおかげでおふくろがいいと言ったんで、おれはカイルを連れて自分の部屋に引っ込んだ。この部屋はいま、おれたちのささやかな冒険の総司令部になっているのだ。カイルは、建設中のビジネスパークの地図を出してきた。明日、ユーリと会うことになっている場所だ。

「目標は明日一六〇〇時に到着するから、会合地点には学校から直行する」カイルは言った。「唯一の不安は、テーザー銃の効き目だな」と、手にしたちっぽけなプラスチックのしろものをうさんくさげに見おろす。「だってさ、すげえ安いんだぜ」

カイルの言うとおりだった。見るからに偽物のパクリ商品でも、場合によっては大いに役に立つ。しかし、凶悪で知られたマフィアの幹部を攻撃するとなったら、武器がちゃんと使えるかどうか確かめときたいじゃないか。

おれはカイルを見てにっと笑った。

「おいおい、やめろよ」彼は言った。「実験台はごめんだぜ」

レイフはあとじさりして、いまにも逃げ出しそうにしている。

「わかったよ、心配すんなって」おれは言った。「実験台はほかに探そう」

火曜日の夜のクレアモント（ケープタウンのサザン地区に属する区域。近年商業地として開発が進んでいる）は筋肉ばかの集会場みたいだった。どこのクラブも、平日の夜は吐かせるのが目的みたいなスペシャルドリンクを出している。ミニスカートの女ふたりが自分のハイヒールにもどすのをよけながら、おれたちは大通りを歩いていった。

男がふたり——流行に合わせてポロシャツのえりを立てて、頭はソフトモヒカンにしている——抱きあい、通り過ぎる車に向かって怒鳴っている。カイルとレイフとおれは、適当な獲物を求めて通りをうろついた。三人でテーザー銃が二挺しかないし、あまり相手の数が多いとこっちがぼこられてしまう。それに、テーザーがちゃんと効かなかったときは逃げられなくちゃ困る。

十分ほどうろついたところで、ぴったりの標的を発見した。三人のでっかい筋肉ばかが小路に立って、女の子たちと交尾行動を開始しようとしていた。胸を膨らませ、理由をつけては数秒おきに股間を指さしている。女の子たちは笑い、唇をなめ、髪をふって、腰を前に突き出している。

カイルとレイフとおれは、そいつらに向かって小路を歩いていった。「おい、ガキはおねんねの時間だぜ」おれたちが近づいてくるのを見て、筋肉ばかのひとりが言った。おれはにやりと笑って言った。「おれたちもそう思ってたとこだよ。だから、おまえらはさっさと退場して、男どうしでイケナイことでもしあってりゃいいんだ。こっちの彼女らはおれたちが面倒見てやるからさ」

時間が止まった。筋肉ばかたちは、事態を呑み込むのに少々時間がかかっている。しまいに、パステルピンクのゴルフシャツを着た筋肉ばかが「いまなんて言った?」と声をあげた。対決は始まり、レベルを一段階あげるときだ。

「ああ、でもそれじゃママに焼きもち焼かれるか」カイルが言った。「そんじゃ、まずママにサービスしてから、おホモだちどうしで乱交パーティってことでいいだろ」ホモ、ホモ、ママ、ママ。由緒正しい戦闘の引金だ。

三頭のゴリラは、壁から引っぺがすように身を起こし、こっちに向かって歩いてきた。こんな幸運が舞い込むとは信じられないと顔に書いてある。女の見ている前で、自分より小さい相手をぶちのめすチャンスなんざ、そうしょっちゅう転がり込んでくるもんじゃない。今夜は神の摂理が筋肉ばかの世界に微笑んだってわけだ。

それから始まった対決は、あっと言うまに荒っぽく終わった。カイルとおれは、三人のうちふたりをほとんど瞬時にぶっ倒した。テーザーの威力はまるで魔法だった。三人めはなにが起こったのかわからず、面食らって突っ立っていたが、カイルは回転ジャンプをしてそいつの首にテーザーを浴びせた。酸素欠乏症で顔色の悪いジェット・リー（中国の武術家・俳優）みたいだった。レイフは自分の出番がないのがつまらなかったようで、歩いていって倒れた筋肉ばかの股間を蹴りつけていた。

「レイフ、なにやってんだよ」と声をかけると、にっと笑って肩をすくめてみせる。

「ちゃんと使えるみたいだな」おれは、うめき声をあげる肉の塊を見おろしながら言った。

「たしかに」カイルが答える。

将来のボトックスの餌食たちが、こっちを恐怖の眼差しで見つめていた。「お嬢さんたち、気にしないで楽しんでね」とカイルは言った。おれたちが夜にまぎれて消えていくのを、彼女たちは目を丸くして見送っている。恐ろしい復讐の天使が、オタクやガリ勉の恨みを晴らしてまわってるのを見送るみたいに。

ユーリはだれも連れずにやって来た。表のビジネスマン社会に受け入れられるという期待で、ロシア人らしい生まれつきの用心深さを忘れていたのだ。それが運の尽きだった。そのせいで、縄跳び縄で縛りあげられて、カイルの家の物置小屋にころがされる破目になったんだから。

これまでのところ、ロシアマフィアを誘拐するというおれたちの計画は、信じられないほど順調に進んでいた。まず、オブザヴァトリー区（ケープタウンのサザン地区のひとつ）に建設中のビジネスパークへ行く道筋を教えてやって、存在しない「クレイトン・エンタープライズ」を探してうろうろしているところにテーザーをお見舞いした。

それからこいつのアウディA5を運転してカイルの家に戻り、半分気絶したマフィアを三人で引きずって庭の物置に隠した。カイルの両親はどっちも学者で、今日は会議で出かけている。ジェンダーや民族の問題を解決するか、立てなくなるほど酔っぱらうまでは帰ってこないはずだ。

「まず言っときたいんだけど、おれたちはあんたの作品の大ファンなんだ」カイルが言った。「『邪悪な精霊トコロッシュのブッカケ』は、ポルノ映画としてはまず最高の――」

「てめえら、うちの犬の餌にしてやる」ユーリが怒鳴った。剃りあげた頭には汗が噴き出し、血管が盛りあがっているし、栗色のスーツにはよだれが垂れ落ちている。前に後ろに身体を揺すって、縄をほどこうとむだに暴れていた。

二、三分すると少し落ち着いて、狂犬病のオオカミみたいな狂暴な目でこっちをにらみつけてきた。正直言って、おれたちはちょっと変てこに見えたろうと思う。ロシアのマフィアから報復されちゃかなわないんで、それを防ぐために講じた手だてっていうのが、南アフリカの昔の政治家のお面をかぶることだったんだ。カイルの両親がハロウィーンのジョークで買ったやつで、おれはF・W・デクラーク（第七代大統領）、カイルはP・W・ボータ（第六代大統領）、レイフはヘンドリック・フルウールト（第七代首相）になってた。

「そう無礼な口をきかなくても」とPWが言って、ユーリの顔の前で指をふってみせた。「いまルビコン河を渡ろうとしてるとこなんだから」

「てめえらの目ん玉えぐり出してやる」ユーリがうなり、また暴れだした。

ヘンドリックが平然と、物置の床から半分に折ったレンガを拾い、それをユーリのひざに叩きつけた。「ぎゃあああああ」ユーリが絶叫する。

「なにやってんだよ、レイフ」おれは言った。

「おれがだれだかわかってんのか」ユーリがわめいた。「てめえらみんなぶっ殺してやる」

「メス」おれが言うと、カイルが錆(さ)びた剪定(せんてい)用大ばさみを差し出した。おれははさみを開いて、ユーリの太い首に軽く当てた。「あんたがだれだか、ちゃんとわかってるとも」

ロシア人は暴れるのをやめて、苦しそうに息を吸ったり吐いたりしている。「目的はなんだ」としゃがれ声で言う。おれは片手でポケットから札入れを取り出し、もう片方の手で剪定ばさみをユーリの首にあてがっていた。錆びた刃があご下の肉のひだに食い込んで、細い血の筋がシャツに流れる。

おれは札入れを開いて、エズメの写真を抜き取った。

「おおっ」PWが言う。「彼女の写真を札入れに入れてんのか。すんげえロマンチックぅ」

「うっせえ」おれは言って、その写真をユーリの鼻先に突きつけた。「この子をさらっただろう。あんたの映画に出すために」

ユーリは写真を見て吹き出し、ひとしきり耳障りな笑い声を立てた。「この子をさらっただろうって？　映画に出すために？」笑いだし、ひざの痛みに顔をしかめる。ヘンドリックがまたレンガを持ちあげたが、おれは手をあげてそれを止めた。「やったんだろ？」

ユーリは顔を前に突き出した。「白人の女が欲しかったら東欧で探すさ。そのほうが簡単だ。だいたい、そんなブ――その程度じゃ使えねえよ」

おれは写真を見た。エズメは可愛い。だが、ユーリの言う意味はわかる。『邪悪な精霊トロッシュのブッカケ』に出てた女たちは、身長百八十センチの金髪の妖精だった。エズメは実際、あのカテゴリーには当てはまらない。おれは写真をポケットに入れ、例の歯を取り出した。

「それじゃ、これはどうだ」

ユーリは目を丸くしたかと思うと、やがて口を歪めて冷笑を浮かべた。「聞かないほうが身のためだぜ」

おれは剪定ばさみの柄をしっかりつかみ、錆びた刃が首にまともに当たるまで閉じていった。

「それはどうかな」おれは言った。

ユーリは頭を後ろに引いて、はさみの刃から逃げようとした。「教えたら解放してくれんのか」

おれはうなずいた。

彼は大きく息を吐き出した。「あとで後悔するぞ、こんなことに足突っ込みやがって。おれの会社は、すごく特殊な市場に商品を提供してる。ときどきは、俳優を探すのにちっとばかし手伝いが必要なときがあるんだ」

「だれだ、その手伝いって」おれは言った。

「ケープタウンにゃ、化けもん探しを仕事にしてるやつはひとりしかおらん」彼は言った。

「ジャッキー・ローニンに会いに行くんだな」

荷車ががたんと止まり、わたしはぎょっとして目が覚めた。でも、ぜんぜん眠った気がしない。あの男の子の夢を見ていた。なにか探そうとしてるみたいだけど、大きな黒い怪物が迫ってきてるのも、恐ろしい男がくすくす笑ってるのも気がついていない。あの笑いかた、テッシとマリーが人形遊びをしてるときみたい。あの男の子のことが心配だ。

荷車の垂れ布から頭を突き出したとたん、冷たい恐怖が背筋を伝った。男の人たちが話をしながら、手では忙しくライフルに弾丸を装塡し、目では地平線をにらんでいる。その視線をたどると、遠くに土埃の柱が見えた。渦を巻いて空へ昇っていく。

お父さんが片手にライフルを、片手に聖書を持って、大股でこちらへやって来た。「見つけられた」恐怖の鉤爪が背骨に突き刺さってくる。

お父さんはライフルを地面に置いて、わたしの肩を大きな手でつかんだ。「こわがるな、クリップスプリンガー」と言って顔を近づけてきた。わたしはそのいかつい顔を見つめた。長い灰色のひげが垂れ下がり、射抜くような青い目がわたしの目を見すえている。「もし生き残れたら、乗物を探すんだぞ」

その「もし」という言葉に胸を衝かれた。もし生き残れたら。わたしたちはもうずっとイギリス人から逃げつづけてきた。ずっとこわい思いをさせられてきた。でもわたしは、ほんとうにつかまるとは思っていなかった。お父さんの目をのぞき込みながら、お父さんに見つめられているのを感じていた。お父さんは怒っている。でもこわがってはいない。わたしの肩を痛いほどつかんで、「きっと見つけてくれよ」手をおろしてわたしの手をつかみ、聖書のうえに置かせた。革の表紙に描かれた大きな十字架にくらべて、その手がとても小さく見えた。

「約束してくれるな?」

泣きだしたかった。泣きついて、わたしにはできないと言いたかった。なにをすればいいのかわからないと。でもそんなことをしたら、いままでにしたどんなことよりお父さんをがっかりさせてしまう。「約束する」のどから言葉を絞り出した。

お父さんはうなずき、わたしを荒っぽく抱きしめて言った。「荷車の下に隠れてなさい」

わたしは荷車の下に這い込むと、がっしりした木製の車輪に背中を預け、両ひざを胸に抱え、足をスカートの下にたくし込んだ。ここなら安全だ。お父さんやニクラースおじさんを怒らせたとき、これまで千回も逃げ込んできたところだ。ここならだれにもつかまらない。

男の人たちのぼそぼそ話す声、子供たちのかすかな泣き声が聞こえる。たぶんちっちゃいテューンスとマリーだろう。わたしは目をつぶった。しばらくすると、人の声は草原の音に溶け込んで区別がつかなくなってきた。

待っているうちにだんだん気がゆるんできてたから、最初の銃声がはじけたときは心臓が口から飛び出すかと思った。怒鳴り声、続いて悲鳴、恐ろしいごちゃごちゃの音、ふだんのキャンプの物音とはぜんぜんちがう。荷車の下からうかがうと、野営地じゅうに人の脚が群がっていて、大きなアリの脚みたいだった。

おばさんが両ひざをついて、動物みたいに銃剣で串刺しにされて悲鳴をあげていた。信じられなくてまじまじと見てしまった。きっと、ゲームかなにかをしているんだ。ニクラースおじさんの物真似をしてたときみたいに。おばさんは厳めしいしかめ面を作って、のしのし歩きながらわたしたちに指を突きつけてきたっけ。あのときはみんなでお腹を抱えて笑った。おばさんの物真似があんまり滑稽で、それなのにみょうによく似てたから。ディルクも見えた。わたしは小さいときからディルクが好きだったけど、そのディルクがハンマーで兵士の頭を割っていた。次の相手を探してぐるりと向きを変えたところで、銃弾に顔の半分を吹き飛ばされて倒れた。わたしはまた目をぎゅっとつぶった。

次に目をあけたときには、黒人の男の人が見えた。野営地のまんなかに座って、死んだ人に向かって小さく歌を歌っている。赤い軍服の兵士たちがまわりを歩いていたけど、その人の姿は見えてないみたいだった。その人が腕に抱いている死者の頭に目を向けると、長い灰色のひげが目に入った。「お父さん!」わたしは叫んだ。

なにが起こったのか、気がついたらそっちに向かって走っていた。つかまえようと伸びてきた手をよけ、死にもの狂いで走った。火薬のきついにおいが鼻について、涙とよだれと鼻水が顔を流れる。「お父さん!」また叫んだ。黒人の男の人が顔をあげた。片方の目は完全に真っ白だ。その前で立ち止まって、わたしが甲高い悲鳴をあげたときも、その人は表情ひとつ変えなかった。

「歌を歌ってやったからな、お父さんはあっち側へ渡ったよ」アフリカーンス語で、その人はそっと言った。わたしはそのとなりにひざまずいて、お父さんの顔を両手で支えた。「お父さんの言ったとおりだ」その人は言った。「あれを見つけなくちゃいかんよ」

何本もの手につかまれて、わたしは引き起こされた。でも、その人は兵士たちから手出しもされず、また歌を歌いはじめた。その低いやさしい歌声だけを聞きながら、わたしは兵士たちに引きずられていった。

翌朝、おれの気分は上々だった。もっとも、また一族皆殺しの夢を見たし、ひたいはひどくずきずきしてるし、目と目のあいだに蜘蛛が卵を産みつけて、蜘蛛の赤んぼが脳のなかにもぐり込もうとしてるみたいな気分だけどさ。おれはバスルームに行って小便をすませてからカイルを起こし、ユーリがしぶしぶよこした名刺をふたりで見直した。ちなみにユーリは、そのあとまたテーザーで眠ってもらってから車に乗せ、リーズビーク川のそばに車ごと放置してきた。

ドクター・ジャクスン・ローニン——薬草医・超常世界の賞金稼ぎと名刺にはあった。また裏側には、**取り憑いたゴブリンを追い払いたいとき、ほれ薬を調合したいとき、不吉な呪物を**

祓いたいとき、ドクター・ローニンがお役に立ちますと麗々しく書かれている。

「あんまりわかりきったこと言って悪いんだけどさ」カイルが言った。「こいつ、どう見てももぐりだろ」

「そんなことはいいんだ」おれは言った。「こいつが力になれるってユーリが言ってたじゃないか」

「言ったさ、そりゃ首をちょん切られたくないもん」カイルは両手を勢いよく動かして、見えない大ばさみをばちんとやってみせた。

「ほかにいい案でもあるのかよ」

カイルはしばらく考え込んだ。頭のなかでマイクロプロセッサが仕事をこなしてるのが目に見えるようだ。しかし、神経版グーグルの検索結果はゼロだったようで、しまいに首をふった。

「おれは行く」

「おれも行くぞ」カイルは強い口調で応じた。「バクス、今度のこれについちゃ、自分がリーダーでなくちゃだめだし、したたかに容赦なくやらなきゃならないって思ってるんだろ。だけどおまえ、人を愛してるって自分でおれに認めたじゃないか。あんなせりふ、おまえの口から聞くことがあるとは思わなかったよ。おまえみたいな皮肉屋がそんなこと言うわけないって思ってた。だったらたまには、ひとに助けてもらったっていいだろ。エズメを見つけるの、おれにも手伝わせろよ」

カイルと心の交流みたいなのをやったのは、これが初めてだった。おれたちは友だちとして固く信頼しあってたけど、その土台にあるのは深夜のゲームとか、ビジネス上の共通の目的とか、変てこな哲学的議論とか、ふたりともメキシコ料理が好きだとか、お互いをばかみたいに大笑いさせる能力とかだった。心のふれあいみたいなのはなかった。つまり、いままではってことな。おれは一度だけうなずいた。ちょっとそっけないのはわかってるけど、おれにも他人と共感する能力があるって気がついたばっかりなんだ。温かい目で見てやってほしいよな。

そろそろと忍び足で階段をおりたが、階段の下にレイフが現われて、もの問いたげに首をかしげてこっちを見あげてきた。おれに目を当てて、自分のひたいを一度指でつついてみせる。

カイルはこっちを向いて、「レイフも頭痛がすんのか」

「知るもんか」早口で言い、最後の数段を飛びおりてレイフを押しのけた。「おまえは来なくていい」そう言い捨てて、カイルとふたりで玄関に急いだが、餌をもらった野良犬みたいにレイフはくっついてくる。

「レイフ、今度はだめだって!」

「バクスター」おふくろの声が二階からふってきた。「下でなにしてるの?」

「こいつを引き止めといてくれ」おれは声を殺してカイルに言った。ドアをあけるとレイフがついてこようとしたが、カイルがその前に立ちはだかる。「おれも行きたい」カイルが同じく声を殺して言った。

「手伝ってくれるって言ったじゃないか」おれは拝み倒すように言った。「頼む、そいつをうちに引き止めといてくれよ」

「ほんとに大丈夫か？」とカイル。

「大丈夫だって。とにかくそいつを出さないでくれ。まとわりつかれたら台無しだ」

「うちの人になんて言えばいい？」と尋ねて、素早くふり向いてレイフにヘッドロックをかける。レイフは、カイルのわきの下から例の千里眼でこっちをじっと見つめていた。

「同情カードを切ってくれ」小声で言った。「散歩に行ったとでも、教会でお祈りしてるとでも、なんとでも言って、とにかくそいつをうちから出さないでくれよな」


おれは足早にクレアモントの駅に歩いていった。ちょっと待っただけで、黄色と灰色の電車ががたがたとやって来た。乗り込んで、太った女のとなりに座る。女はマリファナのにおいをさせていた。灰色のドレッドロックをでっかいヘッドホンで押さえていたが、そのヘッドホンからは腹に響くトランスミュージックが漏れてくる。

目を閉じた。その目をまた開いたのは、盲目の芸人がゴスペルを歌いながら通路をすり足で歩いてきたからだ。いつもと同じく、花と明るい朝とイエスの歌を歌ってる。おれはポケットから硬貨を取り出し、照れくさい気分でコップに入れた。電車はがたがたと次々に駅を通り、最後にケープタウン駅に入った。左手を見やると、グッドホープ・キャッスル（南ア最古の建造物。オランダ東インド会社総督の住居として使われていた。五角形の星型をしている）の黒っぽい壁が見える。巨大な花崗岩（かこうがん）のヒトデが思いきり身体を伸ばしてるみたいだ。

前々から嫌いな建物だった。だが今日は、言い知れない恐怖が腹の底から湧きあがってきた。

その感覚はしだいに上昇してきて、ひたいがむずむずし、ずきずきもいつも以上にひどくなってくる。なんとか我慢はしたが、顔の皮膚をかきむしりたくてたまらない。

目当ての古いおんぼろオフィスビルは、駅から歩いてすぐのところにあった。「フラミンゴ(Flamingo)・ビル」という名前なんだけど、ただaとmの字がずっと前に落ちて「フリンゴ・ビル」に改名されちゃってる。

スウェットスーツ姿の男たちが入口に固まっていて、マリファナとかコカインとかLSDとかマッシュルームは要らないかと口の端からささやきかけてくる。そのあいだもずっと、目をしきりにきょときょとさせて通りの左右をうかがっていた。

おれはもごもごとわびの言葉を口にして、汚れた回転ドアを押した。力いっぱい押してやっと数センチ動いて、どうにかもぐり込むすきまができた。入ったところは灰色のロビーで、アンモニアのにおいがする。エレベーターを見つけてボタンを何度か押した。反応なし。何度押しても反応なし。あきらめて階段をのぼった。黒猫をまたぎ越したがぴくりともしない。死んでるのか、信じられないほど怠けものなんだろうか。

五階はがらんとしていて、ずるそうな目をした掃除婦がひとり、階段でソリテアをしているだけだった。トランプをまたいだもんだからしかめ面をされた。いくつかドアの前を通り過ぎたところで、五十六号室が見つかった。木のドアに、「ジャッキー・ローニン——薬草医・超常世界の賞金稼ぎ」とステンシルで書いてある。その字の下に、マジックで「だれに電話する?（フー・ユー・ゴナ・コール）（映画『ゴーストバスターズ』の主題歌の一節）」と書きなぐってあって、『ゴーストバスターズ』のロゴがへたくそに描いてあった。おれは二回ノックした。

「家賃は来週の火曜日に払うって言っただろうが。このごうつくばりのレバノン人め」がらがら声がなかから叫ぶ。

「ジャッキー・ローニンて人に会いたいんだけど」おれは叫びかえした。

「税務署から来たのか」

「ちがうよ」

「女房か妹がおれと寝たっていうのか」

「まさか」

長い間があった。「それじゃ、ドアは開いてるぞ」

なかに入ると、そこにいたのは四十いくつかのむさ苦しい男だった。部屋のまんなかの薄汚れたかびみたいな色のソファに座り、口には煙草をくわえている。モノポリーのボードにかがみ込み、小さな赤いホテルをマスに慎重に置こうとしていた。

「ドクター・ジャクスン・ローニン?」

「ああ、こないだ確認したときはそうだった」男は顔もあげずに答えた。自分の向かいの汚れたベージュのリクライニングチェアをさして、座れと気短に合図してきた。サンドイッチと陶製の仏像の折れた首を、おれは用心しいしい椅子からどけて腰をおろした。

男はサイコロをふった。ふたつとも一だ。

「一のぞろ目だ」押し殺した声で言って、小さな銀の犬をふたマス進めた。こりゃだいぶかかりそうだ。

　おれは室内を見まわした。事務所と言うよりアパートと言ったほうが近い。左手のキッチンには裸電球がひとつついていて、冗談抜きで狭くて汚いという事実を明らかに照らし出していた。右手には寝室があって、正面がオフィスになっているようだ。

　このリビングルームじたいはごみ捨て場だった。すみには古新聞や古雑誌が積みあげられて、いまにも崩れそうになっている。古い木製のテレビがあったが、画面は割れていた。そのうえの壁では、ほったらかしのヘラジカの首が腐りかけている。それが脅かすようににらんでいた。クラックの吸引所だって、もっとましなインテリアのとこがあると思う。ローニン自身は、この事務所からキノコみたいに生えてきたんじゃないかって感じだった。流しの下にときどき生えてるやつ、あれが人間の大きさまで育ったらこんなふうだろうと思う。

　顔は古いヘチマでできてるみたいだった。大きなローマ鼻をしているが、何度か折れたのを一度も治してないかのようで、ごつごつした岩角のように顔から突き出しているのが魔法使いっぽく見えた。赤みがかった長い髪には白いものがまじり、それが顔に落ちてこないように白いテニス用のスウェットバンドをしてるんだが、それには蛍光グリーンで〝Sport Activ〟と刷ってあった。長い茶色と黒の羽根が一枚、左の耳たぶから下がっていて、目につく赤いひげからは長い三つ編みが一本伸びていた。

　ローニンはまたサイコロをふり、今度は五と三が出た。小さな銀のシルクハットを八マス進める。シルクハットの止まったマスにはホテルがうじゃうじゃ建っていた。ローニンは悪態をつき、ボードを逆さに引っくり返した。サイコロも駒もカードも、部屋一面に飛び散る。そこで急に気がついたような顔をしておれを見ると、赤いげじげじ眉毛をくっつくほど眉間に寄せて渋面を作った。

「押し売りに来たのか」と警戒するように言った。

「まさか、じつは相談が――」

「相談と言えば、ここは空気が悪いな」ローニンはうなり、立ちあがって窓にどかどか歩いていった。えいやとばかりにあけると、窓を乗り越えて錆びた非常階段に出ていく。その階段は、ビルの側面にやっとしがみついているように見えた。

「相談があるんです」ローニンの背中に向かって怒鳴った。

「きみはあれか、病気かなんかで外へ出ちゃいかんのか」と、窓からなかをのぞき込んでくる。

「いや、ぼくはただ話が――」

「無菌室少年じゃないだろうな。前にテレビでやってたんだ。無菌室のなかでしか生きられないんだと。外へ出ると、どんな黴菌(ばいきん)にもあっさりやられて死んじまうんだとさ」

「いや、無菌室少年じゃないです」

「だったら、おれと話がしたけりゃいっしょに屋上に来るんだな」

ちくしょう。早くもいやな予感がしてきた。どうも期待していたほど簡単にはいきそうにない。両手を窓枠にかけて身体を引きあげ、古い金属の踊り場に足をのせた。

ふたりの体重で金属がきしんだ。

おれは用心しいしいのぼっていった。階段が悲鳴をあげるたびにぎくっとしたが、下の小路を見おろしたくなるのを必死でこらえて進んだ。やっと最後の錆（さび）だらけの段にたどり着き、屋上に這いあがったときには心底ほっとした。

屋上は草木に覆われていた。日除（ひよ）けカバーの下に何十本も果樹が植えてあったが、その向こうに高く突き出しているのは、例の六つに分かれた葉っぱ、見慣れた大麻の葉じゃないか。すみには亀甲金網の鳥小屋があって、いろんな鳩が日光を浴びて羽づくろいをしている。

「二分やる。携帯電話の契約をとろうとか、ハリー・クリシュナの道に導こうとかしてみろ、おまえの死体はだれにも見つけられないからな」ローニンは当たり前のことのように言った。

「あはは」おれはおつきあいで笑った。

ローニンは面食らった顔をして、「なにがおかしい」

トレンチコートを脱ぐと、下に着ていたのは汚れたランニングシャツだった。ピンストライプのスーツのズボンは、古めかしいズボン吊りで吊ってある。身体には刺青（いれずみ）がいくつも入れてあった。軍隊の紋章かなにかだろうか、盾と交差した剣のマークが左の前腕を飾り、ランニングのえりからはぎざぎざの変わった文字がのぞいている。右の上腕二頭筋では、裸の女がみだらに微笑んでいた。「力こぶを作ったら、彼女がどうなるか見て驚くな」と言ってにやりと笑った。

このとき初めて、おれは銃身を切り詰めたショットガンに気がついた。長いホルスターに収めてわきに吊っている。ローニンはそのショットガンをうやうやしく抜いた。銃床は磨かれた濃色の木製で、二連式のクロムの銃身には人魚やドワーフやなにかの怪物が彫り込まれて、複雑な文様を織りなしていた。「きれいだろう」と、満足げになでる。「こいつの名前はウォーチャイルドっていうんだ。さわってみろ、膵臓（すいぞう）をえぐり出してやるからな」

「お好きにどうぞ」おれは銃には手を出さなかった。

「それで少年、おれになんの用だって？」ローニンは両腕を頭上に伸ばし、スモッグに包まれた中央ビジネス街（CBD）を眺めた。

「おれはバクスター・ゼヴチェンコっていって、行方不明のガールフレンドを捜してるんです」

ローニンは新しい煙草に火をつけ、腰を落として武術の構えをとった。煙草が口の端から突き出してるせいで、カンフーやってるキース・リチャーズみたいだった。「その彼女、ブルガリア人でコンドームはラテックスが好きか」

「ちがいます」

「それじゃ、会ったことないな」

彼は前に出した手を鉤爪のように突き出し、立て続けに攻撃を繰り出した。あれをやられたら、まちがいなく食道にかなり深刻なダメージを食らうだろう。上体を起こして腰を落とし、股割りの姿勢をとると、長々と煙草を吸った。

「コートのポケット」と言って、口から煙草をとってそれでトレンチコートをさした。

おれはそっちへ歩いていって、ポケットに手を突っ込んだ。手に当たった固いものを引っぱり出してみたら、革のポーチに入ったステンレスの携帯用酒入れ（ヒップフラスク）だった。ローニンが股割りの恰好で満足そうに座ってるところへ歩いていき、フラスクを差し出した。おれの手からそれをとると、蓋をはずしてごくごく飲む。

「朝の九時なんだけど」おれは言った。

「きみはあれか、しゃべる目覚まし時計か」と吼えるように言い、手の甲で口をぬぐった。

「それはともかく、なんですか、いまやってるそれ。どうしても相談に乗ってもらいたいんだけど」

「無情不死酔拳てやつだ」と、煙草をまた深々と吸い、両手を前に突き出して煙を吐き出した。「中国の玉茎寺で生み出された拳法だ。まったくあのちびども、とびきり凶悪な武術を編み出したもんだぜ」

「あと二、三年したら、あの国が世界を支配してるかもしれないよ。そういう差別発言はやめといたほうがいいんじゃないですか」

「中国人のことじゃねえよ、なに言ってんだ」ローニンは言った。「ドワーフのことさ。玉茎寺ってのは、一三〇〇年代にあったドワーフの寺院なんだ」

「ドワーフ?」おれはおうむ返しに尋ねた。

「いいか、少年」ローニンは言って、勢いをつけて股割りから立ちあがり、片脚で立った。弧を描いて片腕を頭上にあげ、左右にふりはじめる。獰猛なサソリが尾をふっているみたいだ。

「さっさと要点を話すか、でなきゃさっさと帰ってくれ」

「おれの彼女が誘拐されたんです」

ローニンはうなずいた。「よくある話だ」

「あなたは変わった事件を扱ってるんでしょう」

「きみの住んでる郊外地区はちっぽけな安全地帯なんだろうがな、その幻想をぶち壊したかないが、誘拐なんてのはこの街じゃ変わった事件じゃない」

「でも、これは特別なんです」

ローニンは目をぎょろつかせ、身体をねじって、両手を前に突き出してドラゴンの鉤爪の形を作った。鼻孔から勢いよく吹き出す煙草の煙のせいで、ますますドラゴンっぽく見える。

「あのな、少年。きみの彼女はたぶん家出したか、悪くすりゃ臓器ハンターに誘拐されて、腎臓(じんぞう)を闇で売られてるだろう。どっちにしても、おれにゃ関係ない」

「でも、これを見つけたんだ」と、ポケットから光る歯を取り出してみせた。

カンフーの構えをとったままローニンはぐらつき、危うく引っくり返りそうになった。おれの手首をつかんで歯をとると、骨董(こっとう)品でもめでるように光にかざしてみる。「なるほど、これなら話はべつだ」

十分後、おれたちはオフィスに戻っていた。ローニンは回転椅子に座り、ブーツの足を古いデスクにのせている。フォルダーの山越しに見ると、ぼさぼさの赤い頭がやっと見えるかどうかだ。そのフォルダーから、黄ばんでふちのめくれた書類が床にこぼれていた。いやでも気づいたが、床に落ちた書類の一部には、「最後通告」とか「未払い」の文字が赤いスタンプで捺(お)されている。ローニンの背後の棚には、さまざまな古い実験器具――ビーカーとかガラス壜(びん)とか真鍮（しんちゅう）の管とか――が危なっかしく並んでいた。

「それじゃ、手を貸してもらえるんですね」おれは言った。頭ががんがんして割れそうだ。頭痛は容赦なくげんこつを食わせて脳みそのなかに押し入ろうとしている。「つまりその、あなたはこういう問題の博士なんでしょう？」

ローニンは渋い顔をした。「まあその、正確には博士ってわけじゃない。どっちかって言うと、人生という学校で博士号を取得したってとこか。専門課程は逆境学部だな」

「なるほどね。それで名誉学位はヤク中学部からもらったわけ」

ローニンは顔をしかめた。「なんでわかった」

おれは埃（ほこり）まみれの雑誌の束をどけて、低い椅子に腰をおろした。「ただの勘だよ。あのさ、本物の博士かどうかなんてどうでもいいんだ。彼女を見つけるのを助けてもらえるのかもらえないのか、どっちなんですか」

頭痛で耳鳴りがしてきて、両手でこめかみを押さえた。胃のなかで、吐き気が思い出したようにばしゃばしゃはねまわっている。椅子のうえでぐらつきそうになるのをこらえた。

「頭痛か」

おれはうなずいた。

「だれでもときどきはあることだ」と気の毒そうに言って、デスクに置いたヒップフラスクを身ぶりで示し、「人並み以上にあるやつもいるけどな」

ローニンは引出しをぐいとあけて、書類の山のうえに黒い布袋を放った。ボウリングのボールぐらいの大きさで、カクカクした銀色の字が織り込んである。「『ダンジョンズ&ドラゴンズ（サイコロや駒を使って遊ぶテーブルトークRPG。サイコロなどのセットが黒い布袋つきで市販されている）』をやる気分じゃないんだ」おれは言った。

ローニンは鼻を鳴らし、分厚い手を袋に突っ込んでなかをかきまわした。そして引っぱり出したのは、ねじくれた黒い根っこだった。「これかじりな」

「遠慮しとく」おれは言った。「コデインかなんかあればありがたいんだけど」

「かじれって」また言って、その根っこをおれの鼻先に突きつけてきた。

「そしたら意識をなくして、気がついたら血まみれで地下室にころがってるんだろ。よく映画であるやつだ」

「それはつまり、おれが信用できないってことか」ローニンは言った。「訊くが、頭痛を治してやるってのを信用できないくせに、愛しいハニーを見つけるのをおれが助けられるってなんで信じられるんだ」

「その根っこをかじんないと、助けてやらないって言うわけ？」

「そのとおり」

ため息をつき、デスクに手を伸ばして根っこを受け取り、試しににおいを嗅いでみた。かびくさい。端をちょっとかじった。古靴下のにおいみたいな味がした。「かじったよ」

ローニンはにっと笑って、椅子にまた座りなおした。「それで、頭痛はすぐ治まるからな」また袋のなかをかきまわし、今度は小さな革のポーチを引っぱり出した。なかから出てきたのは注射器、それに液体の入った薬壜が三本。

「ちょっとちょっと、おれが帰るまで待ってもらえないかな」

彼はランニングシャツをめくりあげ、注射針を腹に刺した。「こりゃ糖尿病の薬だ、この間抜け。慢性病を抱えた人間をちっとは思いやってくれ」

「あれ」おれは言った。締めつけられるような頭痛がゆるんできたのだ。

ローニンは、腹に注射をしながらびくりとたじろいだ。「何度やっても慣れられん」糖尿病の治療道具一式を袋に戻すと、デスクから例の歯を取りあげ、背後の棚にある古い真鍮の顕微鏡に慎重にセットする。小さなダイヤルやつまみを調節して、「うん、うん、まちがいない。本物のオバンボの歯だ」興奮で眉毛がひたいを飛び跳ねている。「ちくしょう、こいつは面白くなってきたぞ。しかも誘拐に関係してると来やがった」信じられないと言うように首をふった。

「邪魔して悪いんだけど、オバンボってなに?」

「じつに筋の通った質問だ。ただし、答えを聞いたらまるで筋が通ってないと思うだろうな」

「聞いてみなくちゃわからない」

「質問したのは自分だってことを忘れんなよ。オバンボ。輝く者とも言う。アフリカのたいていの地域じゃ、幽霊とか精霊とかまぼろしとか呼ばれてる。いや、呼ばれてたと言うべきだろうな。狩りたてられて殺されたんだ。宣教師たちは、原住民が偶像として崇めはじめてたから抹殺しなくちゃならんと言ったり、あれはルシフェル、光をもたらす者、堕天使だと言ったりしてた。村人や宣教師にやられなかったやつは、〝恐ろし族〟にやられた」

「幽霊だって」おれは言った。「冗談だよね？」

ローニンは片方のまゆをあげ、デスクの向こうからこっちを見る。「超常世界の賞金稼ぎのとこへ来といて、なにを期待してたんだ」

「だけど、幽霊がおれの彼女を誘拐したって？　んなばかな……」

「オバンボはほんとは幽霊じゃない。幽霊だったら運の尽きってとこだな」

「幽霊じゃないならなんなんだよ。それになんでおれの彼女をさらうんだ。あんた、おれを引っかけようとしてるんだな。なんかの冗談なんだろ？」

ローニンはため息をついた。「いつもこうだ。ドアにちゃんと『超常世界の賞金稼ぎ』って書いてあるのに、超自然の存在が原因だって言うと、かならず気狂いを見るような目をしやがる」

「おれはただ、あんたの言うことを理解しようとしてるだけだよ」

ローニンは手のひらを上にして両手をあげた。忍耐心を与えてくれと神々に祈ってるみたいに。「おれが言いたいのはだ、おまえがただの一秒でもその口を閉じていられりゃだがな、これはまちがいなくオバンボの歯だってことだ。歯のふちがかすかに光るのは、あの種（しゅ）の特徴だからな」

「それじゃ、その化物は光るわけ？　つまりその、光を放射してるみたいに？」

「こりゃ驚いたな、大した知識人じゃないか」とローニン。「そのとおり、オバンボは光るんだ。二十四時間ネオンガスを放射してるみたいに光るんだよ」長い三つ編みのひげをしごいて、

「いちばん引っかかるのは、オバンボは完全に絶滅したってのが常識になってることだな」

「それじゃ今度は、絶滅した光る幽霊がおれの彼女をつかまえてるって言ってるわけ？」

「少年、おれはなにも言っとらんぞ。おまえがこの歯を見つけたって言うから、それがなんだか教えてやってるだけだ」

「ともかく、その光る化物がエズメをさらっていったんなら、やっぱりあんたに手を貸してもらわないと」

ローニンはまゆをひそめ、また黒い袋に手を突っ込んでかきまわした。そして袋からドミノ牌(はい)と骨と古い鍵を取り出し、両手に包み込んだ。「手を貸すかどうか決める前に、ご先祖にお伺いを立てんといかん」

「もう、かんべんしてくれよ！」立ちあがり、両手をデスクについて身を乗り出した。「おれがここに来てから、あんたはずっとわけのわかんないことばっかり言ってるし、本物の博士ですらないって自分から認めてる。ほんとならさっさと出ていくとこだろうけど、この光る歯がなんなのか、ちょっとでも手がかりをくれたのはあんたひとりなんだ。頼むから、そういうばかなことはやめて助けてくださいよ」

ローニンはまた片方のまゆをあげた。「自分の先祖を信じてないのか。過去に生きてた人間が、いま生きてる人間に影響を与えてるとは思わないのか」

「思わない」

ローニンは肩をすくめた。「なんと言おうと、先祖はいまもここにいるんだ。信じようが信じまいがな」

「いいよ、わかったよ。ヴードゥーでもまじないでもなんでもやってくれよ。それがすんだら、エズメを見つけるのに手を貸してくれるんだよな」

ローニンは憐（あわ）れむような笑みを浮かべた。「先祖がそう望めばな」

彼は重ねた手のなかで三つのモノをふると、空中に投げあげた。くるくるまわりながら上昇し、横風を食らった凧（たこ）のように三つとも横転しながら落ちてきた。鍵がカンと金属的な音を立ててデスクに当たり、おれのほうをさして止まった。骨は書類の束に跳ね返り、鍵に重なる恰好で止まった。ドミノ牌はデスクのうえを滑っていったが、跳ねて側面を下にしてぴたりと止まった。

ローニンはトランス状態かなにかに入っていた。まぶたが激しく痙攣（けいれん）し、分かれた唇のあいだで舌が巻きあがっている。おれは身を乗り出して、芝居かどうか確かめようとした。「戦車は見つけられた。やがて縛（いまし）めを解かれるだろう」そう言って、大きく息をあえがせるとデスクにつっぷした。書類の山が崩れて床になだれ落ちる。

「おみごと」おれはゆっくり手を叩いた。「なかなか大した猿芝居だったよ」ともあれこれで、この部屋でいちばん頭がおかしいのはもうおれでなくなったのはたしかだった。ローニンはスウェットバンドを直し、バーナーの火のような青い目でこっちをじっと見た。

「それで、手を貸してくれるのかくれないのか、どっち？」

「少年」とデスク越しに身を乗り出して、「おまえを助けてやれるのはおれだけだと思う」

内家拳ジャーナル
ドワーフ・カンフーの起源

ドクター・アール・フランシス

「ためらう者は、横たわって瞑想することになる」
――僧・漢悟空

今回は、中国の内家拳の神話的枠組みを探るシリーズの第一回である。まずは、とある秘教的な流派から始めよう。数少ない実践者を除けばいまではほとんど知る人もないが、かつては大いに恐れられた流派であり、名高い武術家・孫禄堂は「神をも悪鬼をも恐怖におののかす」と評している。

株儒拳（ドワーフ拳法）は、カンフーの北派の流れをくむ分派であり、小洪拳や太祖長拳など、伝統的な少林拳の型と共通する点もある。株儒拳は、優美な北派の型に純然たる残酷さを加えた拳法であり、武術史家には「過剰技」と呼ばれている。眼球をえぐる、首を折る、足を踏みつけるなど、「汚い」けんか技が多く取り入れられているからだ。

株儒拳はまた、無情不死酔拳とも呼ばれる。この名は、不安定に揺れる型のうちに恐るべき打撃力を秘めていることによる。中国武術の例に漏れず、侏儒拳の実際の歴史はよくわかっていないが、神話伝承には事欠かない。

伝説によれば、その歴史は中国河南省の少林寺に在籍した仏僧・漢悟空に始まる。漢悟空は少林拳の手練であり、瞑想、気功、カンフーという伝統的な少林拳の型を極め尽くしたが、鼻っ柱が強いことでも知られ、寺の厳しい戒律をあざわらうようなところがあった。

伝説の言うところでは、漢悟空は世に並びなき戦士だったものの、僧としてはでたらめで、大酒を食らい、男女の別なく片端から同衾し、わざと僧長をののしったり恥をかかせたりした。高僧たちが寺を訪れたとき、その前で僧長に恥をかかせたため、悟空はついに破門された。しかしあいかわらず酔っていた悟空は、「信心深くもケツまで腐った童貞の坊主どもは、一生かかっても涅槃には入れぬ」という有名な捨てぜりふを吐いて、そのまま飛び出していった。

破門後何年間も、悟空は辺境の地を放浪し、悪漢と戦い、瞑想を教え、大酒を飲み、農民の娘たちと交わった。また厖大な詩を作っているが、その多くは同時代の仏教徒から重要な詩作と評価され、仏教の正典に収められている。なかでも最も有名なのは、おそらく「酔える漂泊者白蓮に座す」だろう。この詩には彼の哲学が明瞭に語られている。

上辺はぼろをまとった漂泊の愚者
内実は金剛石の心を抱いて生きる
上辺は酒を飲み

女を玉茎で貫き
猥褻な歌を歌おうとも
内実は衆生の救済に心を砕く
狂えるは誰か、また知恵あるは
ただ時のみぞ知る

その後の伝説によれば、漢悟空はヒマラヤ山中を旅しているとき、酒を飲んで瞑想しようと洞窟を探すうちに、「侏儒」の村に行き当たったという。そのような村の記録はどこにも残っていないが、外界から隔絶された地に、短軀の部族が暮らしていたという可能性はある。チベット系かネパール系かもしれない。

漢悟空はその村にとどまって瞑想を教え、酒を醸し、土地の女たちと次々に関係をもった。やがて「聖竜狂夫」と呼ばれるようになり、徐々に土地の聖人として受け入れられていった。

彼の教えはこのころから、青年時代に身につけた伝統的な仏教から離れ、仏教とヒンドゥー教、さらにチベットのシャーマニズム的宗教であるボン教の混合物になっていく。その教えの第一は、阿弥陀如来の化身としてカマキリを崇めることだった。しだいに門弟が増え、まもなく中国、ネパール、チベットのいたるところから人々が説法を聞きに来るようになった。

彼は新たな門弟たちに、村の近くに寺を建てるよう教えた。大きいけれども単純な石造りの建物で、これが玉茎寺として知られるようになる。寺の中心には全世界を巻き込む大戦の曼陀羅があり、カマキリと多くの腕を持つ悪魔との永遠の戦いが描かれていた。これは人間のうちにある高次の自己と低次の自己との戦いを表わしたものと言われている。

山賊の襲撃に備えるためか、漢悟空はやがて弟子たちに少林拳の型を教えるようになった。その型はしだいに変化変容していくが、それは実用的——とくに小柄な村人にとって——な自己防衛法が必要だったためと思われる。

伝えによれば、チベットのシャーマニズムの影響で、「武闘シャーマン」と呼ばれる精鋭武闘僧集団が形成された。この集団は、超常的な戦闘能力を備えていたと言われている。セックスと薬物と音楽を用いる秘術が漢悟空の教義に取り入れられていたのはまちがいないが、この武闘シャーマンの教義については、具体的な記録はいっさい残っていない。

株儒の苛烈な戦闘法で有名になった玉茎寺だが、いつしか中国の皇帝の怒りを買うことになった。寺は巨大なカラスの集団によって破壊されたと伝えられるが、歴史では一般に、これは天狗をさすものと考えられている。天狗とは伝説に言うカラスの悪霊で、日本の忍者のこととされている。いかにして、またなぜ、忍者が玉茎寺を襲うにいたったのかは歴史家のあいだでさまざまに推測されている。一説によれば、寺での武闘訓練に対して疑いを抱いた中国の皇帝が、この脅威を排除するために外国の部隊を送り込んだのだともいう。

伝説によると、数名の武闘シャーマンが逃げのびて、無情不死酔拳の奥義と玉茎寺の修行法を伝え、インド、日本、ベトナム、そしておそらくはさらに遠方にも広めたと言われている。

株儒拳の真のルーツがどこにあるにしても、中国武術という広い枠組みにおいて、その伝説上の由緒——神話と宗教とほら話が渾然(こんぜん)となった奇想天外な——が魅力的な物語として異彩を放っていることはまちがいない。

6　元素(エレメンタル)だよ、バクスターくん

ローニンは、「運転用」とラベルのついた古いカセットテープを車のプレイヤーに押し込み、サーフロックのコンピレーションに合わせてハンドルを狂ったように叩いている。淡青灰色(パウダーブルー)のフォード・コーティナ（イギリス・フォードが一九六二―八二年に製造していた車種）のなかは、彼のオフィスと同じぐらい散らかってて、アルコールと煙草(たばこ)のにおいがしみついていた。

信号で車は甲高い音を立てて停まった。「少年、おれは安くないぞ」ローニンは言った。座席にもたれて、ギターの弾きまねで複雑なリフを演奏している。

「よかった、おれは貧しくない」これは嘘じゃない。〈スパイダー〉の利益で、親からもらう小遣いの二十倍を毎月稼いでいるのだ。

「賞金稼ぎを雇う許可を親からもらってんのか」

「そんなのどうだっていいだろ。家賃はひとりでになくなりゃしないし、抱えてる借金だってひとつふたつじゃきかないみたいじゃん」

ローニンは鼻を鳴らした。「学校じゃさぞかし悪どいことやってるんだろうな」

「あんたには想像もつかないぐらいいね」

「前金で千、そのあとは一日あたり五百だ」

彼がこぶしを突き出してきたので、おれは自分のこぶしをそれにぶつけた。こぶだらけの鉄板をパンチしたみたいだった。

「血で署名したも同然だぞ」ローニンは言った。「先に片づけなきゃならん仕事がひとつあるんだが、そのあとはすぐおまえの依頼に取りつくからな、盛りのついたチワワみたいに」

信号が青に変わったとき、後ろからクラクションを鳴らされた。ミラーをのぞくと、SUVに乗った男がいらいらと身ぶり手ぶりをして、さっさと進めと言っている。

「ちょっと失礼」ローニンは言って車のドアをあけた。SUVの運転席側に歩いていき、コートの下からウォーチャイルドをすっとあげて、開いた窓のなかに突っ込んだ。

おれもおりて車の横を歩いていった。髪の薄くなりかけた郊外のお父さんののどに、二連式の銃身が押しつけられている。ローニンはあいたほうの手をなかに突っ込んで、ダッシュボードの煙草の箱から一本抜くと、口にくわえてお父さんのジッポで火をつけた。

「あそこの信号が見えるか」ローニンは煙草を歯ではさんだまま言った。お父さんが力なくうなずく。「急いだってせいぜい二秒得するだけだ。その二秒を得したら、それでいったいなにをしてたと思う」お父さんが息を呑むと、銃が喉仏に押しつけられる。「おれが教えてやるよ」ローニンは言った。「その二秒を使って、あんたはまたべつのどうでもいいことでかっかしてただろうさ。インターネットが遅いだの、庭師の仕事がなってないだのって文句を言ってただろう。そうしてるうちにも、人生はどんどん過ぎていくんだ。そのでっかい腹にゃ傲慢(ごうまん)がぎっしり詰まってんだろう。だから重すぎて、ＳＵＶでもなきゃ移動もできねえんだぜ」煙草の煙を郊外住人の顔に吹きつけ、ウォーチャイルドをまたコートの下にするりと戻す。「こんど後ろからなんか聞こえてきたら、戻ってきて鹿弾(しかだま)で手足の切断手術をやってやるからな、わかったか(コンプレンデ)？」

「郊外住人再教育プログラムの一環でな」車に戻ってくると、ローニンは言った。

オブザヴァトリー区を抜けて高速道二号線(N2)に向かっていたとき、後ろでサイレンが鳴ってライトがひらめいた。

「すげえ」おれは言った。「あんたの郊外住人再教育プログラムのおかげで、おれたち逮捕してもらえるぜ」

ローニンは車を停め、バックミラーを直して、でかい人影がこっちにゆっくり歩いてくるのを見守った。ふり向いてみたら、そのでかい人物はシューマン巡査部長だった。後方の太陽を完全に覆い隠してやがる。

「くそったれ」おれは言った。

「なんかおれに言ってないことがあるのか、少年」ローニンは言って片方のまゆをあげてみせた。

シューマンはよたよたと助手席側の窓に近づいてきて、肉の塊みたいなでかい手でこつこつやった。おれは窓をゆっくり下げた。

「さっきのありゃけっこうな見ものだったな」シューマンがにたりと笑うと、あごの肉がカンカンを踊った。「ただ白状するが、わたしとしちゃ、きみが仲間に手を貸して、男ののどを掻(か)っ切ってひたいに眼を刻みつけるのを待ってたんだがね」

「言ったろ、おれはマウンテン・キラーじゃない」おれは声を殺して言った。

シューマンは、謎が解けたと言わんばかりにパチンと指を鳴らした。「いやあそうか、だったらわたしゃこれで失礼しよう。問題を解決してくれてありがとうよ」

ローニンは横からおれの前に身を乗り出して、「刑事さんよ、そろそろスモーの試合に出る時間じゃないのか。おれたちを逮捕するかとって食うか、でなきゃもう行かせてほしいんだがね」

シューマンは忍び笑いをして、「ジャクスン・ローニン、コードネームは黒い血(ブラックブラッド)、もとMK6の諜報員(ちょうほういん)で、アパルトヘイト保安部隊生物兵器班の一員。あんただって人殺しにかけちゃしろうとじゃないよな。この坊やに軽く手ほどきしてやってんのかね」

「サツにしちゃやたら情報通じゃないか」ローニンは笑顔で言った。互いに目と目を合わせる。長い間(ま)があって、ついにシューマンが屈託なさそうに肩をすくめた。

「行っていい」シューマンは言った。おれを見て「もう人を殺すなよ」

ローニンは車を出し、また高速に向かって走りだした。「警察に追いまわされてるって、先に言ってくれてもよかったんだぜ」サーフロックがまたガラゴロ始まったところで、彼は言った。

「そっちこそ、なんかの工作員でアパルトヘイトのスパイやってるって、先に言ってくれてもよかったんじゃないの」

「やってた、だ。昔の話だ」

「なにがあったわけ？」

「おまえにゃ関係ない。この一件にゃまるで無関係だ。だがな、サツがケツにくっついてて、おまえが彼女を殺した証拠を探してるとなったら、こいつは無関係ってわけにゃいかねえだろうが」

「おれはエズメを殺したりしてない」

「少年、おまえはおかしなやつだが、おまえみたいなチンピラがやることにしたって、いくらなんでも愚鈍すぎるってもんだぜ。自分で切り刻んで冷蔵庫に保存したあとで、その女を見つけるためにおれを雇うなんざ」

「そりゃどうも」

ローニンは手を伸ばしてきて、おれのTシャツをむずとつかんだ。「いいか、もしおまえが殺したんなら、ピストルでさんざんぶん殴ってやるからな。それで警察に突き出して賞金をいただいてやる。わかったか」

「わかりすぎるほどわかったよ。とにかく、エズメを見つけるのを助けてくれよ」

ローニンはシャツから手を離した。「まずはあの尾行をまいとかなくちゃな」

車はビルとビルのあいだを走っていき、やがて中国系の輸出入貨物倉庫わきの裏道に入った。裏道のまんなかにはごみが山になっていた。ぼこぼこの大型ごみ収容器（ダンプスター）二台からあふれ出ているのだ。裏道に迷い込んだ風に巻きあげられて、砂塵（さじん）嵐ならぬごみ嵐の小型版になってはねまわったり空中で渦を巻いたりしている。

おれたちは車をおりた。とたんに、生ゴミや動物の死骸の悪臭が襲いかかってくる。

「くさいな」おれは言って、そでを鼻に押し当てた。ローニンは肩をすくめ、コートの下から例の呪物袋を出すと、細かい白い粉の入った小壜（こびん）を引っぱり出した。

地面にひざまずき、その粉を撒（ま）いて互いに交わる三つの三角形を描く。

「それなに？　ヴードゥーかなんかの粉？」

「ちがう」と言って、小壜を袋に戻す。袋からドミノ牌（はい）を取り出し、まんなかの三角形の中心に置いた。「コカインだ。風に飛ばすな」

おれは三角形のうえにかがみ、自分の身体を風よけにした。ローニンは細い黒刃のナイフをブーツから引き抜き、ごみの山にそろそろと近づいていく。「ちびすけ、いるんだろ」とささやくように呼びかける。「心配すんな、話がしたいだけだ」アスファルトをカリカリと爪で引っかく音がして、大きな灰色のネズミがごみのなかから飛び出してダンプスターに向かった。ローニンはぱっと飛びかかり、片手でネズミをすくいあげてしっかりつかまえた。ネズミは身をよじり、狂ったようにキーキー鳴いている。

ローニンはそれを、地面に描いた三角形のところへ持ってきた。

「ここはあんたが説明してくれる場面だろ。いったいなにやってんの」

「当ててみな」と言うなり、黒い刃でネズミののどを素早く横一文字に切り裂いた。三角形に、つややかな鮮血がしたたり落ちる。

コカインと血が混じり、アスファルトに汚れた文様を描いていく。ローニンは咳払い(せきばらい)をしてそのまんなかにつばを吐き、込み入ったしぐさをして、もごもごと意味不明な言葉をつぶやいた。レコードを逆回転したみたいに聞こえる。ネズミの死体を捨て、ドミノ牌を拾ってまた呪物袋に戻した。

おれはすっかり度肝を抜かれ、頭が混乱してぼうぜんとしていた。ローニンは狂ってる。それを雇ったおれは狂ってる。ローニンはこっちに笑顔を向け、血まみれの手をトレンチコートになすりつけた。「元気出せ、少年」と、まだ血のついている手で肩を叩いてきた。「いまのはただの小物の招喚だ。そのうちもっと大物もやるから待ってな」

裏道をぐるぐるまわるうちに、ローニンは尾行はまいたと判断した。さっきの「まじない」が効いたのか、シューマンがたんに尾行に飽きたのかは議論を待つところだが、ローニンはずっと得意そうなにやにや笑いを顔から消そうとしなかった。

それから引き返して高速に乗った。先へ進めば進むほど、二号線の両側には荒れ果てた家が多くなっていく。やせた牛が道路わきの草をはみ、それを見張る子供たちは、牛乳パック用のプラスチックコンテナのうえにのっていた。ローニンは左の脇道にそれた。道は弧を描くようにして黒人居住区に入っていく。

その道が通じる地区には、トタンや段ボールや古い板でできたあばら家が建ち並んでいた。T字路に来たところでローニンは車を停め、窓から身を乗り出して老人に声をかけた。老人はまっ黄色の椅子に座っていて、その横には壊れた電気製品がずらりと並んでいる。

「ちょっとごめんなさいよ」ローニンは言った。「第一バプテスト教会を探してるんだけどね」老人は涙目でこっちをじっと見ている。「第一バプテスト、知らんかな」ローニンはまた言った。

老人は指を一本立てて、かどの商店をさした。その商店のかどを曲がって、ローニンは赤い化粧レンガの教会の横に車を停めた。看板には、派手な色で「第一バプテスト信心会」と書いてあった。

ローニンは車をおり、トランクをあけて、おれを手招きする。車をおりて行ってみると、後部からごちゃごちゃの道具を引きずり出そうとしていた。最初のはプラスチックの長四角のもので、リモコンみたいに見えた。ローニンがスイッチを入れると、むせび泣くような低い音を立てはじめた。次に、長い電気コードを巻いて肩にかける。最後に出てきたのは、錆(さ)びて曲がった金属の道具で、古いテレビのアンテナと三叉(さんさ)の矛を足して二で割ったような恰好をしていた。

おれがローニンをどれぐらい信用していたとしても、さっきの「魔法」でそれもぐらつきかけていた。しかしこのがらくた屋の小間物の寄せ集めを前にして、残った信用も塩酸をかけたみたいに溶けてしまった。あと必要なのは、アルミホイルの帽子とデーヴィッド・アイク（爬虫人類が世界を支配しているという陰謀論で知られる著述家）の本だけだ。家へ帰ろうにも、唯一の足はこれからこの居住区をうろついて、テレビのアンテナで小鬼（ゴブリン）を捜そうとしてやがる。まったく冴（さ）えた計画だぜ、バクスター。

ローニンは、テレビのアンテナだか三叉の矛だかをおれの手に押しつけた。とくに重くはないが扱いにくくて、適当な持ちかたを探しているうちに、うっかりコーティナにぶつけてしまった。

「その引っかき傷、修理代もらうからな」ローニンはうなるように言いながら、古い自動車のバッテリーをかつぎあげ、トランクをばたんと閉じた。

おれはため息をつき、ローニンのあとからあばら家のあいだを歩いていった。ローニンはビービー音を立てるリモコンを片手に捧げ持ち、もう片方の手では肩にかついだバッテリーを支えている。ここの家々はまるで廃屋みたいで、おれはちょっとどころじゃなく不安と恐怖を感じはじめた。

ローニンがほんとは精神病質者（サイコパス）だったらどうなる？　カイルだけは、おれがローニンの事務所に向かったのを知ってるが、いまどこにいるかは知らない。あいつはいまもおれの家にいて、レイフのお守（も）りをしてるはずだ。ローニンがおれを殺してこの居住区に埋めたとしても、今夜遅くなるまではだれも気にする者はいないのだ。

テレビのアンテナを武器のように前に構えた。ローニンがおかしなことをしようとしたら、これでぶすっと突き刺してやる。かどを曲がったところで、おれたちはだれかの背中にぶち当たった。あばら家に寄りかかるようにうずくまっていたのだ。テレビアンテナで背中を突かれたローニンは、ふり向いて噛みつきそうな目でにらみつけてきた。

「まったく（ジーザス）」彼は言った。

「ちがいます」うずくまっていた男が言った。「イエス（ジーザス）の卑しい弟子のひとりです」

四十代後半ぐらいだろうか、きちんと整えた黒い髪には白いものが盛大にまじっていた。紫色のシャツを着て、前かがみに立って、小さな目でおれたちを交互に見くらべる。首にかけた鎖からは大きな銀の十字架が下がっていた。

「わたしがお呼びしたかたかな?」

ローニンの口がめくれあがって、凶悪そうな笑みを作った。「まさしく」

「ありがたい」男は言って、両の手のひらを上に向けて差し出してきた。「主がわたしたちを試すために、忌まわしい悪魔をここに放たれたのではないかと思うのです」

ローニンは鼻を鳴らし、手の甲で鼻をこすった。「もしテキが元素の精霊（エレメンタル）なら――たぶんそれで当たりだと思いますがね、主はたぶん、ポップコーン片手にのんびり光のショーを見物してるでしょうよ」

司祭はまゆをひそめた。「この居住区を恐怖に陥れているのは、ルシファーそのひとの送り込んだ悪魔なのですよ」

ローニンはぶんぶんと首をふった。赤いひげの三つ編みが、大物を引っかけた釣り糸みたいに行ったり来たりする。「悪魔じゃないな、牧師（パードレ）さん。もし悪魔だったら、その十字架ふりまわしでも多少は効果があったでしょう。話の内容からして、おれのパンツの最後の一枚を賭けてもいいが、これはエレメンタルですよ。で、もしおれの予想どおりなら、さっさと片づけるのがだれにとっても一番だ」

「わたしたちを救うために、主はイエスの騎士をお送りくださった」司祭は言い、身を乗り出してローニンの頬にキスをした。

「ええ、まあそんなとこです」ローニンは答えて、トレンチコートのそででその頬をこすった。

司祭は先に立って、教会の側面に延びる狭い小路を歩いていき、広い空き地に向かった。司祭のシャツの背中が汗で濡れてる。

「どうも、パードレ」ローニンは空き地に着くと言った。「ここはおれたちに任せて、おれに渡す札の数でも数えといてくださいよ」

司祭は動かない。

「なんです？　なんかあるんですか」

「居住区の住民の一部が罪を犯して、この悪魔を追い払うために女呪術師(サンゴマ)を呼んだようなのです」

ローニンは悪態をついた。「先にそれを言ってくれりゃ、わざわざ来なくてもすんだのに。そのサンゴマの名前、わかりますか」

司祭は首をふった。

ローニンは携帯電話を取り出した。「まだ電波が来てる。エレメンタルはそう近くにはいねえな」番号を押して相手が出るのを待つ。「第四プロトコル」と電話に向かってささやき、また待っている。「トーン」彼は言った。「わかってる……ああ、よっくわかってるよ。おれに説教する気か、それとも質問に答えてくれるのか。あんたとこに、いまエレメンタルを追ってるのがいるかい……そうか……わかった、おおきにありがとう、このくされ閣下。てめえもな、さっさとくたばれ」電話を切った。

「その拝み屋はもぐりですな。ということは、あいにくな結論が導かれるわけだ。だれかが介入しなかったら、そいつはサンゴマのすりおろしになりますよ」賞金稼ぎは司祭の肩をぽんと叩くと、押しのけて先へ進んだ。「しかし心配ご無用、石頭の司祭さん、このローニンにお任せを」

ローニンに手をふって追い払われて、司祭は先ほどの小路という心もとない安全地帯に引っ込んだ。リモコンがしきりに泣き声を立てるようになってきた。デジタルのダックスフントみたいにきゃんきゃんきいきい言っている。おれは手が少し震えだしたと思ったら、両腕の毛がいきなり気をつけをしやがった。

「まちがいなくエレメンタルだ」ローニンは言った。「だんだん近づいてきてる。そろそろ見えてくるころだが」バッテリーを下におろし、アンテナをとろうと手を伸ばしてきた。

「いったいなに捜してんの？」アンテナを渡しながら尋ねた。

「あれだよ」と言われて視線をたどってみたら、空き地の向こう側のあばら家の陰から、なにかがゆっくり出てこようとしていた。

「なんだあれ」ユーリに使ったテーザーで攻撃されたみたいな気分だった。精神が現実という飛び込み板から飛びおりて、とっちらかった意識という水面に落ちてしたたかに腹を打ったみたいな。

ビズバクス　見たまんまのことを言うのは気がひけるけど、でっかい電気の化物がこっちにぐにゃぐにゃ向かってきてるぞ。

メトロバクス　いいからさっさと逃げよう。こんなとこにはいたくないし、あんなものは見たくない。

ビズバクス　きっとおれたち、ストレスのせいで精神病にかかったんだ。

メトロバクス　あれが幻覚とはとても思えないけどな。かんべんしてくれ、あれ、あいつの舌なのか?

こっちにずるずる近づいてくる化物、あれをおれの心が生み出したんだとしたら、おれの心の想像力は大したもんだ。のっそりよたよた寄ってくる、青い炎の塊は電気の巨人だった。身体はばちばちはじけるエネルギーのかまどみたいで、顔は歪(ゆが)んでいて、目玉は黄色い渦巻きで、顔を囲むひげからは火花が飛んでる。サルみたいに長い腕の先には稲妻の鉤爪(かぎづめ)がはえていて、それが地面をこすって焦げたあとを残していく。こんなにくそ恐ろしい化物を見たのは生まれて初めてだった。

そいつはおれたちを見てにたりと笑った。ぽっかりあいた口から、電気ウナギみたいな舌が素早く出たり入ったりしている。

「純粋な電気に、同じぐらいの割合で血の飢えと憎悪が混ざってできたやつだ。手に負えない性悪どもだが、こいつはまたでっけえな」ローニンが落ち着いた声で言う。

化物はのたのたと近づいてくる。舌で周囲の味を確かめるたびに、ムチではじくようにエネルギーが空中に噴き出す。電気がのたくりよじれてそいつの身体を流れ、その変化していくパターンにおれはぼうぜんと見とれていた。

ローニンは、輪にして肩にかけていた電気コードをほどき、一端を三叉の矛の根元に接続し、もう一端をバッテリーに接続した。「血が欲しいんだ」彼は言った。「血がないと、物質界にいつづけられないからな。だから黒人居住区のダニって呼ばれてる。純粋なエネルギーでできてるから、住人はあいつらと取引するんだ。ヤギや羊や、ときどきは私設裁判で有罪になった盗人とか強姦魔なんかを食わせてやって、その代わり地域の住人みんながそいつに電線を接続してるんだ」

ポールを調節したあと、持ちあげて具合を確かめた。「いい取引のような気がするんだよ、電気がないときは」投げ槍の重さを確かめるように、アンテナを腕に抱えた。「最初はうまくいくのさ。だがそのうち、そいつのいる下水管に子供がボールをとりにおりてって食われるなんてことが起こる。エレメンタルにとってほっぺたが落ちそうにうまいもんといったら、そりゃ若い生命力なのさ。いったん味を憶えたらもう止められやしねえ」

化物は、ヒヒみたいに両腕をついて前のめりになり、おれたちをじっと見つめてる。舌がこっちのほうへ飛び出してきて、静電気の震えが身体を通り抜けるのを感じた。化物は渦巻きの目でおれを見てにたりと笑った。つんのめるように動きだし、こっちに向かってくる。さっきより速い。

「若い生命力だ」ローニンは言った。「おまえの味がわかったんだな」

「おれはもう逃げる」

「逃げたら追っかけてくるぞ。あいにくあいつらを殺す手だてはないんだ。エネルギーは無から生み出したり消したり、ともかくそういうことができないんでな」

「そんな」おれは言った。「それじゃ、いったいどうするんだよ」

「つかまえて飢えさせるのさ。そうすりゃ、いずれ物質界にはいられなくなる」ローニンは言った。「ほら見ろ、今夜のちょっとしたお楽しみの始まりだ」

老サンゴマがエレメンタルに近づこうとしていた。抱きしめようとするみたいに両腕を大きく広げている。中国製の模造毛皮を着て、いまにも折れそうなムチを持っている。サンゴマはそれを頭上でふるおうとして失敗していた。震え声で呪文を唱えている。

「そりゃ男女和合の呪文だぞ、この間抜け」ローニンは怒鳴り、サンゴマに向かって全速力で走りだした。サンゴマが金切り声をあげると、エレメンタルはそっちに向かって炎の身体をすくめてみせた。駆けつけたローニンに腰を抱え込まれて、サンゴマは滅茶苦茶に抵抗しはじめた。顔を引っかき、ローニンの腕をふりほどいて、エレメンタルに向かって走っていく。ローニンはつかまえようとしたが、もう間に合わなかった。サンゴマはぴたりと止まった。走る途中で凍りついたかのように。

ローニンは駆け足でこっちへ戻ってきた。「あいつの場（フィールド）につかまった」彼は言った。「見るな、夢に出てくるぞ」サンゴマは化物からあとじさろうとしたが、まるで水中を泳いでいるみたいだった。ローニンは手早く三叉の矛をバッテリーに接続している。

おれの見ている前で、エレメンタルはサンゴマにゆっくり近づいていく。その様子はやさしげと言っていいくらいだ。火花が地面を小川のように流れ、サンゴマの神経系をしばし輝かせた。まるで生きたクリスマスツリーだ。神経線維の描くパターンが、皮膚を通してはっきり見える。

鉤爪をあげて両肩をむずとつかむと、化物はバーナーのようにサンゴマを焼いた。彼女の悲鳴は、罠（わな）にはまった獣のあげる恐ろしい原初の叫びだった。あざやかな正確さで、化物は口から舌を飛び出させてサンゴマの目に命中させた。舌は目玉を切り裂いてもぐり込んでいく。柔らかい白チーズをナイフで切ってるみたいに。

サンゴマは弱々しくうめいてくず折れそうになったが、それを化物の鉤爪がしっかり支えている。しゅうしゅうとおぞましい音を立てて、化物は彼女の身体から生命をすすり、舌をさらに深く突っ込んで最後の一滴まですすり尽くすと、空き壜でも捨てるように死体を放り出した。

化物は腕で口をぬぐい、こっちに顔を向けた。ふた皿めは賞金稼ぎの活け造り、サイドオーダーに恋わずらいのティーンエイジャーと来た。ゆっくり大股で近づいてくる。サンゴマのオードブルのおかげで、見るからに元気づいていた。

ローニンは首をまわし、肩をまわした。スタートラインのランナーかよ。「ローニン、こっちを狙ってるよ」おれは言ったが、返事もせずに前屈なんかして足に手をつけている。エレメンタルは速度をあげ、うれしそうにぱちぱちしゅうしゅう音を立てている。おれたちを食うときが待ちきれないんだろう。

ローニンは無頓着そうに三叉の矛を高くあげ、少林寺の僧が棒をまわすみたいにスピンさせた。バッテリーにつながったコードが周囲で渦を巻いている。腰を落として低い構えをとり、片手の手のひらを正面に突き出し、矛をわきに抱え込む。おれは退却にかかった。後ろ向きにそそくさと逃げて、司祭がちぢこまっている小路に入った。

「いつでも逃げられるようにしといて」おれは司祭に言った。

司祭は小さくうなずき、ぶつぶつと祈りをあげはじめた。

化物はローニンのそばへ来て立ち止まった。じろじろ観察しているさまは、ファストフードの紙バケツを前にした食通みたいだ。食事としてのローニンの魅力にあまり感心しなかったのはまちがいないが、カロリーの高いスナックを鼻先に出されては抵抗できない。

エレメンタルがよたよた前に出ると、ローニンはこまのようにスピンした。フィールドの影響を受けながら、それでも目にも留まらぬ素早さで、アンテナの先端を化物のでかい身体に突っ込んだ。じゅうじゅうしゅうしゅうばちばちぼかんと音がして、接続されたアンテナがエレメンタルの電力を吸い取りはじめた。

化物は吼え、電力は怒濤の勢いでコードからバッテリーに流れ込んでいく。

「よし」ローニンは言った。

ひと声うなると、エレメンタルはローニン目がけて飛びかかった。ヘビがとぐろを巻くように、賞金稼ぎは身体を回転させてアンテナを投げた。アンテナは投げ槍のようにスピンしつつ空を切って飛び、化物の身体のど真ん中に突き刺さる。

化物から電力が噴き出し、四方八方に衝撃波が広がっていく。こっちにも押し寄せてきて、髪が滅茶苦茶に吹き乱され、と思ったら衝撃波の本体が襲ってきて、おれはぬいぐるみみたいに飛ばされてあばら家の壁に叩きつけられた。

インクのしずくのように、黒い点々が視界をしたたり落ちていく。内側から破裂しそうにひたいが痛み、おれは前のめりに倒れた。ぼんやりした映像が目の前にちらつく。ケープタウンの全景が見えた。核爆発に呑み込まれて燃えている。また巨大な怪物が見えた。あのエレメンタルが赤ん坊に見えるぐらいでかくて、そいつらが死闘を繰り広げている。赤い眼の描かれた旗が風に翻るのも見えた。その眼はこっちにロックオンしていて、焼印みたいにおれのひたいに焼きついてきた。耳のなかで、甲高い狂った笑い声が響いている。狂気のオリジナル・サウンドトラックだ。

視界が晴れたとき、おれは司祭の首に両手をかけていた。相手はじたばた暴れているが、おれの手には狂人の力がこもっている。気管ぐらい難なくつぶすことができるだろう。テイクアウトのコーヒーカップを握りつぶすみたいに。「助けて」司祭が声を振りしぼった。

司祭の首から手を離し、「すみません」おれは言った。「なんでこんなことをしたのかわからない」

あたりを見まわすと、ローニンの姿が目に入った。電気コードを死にもの狂いで引っ張っている。大物を取り逃がすまいと奮闘する遠洋漁業の漁師みたいだ。少しずつ化物は縮んでいく。容赦なく、コードを伝ってバッテリーに吸い込まれていく。やがて、鋭い破裂音とともに化物は完全に姿を消した。

ローニンは立ちあがり、トレンチコートから土埃(つちぼこり)を払った。おれがへたってるこっちのほうへ目を向けて、得意満面ににんまりして派手なお辞儀をした。「観客席の大歓声をお聞きください」と言うと、みごと着地を決めた体操選手みたいに両腕を高くあげた。

「すごかったよ」おれは言って、よっこらしょと立ちあがった。「こんなサイコーな臨死体験は生まれて初めてだ」

「ばか言うなよ。こんなのは臨死じゃなくて遠死体験っていうんだ。嘘じゃない、おれはちょっとした目利きなんでね」

「そうでしょうとも」

「心配すんな。二、三回経験すりゃ慣れる」

「二度とごめんだよ」

「まあ見てろって。すぐやみつきになるから」

司祭がそろそろと小路から近づいてきた。おれを見る目つきは、エレメンタルを見てたときと同じ恐怖の目つきだ。

「なんかいざこざでもあったのか」ローニンが不思議そうな顔をした。「ありがたいキリストの教えでも説かれたかい」

「いや」おれは言って、後ろめたい思いで司祭に目をやった。「なにが起こったのか自分でもわかんないんだ」

「アドレナリンのせいだな。だれでも頭がいかれちまうんだ。ところで牧師さん」と、ローニンは司祭の肩に腕をまわした。「報酬はどうなったかな」

「ああ、そうでした」司祭は言って、さりげなくローニンの腕から逃れようとする。古ぼけた封筒をポケットから出して、賞金稼ぎに手渡した。

「毎度ありがとうございます」ローニンは青い紙幣をぱらぱらやりながら言った。「飲みに行くか、少年。おごってやるぞ。パパはいま金持ちだからな」

ローニンは車に戻ろうと向きを変えたが、そのとき目のすみになにかとらえたらしい。

「なんだありゃ」とうなると、のんびり歩きだした。その先にあるあばら家は、エレメンタルから噴き出した突風でまっぷたつになっている。おれはローニンのあとをついていった。司祭とふたりきりになるのは気が進まなかったのだ。だって、さっき絞め殺しかけた相手なんだぜ。

壊れた壁越しになかをのぞいた。数十対の奇妙な輝く目が、こっちを見あげてぱちくりしている。

「まったくかんべんしろよ。なんでいつもいつもすんなり話が進まないんだ」ローニンはため息をついた。「ドクター・パットに電話するしかあるまいな」

七匹の小妖怪（スプライト）がひざのうえにのって、まんまるい目でおれを見あげている。温かくてむくむくした小さい身体が、みんなそろって呼吸をするたびに持ちあがったり下がったりしている。

現実がねじ曲がるようなことがあんまり起こりすぎると、頭が一種の茫然自失っていうか、変てこなぽかんとしたパニック状態に陥って、ばかみたいに目を丸くすることしかできなくなって、そうするうちに意識の深いレベルではなんとか情報を処理しようとがんばっていて、とにかく意味みたいなものを吐き出してくる。これまでのところ、そのアウトプットは納得できるとは言いかねた。魔法使いの賞金稼ぎに電気の怪物、そして今度はスプライトだもんな。

スプライト——おれが足を踏み入れたこのもうひとつの現実に、ついさっきお目見えしたやつ。灰色でずんぐりしてて、頭の四角い太った小さなウサギみたいだが、ちがうのは直立してることだ。大きな黒い目をしてるせいで、ＬＳＤを大量にキメてるみたいに見える。その目でおれをまっすぐ見つめてくるんだ。一匹が小さな前足、というか、ちっちゃいピンクの人の手にそっくりなんだけど、それを突き出して、おれの腹をつついた。なにでできてるのか確かめようとでもしてるんだろうか。

おれはいま、黄色いフォルクスワーゲン（VW）のヴァンの助手席に座ってる。運転してるのはドクター・パット（ドクターという資格について、ローニンと同じ考えかたをしているのかどうかはわからない）で、彼女は縮れた白髪の頭をこっちに向けて、長いクリスタルのイヤリングをじゃらじゃら言わせた。

「よかったわ、ジャクスンが電話してきてくれて」と、アーモンド形の目の目尻にしわを寄せてにっこりする。「このおちびさんたち、ちゃんとしたものを食べさせて休ませてあげないと」

ローニンは残りのスプライトを乗せたコーティナを運転してて、パットの家で落ち合うことになっていた。

おれはひざのうえの生き物を見おろした。一匹が古い芳香剤をかじっている。

「それであなたは、どうしてジャクスンみたいなあやしい人とつきあうことになったわけ?」

高速のほうへ曲がりながら、彼女は尋ねた。

「おれ、行方不明の彼女を捜してるんです」

「ああそうなの。見つかる可能性さえあれば、ジャクスンなら見つけてくれるわ」

「どういうお知り合いなんですか」

「わたしたちね、同じ機関に属していたのよ。でも、ある事件があって……」と言って口をつぐんだ。「でも、この話はジャクスンに聞いたほうがいいわ。わたしが話したらいやがるだろうから。いまでもちょっと傷が残ってるのよね」

ローニンやらその機関のことやらをもっと聞き出そうとしたが、ドクター・パットは口を開かなかった。車はフィリッピ（ケープタウンの黒人居住区のひとつ）の小自作農地の車寄せに入っていく。草木が盛大に生い茂っていて、どこに家があるのかすぐにはわからなかったが、見ればツルやツタの分厚い毛布のあいだから、明るい黄色がのぞいている。

「隠れ家（ヘイヴン）へようこそ」ドクター・パットが笑顔で言った。

おれが車のドアをあけると、ひざにのってたスプライトたちがまったく同時に飛びおりた。隊列を作って立ち、あいかわらずこっちを見あげて目をぱちくりさせている。「じろじろ見るなよ」おれは言った。「背筋がぞわぞわするじゃないかよ」スプライトたちは、また完璧に同時ににかっと笑って、鋭い小さな歯を見せた。おれは一歩あとじさった。

ローニンがとなりに車を停めた。おりてきてトレンチコートから煙草の箱をとり、一本抜いて火をつけた。「何人か呼んできて、このちびどもを連れてってくれ。おれたちはすぐ出るから」

小さなむくむくの胴体と大きなまんまるの目が、ローニンの車の後部ウィンドウに張りついていた。完全に同期した呼吸でガラスが曇っている。

「ジャクスン！」パットが厳しい顔で言った。「いつのまにそんなに冷たくなったの。〝隠れ族〟は大変な目にあってるのに」

ローニンは目をぎょろつかせたが、ドアをあけてスプライトを腕いっぱいに抱えあげた。

「さあ来い、ちびたち」彼は言った。「嚙むなよ、嚙んだら皆殺しだぞ」

男がふたり、手押し車を押して家のなかから出てきて、車からスプライトを運び出すのを手伝ってくれた。手押し車で家へ運びながら、「〝隠れ族〟ってなんですか」とおれはパットに尋ねた。

「ジャクスン・ローニンったら、あなたをエレメンタル狩りに連れていっときながら、異界の生態系も説明してないの？」と訊かれて、おれは首をふった。「まあ、情けない」と言って、ローニンをきつい目つきでにらんだ。向こうはまたスプライトを車から運び出しに戻ってきて、ちょうどすれちがったのだ。

地面のでこぼこに車輪が引っかかって、スプライトが一匹空中に放り出され、砂利道にどさっと落ちた。スプライトたちが全員同時にたじろぐ。「拾ってきます」おれは駆け寄って、毛むくじゃらの小さい生き物を慎重に拾いあげた。

「この子たちをなかに連れていったら、わたしが少し説明してあげるわ。ジャクスンがさぼって説明してないみたいだから」パットは言った。

スプライトを乗せた手押し車を押して、母家をまわって裏の納屋に運んだ。「ここは動物病院なんですか」とおれは尋ねた。「ある意味ではね。ここではちょっと変わった種類の動物のお世話をしてるのよ」キーパッドでパスワードを打ち込むと、パットは納屋のドアを勢いよく開いた。

なかは動物園だった。壁沿いには動物の囲いが並んでいて、耳をつんざく叫び声、鼻を鳴らす音、がつがつものを食う音はまだしも、なにか引き裂いたり、ちぎったり、噛みついたりしてるみたいな、さらにぞっとしない物音も聞こえる。

「こわがることないわ」パットはおれの顔を見て言った。「みんなほんとに可愛いのよ、それぞれがそれぞれなりに」

戸口のそばの生き物に対して、おれだったら「可愛い」という言葉は使わないと思う。そいつは止まり木に止まって生肉をかじっていた。顔じゅうにぎざぎざの傷痕のある山猫だ。耳からは長くて白い毛の房が突き出し、背中からはでっかくて白い翼が突き出している。つまり、どこにでもいる空飛ぶ山猫ってわけだ。

「なんですか、この化物」おれは蚊の鳴くような声で言った。

「言葉に気をつけてね」パットは言った。「この子はトニー・モンタナっていうのよ」と、その異種混交生物の頭をなでた。「挨拶なさい、トニー」

そいつは鋭い歯を剝き出し、こっちに向かってうなった。おれはもともと猫はあんまり好きじゃないが、空から急降下して人の目ん玉をえぐり出す能力のある猫なら、そりゃとびきりすてきなペットになるだろう。

「ちょっと人見知りなのよ。この街はふつうでない住民には冷たいところだから、人間を信用してないの」人見知りっていうか、おれののどくびを食いちぎりたがってるように見えるんだが。

パットはおれの手をとって、ある檻の前に連れていった。小さなヤギに似た生き物が格子の向こうでうろうろしている。小柄で、二本足で直立していて、ごわごわした茶色の毛に全身覆われていて、とにかく滅茶苦茶に醜かった。豚みたいな細い目だし、頭にはえた二本の角はぎざぎざのらせん形だし、おまけに巨大な灰色のペニスを床に引きずってて、それが異様に変形した大蛇かなにかみたいだ。こいつはクリーチャー・ポルノで見たことがある。あれは着ぐるみを着た矮人だと思ってたころが懐かしい。実物を見せつけられて気分が悪くなった。

「トコロッシュだ」と言うと、そいつは裂けたような細い目でにらみつけてくる。

「あら、よく知ってるわね！」パットが言った。「男前でしょう?」おれはうーとかなんとか言ってごまかした。「昔はトコロッシュは九十四種いたのよ」パットが続けた。「それがいまでは七種もいないの。それなのにつかまえられてるのよ、ポルノ映画に出すために。信じられる?」

　おれはまたうーとか言ってごまかした。檻のなかの生き物はうなり声をあげ、卑猥(ひわい)なしぐさをした。パットのほうにグロテスクに腰をふりながら「イクイクイクイクイク」とくりかえす。パットがまたおれの手をとって、べつの方向へやさしく連れていってくれたときはほっとした。囲いを見てまわりながら、そこに入っている動物の名をパットが教えてくれる。黒と赤の双頭の毒蛇はネヴリといって、おうむのように人の言葉をまねしていた。またジェプセンという小さなオレンジ色の猿は、目が三つに腕が十二本あった。

　次に足を止めた檻のなかでは、裸の女が素焼きの鉢のなかに立っていた。身じろぎするたびに乳房は揺れるし、こっちに色っぽい流し目を送ってくる。「ニンファンよ」パットが当たり前のように言った。目の前で女がうっとりと身をよじりはじめたのに、気がついたそぶりも見せない。「土着の〝隠れ植物〟なの。たぶん自然灌木植生地(フィンボス)（ケープタウン近郊、固有の灌木から成る帯状地帯）の植物の遠い親戚(しんせき)だと思うわ」

　おれは女を見つめた。唇を舌でなめている。「それじゃ、これは植物なんですか」

「そうよ。いま見えてるこの姿は、人間をおびき寄せるための適応なの」パットは細い棒を拾って、格子のあいだに差し入れて女をつついた。すると女の身体が巨大な口のようにふたつに割れて、一列に並んだぎざぎざの牙が現われた。と思うまもなく、口が飛び出してきて棒をふたつに噛み割った。「檻に入れてるわけがわかったでしょ。農場の働き手が何人亡くなったか、思い出したくもないわ」

「さっきから、何度も〝隠れ〟なんとかって言葉が出てきますけど」おれは納屋を歩きまわりながら言った。

「〝隠れ族〟のことよ」パットはネヴリの檻に歩いていって、双頭のヘビをやさしくつまみあげた。黒い毒蛇はパットの首に巻きついて、斜視の目でおれをじっと見つめる。「広く言うと、人間社会のはじっこでひっそり生きてる、魔術的な種族のすべてをさす言葉なの。ここにいる動物たちのほかに、いわゆる知的な〝隠れ族〟もいるのよ。どっちも人間から迫害されて絶滅させられてきたの。もちろん〝恐ろし族〟も絶滅に手を貸したんだけど、でもほんとのとこ、あれはしかたがないのよね。それが習性なんだもの」

「〝恐ろし族〟？」

「〝鬼族〟とも言うんだけどね、宗教的暗殺集団で、黒い羽と黒い心臓をしてるの」パットは言った。「狂信的に自分たちの神をうやまっていて、その囚(とら)われの神を解放することだけを目的に生きてるの。少なくとも伝説ではそう言われてるわ。〝隠れ族〟に対してほんとうに残酷な仕打ちをしてて、それはもう信じられないぐらいなのよ。でも、そういうふうに生まれついてるのよね」

「オバンボはどうですか。ここにいます？」

パットはこっちに目を向けた。そしてその瞬間、目の前にいるのはただの親切な老婦人ではなくなっていた。その姿にはいつでも戦えるみたいな緊張感があって、おれはとっさに殴られると思った。「オバンボについてなにを知ってるの、あなたは」

おれはぎこちなく肩をすくめて、パットの殺気をやり過ごそうとした。「あんまり」

パットは縮れた髪を目からそっと払った。「オバンボは、〝恐ろし族〟の犠牲になった種族のひとつよ」と言いながら、ネヴリのふたつの頭を同時になでている。「完全に根絶やしにされたの。絶滅したのよ」

「〝恐ろし族〟」ヘビの頭のいっぽうが、不気味なしゃがれ声でささやいた。

パットはその頭を自分の顔のそばへ持ってきて、口にキスをした。「そうよ、可愛いお利口さん。でもわたしがついてるから、なんにもこわがることなんかないのよ」おれは目をそらした。この世に猫好きぐらい気色悪いやつらはいないと思ってた。だって、化物大好き人間になんか会ったことなかったんだよ。

「ネヴリはクラッカーが欲しい」ヘビの頭のいっぽうが言った。「なに言ってるの」パットが言った。「あんたが食べるのは小さいネズミでしょ。イライアスにも困ったもんだわ、変な言葉を教えちゃって」ネヴリを首からほどくと、やさしく檻のなかに戻してやる。「おねむの時間」ヘビはしゅうしゅうした声で言って、おがくずの下にもぐり込んでいった。

納屋の奥まで行くと、最後のスプライトたちが広々とした囲いに放されるところだった。互いにまばたきしあいながら突っ立っている。

「ほとんどなんにもしないんですね」おれは言った。

「その必要があんまりないからよ。この子たちはテレパシーが使えるの」

「なにが使えるって――」言いかけて口ごもり、むくむくの小さいやつらを見つめた。

「テレパシーよ。この子たちはイルカより頭がいいらしいの。とてもそうは見えないと思うけど。ほんとに可愛い子たち」おれはぱちくりする丸い目を見つめた。向こうも見つめかえしてくる。

納屋を出ると、パットは防犯コードをセットしなおした。「いらっしゃい、レモネードでもごちそうするわ。もうくたくたでしょう、大変な日だったものね」

くたくたという言葉はぴったりこない。「ぼうぜん」のほうが近いけど、それでもやっぱりじゅうぶんじゃない。この鏡の裏の世界についさっき足を踏み入れて、それからの混乱と驚きと絶望的な恐怖の感覚は、そんな言葉ではとても伝えきれるもんじゃない。もっとおたおたして当然だと思うんだけど、ある意味では故郷に戻ったみたいに感じていた。

思い出せるかぎりずっと、おれは異世界の空想という温かい光に包まれていた。チビのころに両親が読んでくれたおとぎ話も、テレビやビデオゲームもみんな、この瞬間に備えておれを教育してたみたいな気がする。なんだかこっちのほうが自然で、もういっぽうの世界、つまり税金や生命保険を払ったり、年に二十日の休みとか癌とか、一生かかっても逆立ちしてもセレブにはなれないって気がつくとか、そういう世界のほうが影っていうか、空想とか妄想みたいに感じるんだ。世界はおれがずっと直感していたとおり、変でこで分断されてて化物でいっぱいなところだったんだ。

母ùは実際にはふたつの建物に分かれていた。車寄せから見えた古い黄色の家のとなりに、新しめのアパートが建っていたのだ。そのふたつの建物にはさまれた道を歩いていたら、アパートの一室のドアからひとりの少年が頭を突き出してきた。

「うっせーぞ、でかぶつ」少年はきつい声で言った。髪は長くて茶色で、空気のにおいを嗅ぐみたいに鼻をひくつかせている。

「バクスター、クリップスプリンガーよ」パットは笑顔で言った。

少年はまた、ドアの向こうから頭を突き出して、「ハジメマシテアリガトー」と言った。

「初めまして」おれは言った。「この子は……ここで働いてるんですか」

「まさか、とんでもない」パットが言った。「自分の部屋を片づけさせるだけでも大変なのに」

クリップスプリンガーがドアの陰から出てきた。「うわっ！」おれは言って、とっさにあとじさった。

少年はうれしそうに含み笑いをした。「うわっ！」とまねをして飛びすさると、小さな蹄が車寄せでぱかぱか言った。

クリップスプリンガーは十二歳ぐらいで、スプリングボック（南アフリカのレイヨウの一種）の胴体に、人間の上半身と頭がついていた。小さな白い尾をうれしそうにふりながら、ぴょんぴょんはねまわっていたずらっぽくこっちを見ている。得意そうに鼻をひくひくさせていた。

「大丈夫よ」パットがおれに言った。「悪さはしないから」

「悪さなんかするもんか」クリップスプリンガーが言った。「なに言ってんだー！　でかぶつ、おまえ変なにおい」

「これ！」パットが両手を腰に当てて、「お行儀の約束はなんだった？」

「イツモ礼儀正シクシテヒトニクサイナンテ言イマセン」少年はおとなしく暗唱した。

「よくできました」パットは言って、少年のぼさぼさの髪をむだに手でかきあげてやろうとした。

　クリップスプリンガーは身をよじって、パットの手から逃げようとする。

「なあ！」と元気いっぱいに言った。「おれの部屋見に来いよ、でかぶつ」と興奮してその場を行ったり来たりする。「おれの部屋見たくない？」

「遠慮しとくよ。ローニンがもうすぐ出発するかも――」

「バクスター」パットが言った。「あなたにも、お行儀の約束を教えなくちゃいけないのかしら」

　ため息をついて、「わかったよ、部屋を見せてもらうよ」

　おれはドアから無理やり身体をねじ込み、古い錆びた三輪車をどけてなかに入った。ドアノブの山が抽象彫刻みたいになってて、そばを通っただけでぐらぐら揺れた。天井からは、プラスチックのアクション・フィギュアが大量に糸で吊るしてあって、おれはかがんでその下をくぐった。スケレター（マテル社の玩具フィギュア・シリーズ『マスターズ・オブ・ザ・ユニバース』のキャラクター）が首に糸を巻きつけられて吊るされてて、指で押しのけたら前後にゆらゆら揺れていた。

　クリップスプリンガーの部屋には、でたらめながらくたの寄せ集めがうずたかく積まれていた。あきれるほど散らかった部屋の壁に、〈2アンリミテッド〉、アンドレ・アガシ、スティーヴン・セガールのポスターが貼ってある。派手な色のクリスマスの電球をつないだコードが何十本もあって、クリップスプリンガーがスイッチを入れるとその電球がいっせいにともって室内を照らし出した。

「ジャーン！」と、腕をふってみせる。「宇宙一の部屋だぞ」

「いい部屋だ」

「なに言ってんだ」彼は言って、自分のひたいをぴしゃりと叩いた。「いい部屋に決まってんじゃん」おれの手首をつかむと、芝居がかってあたりを見まわした。「おまえさ、星の乳首見たことある？」と声をひそめる。「紙の本で」

　おれは首をふった。彼はわけ知り顔でウィンクして、待てのしぐさで片手をあげると、古いソフトドリンクの缶の山の向こうに姿を消した。ものを投げ散らす音が聞こえて、戻ってきたときは背中になにか隠している。「見たい？　見たい？」おれがうなずくと、「ほんとに見たい？」とにやにやして言う。

「いいから見せてくれよ」

　顔を輝かせて、古い八〇年代のポルノ雑誌を背中から差し出してきた。「星の乳首なんだぜ」とうやうやしく言って、雑誌の中央の折り込みページを開いた。パーマをかけたブロンドの髪、長めの靴下、自然に垂れた乳房は、洗練されたポルノを見慣れたおれの審美眼には変てこにしか見えなかったが、クリップスプリンガーはそんなことには興味がなかった。彼の目を釘付けにしているのは、乳首を隠している銀の星だった。保守的なアパルトヘイト時代の政府が、お上品で白い南アフリカの心を守るためにつけさせてたやつだ。

「きらきらしてるだろ」クリップスプリンガーが感動したように言う。「胸で光ってる」

おれは笑った。「それは星じゃないぞ、レイヨウ少年」と言って、その銀の乳首の超新星を爪でちょっとこすってみせた。下の本物の乳輪が顔をのぞかせる。

「本物じゃないのか」

クリップスプリンガーはがっかりして鼻にしわを寄せた。それを見たら、子供にサンタクロースなんかいないと教えてしまったような気がしてきた。「がっかりするなよ」おれはいいことを思いついた。「本物のほうがずっといかしてるから」ポケットからスマホを出して、保存してある画像をスクロールしていった。大女に小女に、あらゆる人種の女がいる。

レイヨウ少年はさらに鼻にしわを寄せた。「星の乳首のほうがいい」あきらめかけたとき、売り込みのために保存しておいたクリーチャー・ポルノの写真が出てきた。トップレスで、乳房の下で腕を組んでいるが、下半身はもじゃもじゃの茶色のヤギの毛ですっかり覆われている。合成写真だと思ってたけど、きっと本物にちがいないといまは思う。

クリップスプリンガーはスマホを手にとって、その写真を感動して見つめている。「なんて名前？」ささやくように言った。

おれは目を細めて、画像のすみにある小さな文字を読んだ。「ジャスミンだって」

「ジャスミンか」とうやうやしくくりかえす。ちょこまかとまたどこかへ行って、まだ新しいスマートフォンを持って戻ってきた。

「おまえ電話なんか持ってんの？」おれは笑った。

「もっちろん。ゲームゲーム好きでよくやるんだ。ピュンピュンピュンピュン」

おれは画像をそっちのスマホに転送してやった。「そら、これでジャスミンちゃんがおまえのスパンク・バンク（マスターベーション用の空想のネタ）に入ったぞ」面食らった顔でおれを見るんで、「なんでもない。もっとおとなになったら教えてやるよ」

「おれ、おまえにやるもんがある」クリップスプリンガーが言いだした。

「いいよ、気にすんなよ。いまのはプレゼントだから。なんにもくれなくていいんだぞ」

また小走りにどこかへ行って、手になにかを握って戻ってきた。「ちがう、ちがう」彼は言った。「いま思い出した。眼鏡かけてて、ものを見通す目をした男の子。女の人が、おまえにこれをやれって言った」

「ドクター・パットが？」

「ちがう、でかぶつ、なーに言ってんだ。ドクター・パットじゃない。べつの女の人」手のひらを開いて、革ひもに下げたペンダントを見せた。小さな真鍮(しんちゅう)のカマキリで、目には青い準貴石のかけらが嵌(は)まっている。「やる」と言って、おれの手に押しつけてきた。「女の人が、おまえにやれって言った。だからやる」

おれはペンダントを受け取って首にかけ、真鍮のカマキリをシャツの下に滑り込ませた。肌に温かく感じる。

「ありがとう、レイヨウ少年」

「いいってことよ、でかぶつ」笑顔で言った。「だけど気をつけろ。それ、ツヨイツヨイ魔法だぞ」

7　魂の叫び（ガラガラブーン）

「頭が狂ったとき厄介なのは、自分が狂ってるとわからないことだな。それであるとき急に、気がついたら床に寝っころがってカーテンをくちゃくちゃ噛んでて、続けて二十四回以上『ゼリー』って言葉をくりかえすと、なんでこんなに変に聞こえるのかと首をひねってたりするわけよ」とローニンは言いながら、ヌードルをすくって口に運んでいた。濃い赤ひげに醤油（しょうゆ）が垂れ落ちる。

　おれたちはいま、ローニンの車のなかで〈ミスター・ホンズ・チャイニーズ・テイクアウト〉のテイクアウトを食べている。場所はロングストリートのどんづまり。中央ビジネス街（CBD）でも、このあたりは薄暗くて寂れかけてる。売春宿の下では女たちが煙草（たばこ）をくわえてうろうろし、あっちこっちに男たちがたむろして客か犠牲者か客兼犠牲者を待ち構えてる。

「おれは昔、LSDのマイクロカプセルを四つ服（の）んで、発狂したふりをしたことがある。国境戦争（一九六六―八九年、現アンゴラおよびナミビアと南アフリカとが戦った戦争）に駆り出されそうになったもんでな」ローニンは続けて、そででひげをぬぐった。「そんでわかったんだが、カプセル四つ服んだらふりなんかする必要なかった。そんでもやっぱり徴兵されたんだよな。侵略戦争じゃ、頭がおかしいやつのほうが使いがってがいいらしい」

「ところでさ、あんたが入ってた機関ってなに」おれは言った。

ローニンはおれを見た。ヌードルの残りが箸から下がって、口に向かう途中で止まっている。

「なんでそんなこと知ってるんだ」

「パットが言ってたんだ、同じ機関で働いてたって。だけど『ある事件』があったって」

「なんでもない」と言って、箸を口に突っ込んだ。「MK6であったことは、おまえにゃなんの関係もない。気にすんな」からになったテイクアウトの箱をバックシートに放り投げた。

「そりゃそうだ。それじゃ、今日見つけた手がかりのことを話し合おうじゃん」おれは皮肉った。

おれたちはケープタウンを走りまわり、ローニンの情報提供者を捜して次々に当たっていったが、なんの成果もなかった。きれいさっぱりなんにもなし。歯が一本欠けたオバンボについて知ってる者はいなかった。というより、どんなオバンボについてもみんなまるきり知らなかった。完全に死に絶えたとかなんとかってやつ。

まあそれはともかく、ケープタウンの暑苦しい暗部がどういうとこかってことだけはなんとなくわかった。おれたちが会ったのは、副業で非合法の臓器売買をやってる広告会社の幹部とか、もとジャーナリストのヤク中で、言葉を操る習慣はなくしたけど注射針はなくしてないやつとか、コンゴ人のフランクって小人で、ＳＦとファンタジーのポルノを撮ってる監督とか。こいつに関しては、あとあとのために電話番号を控えといた。それでその全員が同じことを言うわけだ。オバンボはみんな死んじまってんだから、だれかを誘拐なんかできないんだってさ。

「こういうことにならなきゃいいと思ってたんだが、昔の恩を返してもらうことになりそうだ」ローニンは言った。「お膳立てに二、三時間かかるかもしれん」

「ちょうどいい。ちょっと行くとこがあるんだ。戻ってきたときには、少しは話が進んでるといいけどな」

「さようで、ご主人さま」ローニンは皮肉った。本気でこいつが嫌いになってきた。

事務所の前まで来て、おれは外の舗道におろされた。「二時間で戻ってこいよ」ローニンは言った。「そうだ、少年。千ドル貸しだからな」

早足で駅に向かった。やけにテンションの高い兄ちゃんが、ナリウッド（ナイジェリア映画の俗称）のＤＶＤの海賊版とか偽造のヘア製品とか売ってて、口笛を吹いて気を惹こうとしてきたけど無視した。

おれの「ちょっと行くとこ」ってのはドクター・バッスンの診療所だった。テキストメッセージが来て、今日また話しに来ないかって向こうから言ってきたんだ。正直なところ、いまは心理学の手助けがあっても困らないって気分だった。おかしな生き物のことはそんなに気がかりってわけじゃない。ああいうのと折り合いをつけようとして、いまも脳みそがじたばたしてるってのもあるけど、もっと心配なのは、この頭痛や幻覚のほうだ。ひょっとして、どっかほんとに悪いんじゃないだろうか。

前方の駅に、電車が入ってくるのが見えた。人ごみをかき分けて走り、ドアが閉まりはじめるのと同時に駆け込んだ。座った席のとなりの女性は汗っかきで、ウィッグをつけてて、ヴィクトリア朝時代の性愛小説のばかでかい概論を読んでいる、と見たところでおれの電話が鳴った。「ああバクス、やっとつながった」カイルが言った。「一日じゅう電話してたんだぞ。どうなった？ 賞金稼ぎには会ったのか」

「会ったよ」

「それで……？」

「マジで頭おかしい」

「やっぱり、だから言ったろ！」と得意そうに言う。「まあ、それはともかく、おまえ大丈夫？」

「ああ、大丈夫だ。あいつ頭はおかしいけど、仕事はできるから。まあ、だいたいな」

「おまえがそう言うんならいいけど」ほんとかよと言いたげな口調。「だけどさ、こっちはべつの問題が持ちあがってるんだ。あのさ、レイフがふだん以上におかしくなってんだよ。いろんな変な絵を描きまくってるんだ。ほんとに気色悪いんだぜ、目玉とかカマキリとかそういうの。レイフのやつ、完全にいかれちゃったんじゃないかな。すげえぶっ飛んだ絵もあってさ、おまえが三叉(さんさ)の矛を持って、炎の怪物みたいなのと戦ってんの。『コナン・ザ・グレート』かなんかから出てきたみてえ。正直、わりとかっこよかったりして」

「そんなばかな」おれは言った。

「えっ？　なんだ、なんか心当たりでもあんのか」

なんと言っていいかわからなかった。いま起こっているこのおかしなできごとを、カイルにそっくり話してしまいたいのは山々だったが、しかしそれは電話ではちょっと話しづらいことでもあった。とくにここは電車のなかで、声の聞こえる範囲に五十人も人がいるんだから。

「なんでもない。あのさ、レイフをおまえんちに連れてってくんないか。親にはさ、おれもおまえんちに行って、レイフといっしょに泊まるって言っといてくれよ」

「うーん、スーパースパイの戦術に穴をあけたかないけど、それってあんまり説得力ないと思うぜ」カイルは言った。たしかにそのとおりだ。おれはいままで一度も、いっしょに出かけようとレイフを誘ったことがない。まして友だちの家にいっしょに泊まろうとかありえない。

「頼むよ。親にはおれからうまく言っとく」

「ああ、わかったよ」カイルはため息をついた。「だけどつまんねえな、おれもいっしょに行けばよかった。おまえ、ほんとに大丈夫なんだろうな。なんかすごく疲れた声してるぞ」

「大丈夫だって」ありったけのから元気をかき集めて言ったけど、正直なところ、ほんとに大丈夫なのか自分でもよくわからなかった。


ドクター・バッスンが値踏みするような目でこっちを見ている。椅子に深く腰かけて、ペンであごをこつこつやって、ノートになにかささっと書き込んで、またあごをこつこつやりはじめる。

「それじゃ、確認のため訊くんだが」彼は言った。「きみの言ってるのは超自然的な生物のことなんだね。現実の生物だね。比喩とか神話じゃなくて」

「そうです。それで、兄貴は超能力者だと思うんです」

これまでのところはうまくいってなかった。ここに来たときは頭痛と幻覚の話をするつもりだったのに、うっかり洗いざらいしゃべってしまったのだ。

「それで、きみの見ている夢だけど」とノートを見ながら言う。「それはいつも昔のことなんだね」

「いつも同じ女の子の夢です。なんかの戦争の真っ最中の」

バッスンは考え込むようにうなずいた。「それで、そのときはかならず、ひたいがなんの理由もなくずきずきするわけだね」

おれはうなずいた。「それで頭のなかで、ふたつの声がいろんなことで口論してる」

「バクスター、推測でものを言うのはいやなんだが、とくにこんな重大な問題ではね。しかし、どこか器質的な異常がある可能性も考えなくちゃならないね」

「それはつまり、病気ってことですか」

「そうだね、たとえば腫瘍とか――」

「腫瘍？　そんな」

バッスンは片手をあげた。「腫瘍だと言っているわけじゃない。わたしが言いたいのは、病気のために組織が損傷を受けて、そのせいで妄想が起こる可能性もあるということだよ。もちろん、きみのご家族には精神疾患の遺伝的素因があるし……」

「あのさ」おれは言った。「狂ってるように聞こえるのはわかってますよ」と、甲高い笑い声をあげた。「だけど、おれは見たんだ。現実にこの目で見たんですよ」

「きみが見たというのは――」とまたノートを見て、「――『エレメンタル』と、何十匹もの『スプライト』と、半分人間で半分……」

「スプリングボック」

「半分スプリングボックの少年だね」とくりかえして小さく微笑んだ。「バクスター、きみの現実はきみの脳が生み出しているんだよ。脳が影響を受けているときは、知覚も影響を受ける。他人にはばかげて見えることが、完全に現実のように感じられることもあるんだ。念のために、この種の疾患を専門に扱っている病院を受診してみたらどうかな。いくつか検査をして――」

「けっこうです」おれは言った。「検査を受けになんか行きたくない。エズメを捜さないと」

バッスンはため息をついた。「バクスター、わたしには強制はできないし、きみの同意がないとご両親にも話ができない。しかし、ぜひとも検査を受けるべきだと思うよ」

「エズメを見つけたら受けます」

「きみ自身のために、なるべく早く見つかることを祈っているよ」

「おれもです」

帰りの電車では、となりに座ったのはトルコ帽をかぶった老人で、スマホでテトリスをやっていた。おれはおふくろに電話をかけて、レイフといっしょにカイルの家に泊めてもらうことにしたと言った。おふくろの言葉をまじめに聞いて、もっと時間をかけてレイフのことを理解したいと思う。仲よくなって、ハグもするし、ふたりでお花畑を走ったりもする。とかなんとか。おふくろはびっくりしたのとうれしいのとで、おかしいと疑う気持ちを棚あげしてとりあえず信じた。簡単すぎて後ろめたいぐらいだった。あくまでも「ぐらい」だけどさ。

そのいっぽうで、腫瘍のことを考えるとちょっと気分が悪くなった。エレメンタルやスプライトや、変な動物でいっぱいの納屋のイメージとともに、それが頭のなかをぐるぐるまわってる。おれの頭は、二手に分かれて例のマンボを踊りだした。

ビズバクス　それなら筋が通る。

メトロバクス　あれがみんな、なんかの妄想だって思ってるのか。

ビズバクス　どうかな。診断つけるのはちょっとむずかしいな。おれたちだってその症状のひとつなんだからさ。

メトロバクス　そのとおりだ。これがみんな現実かどうか、おれたちにわかるわけがない。

ためしにひたいをこすってみた。なにも感じない。「ばか言うなよ、まったく頭がいいぜ」とひとりごちる。「手でさわって腫瘍がわかるわけないだろ」となりの老人がこっちをおびえた目で見て、座席で身体をななめにしておれに背を向けた。気持ちはわかる。

窓から山を見ていたら、電車ががたんと停まった。腫瘍が脳を圧迫していて、そのせいでエレメンタルとかレイヨウ少年とかを見たんだとしたら、ほかにどんな影響が出てるか知れたもんじゃない。

たしかに筋は通ってる。いきなり愛に目覚めたり、幻覚を見たり。腫瘍のせいで、エズメを愛してると思い込んでるんだろうか。腫瘍のせいで、あのスキーのスロープみたいな小さい鼻をつつきたくなるのか。おれはときどき、小さなスノーボーダーがそのスロープで後ろ宙返りをするとこを想像する。あの気位の高そうな緑の目（黄色い点々が散ってる）の奥には、ちょっとクレイジーでおびえたなにものかが隠れてる。山の貯水池で泳ごうとして、鉄条網のフェンスをのぼったことがあって、そのとき引っかけたせいで左手には長い傷痕が残ってる。その傷痕をおれが指でなぞりたくなるのも、やっぱり腫瘍のせいなのか。

エズメは小さいころ人形が嫌いだった。ブロッコリーが好物だ。ときどき眠りながら親指をしゃぶってるけど、それを本人に教えたことはない。踊りかたはちょっとぶきっちょで、腕をまっすぐ伸ばして腰を変に傾けて突き出したりするけど、それがなんとなくセクシーだともおれは思ってる。左の耳にはピアスを四つ、右の耳には三つ。タトゥーのデザインをもう千回ぐらい描いたり描きなおしたりしてるけど、まだ一度も彫ったことはない。やりなおしが利かないと思うと耐えられないからだ。ほんとにおれに価値があるみたいな目でおれを見る。おれは頭のなかでこういうおさらいをして、その数えあげはどこまでも続いて終わりそうになかった。

変態で取り憑（つ）かれてるだけかもしれないけど、それでもいい。腫瘍のせいでも狂ってるせいでもなんでもいい。エズメを見つける。なにがなんでも見つけるんだ。

　橋の下にはだれもいなかった。野良猫の群れが緑の目を光らせてただけだ。ごみの散乱する舗道を一目散に走って、猫たちは風の吹く闇に吞まれていった。ローニンは深い影のなかに車を駐め、ダッシュボードに両足をのせている。おれはひざのうえで金を数えて渡した。ローニンはそれを数えなおして、にんまりしてコートに突っ込んだ。

「それで？」おれは言った。

「待つんだ」

「なにを」

「トーンさ」

「トーン？　リズム・アンド・ブルースの歌手みたいな名前だな」

「暗号名（コードネーム）だよ、頭のいいやつだな。MK6の作戦を指揮してる男だ」

「だれかさんはまだその話をしてくれてないよな。つまり、秘密の政府機関だってこと以外は」

　ローニンは頭の後ろで手を組んだ。「メンバーは呪術師（サンゴマ）とか呪術医とか魔術師とか魔女とか、そんなのばっかりだ。〝隠れ族〟をいつも見張ってて、まずいことが起きないように気をつけてるのさ」

「まずいことって？」

「たとえば、見ちゃいかんやつに見られるとかだな。〝隠れ族〟が明るみに出ないかぎりはいいんだよ。しかし、その話がマスコミに漏れそうになったら待ったをかけるわけだ」

「それじゃ、あんまりちゃんと仕事してないんじゃないか」おれは笑った。「だっておれ、タブロイドでトコロッシュの記事を読んでたぜ、ほんとにいるって知るずっと前から」

「ああそのとおりさ、お利口さん。それで、その記事を読んでどう思った」

「タブロイドの与太話だと思ったよ」

「まさにそれが狙いさ。ＭＫ６はそういう記事をどっさりばらまくんだ。タブロイドで読んで、だれがトコロッシュやユニコーンの話を信じる」

「なるほど、そうか」

「こんなのは序の口だぞ。〈南アフリカ懐疑論者連合〉はＭＫ６の隠れみのなんだ。実際に情報が漏れてもだれも信じないように、時間も金も費やして嘘だと暴いていってるわけだな」

ポップカルチャーに波長の合ってるおれの頭には、それはいかにもありそうなことに思えた。謎の政府機関、秘密情報部、大規模な隠蔽工作。つまり、おれが完璧に狂ってるんじゃなければってこと。

「自分が狂ってるんじゃないかって思ったことある？」おれは言った。「つまりさ、ふだん狂ってるよりもっとって意味だけど。自分の頭がおかしくて、そういう異世界の話をぜんぶでっちあげてるんじゃないかって思ったことない？」

「そりゃおまえ、毎日思ってるさ」ローニンは笑って答えた。

黒いヴァンが橋の下に現われて、ゆっくりこっちに近づいてきた。クロムめっきのホイールが、ぼんやりした明かりを受けて光っている。ヴァンの窓は色つきガラスで、プレートには「MK 962」とあった。コーティナの正面で停まって、ヘッドライトが消えた。

ドアが開き、男がふたりおりてきた。ひとりはとにかくでかくて、プロレスラーみたいだった。ブロンドをクルーカットにして、身体に合わないスーツのそでから毛深い前腕を突き出させてる。肩には突撃銃（アサルトライフル）をかけていたが、ヴァンの前面に寄りかかると、その銃口をのんびりこっちのフロントガラスに向けてきた。

もうひとりはそれよりずっと小柄な黒人で、白髪を後ろに流してコーンロウ（細かい編み込みをいくつも並べる髪形）にしている。高級なスーツを着こなしてて、灰色と白の数珠玉のネックレスを弾薬帯みたいにそのうえから掛けている。武器は身につけてなかったけど、ステッキでコンクリートをこつこつ突きながら近づいてきた。

「ブラックブラッド」母音を伸ばしてゆっくり言った。

「だれのことだかわからんな、トーン」ローニンがうなった。

トーンは肩をすくめた。「豹（ひょう）は斑点を変えられんと言うじゃないか」

ローニンは咳（せき）をして、舗道につばを吐いた。「その諺（ことわざ）を持ち出したやつを、だれかれ見境なく葬ってまわるとも言うんじゃないのか」

トーンは微笑んだ。「突っかかる相手をまちがってるぞ」

「あいにくあんたのボスはここにいないんでな、あんたで間に合わせるしかないのさ」

トーンは両肩をまわして、どっちつかずに肩をすくめた。「マースはああいう男なんだ。みんなが喜んでるわけじゃないが、いまはあいつがボスだからな」

「だれでもロットワイラー犬は好きさ、まわれ右してこっちののどに食らいついてくるまではな」

「わたしをここへ呼んだのは、昔話をするためじゃないだろう、ローニン」彼はおれを見、またローニンを見た。「男娼か」彼は言った。

「くたばれ」おれは言った。

トーンは唇をすぼめて口笛を吹き、鋭くきしるような音を立てた。音波のハンマーみたいにそれがみぞおちを直撃して、ひざが勝手にがくがくしはじめた。ローニンが肩をつかんで、ぶっ倒れないように支えてくれた。

「けっこう」ローニンが言った。「あんたが右に出る者のない強力な魔法使いだってことは、これでこいつにもわかっただろう。その名を聞いただけで大地も震えるとかな」

ローニンの腕につかまって身体を支えながら、「ふん、つまんねえの」おれは言った。「がっかりさせて悪いけどね、こんなのカクテルパーティの余興にしかならないよ」

トーンは吹き出した。「ローニン、いったいどこでこういうクライアントを見つけてくるんだ」

「さあな」とため息をつく。

トーンは、後ろのヴァンで待機している大男を手招きした。ボンネットからよいしょと身体を起こして、男はこっちにのっそり近づいてきた。負い革で下げたアサルトライフルが揺れている。

「巨人の血が混じってるんだ」トーンはおれに身を寄せてささやいた。「ひい祖母(ばあ)さんが農場(プラース)にいて寂しくなって、近くの山に住んでいた巨人のひとりとまぐわってな」

「ふうん」おれは言いながらみぞおちをさすった。鋭い痛みはすぐにひいたが、にぶいずきずきが残っている。「あの人のコードネームはなんていうの」

「野蛮人(サヴィッジ)だ」トーンは言った。「自分で選んだんだ」

近くで見ると、サヴィッジのでかさがあらためてわかった。花崗岩(かこうがん)の板に脚をつけたみたいだ。スーツのジャケットの内ポケットから丸めた茶色のフォルダーを出してトーンに渡す。

「さっき男娼とか言ったのは冗談だ。きみの問題は残らず把握しているよ、バクスター・ゼヴチェンコ」トーンは言った。「きみにとっては幸運なことに、きみの彼女の失踪はいまうちが扱ってる一件と関わりがあるのでね」

胸のうちに、明るい希望の火花が散った。トーンが写真を何枚か差し出してくる。ホームレスの一団が集められ、白衣姿の男の指示でヴァンに乗り込もうとしている。白衣男の持つクリップボードのクローズアップ写真では、送り状のレターヘッドに赤い蛸(たこ)のマークが見えた。

「それが人身売買の一件なんだ」トーンは言った。「情報によると売春目的ではないようで、とすれば非常に珍しい事件だ。しかも、潜入してるうちの部員がオバンボを見たと言ってる。

これは珍しいどころかまったく信じられない話だ。オバンボは絶滅したと言われているんだからね」

「このマークはなんだ」ローニンが赤い蛸を指さす。

「〈オクトグラム〉という会社のマークだ。いろんな業種に手を出してる。鉱山とか製薬とか兵器とか。しばらく前から目をつけてたんだが、非合法な活動に関わってる証拠が実際に出てきたのは初めてだ」

「ふだんのあんたたちの担当領域からはずれてるみたいだが」ローニンが言う。

トーンはにやりとした。「なぜうちが興味を持ったか知ったら、さぞおまえも面白がるだろう。活動拠点が〈肉欲の城〉だとわかったんだ」

「なんてこったい」ローニンが歯のあいだから押し出すように言った。

「それ、クリーチャー・ポルノを撮影してるとこ？」おれは尋ねた。

「まさにそのとおり」トーンが答えた。「だからいよいよおかしいんだ、この人身売買が売春業の一部でないというのがね。うちがとくに興味を持ってるのは、アナンシの女王がこれにどんな役割を演じてるのかということだが」

ローニンの顔が青くなって、痙攣(けいれん)でも起きたみたいに指をひくひくさせはじめた。「あのアマ、地獄に送り返してやりたい」

「そう言うだろうと思った。目下の問題は、〈肉欲の城〉を社交のレーダーに入れてる大物政治家が多いということでね。だからできれば手入れはやりたくない。食物連鎖のあんまり上のほうのを引っかけてしまったら困るからな。しかし、フリーの調査員がもぐり込むという話なら……」

「つまり、おれたちにもぐり込めって言うんだな。それであんたらの代わりにあんたらの仕事をやれってわけだ。それで、あとから適当に書類をでっちあげるんだろう」ローニンは言った。

「そのやりかたで、いつもうまくいくじゃないか」トーンは明るい笑顔で言った。

「やろうよ」おれは言った。

「ちょっと待て、少年」ローニンは言った。「まずふたりで話し合わんといかん」

「なにを話し合うことがあるんだよ。オバンボが〈肉欲の城〉にいるんだぜ。入っていって見つけて、エズメの居場所を吐かせようよ。あんたを雇ったのはそのためなんだからな」

「もっともな意見だ」トーンが言った。

「あんたは黙ってろ」ローニンが言った。

トーンはまあまあと言うように両手をあげて、「ローニン、八つ当たりは感心せんな。ともかく、しばらくふたりで話し合ってくれ。サヴィッジとわたしには、がたがた言わせなきゃいけないやつがいるんでね」あたりを見まわし、「ここより適当な場所はそうないだろう」

トーンがサヴィッジに合図すると、巨人の曾孫(ひまご)はヴァンの後部ドアをあけて、はげた小男を引きずり出した。白いTシャツ、グレイのジーンズに、しゃれた眼鏡をかけている。

「中世じゃあるまいに、まだやってんのか」ローニンが吐き捨てるように言った。

「そう言うな」トーンが言った。「おまえも昔は楽しんでただろ」

サヴィッジはその男をトーンの前へ引きずってきて、押さえつけてひざまずかせた。「わかってくれ」男はあえいだ。「民主主義には、自由で独立したメディアが欠かせないんだ。政府の機関にはすべて国民への報告義務がある。秘密の組織などあってはなら――」

「それがなるんだ」トーンが言った。「しかもこれまで、じつにうまくやってきている」ジャケットを脱ぎ、腰のケースから細くて黒い注射器を抜いた。

「あれなに？」おれはささやいた。

「ラトルボーン（骨をがたがた鳴らす、激しく震えるの意）だ」ローニンは小声で答えた。「ブラック・マンバ（猛毒を持つヘビ）の毒で作るんだが、たちの悪い薬でな。脳を傷つけて記憶を消すんだ。殺されたほうがましなぐらいだぜ」

「なにをす……」記者は、サヴィッジの鉄の手から逃げようともがいた。「ぼくを殺したら捜査が始まるぞ」

「殺しやしない」トーンは言った。「ただ、コントロールキーとオルトキーとデリートキーを同時に押して、あんたを再起動するだけさ」

「な――」口を開きかけたが、トーンは注射針をするりとその首に突き刺していた。記者は目を丸くしたかと思うと、全身が見るも無惨な痙攣を起こし、地面にくずおれて激しくのたうちまわった。

「わああ」記者は悲鳴をあげた。そのうつろな目は、おれたちを素通りしてどこか遠くを見ている。「ぎゃあああああ」

「取材のストレスだな」トーンは言って、注射器を指のあいだで一回転させて、早撃ち名人みたいに腰のケースに戻した。「だれしもいつかは経験することだ」

「そのちょっとした見世物で、おれたちを恐れ入らせようってのか」ローニンは言った。「あいにくおれは恐れ入らなかったけどな」

「そこにいるおまえの友人に教えたかっただけさ。エレメンタルの突拍子もない話を、だれかれかまわずしてまわったらどうなるか」トーンは物騒な笑みを浮かべた。


太陽が山の向こうに沈んでいくころ、おれたちはエッピング・インダストリア(ケープタウンの工業団地)を走っていた。廃線になった線路を越え、タイヤ屋とか工業用清掃機の販売店が並ぶ陰気な通りを走る。

「けっこうなとこだぜ」おれは言った。

「面白くなるいっぽうだな」ローニンは言った。橋をあとにしてからずっと不機嫌だが、それはきっと〈肉欲の城〉に向かっているからだと思う。いっぽうおれは興奮していた。オバンボがいるというだけじゃなく、売ってるポルノの大部分がそこで作られてるからだ。なんか、ポルノ業者の聖地巡礼みたいな気分だった。

ぶかっこうな灰色の倉庫のわきに車を停めて、ローニンはヘッドライトを消した。年寄りの酔っぱらいがふらふら歩いてきて、コーティナのそばで足を止めて小便をすると、そのまま暗がりに姿を消していった。

おれたちは車をおり、舗道のぼんやりした光だまりに足を踏み入れた。ローニンがあごをしゃくるほうを見ると、道路の反対側、百メートルほど先に派手なクラブがあって、正面に大柄な用心棒がふたり立っていた。「いいか少年、これから言うことは与太話じゃない。あのクラブのなかに一歩入ったら、おれたちはふたりとも死ぬ可能性がかなり高いんだぞ」鼻から深く息を吸い、数秒それを肺にためて、音を立てて吐き出した。「入っていって光る男を捜してみてもいいさ。たぶん殺されるだろうけどな。いまなら家へ帰ることもできるんだぞ。もらった金は返すし、おまえは彼女なんかいたことも忘れちまえばいい」

「行こう」おれはきっぱり言った。

ローニンはおれをじっと見つめた。「正直言って、おまえは白馬にまたがる正義の騎士ってタイプじゃないと思うんだがな」

「おれも自分でそう思う」

彼はうなずいた。「そうか、わかった。だれが心の残酷な命令を知り得ようかってやつだな」

「うん、まあそんなとこ」

ローニンはこぶしを握ったり開いたりし、首を左右に曲げた。「おれにも昔好きな女がいた。結婚しようとか、まあそんなことを言いあってた」

「それでどうなったわけ」

「祭壇の前で待ちぼうけを食わせて、それ以来ずっと生命を狙われてる」

「サイコー」おれは言った。「男女関係で悩んだら、だれに相談すりゃいいかこれでわかったよ」

「ばかな話だが、おれはあいつを本気で好きだったんだ」

「それじゃ、なんで待ちぼうけを食わせたりしたのさ」

ローニンは両手を頭上に伸ばした。薄暗い光のなかで見ると、オーディンに祈りを捧げる頭のいかれたヴァイキングかなにかみたいだった。「信じられないかもしれないが、おれには抱えてるもんが多すぎてな」

「へえ。おれは信じられそうな気がするけど」

ローニンはまた息を吸い、空を見あげ、夜の闇に息を吐き出した。何度か自分の胸を叩き、頬を引っぱたき、それからおれにキーを渡した。「さて、やることになったからにゃ、トランクのなかのもんが必要になる」彼は言った。おれはキーを握ってコーティナの後部にまわり、トランクをあけた。なかはごちゃごちゃだったが、そのごみためからどれを拾っていけばいいかはすぐにわかった。そりゃ絶対とは言えないけど、ハワイアン柄のサーフパンツとか、『食べて、祈って、恋をして』とか、チーズおろしとかがいま必要ってことはないだろう。とすれば、残るのはショットガンの弾薬帯と、赤い鞘(さや)に収まった禍々(まがまが)しい短剣だけだ。

そのふたつをとって、トランクをばたんと閉じると、賞金稼ぎのところへ持っていった。ローニンはコートを脱ぎ、弾薬帯を胸にななめにかけ、短剣を鞘から抜いて何度か素振りをした。

「こいつはハガズだ」と、古い友だちを紹介するような口調で言った。

「武器にはみんな名前をつけてんの」

「高次の脳機能を持ったやつを殺した武器にはな」おかしな話だけど、それを聞いてなんだか気分がよくなった。ローニンは短剣を鞘に戻し、腰にストラップで留めて、またコートを引っかけた。呪物袋に手を突っ込み、変な緑の根っこみたいなのを取り出した。表面から黒い筋が透けて見える。

ローニンはそれを割って、かけらを口に入れた。「おまえも食え」と言って、もぐもぐやりながらしかめ面をしてみせる。

おれはその緑のものを指でつまんだ。「なにこれ」

「ウルガエルだ。アナンシがあんまりべたべたしてくるときは役に立つ」

「カエル？　お断わり」

「いいから食え。味はひどいが、食っといてよかったときっと思うから」

においを嗅ぎ、恐る恐る口に入れた。ぱさぱさで古くなってて、なんかの変てこなキノコみたいだった。目をつぶって嚙んでやっと呑み込む。ローニンがヒップフラスクを差し出してくれたんで、ひと口あおって、つんとする薬品みたいな味に顔をしかめた。ローニンはふた口三口飲むと、また深呼吸をし、おれにうなずきかけ、〈肉欲の城〉の入口に向かって歩きだした。

近づいてみたら、用心棒は身長百八十センチをゆうに超えていて、黒いタキシードでびしっと決めていた。顔は傷痕だらけででこぼこで、皮膚はテーブルマウンテンみたいに灰色と紫色だった。緑がかったキノコが頭から突き出していて、サムライのチョンマゲみたいだ。ひとりはでかくておっかない矛槍（ほこやり）を持っているし、もういっぽうの背中からは鞘に収めたカタナが突き出している。

「ゴーレム（粘土などで作られて生命を与えられた人形）だ」ローニンがささやきかけてきた。「新しいやつだ。女王のやつ、力のあるサンゴマを手に入れたんだな。こいつらを動かせるんだから」

「どうしたらいい？」おれもささやいた。

「心配するな、ありゃほとんどこけおどしだから。たいていくだらない質問をするだけで、それに答えりゃ入れてくれる。客が喜ぶのさ、面白いんだろうな」

ゴーレムはおれたちの頭上にぬっとそびえている。目は黒くて、油をこぼしたみたいな虹色のつやがあった。矛槍を持ったやつのひたいには、金色のローマ数字のⅠがはめ込んであり、もうひとりのひたいにはⅡがはめ込んである。

「〈肉欲の城〉でいちばん人気のある出演者の名は？」Ⅱが言った。岩が砕かれる音みたいな声だった。

「ジョン・スミス」ローニンが言った。

「はずれ」Ⅱが言う。

「女王じきじきに招待を受けたんだぞ」明らかにうまいこと言って丸め込もうとしているのに、「女王」と言う口調は、とくべつたちの悪い性病の話でもしてるみたいだった。「まさか女王の客を入れんというわけじゃないだろうな」

「答えは？」ゴーレムは譲らない。

「来る場所をまちがったみたいだ」ローニンが言った。「おまえらと口論するのはやめて帰ったほうがよさそうだな」

「はずれ」Ｉが単調な声で言った。「チャンスはあと一回だ」IIが背中の鞘からカタナを抜き、「答えられなければ殺す」とＩが言った。

おれの頭がフル回転しはじめた。〈肉欲の城〉フランチャイズの作品でいちばん売れてるのは、『邪悪な精霊トコロッシュのブッカケ』と『脚なしレゴラス』だ。脚なしレゴラスってのは脚を切断された妖精(エルフ)のことで、あれがいちばん人気ってこともないとは言えない。けど、たぶんちがうだろう。あいつの人気なんか、あのむかつく灰色の毛のトコロッシュの前にはかすんでしまう。あのでかい腹に、それよりでっかいあの……ともかく、あいつ以外にありえない。

「ルンペルフォアスキン（名前を当てられると魔力を失うドイツの小人ルンペルシュティルツキンに、包皮（フォアスキン）を引っかけた名）」おれは自信たっぷりに言った。

「当たり」Ｉがうなった。「入ってよし」

入ってみると、なかは酒池肉林の大騒ぎだった。びっしりタトゥーを入れたウェイトレスたちが、酒のトレイを持って客をかき分けて歩いている。そのうちひとりは、ぴったりしたＰＶＣのパンツの尻から、長い爬虫類(はちゅうるい)の尻尾を突き出させていた。

ステージ上では裸の女がポールのまわりをまわっていて、それをずんぐりしたひげの男たちが見物していた。そのそばを通りかかったとき、「ドワーフ軍団兵だ」とローニンがつぶやいた。「じろじろ見るんじゃないぞ。もっとつまらんことで殺されたやつもいるんだからな」

それで下を見て歩いたんだけど、おかげで薄汚い木の床をばっちり観察できた。暗赤色のしみから見て、ここでしょっちゅうこぼれてるのはビールだけではなさそうだ。トップレスの踊り子たちはみょうに尖(とが)った耳をしていたが、その踊り子たちに誘いをかけられて、ローニンはにっと笑ってウィンクをしていた。

「デヴィルズ・テイルをダブルで」バーのカウンターにたどり着くと、ローニンは言った。

「デヴィルを多めで」バーテンは性転換者だったが、おれはこんなきれいな性転換者は初めて見た。もっとも、そんなに何人も見たことがあるわけじゃない。翼のあるやつとなったらなおさらだ。漆黒の肌にプラチナブロンドの髪、大きな白い目には瞳も虹彩(こうさい)もなかった。ラテックスの赤いドレスが皮膚にぴったり張りついて、小さなおっぱいのあいだに長い真珠のネックレスが下がっていた。大きな白い天使の羽を背中できちんとたたんで、それをかすかに揺らしながら、目も覚めるような笑顔を向けてきた。

「よう、カティンカ」ローニンが言った。

「久しぶり、ジャッキー・ボーイ」とハスキーな声で応じる。「もうすっかり終わらせる決心をしたの？　アナンシの女王の手にかかって死ぬつもり？」

「それが昔なじみにする挨拶かい」

彼女は微笑んで、カウンター越しにローニンの頰にキスをした。

「ホルモン治療の具合はどう」

彼女はため息をついて、両手をお椀(わん)形にして小さな乳房にあてがった。「高くつくのよ、ジャッキー。ドワーフの医者ったら、それでなくたって金の亡者の集団なのに、あたしみたいなのが相手だと……ねえ」

「ドワーフは、性転換者に寛容とはお世辞にも言えないからな」ローニンは言った。「あれじゃだめなのか、その……」

「幻影なんか」カティンカは問題外という口調で言った。「使うこともあるわよ、しょうがなくって。だけど、ただ見かけだけの問題じゃないじゃない？　その下にはあいかわらずの自分がいて、毎朝それを鏡で見なくちゃならないんだもの。だからドワーフになっちゃうのよ、ホルモン治療ではあいつらが一番だからさ。あのちんまい鼻の先で札びらを切ってみせれば、ワン・マウンテン・ゴッドの教義に忠誠を誓ったのを忘れてくれるのはありがたいわ」カティンカは言って、床につばを吐いた。「呪われちまえ、あの近親相姦の種族みんな」片手を口に当てて、はっと息を吸った。「ごめんなさい。あたしとしたことが、はしたない」

「おれもドワーフは好きになれんな」ローニンが言った。「まあ、バレシュはべつだが」

「バレシュは例外だったもの」カティンカがささやくように言う。ローニンの肩をやさしくぽんとやると、奇妙な白い目をおれに向けてきた。

「あなたは……天使なんですか」おれはうっかり口を滑らせた。まったくそつがないやつだな。ゼヴチェンコ、しっかりしろよ。

　カティンカはかすれた笑い声をあげた。「そう思うお客さんが多いんだけどね、正確に言うとオシラなの」

「オシラってのは、ワルキューレのアフリカ版みたいなもんでな」とローニン。「死んだ戦士の魂を運ぶのが仕事なんだ」

「めっちゃくちゃマッチョよね」カティンカは言って、血みたいに真っ赤な自分の爪を見おろした。「レディの仕事じゃないわ」

「オシラはみんな女なんだ」ローニンが説明する。「子供を作るために男も多少は残してあるが、そのほかは……」と、指でのどに横一文字を書いてみせる。

「殺すの？」おれは言った。

カティンカが肩をすくめた。「信仰のためなら理由はなんとでもつくんだけどさ、まあひとつは神話のせいだわね。カマキリが交尾するときのメスの習性があれでしょ、その神話。男は祝福されて、歌に乗ってあちらへ送り出されるんですってさ」

「魂の歌い手だ」おれはまたうっかり口を滑らせた。今夜のおれは、考えずにものをしゃべる部門じゃ勝ちっぱなしだ。

「やだ、よく知ってるじゃない」カティンカは言ってまゆをあげた。「オシラの伝説によると、魂の歌い手は時空の門を守るために置かれてるんだって。その場所の守護霊であると同時に、その場所の神話を体現する者でもあるっていうの」彼女は肩をすくめた。「まあどっちみち、あんまりぶっ飛んじゃってて あたしの趣味じゃないのよね。あたしはセックスやドラッグやロックンロールのほうが好みだわ。母や姉たちにかばわれて守られて、一族の前では女の子で通してたんだけど、そんなわけでチャンスが来るが早いかさっさと逃げ出して、自分の好きなようにやれる場所で暮らしはじめたわけ」

「近ごろじゃ、カティンカは肉体派の起業家だからな」ローニンが言った。

「だからあたしはジャッキーが好きなのよ」と言って、ローニンの頬をなでた。「いつだってそつがないの。そうなの、バーテンやってないときは身体を売ってるわけ。あたしが運ぶ戦士は、九時五時の会社とうるさい奥さんに殺された戦士だけどね。そうは言っても、たしかにあたしの方法はちょっとちがうんだけど」と、ジャッキーくんの差し出した煙草を受け取った。

「方法って?」おれは言った。

カティンカはにっこり笑って小指をあげてみせた。とたんに、おれの頭は乱交パーティのイメージで爆発しそうになった。からみあう裸と裸が、肉と情欲と体液の協奏曲をリズミカルにかなでる。

次の瞬間にはわれに返っていた。両手でカウンターをつかみ、頭をゆっくりふって、罰当たりな記憶の名残が薄れていくのを待った。

「いまのなに?」

「オシラたちは、幻影を自由に操れるんだ」ローニンがにんまりして言った。「カティンカがいれば、インターネットなんか要らんよな」

カティンカは笑った。「そうね、それはお世辞と受け取るようにするわ。それはそうと、ハニー、あなたはどうなの」そう言って、彼女はおれを頭のてっぺんから足先まで見た。口にくわえた煙草に、ジャッキーがライターで火をつけてやろうとすると、その口角を笑みの形にあげる。「なんのために戦ってるわけ?」

「彼女のためだよ」おれは言った。「いなくなっちゃって」

「女の子はみんなそうよ、ハニー」と言って自分の胸を軽く叩く。「心が冷たいの。なかは空っぽなのよ」

「いや、逃げられたんじゃなくて、ほんとに消えちゃったんだ。行方不明とか、失踪みたいな意味で」

「あら、だったらラッキーじゃない。見つければすむことだものね」

ローニンはそわそわとクラブを見まわした。「カティンカ、情報が欲しいんだが」

「いいわよ、ジャッキー」彼女は言った。「あんたのためならなんでもするわ」

「じつはな、光る男を捜してるんだ。オバンボを」

カティンカはうなずいた。「いままでやったなかでも、とびきり変わった男だったわ」

「オバンボとセックスしたの？」おれは言った。

「まあね、ひと晩じゅう座って数独をやってたわけじゃないとだけ言っとくわ。でも、そうだったほうがよかったかもね。あの人、〈肉欲の城〉の映画に俳優で出てたの。ある晩あたしの部屋に話をしに来て、それで、まあそういうことになったわけ。でも、あんまり熱心じゃなくて、ずっと死んだ奥さんや子供のことを言ってたわ。それなりの手練手管をもつレディにとっては、ちょっとね、顔を引っぱたかれたみたいなものよ」

「どこに行けば会えるかな」おれは言った。

「あいにくだったわね。しばらく前に、女王があの人に異常な興味を持っちゃって、それ以来姿を見てないのよ」

「異常な興味ね」とローニン。「あいつの持つ興味はいつだって異常じゃないか。ところで女王陛下のご機嫌は？」

　カティンカは肩をすくめ、きれいな煙の輪を吐き出した。「いつもどおりよ。残酷で野心家でお盛んで」

「おまえの力でお目通りがかなわないかな」

「その心配は要らないと思うわ」カティンカは言って、おれたちの背後にあごをしゃくってみせた。

　ふり向くと、四人の男たちが近づいてきていた。皮膚は灰色がかってまだらになってて、猫好きな婆さんのアパートみたいなにおいがする。「陛下が、おまえたちにお会いになりたいそうだ」ひとりがとつとつと、間延びした単調な声で言った。

　ローニンはうなずいた。「案内してくれ、蜘蛛男」

　四人が向こうを向いて初めて気がついたんだけど、丸く膨らんだ蜘蛛の身体がうなじから突き出していた。黒いんだけど、吐きそうな黄色と禍々しい真っ赤な色がついている。

「じろじろ見るんじゃない」ローニンがおれに耳打ちした。「あれがきれいだなんてだれも言いやしないから」彼は酒を飲み干した。「行くぞ。女王陛下を待たせちゃまずい」

　カティンカがカウンター越しに手を伸ばし、ローニンの腕をつかんだ。「ジャッキー、斃れた戦士にはならないでよね」

ジャッキーは笑った。「女王が昔のことを根に持ってるわけないだろう?」

南アフリカ軍事史ジャーナル
トランスヴァールのノストラダムス

ニールス・マレイ

「シーナー」という称号を聞いて、真っ先に思い出すのはニクラース・ファン・レンスブルフ、ボーア軍の将軍コース・ドラレイの顧問官だった人物だ。アフリカーナーのあいだでは、予言と千里眼の能力を持っていたと広く信じられている。知名度では落ちるが、ニクラースの弟のダヴィッド・ファン・レンスブルフもまた、生まれつき特別な感応力を備えていると噂されており、英国との戦いにおいてボーア人を助けるために、神に才能を与えられたのだと一部では信じられていた。

ニクラースは厳格な宗教的倫理観の持主だったが、それとは対照的に、ダヴィッドは長じて相当に奇矯で非社交的な人物になった。若くして故郷を離れ、南アフリカ内外を広く旅し、何年も経ってからついに帰郷したときは子供をひとり連れていた。彼はこのひとり娘をこよなく愛したが、母親がだれなのかは語ろうとしなかった。この娘についての数少ない記録によれば、愛らしい黒髪の子供だったという。ニクラースはすでにシーナーとしての地位を確立しており、ダヴィッドの帰郷を手放しで歓迎したが、すぐに明らかになるとおり、ダヴィッドの進む道は兄と大きく異なっていた。

ニクラースの予言が聖書の思想に色濃く影響を受けているのに対し、ダヴィッドは一種のアフリカ的なシャーマニズムを発展させた。これは土着の文化に基づく面が非常に大きく、占いや魔術や降霊術をも取り入れたものだった。ダヴィッドは、自分の能力を大幅に高められると信じて、習慣的にマリファナを吸い、コイサン族の香草コーグーを嚙んでいた。また「輝く血」を摂取することで、目を開かれる経験をしたとも述べている。その経験が、人生観や予言にも大きな影響を及ぼしたというのだ。この「輝く血（glowing blood）」とは自然界に存在する幻覚物質、おそらくはアサガオ（英名 morning glory（朝の栄光））の仲間の種子をさしているものと思われる。

ニクラースはそんな弟の流儀にまゆをひそめていたが、公然と非難することはなかった。過度に信心深いボーア人社会から弟が追放されるのはまだしも、もっと恐ろしいことになりかねないと、もっともな不安を感じていたからだ。しかし、ダヴィッドが自分の予言をだれかれかまわず告げ知らせるようになってからは、弟の能力は神の恩寵（おんちょう）ではないとニクラースは確信し、悪魔に取り憑かれた副産物だと考えるようになった。ダヴィッドが悪魔と関わっているとニクラースが確信したのは、とくに異端的だとこの年長のシーナーが考えた予言、いわゆる「大いなる戦い」の予言のためだったのではないだろうか。

ふたりの兄弟が胎より現われる
表裏一体の創造と破壊の兄弟
カマキリと蛸は優位に立とうと争い
混沌の子らと光の子らは
創造の剃刀(かみそり)の刃に危うく立つ
輝く者が道を示し
その道の先にある乗物が鍵を握る

この「蛸」については、帝国主義によって際限なく「触手」を伸ばす大英帝国の暗喩だと一般に考えられているが、いっぽう「乗物」に関しては、エゼキエルを意味する占星術的表現ではないかと思われる。

人類学者が指摘しているとおり、これらのシンボルや主題はンデベレ族の葬送の歌にも見いだされる。ンデベレ族は、死者を父祖の地へ送り込むには、歌に乗せて時空の断絶を越えさせなくてはならないと考えているのだが、広く旅をしたダヴィッドが、旅の途上でこの口承伝説に触れたというのは大いにありうることだ。

しかし、キリスト教のヤハウェに代えてサン族のカマキリ神を崇(あが)めるというのは、ニクラースにとってはとうてい容認できないことだった。ダヴィッドの心に取り憑いた悪魔を祓(はら)わなくてはならないと決心したものの、しかしその機会はめぐってこなかった。ダヴィッドの義勇軍が英国軍の攻撃を受け、戦闘中に彼は生命を落としたからだ。娘は捕虜になったが、その後どうなったのかはわかっていない。広く信じられているところでは、ニクラース・ファン・レンスブルフの娘ヘステルと同じく、英国軍の強制収容所で亡くなったのではないかという。

8　ゾンビのホラー・ニンジャ・ショー

「あいつらの身体は、脊髄に注入される毒液で制御されてるんだ」ローニンがささやいた。クラブの下腹にくだる長い階段をおりているところだ。ここはすさまじいにおいがする。床下でネズミに死なれたことある？　あのにおいを濃縮して純化したにおい。いわば腐敗のオーデコロンだ。二、三度吐きそうになって、壁に寄りかかって気を取り直さなくちゃならなかった。「あいつらはゾンビも同然なんだ」ローニンが続ける。「つまり、あの気色悪いくされ蜘蛛に使い倒されて、身体がぼろぼろになるまではな。そうなったら、蜘蛛は新しい宿主に乗り換える」

階段をおりて出たところは、人でごった返すシュールなダンスフロアだった。腐りかけた死体がラテックスのボンデージギアをつけ、尻をぷるぷる揺すりながらすれちがいざま、おれににっと笑いかけてきた。見れば短いチェーンをぐいぐい引っ張っていて、チェーンがつながってるのはトゲだらけの首輪、そしてそれを嵌めてるのはでっぷり太った毛深い中年男で、それが四つんばいでついて歩いている。

低音の響きが胸にこたえる。ストロボライトが脈動して、天井の檻のなかに吊るされている裸のゾンビたちを照らし出す。ゾンビたちはぶらぶら揺れて、自分の骨から肉をはがして下で見ている人間の客に投げつけている。おれたちがそばを通ったとき、スーツ姿の汗まみれの男が「ぜんぶむしっちまえ」と怒鳴った。男は首のネクタイをゆるめ、顔をほてらせている。女ゾンビは言われたとおり、顔から筋肉も腱も引っぺがして、あとには骨が残るだけになった。男はひゃひゃひゃひゃと笑いながら友人たちの背中を叩いている。

おれたちの案内役は、ダンスフロアの汗まみれの身体をかき分けて進み、先頭に立ってとある入口を抜けた。その入口もやはり、べつのゾンビに警備されていた。入ったところは薄暗い廊下で、両側にドアが並んでいる。素早く周囲を見まわしてわかったのだが、思ったとおり、ここはクリーチャー・ポルノが作られているスタジオだった。もっと興奮してもいいとこだと思うけど、なにしろ死と腐敗のにおいが垂れ込めてるんでね。

楽屋のドアが少しあいたままになっている。セレブの姿をのぞくチャンスだ。細いすきまから見えたのは、〈肉欲の城〉でいちばん売れっ子のトコロッシュだった。椅子にだらりと腰をおろし、太い葉巻をくわえ、冷たいピンクの豚みたいな目でこっちを興味なさそうに眺めている。赤いベルベットのガウンを着て、大きな黄金のメダルがもじゃもじゃの緑の胸毛のうえにのっている。裸のゾンビがその足もとにひざまずいて、大きな灰色の腹をかいてやりながらなにかを食べさせていたが、そのなにかはどう見てもネズミのようだった。ルンペルフォアスキンは得意げににやりとして、片手をあげてこっちに向かって中指を立ててみせた。

ドアにさしかかるたびに、悪夢のようなセットがちらちら見える。おれが売ってきたたぐいは、このゾンビ版ハリウッドの生み出す頽廃の全体から見れば、表面を引っかいた程度のものだってことは明らかだった。若い男がふたりの蜘蛛ゾンビに押さえつけられていて、三人めのゾンビに太腿の肉を口いっぱいに噛みちぎられている。「ああ、女王さま、ぼくは悪い子でした」男がうめく。「食べてください、食べて」これが映画で、ここでないどこかで見ていて、ただの作りごとだと思えるなら、かつてない斬新な演出だと思っただろう。でも、これはいま目の前で起こっていることなのだ。おれはまた吐きそうになった。

「落ち着け、大将」ローニンが言って、肩に手を置いてくる。すっぱいものを無理やり呑み込んで先に進むと、ありがたいことに案内人たちはスタジオを出て、豪華に装飾された両開き扉の前におれたちを連れていった。

見あげると、黒っぽい木製の扉には彫刻が施してある。そこに描かれているのは、かつて見たこともないおぞましい悪夢と残虐行為だった。板から彫り出された地獄だ。蜘蛛に寄生された人間たちの手で、人々が身も凍る拷問にかけられている。その扉の前に立つふたりのゾンビは、ミリタリーカーゴパンツに黒いランニングシャツという恰好だった。おれたちが連れてこられると、屍肉のマッチョマンたちは屈伸をし、歯のない口をあけてにやりと笑ってみせた。

ひとりがおれの襟首をつかみ、壁に押しつけて武器を持っていないかボディチェックを始めた。そいつのにおいは我慢できないほどで、体腔検査までされないようにと祈るしかなかった。ローニンは、コートの下のウォーチャイルドとハガズを取りあげられて毒づいていたが、どうすることもできなかった。それ以外には銃も刃物も殺虫剤も隠し持っていないと納得して、ゾンビたちは扉を開いておれたちをなかに押し込んだ。

さっと見まわしただけで、ここが一種の蜘蛛ゾンビ女王悦楽のダンジョンなのはわかったが、現物はその名を聞いて想像するようないいもんじゃまるっきりなかった。扉の彫刻は完全に写実的だったのだ。ここは地獄だ。

壁を飾るのは、黒い蜘蛛の巣にからめとられた裸の人間たちだ。気色の悪い蜘蛛の巣からは、どろどろの液体がしたたり落ちている。気の毒な囚われの人々は、生きてるのから死んだのから腐ってるのまで、いろんな段階のがそろっている。哀れな声でうめいたり叫んだり呼びかけたりしていて、それが音声版絶望のタペストリーを織りなしていた。

「ローニン」おれはささやいた。小さい子供みたいに、彼のそでにしがみつきたくなる。

「落ち着け」とささやきかえしてきた。「なるべく見ないようにするんだ」

綱渡りをしてる人に、下を見るなと言うようなものだ。おれは周囲の惨劇に目を向けずにはいられなかった。頭上から声が降ってきて、見あげると男がひとり、蜘蛛の巣で天井に張りつけられていた。不気味な黒い糸からけんめいに腕をほどこうとしている。むだな努力だ。たとえ自由になれても、男の両脚はすでにかじりとられているようだった。上半身だけになって、ゾンビ蜘蛛によって天井に縛りつけられているとなれば、あまり明るい未来は期待できない。

部屋の中央には壇がしつらえてあって、それをゾンビの兵士たちが囲んでいる。兵士たちはぐうたらしていて、甘やかされた犬みたいだ。いやその、甘やかされた死んだ犬みたいだ。眼窩は黒いうつろな穴で、腐敗していく身体から肉がひものように垂れ下がっている。そのうつろな目でおれたちをじっと見つめている。お菓子屋のウィンドウに張りついてる子供のように、いまにもよだれを垂らしそうだ。

この悪夢みたいな部屋でも最悪だったのが、その壇のうえの玉座でぐうたらしている化物だった。ありがたいことに、身体のほとんどは血で汚れたヴィクトリア時代ふうの胴着とスカートで隠れていたが、見える部分の皮膚は真っ赤にずる剝けて、じゃがいもの皮むき器でむかれたみたいだった。顔は真っ白だが、ただ両目の下に黒く膿んだ傷があって、それが涙のように見える。パラソルを持っていて、拍子をとるようにそれでひざを叩いているのが、葬送の太鼓の音を思わせた。

顔が腐ってるなんてのは序の口だった。ほんとうに悪夢なのはその目だ。ふたつの黒いタールの池――それも、強姦されて殺された尼さんたちの死体を投げ入れた池だ。おれたちが近づくのをその目が見ている。好奇心と情欲と、わたくしおまえたちの骨髄をちゅうちゅうしたくってよな表情を浮かべて。うなじからは巨大に膨らんだ胴体が突き出していて、動くたびにそれがかすかに脈打っているように見えた。

ローニンがその壇の下でお辞儀をし、おれも肩をつかまれて頭を下げさせられた。玉座の女王はその不気味な身体をすくめると、のんびりこちらにおりてきて、上品に手を差し伸べてくる。ローニンはすぐにその手をとってキスをした。女王がその手をひらひらとこっちに持ってきたので、おれもローニンのまねをした。でも、鼻孔いっぱいに悪臭が充満して、冷たい手の甲に唇で軽く触れるのが精いっぱいだった。

女王はパラソルをくるくるまわしながら、おれたちの前をのんびり行ったり来たりしはじめた。おれははたと気づいて、胃袋がぎゅっと引き攣れた。あれは、人骨に人の皮を張ったパラソルだ。アナンシの女王は美術工芸に入れ込んでるのだ。カンペキってやつですか。

「ブラックブラッド」けんかをしてる二匹の野良猫みたいな声だ。「言ったでしょう、今度また戻ってきたら殺すと」

ローニンは笑顔になって、「おや、あれはただの誇張かと思ってたよ、軍曹」

彼女はパラソルをローニンのあごの下に押し込んで、「女王陛下とお言い」

彼は肩をすくめた。「昔の習慣はなかなかしぶとくて」

女王はにたりと笑った。「おまえも同じぐらいしぶといとよいね。じっくり楽しませてもらうわ」

今度はおれに目を向けてきた。「子供を連れてきたの。若い肉を差し出して慈悲を請うつもり?」

「あんたに慈悲はお呼びでないのはわかってるよ」ローニンは言った。

ローニンの言うとおりだ。こういうタイプのことは知ってる。アンワルみたいなやつ、つまりいじめっ子だ。おれたちを生きて帰すつもりなんかなくて、ただとって食う前にしばらくおもちゃにしたいだけなんだ。「オバンボを捜しに来たんです」おれは言って、我慢してあの恐ろしい黒い目を見あげた。

「指図しようというの、このわたしに？」女王は言って、パラソルの先をおれののどに向けて、あごをあげさせた。「まあいい、少なくとも目先は変わるわ。おべっか使いばかりなのはよろしくないからね。おまえの捜してる光る男は、たしかにここにいた。でも交換したのよ、もっとずっとずっとよいものとね」と言って微笑むと、黒い歯と血まみれの歯ぐきが見えた。ため息をつき、身を乗り出してきて、おれの首のにおいを嗅ぐ。おれは震えを抑えようとしたができなかった。「ウルガエル？」女王は言って、下唇を突き出した。お気に入りのおもちゃで遊べなくて、むくれている幼い少女みたいだった。「興ざめなことね、ローニン。若い肉体のほうがずっと長持ちするのに。でもまあいい、まだおまえたちに楽しませてもらうことはできるから」女王はゾンビの衛兵たちに手招きした。「このふたりを檻に入れなさい。ローニン、殺されるとわかっててのこのこやって来たのはそのためなの、オバンボを捜すため？　正直言ってちょっとがっかりしたわ。もっとずっとましな理由で死にに来たかと思ったのに」

「トーンがここを閉鎖しに来るぞ」ローニンは言った。

女王はにやりと笑った。「ＭＫ６は一枚岩じゃないし、しじゅう変化してるのよ、ブラックブラッド。おまえのほうがよく知ってるじゃないの。ときには、なんの前触れもなく規則が変わることもある」

ローニンはしばらく女王をにらんでいた。立体視の模様よろしく、いっしょうけんめい見つめていれば３Ｄの絵が浮かびあがってくると思ってるみたいに。「マースだな」やがて吐き捨てるように言った。

「前から不思議に思ってたんだけど、なんであの男を憎むの。いまのおまえがあるのはあの男のおかげじゃないの」

　ローニンはにやりとしたが、狼が牙を剝き出したみたいだった。「あいつのくすくす笑いがカンに障るんだよ」

「あんまり感じがよくないのはたしかだわね。ありがたいことに、えらくなればなんでも好きなようにできるのよ。おまえも残っていれば、いまごろはあのくすくす笑いをやめさせることもできただろうに」と言って指を鳴らした。「でも、おまえはいつもただの前座だったものね、ローニン」

　ゾンビに引っ立てられて、おれたちは天井の低いコンクリートの通路を抜け、大きな部屋に入った。ゾンビのストリップ・クラブが入ってるみたいな部屋だった。ただちがうのは、ずんずん響くテクノミュージックではなく、客にクラシックのセレナーデを聴かせてることだ。上品な丸テーブルには、白いテーブルクロスがかかって銀の燭台（しょくだい）がのっている、そのテーブルのあいだをおれたちは引きずられていった。

　おれは血まなこであたりを見まわし、よく知った顔がいくつも見えたので驚いた。昼メロのスター女優、ダーリーン・マシューズがテーブルについてて、口をナプキンでぬぐっている。ミュージシャンで俳優でやらせ番組の司会者のゲルト・ヴァンジルが、銀の大皿にのせた人間の生首から恐る恐る脳みそをすくっている。「殺される」おれはかれらに向かって叫んだ。「助けて。警察を呼んで」ゲルトは笑って、引きずられていくおれたちにグラスをあげてみせた。

政治家たちが、切断された小指からお上品に骨髄を吸っている。クリケットのナショナルチームの選手が何人か、マティーニのグラスから凝固した血を飲んでいる。どうやらケープタウンのエリートのあいだでは、ゾンビ版の粋な高級人肉料理が流行ってるらしい。ちくしょう、気取りやがって。

「MK6は、ここをもっと早く閉鎖するべきだったんだ」ローニンが小声で言った。

「でもしなかったんだろ」おれは言いながら、がっちりつかんでるゾンビの手をふりほどこうともがいた。「ねえ、なんか計画があるんだよね。あるって言ってくれよ」

「どっちかって言うと、おれは出たとこ勝負のほうでね」ローニンは狂人みたいににたりと笑った。

おれたちは、人骨でできたでっかい檻に押し込まれた。いくらゾンビの女王だからって、人骨の檻なんて受けを狙いすぎだ。おれは檻に脚を突っ張って、投げ込まれるのに抵抗しようとしたが、ゾンビはおれのシャツの背中をつかんで持ちあげて、檻の扉からなかに放り込んでくれた。マットに叩きつけられた勢いで、眼鏡が床の向こうに吹っ飛んでいく。取りに行こうとあわてて立ちあがった。

「ストラップをつけときゃいいのに」ローニンがのんきに言った。「ほら、眼鏡がはずれないように留めとくやつがあるだろ」

「眼鏡の話はあとにしてくんないかな」

檻のなかには先客がひとりいた。背が高くてがっしりしていて、シルクハットを粋にななめにかぶって、檻に背中を預けている。葬儀屋みたいなダークスーツは古ぼけてほころびていた。すり切れたひじやぼろぼろの袖口から、細くて白い腕が見える。男は目を細めておれたちを見、長い口ひげをひねっていた。ひげの下の口は絶えずひくひく動いている。その男を、ローニンはまじまじと見つめた。顔にまさかという表情が浮かぶ。「そんなばかな」彼は言った。「いくらあの女でも」

「どうしたの」おれは尋ねた。

　客のあいだから歓声が沸いて、女王がこの闘技場に入ってきた。座った玉座は、ボンデージギアを着けたおおぜいの人間にかつがれている。檻のそばまで運ばれてくると、女王は悠然とひとつうなずいた。

「対戦相手にはもう会ったようね」笑顔で言った。

「この狂った連中と手を組んだっていうのか」ローニンが突っかかった。「MK6に殺されるぞ。呪術師（サンゴマ）の軍勢を集めて、この罰当たりな王国を取り壊しに来るだろう」

　女王は長い指で自分の唇を軽く叩いた。「おやおや、左も右も中道も関係なく、わたしはここでタブーをどんどん破っているわよ。それなのにまあ、いったいどこにいるの、強くて恐ろしいトーンとMK6は？」

「これがどういうことかわかってるのか」とローニン。「こいつらは同盟なんぞ結ばない。利用するだけ利用したら滅ぼすんだ」

「まあ、かわいそうな女王ちゃまを心配してくれるの？　大丈夫よ、涙をお拭き。ドーバーとは話がついてるんだから。それはそうと、カラスと対決できるのにうれしくないの？　喜ぶかと思っていたわ、バレシュにあんなことをされたんだからねえ」女王は指を鳴らした。「カラス、このふたりを殺しなさい。ちゃんと見せ場を作るのよ」

　格子に寄りかかっていたシルクハット男が、のっそりと身を起こした。ローニンは手早くコートを脱ぎ、前腕に巻きつけて即席の盾にする。シルクハットがおれを指さして言った。「ここからでも堕落のにおいがするぞ、この雑種め」

「その変なかっこ、ママのお仕込みかよ」おれは言った。

　男は吼(ほ)えるような声で長々と笑うと、ゆっくりこっちに近づいてきた。

「おれはずっと、おまえらを殺すのはどんな感じかと思ってたんだ」ローニンが言った。

「残念だったな、それは教えてやれそうにない」シルクハットが上着を脱ぐと、下は汚れた白いワイシャツだ。と見るまに、皮膚が波うったりねじれたりしはじめた。骨や腱のはじける音がする。屠体(とたい)をひき肉機に入れたみたいな音。やがて顔から黒い羽根がはえてきた。口の砕ける音がしてあごが変形し、しだいに歪(ゆが)んで、長いくちばしの形に変わった。背中からは大きなコウモリの翼が飛び出し、頭上に持ちあがってきたのはサソリの尻尾だ。シルクハットはもう、みすぼらしい身なりの紳士ではなく、悪夢の生み出した化物に変わっていた。キュクロプスのようなひとつ眼が、カラスのひたいのまんなかからこっちを見ている。頭の横では、サソリの尻尾のハサミが開いたり閉じたりしている。

「ゼヴ祖父(じい)ちゃんの言うとおりだった。でっかいカラスの悪魔はほんとにいたんだ。ちくしょう、悪そうな顔してやがる」おれはつぶやいた。

「まあな、子守をさせる気にはなれんわなあ」そう言うと、ローニンはおれのそでをつかんで自分の背後に押しやった。「檻から出る方法を探せ」とささやく。「早くしろよ」

化物は翼をあげてこっちに近づいてくる。ローニンは円を描くように側面に回り込み、膨れた脚に強烈な蹴りをくれた。化物は気づいたそぶりもない。翼を広げ、貨物列車の勢いでこっちに突っ込んできて、おれは翼に弾かれてマットに倒れ込んだ。ローニンはもういっぽうの翼をかわしたものの、くちばしが当たって檻の中央に吹っ飛ばされ、床に叩きつけられた。羊の濡れた死体をサンダルで引っぱたいたような音がした。

ローニンは身体をやっと起こしてひざをついた。ひたいに無惨な長い傷が口をあけ、血がしたたっている。「なんかいい考えがあるか」とぜいぜい息をする。

「あんたの出たとこ勝負の邪魔はしたくないんだけど」おれは言った。「じつはひとつある」

ゼヴチェンコ祖父ちゃんは、死ぬときもおれに大したものは残してくれないだろう。外国に投資もしてないし、預金も不動産もない。唯一の遺産はアドバイス——巨大なカラスと戦う方法を教えてくれたことだ。おれはいま、それをありがたく利用することにした。「火だ」おれはローニンに言った。「あれを止められるのは火だけなんだ」

「おまえ、いつからカラスの世界的権威になったんだ」ローニンがぐったりして言う。

「信じなさいって」

おれは格子代わりの脱色された白い骨越しに外をうかがい、食事をしているひとりの客の目を見つめた。どうも人間の脳を食べてるみたいだ。ちっぽけな凝固したピンクの塊が、マリネードソースで書いた波線に囲まれていて、てっぺんには芸術的に刻んだキュウリが飾ってある。人肉食でもグルメはぼったくられるのだ。

　そのテーブルに上品な雰囲気を醸し出しているのが、年代物のオイルランプだった。おれはそれに目を留め、格子のあいだから腕を突き出してつかんだ。ところが客がそのおれの手をつかんで、しばらくランプの奪いあいになった。「放せよ」おれは声を殺して言った。向こうはどうやらこれもお楽しみの一部と思ったようで、顔にぼけた笑みを浮かべてしっかり握ってくる。おれはあいたほうの手でテーブルを探って、重い銀のフォークを見つけた。ひと声うなってそのフォークを男の前腕に突き立てる。男が悲鳴をあげて手を放したすきに、おれはランプをもぎ取ってなかに引っぱり込んだ。

　ローニンがそのランプを受け取ったまさにそのとき、カラスがまた突っ込んできた。おれはあわててわきへよけ、身構えて立つ賞金稼ぎを見守った。魔法の武器かなにかのようにランプを振りかざしている。ゼヴ祖父ちゃんが完全にトチ狂ってたんじゃないといいけど。

　カラスがくちばしを突き出してくると、ローニンは体を開いてかわし、燃えるランプをその頭に叩きつけた。熱いオイルが流れてひとつ眼を灼き、肉の焼けるにおいがした。カラスは苦痛に絶叫し、目が見えないまま激しく翼をばたつかせ、檻に倒れ込んで、骨の格子にぎざぎざの穴をあけた。

　のたうちまわるカラスの横を通って、まずローニンがその穴から飛びおり、手を伸ばしておれを助けおろそうとした。おれはその腕をつかんで穴を通り抜けようとしたが、そのときぐいとばかりに後ろに引き戻された。床にしたたかに叩きつけられ、肺からどっと空気が逃げていく。脇腹に刺すような痛みが走る。おれはうめいた。あばら骨が一本折れたみたいだ。が、確かめる時間はなかった。サソリの尻尾のハサミにのどくびをつかまれて、空中高く持ちあげられたのだ。

目をつぶされたカラスは勝ち誇ってひと声鳴いた。鳥に似た怪物の筋肉隆々な器官で宙吊りにされて、息ができなくて窒息しかかっていると、ほんとに自分の人生が走馬灯みたいによみがえるんだな。おれの見たまぼろしのなかでは、金髪の子供たちがブランコで楽しそうに遊んでた。降り注ぐ陽光を浴びて、若い母親がなんの屈託もなさそうに思いきり笑っている。ちょっとがっかりしたのは、それが有名な洗濯洗剤のコマーシャルの場面だったことだ。耳の奥にそのコマソンを聞きながら、おれは意識が遠のいていくのを感じていた。

最後の呼吸のリズムに合わせて、ひたいがずきずきしはじめた。気がついたら、自分の身体から滑り出ていた。指からせっけんが滑り落ちるみたいな感じだった。肉体を離れたおれの意識は、上から自分の身体を見おろしている。おれの身体はゆっくり絞め殺されようとしていて、顔は不気味な暗赤色に変わり、目は完全に裏返っていた。

なにかひんやりしたものに手をつかまれて、おれは顔をあげた。同い年くらいの女の子が、いっしょに檻のうえに浮かんでいる。彼女はにっこりしておれの手を引いた。それでその子のあとから浮きあがっていって、天井を通り抜け、上のクラブに出ていった。クラブの入口にはシルクハットの男たちが何人もいて、客やストリッパーの集団をかき分けて奥へ進んでいこうとしている。

女の子はおれをわきへ引っ張っていき、入ったところはラップダンス（ストリッパーが客のひざのうえで踊るダンス）のブースだった。おれの死にかけた脳みそは、幽霊にラップダンスを踊らせたがってるらしい。まあ、それもいいか。ところが、女の子はブースの奥のドアを身ぶりで示している。それで見ていると、ヘアネットをかぶった女がそのドアをあけて向こうへ出ていった。

女の子がまたドアを指さし、それから手をこっちに伸ばしてきておれのひたいに当てた。温かい輝きが頭に満ちてくる。「おれ、死んだの？」おれはささやいた。女の子が微笑むと、今度は赤い眼のまぼろしで頭がいっぱいになった。おれは彼女に微笑みかえした。

だしぬけに、身体のなかに戻っていた。のどにかかる圧が少しずつ高まってくる。カラスのやつ、おれが死ぬのを見て楽しんでやがるんだな。おれは全身の力を抜いて、死ぬ覚悟をした。

そのとき、ぼやけた視野のすみにローニンの姿が見えた。穴からまた這い込んでこようとしている。ステーキナイフをくわえたその姿は、舷側を這いのぼってくる海賊さながらだ。檻に戻ると骨の格子をよじ登り、向きを変えるや空中に身を躍らせた。せつな、空を飛ぶ鷹のように宙に浮いたかと思うと、カラスの背中に飛びついた。くわえたナイフを手にとり、容赦なくカラスの顔に突き立てる。

カラスはおれを取り落とし、虚空に向かって突っかかっていった。そのカラスの背中から、ローニンはおれのすぐそばに転げ落ちてきた。おれを引きずって穴に戻り、檻の外へ押しやる。

尖った骨のうえを這って乗り越えたせいで、おれは上腕骨のふちで腕を切った。

落ちたところはテーブルのうえで、それが崩れておれは床に転げ落ちた。ローニンが助け起こす。部屋じゅうの食事客が目を丸くしてこっちを見ている。奥の客なんか、よく見ようと立ちあがって背伸びをしていた。「なにもかも余興の一部なんですよ、みなさん」ローニンは言って、ショーマンみたいに両手を広げてみせた。

「ローニン!」背後で金切り声がした。ふり向くと、黒ミサの司式でもするみたいに、女王が両腕を頭上にあげていた。生命のない肉体から黒いべとつく蜘蛛の糸が噴き出してきて、長い糸がおれたちに向かってするすると伸びてくる。血糊のあとを残しつつ、糸はどんどん伸びて部屋じゅうに広がり、食事客を覆い、包み込んでいく。

客たちは悲鳴をあげはじめ、テーブルを引っくり返し、互いに互いを踏み台にしてその黒くいやらしい糸から逃げようとする。ローニンは有名なニュースキャスターにヘッドロックをかけてつかまえた。そして彼を盾代わりに、ムチのように伸びてくる糸をよけた。「わたしにはコネがある」ニュースキャスターは叫びながら、足に巻きついた糸で引っ張られていく。「助けてくれ、なんでもやる――金でも女でも、なんでもだ」

「たまにはいいニュースも流すってのはどうだ」ローニンが言った。「南アフリカだって、犯罪しかないわけじゃないだろ」糸はローニンの手からニュースキャスターを引きはがし、その頭をねじ切った。血が噴水のように空中に弧を描く。

「ローニン」おれは叫んで、女王の玉座を指さした。玉座から突き出すスチールのとげに、ウォーチャイルドとハガズが戦利品のように掛けてあったのだ。ローニンはのたくる糸を飛び越えて、玉座に向かって全力疾走した。ゾンビの衛兵ふたりをかわし、指をハガズの柄に巻きつけて鞘から引き抜く。

「殺せ」女王がわめいた。三本の糸が、真っ黒な太いアナコンダのようにするするとローニンに迫る。面前で鎌首をもたげた糸を斬り捨てると、黒い汁がにじみ出てきた。それでも糸の攻撃はやまない。さらに何本も伸びてきて、互いにからまりあって大きなべとべとの塊をなし、それに押されてローニンはあとじさった。だが、めった斬りに斬りつけて黒い液を顔に浴びつつ、負けずにその塊を押し返そうとする。

糸を次々に噴き出すうちに、女王のゾンビの肉体はしだいに溶けていき、しまいには醜い大蜘蛛が残るだけになった。蜘蛛は黒い糸の背に乗って宙に浮き、そのさまは黒い波でサーフィンをしてるみたいだった。

糸の一本が脚に巻きつき、引っ張られてローニンはひざをついた。容赦なく切り離したが、べつのが手に巻きつき、うごめくぬらぬらした塊に引きずり込もうとする。ローニンは腕も折れよと短剣を背後に大きく振りかぶり、うなり声とともに投げた。

短剣は空を裂いて飛び、蜘蛛の女王の太った赤い胴体に柄まで突き刺さった。女王は狂ったように金切り声をあげ、何本もの糸が高圧ホースみたいに滅茶苦茶にのたくった。

ローニンは糸の塊から抜け出すと、足を引きずり引きずり玉座に戻り、ウォーチャイルドを取り返した。

女王は多くの脚で床を引っかいていたが、ハガズが腹に深く突き刺さっていて、その傷から毒のある黒い体液があふれ出ていた。ローニンは近づいていき、ショットガンの銃身でつついた。

「殺しちゃいかんと説得してみろよ」と、ふつうに会話をするような口調で言った。「なんだって？　宿主の身体がないとしゃべれない？　そうか、それじゃ、これで運の尽きってことだな」

蜘蛛は狂ったようにじたばたしたが、ローニンはウォーチャイルドを丸々と太った腹に押し当て、二連の銃身の両方から弾を撃ち込んだ。強烈な悪臭のする黒い液がどっと噴き出す。ローニンは腕で顔をぬぐった。

ひとりの男が、よろめきながらおれのそばを通りかかった。首に下げた社員証がジャケットからのぞいている。〈オクトグラム〉の社員だ。とっさにおれは脚を突き出し、男はそれにつまずいて床にぶっ倒れた。ローニンが片方のまゆをあげる。

「〈オクトグラム〉のやつだ」おれは言って社員証を指さした。

ローニンはハガズを女王の胴体から引き抜くと、男ののどに当てた。手を伸ばして社員証を見る。「いっしょに来てもらうことになりそうだな……デイヴ」

「ラップダンスのブースに行かなくちゃ」おれは言った。

「少年、お祝いはここを出てからにしようぜ」

「カラスがいっぱい来てるんだよ。クラブにいるんだ。ラップダンスのブースに隠し階段がある。カラスをよける道がほかにあるならべつだけど、あそこから逃げるしかない」

ローニンはデイヴののどくびをつかんだ。「ほんとか」

「解体作業場」デイヴがのどの奥で言った。「あそこに、下水道に出る出口があるって聞いたことが」

ローニンはおれを値踏みするような目で見た。「おまえ、もうすっかり超常世界になじんできてるじゃないか」

おれたちは、まごまごしてるゾンビの群れをかき分けて進んだ。女王がいなくなって、ゾンビたちは適当にそのへんの食事客を引き裂いて満足してるようだ。おれたちは上階に続く階段をのぼり、廊下を駆け抜けてラップダンスのブースの並ぶ場所へ向かった。「あれだ」おれは言って、端っこのブースを指さした。

ローニンはウォーチャイルドを折り、新しい弾薬（シェル）を二発装塡（そうてん）してからカーテンを引いた。ひもビキニのゾンビが腰をふっていて、それをひざにのせた若い男は四角い眼鏡にチェックのシャツだ。「出てけ」とローニン。男はあわてて立ちあがってカーテンの向こうに姿を消したが、ゾンビはうなり声をあげ、骨だけの指でデイヴの顔を引っかこうとする。ローニンがウォーチャイルドの銃口をあげて引金を引いた。ゾンビの頭が吹っ飛び、肉片と骨片がベルベットのクッションに飛び散る。首なしの身体は横ざまに倒れたものの、手はあいかわらず激しく床を引っかいていた。おれたちは用心しいしい、それをまたぎ越して階段に向かった。

ローニンはデイヴを先頭に押し出し、ウォーチャイルドをその後頭部にあてがった。おれたちは長い階段をおりていった。途中でふり返って上を見たが、だれも追いかけてきてないようだ。いまはまだ。階段が尽きると、そこは煙の立ち込める広い部屋で、工場の機械みたいなのでいっぱいだった。女たちがベルトコンベヤーのわきに腰をおろし、しゃべったり煙草を吸ったりしながら、人間の死体を切り裂いて内臓を袋に突っ込んでいる。

「そしたらさ、奥さんの妹が言うわけよ。『あんたの旦那はあんまりうれしくて、あたしが服を脱ぐのも待ちきれないぐらいだったわ』だって」とひとりの女が言った。まぼろしのなかで見た、あのヘアネットの女だ。ほかの女たちが首をふる。「むかつくねえ」グループのなかでは若いほうのきれいな女が言った。顔の横に傷痕が走っている。死体から腸を抜き取って外科用の袋に入れていたが、その袋についているのはまちがいなく、あの赤い蛸のマークだった。

おれが咳払いをすると、十対の目がいっせいにこっちを向いた。「ゾンビの売春婦は上の階だよ、このヘンタイ」ヘアネット女が言う。

「下水トンネルを探してるんだけど」おれは言った。

女は煙草を吸うと、血まみれの心臓を袋にぐしゃっと押し込んだ。「あんたらがここにいるの、女王は知ってんのかい」

「女王は死んだよ」ローニンが満足そうに言った。

「あったりまえじゃん、なに言ってんのさ」若めの女が言う。「ゾンビだもん」

「完全に死んだんだ」とローニン。「蜘蛛の部分も」

「だから、もうここで働く必要ないんだよ」おれは言った。「自由なんだ」

頭に赤い布を縛った大柄な女が、煙草を一服してから言った。「あんた、時給二十五ランドくれる？　残業手当もつけて」

「そうだよ、あたしらにまた売春宿に戻れっていうの？　マネージャーが二秒おきにおっぱいを揉もうとしてくるようなとこ」ヘアネット女が言った。「お断わりだね。そりゃゾンビの下で働いてるかもしんないけど、少なくとも給料はいいし、ちょっかいも出してこないしね」

「テレビもあんのよ」若めの女が付け加える。「仕事しながら、毎日『ジェネレーションズ（南アフリカで人気の昼メロ）』を観られるんだから」

「帰りはうちまでバスで送ってくれるし」大柄な女も口をそろえる。「毎年、クリスマスパーティは高級レストランでやるんだからね」

「だけど――」おれは口を開いた。

「トンネルは奥だよ」ヘアネット女が言って、鼻から煙草の煙を吹き出した。

女たちはそろってやれやれと首をふり、それっきりこっちには目もくれなかった。おれたちは急ぎ足で製造ラインのわきを通り抜けた。

奥のドアは、じめじめしたトンネルに通じていた。ローニンはデイヴを引きずってドアを抜け、トンネルの壁に蹴飛ばすと、ウォーチャイルドを口に突っ込んだ。「訊きたいことがある。正直に答えないと、それだけ寿命が縮むと思え。わかったか」デイヴはおびえて小さくうなずいた。

「そんなひまないよ」おれは声を殺して言った。「カラスが」

「連れてまわったら足手まといだ」ローニンはデイヴに目を向けた。「手短に答えろ。まずは人間の臓器からだ。〈オクトグラム〉はあれをなにに使ってるんだ」

「知らない」

ローニンはウォーチャイルドの撃鉄をふたつとも起こした。「デイヴ、ひょっとしてわかってないんじゃないか。おまえ、いますごくやばい状況なんだぞ」

「わかったよ」デイヴが泣き声をあげる。「撃たないでくれ」ひとつ深呼吸をした。「女王から供給される生体材料は、研究のために使ってるんだ」

「なんの研究だ」

「おもに兵器」

「それで、見返りに女王にはなにを渡してるんだ」ローニンは尋ねた。「おれの知ってるかぎりじゃ、女王はあんまり無料奉仕はしてなかったみたいだがな」と、デイヴのひたいにウォーチャイルドを押しつける。

「助けて」デイヴは、頭をショットガンで壁に押しつけられて、その二連式の銃身を目を細めて見あげた。「自由だよ、好き勝手できる自由だ。MK6は手を出さない。逆に手を貸してるんだ。それ以上のことは知らない。ほんとに知らないんだ。ぼくはただの下っぱだから」ローニンはちょっとその顔を見て、やがてうなずいた。「なるほどな。会社のヒエラルキーってやつか。働いても働いてもなんにも得るものがない。なんにも知らされないまま、こっちは手足みたいにこき使われて、上のほうじゃわけのわからない必要経費をじゃんじゃん使いまくってるってわけだ」

デイヴはうなずいた。

「信じるよ」ローニンが言った。

デイヴはほっとしたようにため息をつき、ローニンは温情あふれる笑みを浮かべた。かと思ったら、ショットガンの床尾(しょうび)をこめかみに容赦なく叩きつけた。デイヴは引っくり返り、灰色の汚水のなかにくずおれた。

「当然の報いだ。イエスマンをやってたんだからな」ローニンはにやりと笑った。

おれたちはその長いトンネルを抜けて、クラブの下を縦横に走る一種の下水道システムに入り込んだ。ロックフェスティバルの簡易トイレみたいなにおいがする。なんのかんの言っても、糞便(ふんべん)のにおいは死臭にくらべればましだ。それはわかってるんだけど、下水管には灰色の汚水が足首の深さにたまってて、やっぱりげろを吐かずにはいられなかった。

太陽が都市の血管に朝の光を注入するころ、ローニンとおれはやっとマンホールから外へ這い出した。〈肉欲の城〉からは数ブロック離れている。通りをいくつも渡り、コーティナを駐めた場所まで戻る。近づいたところで、かどから様子をうかがった。〈城〉の入口の外に何台か黒いヴァンが駐まっている。

「MK6だ」ローニンがささやいた。

「それじゃトーンに訊こうよ、エズメかオバンボが見つかったか」と言って歩きだそうとしたら、ローニンがさっと腕を伸ばしておれを壁際に押しやった。「トーンじゃない、ありゃマースだ。いっしょにいるのは〝鬼族〟の族長のセイビアン・ドーバーだ」

ドクター・コーバス・バッスン
ケープタウン
ライカープレース・ビジネスパーク三十二番地

拝啓

この数か月、私はご子息をそれとなく導こうと努めてきました。より健全な世界観を持つようになれば、自分の行動が自他に及ぼす影響を考えられるようになると思っていました。しかし遺憾ながら、ここに来て直接的な手段を講じる必要が生じてきたと考えております。

妄想の内容から判断するに、バクスターは自己にも他者にも危険を及ぼす恐れがあります。自発的に精神科を受診してはと勧めてみましたが、バクスターはただちに拒否したばかりか、自分自身についていっそう作話を重ねるだけでした。自他への暴力の危険はきわめて大きいと考えます。適当なシナリオを作れば、バクスターが信じている現実と矛盾しない説明も可能であろうと思います。

精神疾患はけっして恥じるようなことではありませんし、また予防の手だてがあったのではないかと、この時期ご両親が考えたくなられるのもわかります。しかし、そんな手だてはないのです。脳の組成は指紋と同じようにひとりひとり異なっており、精神疾患にかかりやすい人とそうでない人がいるということなのです。

できればご両親と面談の日時を設定し、バクスターの非自発的な治療の可能性についてお話ししたいと考えます。このような手段は軽々しく講じるべきではありませんが、ご子息にとってはこれが最上であると私は信じております。

ご質問などございましたら、昼でも夜でもご都合のよいときにご連絡ください。ここに真摯にお約束いたしますが、バクスターが健康を取り戻すことができるよう、私はできるかぎりの手を尽くす所存です。

敬具

ドクター・コーバス・バッスン

ミスター・アンド・ミセス・ゼヴチェンコ

9　オバンボネーション

　大きな窓から陽の光が射し込んでくる。それがありがたい。わたしはしばらく仕事の手を止め、そっちに向かって頭をあげて、顔に当たる陽光のぬくもりを味わった。でも、すぐにまた雑巾を手桶に突っ込んでは取り出して、床をせっせとこすりにかかった。

　孤独と重労働、それがわたしの新しい生活だ。この家の床をぴかぴかになるまでこするんだけど、いくらこすっても足りないらしい。ここの女中頭は小柄な女の人で、肌の色が赤くて、太い首に卵形の顔をしている。そしてすごく口が悪い。「怠けた」罰だと言って、耳をぐいぐい引っ張る。絞め殺してやろうかと思ったことも一度や二度ではない。でも、もう兵隊たちのところへは戻りたくない。この次は身を守れるかどうかわからないから。

　お父さんも、義勇軍のほかの人たちもみんな死んでしまった。それはわかっているけれど、なかなか受け入れることができない。ときどき外で子供の声がすると、マリーかテッシではないかと一瞬思ってしまう。遠くから男の人の声が聞こえると、お父さんのいかつくてひげだらけの顔が現われそうな気がする。でもそんなことはけっしてなくて、やって来るのはたいてい判事さんだ。背が高くてやつれた顔をしてるけど、でも親切な人だ。わたしに興味を持っているみたいで、初めてここに連れてこられたときのことをいろいろ質問する。どんな夢を見るかとか、お父さんやニクラースおじさんがどんな能力を持っていたか知っているかとか。でも、わたしは眼鏡の男の子の話はしない。あの人にはなにも話さない。わたしはボーア人で、あの人は英国の犬だもの。

床磨きが終わって、重い手桶をよいしょと持ちあげて厨房（ちゅうぼう）に運んだ。料理人たちは笑っていて、ひとりがふざけてわたしのほっぺたをぺちんと叩く。少なくともこの人たちの話してるのはアフリカーンス語だ。手桶の水を捨てに外へ出たら、そこに繃帯（ほうたい）をした女の子が立っていた。顔にも繃帯をしていたけど、目は黒くてきらきらしていて、まっすぐこっちを見つめてくる。

「レプラ患者だ」女中頭が声を殺して言い、十字を切った。「主よ、守りたまえ」わたしに目を向けて、「なにをしてるのさ、目をまんまるにして恋わずらいでもしてるのかい。おまえもあのレプラ患者の仲間入りがしたいの？」

「いいえ」と、頭を下げて床を見つめた。女中頭になにか言われたときには、こうするのがいいともうわかってるから。

「ふん、おまえは運がいいよ」と、わたしの耳を力いっぱい引っ張った。「旦那（だんな）さまはおまえが気に入ってるみたいだからね。あたしの自由にできるなら、おまえなんかいまごろ、ほかのくずどもといっしょに通りをうろついてるところだよ」

女中頭に言われて、また井戸に水汲みに行くことになり、わたしは手桶を取りあげて外へ出た。さっきのレプラの女の子がついてくる。自分の顔が繃帯でぐるぐる巻きになっているところを想像したら、心臓が恐怖で冷たくなった。女の子は井戸までついてきて、離れたところに立ってこっちを見ている。

「あんただれ？」わたしはそっちに顔を向けて、アフリカーンス語で話しかけた。厨房ではアフリカーンス語を話していいけど、屋敷のほかの部屋ではだめと言われている。でも、強制されないかぎり、わたしは英語は口にしないことにしているのだ。

「ルアミータ」女の子はアフリカーンス語で答えた。

「わたしはエステルよ」

「エステル」と、その名前を口のなかで味わうみたいに発音した。「あなたはシーナーね」

わたしはぎょっとしてふり向いた。

「心配しないで。わたしは味方だから」

「あんたはレプラ患者じゃないの」そんなつもりはなかったのに、きつい口調になってしまった。

「ちがうわ」と当たり前みたいに言う。素早く周囲に目をやると、顔を覆っている繃帯の一部をほどいた。予想していたのとはちがって、そこに現われたのは醜い腫れ物ではなかった。肌が明るく輝いている。

思わず手桶を取り落とし、水がこぼれて靴にかかった。まじまじと見つめていると、「わたし、オバンボなの」と彼女は小声で言って、そそくさとまた繃帯を巻きなおした。「オバンボはあなたたちの味方よ」

わたしは首にかけた小壜（こびん）にさっと手をやった。幸い、兵士たちはこれを奪う価値があるものとは思わず、おかげで取りあげられずにすんだのだ。

「それは、わたしの一族があなたたちに贈ったものなの」ルアミータが小壜に目を留めて言った。「時が来たわ。そろそろ少し使っていいころよ」

「だめよ」わたしは言って、守るように小壜を握りしめた。「お父さんに言われたの。これは乗物を見つけるためだけに使うのよ」

ルアミータは微笑んで近づいてきて、わたしのすぐ前に立った。「乗物を見つけるってひと口に言うけど、複雑なのよ。あなたにはわからないこともいろいろあるし、長い長い時間がかかることなの。そしてその時が来ても、結果がどうなるかはわからないの」そう言うと、わたしの手を両手で握った。柔らかくて温かい手。「眼鏡の男の子」彼女は当然のことのように言った。「あの子は十六歳で、あなたと同じシーナーなの」

「わたしも十六歳だわ」わたしはばかみたいに言った。

「シーナーの力が目覚める年ごろよ」彼女はやさしく言うと、片手をあげてわたしの首から小壜のネックレスをとった。

「あなたとあの男の子はつながっているの。あの子を助けてあげて」

わたしは手のひらに小壜を握り、なかで揺れている輝く液体を眺めた。「わたしの一族の血よ」ルアミータが言った。「あなたはわたしたちみんなを救ってくれる人で、その血はそれに役に立つのよ」

わたしは壜の蓋をあけた。目を向けたら、彼女はうなずいてみせた。

ひと口飲むと、まわりの世界が爆発した。光が目を貫いて飛び、まるで風に乗って飛び競う二匹のホタルのよう。わたしはどんどん速度をあげて、どんどん速く進んでいると感じた。山の坂道をがたがた駆け下りる荷車に乗ってるみたい。こわいけど、同時に爽快だった。水が噴き出すかのようにひたいが膨らんで、まわりのすべてが見えた。すべてが。道の向こうの草に、小さなテントウムシが止まっている。うんうん言いながら小麦粉の袋を荷車に積んでいる人、そのひたいに浮かぶ汗。すべてがいちどきに、一瞬のうちに見てとれる。

わたしの心は雄叫(おたけ)びをあげていた。夏の南東風(ケープ・ドクター)(病気を海へ吹き払ってくれると考えられた)が吹き荒れて、木々の枝を打って激しく揺らしているような。目の下にケープタウンが見える。人間が土のなかを這(は)うアリのようだ。港の船の帆柱、その下の甲板で笑ったりののしったりしている水夫たち。やがてケープタウンは変化して、怪物みたいになっていった。ごみごみと灰色になっていくみたいだ。イナゴの大群のように、まわりをどんどん呑み込んでいく。

のっぽで灰色のガラスの塔が、野蛮な異教の記念碑のように地面からにょきにょき伸びてくる。わたしは息を呑み、頭を抱えた。恐ろしい、なにもかもまちがっている。わたしの心は風のように急降下していく。奇怪で恐ろしい形のものが、どんどん目の前に迫ってくるけれど、どれがどれだかろくに見分けがつかない。気がつくと家のなかだった。男の人がいる。ルアミータに似た人、輝く人だ。背が高くて強くて、身体がランタンのように光っている。山猫をなでていた。山猫は鳥のように止まり木に止まっていて、そして翼がはえていた。

おれははっと目を覚ました。顔が革にへばりついている。ローニンの客間の革のソファだ。まっすぐここに戻ってくるなり、酔っぱらいみたいに引っくり返ってすぐに眠り込んでしまったのだ。竹のブラインドから光が射し込んで、針みたいに目に突き刺さってくる。さえぎろうと片手をあげてたじろいだ。息をするだけで痛いし、おまけにひどい頭痛がする。Tシャツをめくりあげて、黒っぽい紫色のあざに顔をしかめた。左の乳首のあたりから左の脇腹まで広がってる。起きあがり、そろそろとキッチンに入っていき、水道の水をごくごく飲んだ。

冷凍庫をあけて氷をひとつかみ取り出すと、汚れたふきんでくるんであばらに当てた。そこへ、賞金稼ぎがどたどたとキッチンに入ってきた。シルクのボクサーショーツ一枚というかっこで、そのショーツにはタスマニアデビルのタズ（古いアニメ映画のキャラクター）の絵が入ってる。

「おしゃれじゃん」おれは小声で言った。

肩をすくめて、「女に受けるんだ」

冷蔵庫をあけてビールをつかみ出す。「イブプロフェン要るか」と、手のひらに錠剤をいくつかのせて差し出した。おれは感謝のしるしにうなずいて、二錠もらって口に放り込み、また水道の水を飲んで流し込んだ。ローニンは残りをビールといっしょに一気に飲み下す。

頭上で、カモメが輪を描いたり急降下したりしている。まるでＴＩＥファイター（映画『スターウォーズ』シリーズに出てくる宇宙戦闘機）だ。おれたちは屋上にのぼって、ビールを飲みながらシリアルを食べている。ライスクリスピーのひと口ひと口がつらい。あばらの打撲がひどくて、スプーンを持ちあげるだけで痛むんだ。おまけに、鼻に〈肉欲の城〉のにおいがしみついてとれない。

昨夜(ゆうべ)のことは、恐怖と血と死のもやみたいだ。おれはビールを少しずつ飲み、少し離れたところからそのもやを見直してみようとした。

「トーンがいたら、あんなことを黙って見ているはずがない」口いっぱいにブランを頬張ったままローニンが言った。「ということは、たぶんもう消されてるな」

「そのマースってやつ、パットが言ってた事件と関係があるの？」

ローニンは笑って、口いっぱいのブランの口なおしにビールをあおった。「そうとも言えるか。八四年に軍隊にとられたとき、なんでもメタくそにしちまうおれの才能は見過ごしてもらえなくてな。それで、新しい実験的兵器の部隊にまわされたんだ。最初のうちはふつうの部隊だと思ってたんだが、その兵器ってのを見ちまって」

「ミサイルとかそういうの？」

「だったらよかったんだが。それが、まるっきりフランケンシュタインだったのさ。生体材料をつぎはぎして軍隊を作ろうって話だったんだ。国民党はアパルトヘイトを全力で維持しようとしてたから、内戦に備えて準備を進めてた。マースは、国民党にとって超常世界の希望の星だったんだ。それでその部隊のトップにすえて、じゃんじゃん金をまわしてたわけだ。国民党は気にしなかったが、あいつはまともじゃなかった。生き物を実験に使うとき、小娘みたいにくすくす笑いをしやがるんだ。だから暗号名が上機嫌（マース）になったんだ」

「それでどうなった？」

「アパルトヘイトが終わったのさ。これであいつは豚箱に放り込まれて、一生出てこないだろうってみんな思った。だが、真実和解委員会はまやかしだった。あいつは〝隠れ族〟のことを知りすぎてたし、影響力が強すぎたし、政府にとっては役に立つやつで、厄介払いするには惜しかった。だから雇うことにしたのさ」

「ひでえ」おれは言った。「遺恨を未来に残さないが聞いてあきれるな」

「まあな、要は金と権力ってことなのさ。おれもすぐに気がつくことになるんだけどな。あいつはＭＫ６のトップになって、おれの採用を要求したんだ。本気で使う気だったのかどうか、スケープゴートにする気だったのかは知らん。なんせ国境戦争じゃやばいことやってたから」

「具体的にはどんなこと？」

「ろくでもないことを、数かぎりなくさ。じつはあんまりよく憶えてないんだ。なんせ、マースに次々に実験的な薬物をやらされてたもんでな。体力と持久力を増強するとか言って」笑おうとしたんだろうけど、しかめ面にしか見えなかった。「おれはすっかり頭がおかしくなってた」つぶやくように言う。「つまり、いまよりなおおかしかったってことだ。それを助けてくれたのがバレシュだった。おかげで発狂せずにすんだし、マースの思いどおりの怪物にならずにすんだ」

ローニンは煙草(たばこ)に火をつけ、立ちあがって伸びをした。見ていると気の毒になってきた。狂犬病にかかった犬みたいだ。具合が悪くて気が立ってて、絶望の気配に取り囲まれている。

「悪いことなんかだれだってやってるよ」と、おれはちょっと間抜けなせりふを吐いて、成り行きでマイキー・マーコウィッツの話をした。休みの日、いっしょに一日かけてＢＡＳＩＣでゲームのプログラムを書いたこと。仲間どうしの連帯感があったし、いまでもあの気持ちは忘れていないこと。それなのに、その二か月後には切り捨てなくちゃならなかったこと。

「なんでだ」ローニンが言った。

「損得計算だよ。マイキーとつきあうのは得にならなかったんだ。ばかにされたりからかわれたりしやすいやつだから。おれは〈スパイダー〉を始めてたから、そういうのはまずかったんだ。だから無視して、ぼっちになってくのを見て見ぬふりをしてた。たぶん、おれもあんまりいい人間じゃないんだと思う」

いつのまにか、おれは打ち明け話を始めていた。自分の知ってる人間を全員いいように操ってることとか。おれはみんな憶えてる。ちょっとした裏切りや、自作自演や、感情の演技やなんかを利用するんだ。意外にもローニンは笑わなかった。おれがしゃべってるあいだずっと、あの不気味な青い目でこっちを見てて、煙草をフィルターのぎりぎりまで吸ってた。おれが話し終わると、ひげをしごきながら言った。「おまえ、かなり異常なガキだな」

「うん、わかってる」おれは言った。そのことにほんとに気がついたのはたったいまだって気もするし、じつはずっと前からわかっていたような気もする。

ローニンは肩をすくめた。「たぶん、おれたちゃみんな、それぞれ問題を抱えてるんだろうな」

「そうだね」

しばらくふたりとも黙っていた。居心地が悪くなってきて、おれはしまいに口を開いた。

「それで、バレシュはどうなったの」

「バレシュには力があって、そのせいでマースに嫌われていた。バレシュを殺したカラスどもをおれは追いかけようとしたが、マースはそれを許さなかった。それで仲違(なかたが)いして辞めたわけだ。これで確実に逮捕されると思ったんだが、パットがかばってくれた。それでパットも辞めた。彼女がいなかったらどうなってたかわからん」

おれは昨夜のおかしな夢のことを思い出した。「信用してる?」おれは尋ねた。「つまり、パットのことだけど」

「百パーセントな」ローニンは言った。「なんでそんなこと訊くんだ」

おれはあの夢の話をした。つまりその、輝く男が山猫のトニー・モンタナをなでてたって部分を。

ローニンはおれをじっと見た。「その夢だがな。クラブでドアを見つけたときみたいな感じか」

「まあね。ただ、あんときのはなんだったのか、それすらわかんないんだけど」

話を続けようとしたとき、おれの携帯が鳴った。カイルからだったんだけど、あいつパニックを起こしてた。レイフがすっかりおかしくなってるからこっちへ来てくれと言う。それもいますぐ。声の調子からして、言いくるめるのは無理そうだった。カイルはかなりののんびり屋なんだが、いったん逆上すると、クリスタルメス（覚醒剤）をキメたチワワに落ち着けと言って聞かせるのも同然だ。

「なんとかしに行かないとだめみたいだ」おれはローニンに言ってため息をついた。彼はうなずいたが、考え込むようにひげの三つ編みをなでている。「オバンボはたんに珍しいっていうんじゃない。絶滅したんだ。オバンボが殺されるのを防げると思えば、パットは……」こっちに目を向けて、「パットに電話してみる」

電車を待つ時間がなくて、電話でタクシーを呼んだ。すぐに来たのはバタバタやかましい灰色のマツダで、天井の「タクシー」の標示も歪んでる。むっつりしたセネガル人の運転手は、タンクトップにベレー帽だった。カイルの家まで長くはかからず、おれは料金を払ってタクシーをおりた。

「どうした、なにがあった？」おれは言った。ドアをあけたカイルは疲れた顔をしている。髪はくしゃくしゃだし、目のまわりにはくまができていた。「これだよ」と言って、コンピュータ用紙を何枚か持ちあげてみせた。「十五時間これだ」

レイフは絵を描いていた。それもどっさり。というよりノンストップで。カイルはそのお守りをしながら、おれがいないのをうちの親に勘づかれないようにしてくれてたんだ。

「おふくろさん、四回ぐらい電話してきたぞ」彼は言った。「なんでおまえが電話に出られないのかって、もう言い訳のネタが切れちまったよ」

「おれが自分で電話しとくよ。三人ですごく楽しくやってるから、もうひと晩ここに泊めてもらいたいって」

「なんだって？　バクス、それはちょっと――」

「これいったいなんだ？」おれは言った。

カイルの部屋には、レイフのクレヨン画が一面に散乱していた。ポストモダンのインスタレーションかなんかみたいだ。何百枚もある。

おれを描いた絵があった。いっしょにいる男は、燃えるような赤毛で剣を持ってる。おれとその男が灰色の男たちと歩いてる絵が何枚かあったけど、その男たちの首には毒々しい色の不気味な膨らみがある。翼のあるでかくて黒い化物が、おれの頭上にぬっと立ちはだかってる絵もあった。「これだよ、これが言いたかったんだ」カイルが疲れた声で言った。「ずっと描いてるんだぜ」

レイフはカイルの部屋の床に寝そべって、すさまじい勢いで紙にクレヨンを走らせている。

「レイフ」おれは声をかけた。「レイフ！」顔をあげた。「なんだよ、これ。どうしてこんな絵を描こうと思ったんだ？」

レイフは肩をすくめて、いま描いていた絵を持ちあげた。どうやらおれの絵のようだったけど、手にはナイフを持ち、ひたいには赤い眼が描いてある。

「これのせいで、おれパニックになったんだよ」カイルは言った。「マウンテン・キラーの眼がついてる絵を描きだしたんだもんな」

「レイフ、どういうことだよ」おれはささやくように言って、床にころがってるレイフのそばに座った。

レイフはクレヨンを握りしめて、その絵のうえに単語をひとつ書いた――「シーナー」

「バクス、マジでさ、いまどうなってんのか話してくれよ」カイルが言った。

それで話した。いまなにが起こっているか。起こっていることをなにもかも。エレメンタルの話をしたときは、カイルはまさかという顔でおれを見た。〈肉欲の城〉とアナンシの話をしたとき、カイルのまゆがあんまり高々と持ちあがったんで、このままだと目の血管が破裂するんじゃないかと思った。

「マジなんだよ」おれは言った。「完全にぶっ飛んだ話なのはわかってるけどさ、でもほんとのことなんだ」

痛み止めが切れてきて、あばらがまたずきずきしだした。おれはもぞもぞと身じろぎした。

「バクス、おまえほんとに大丈夫か？　つまりその、嘘ついてるとは思わないけどさ、それってたぶん、おまえの頭んなかだけで起こってるんじゃないのか」と言って、自分の頭のうえで渦を巻くしぐさをしてみせた。

「なにが起きてるのかおれにもわからないよ。だけどさ、これからあの歯を落とした男を見つけに行くつもりなんだ。そいつならきっとエズメの居場所を知ってるし、それがわかったらほかはどうだっていいんだから」

「おれもついてくぞ」カイルが言って腕組みをした。「置いてきぼりはもうたくさんだ」
「そう言うなよ、頼むよ。うちの親を納得させるのにも、レイフがしゃしゃり出てこないように抑えるのにもおまえが必要なんだ。異世界の賞金稼ぎを雇ってるなんて親に知られたら、おれは入院させられちまう」カイルは腕組みをしたままだ。「こんなことは言いたくなかったけどさ」おれは言った。「アンジェラ・ディンブルトンの借りを返してくれよ」

アンジェラ・ディンブルトンの名前は、軽々しく口にできることじゃない。だけどこうなったらしかたがない。アンジェラ・ディンブルトンの借りっていうのは、おれとカイルのあいだの誓いで、それにはこんなわけがある。カイルが初めて童貞を捨てようとしたときは、まあその、あんまりうまくいかなかった。そんときの相手がアンジェラ・ディンブルトンだったんだけど、それがウェストリッジ高校でいちばん情報通で、いちばんおしゃべりな噂大好き女なんだ。ユーチューブの動画が拡散するのだって、アンジェラ・ディンブルトンが噂を流す速さにはかなわない。そのアンジェラとカイルがそういうことになったとき、結果は大成功とはいかなかった。というより悲惨だった。カイルはちょっとフライング気味で――正直、まだパンツもおろしてないよってなフライングだった。

アンジェラ・ディンブルトンの目の前でバツの悪い思いをしたら、それがどんなことでも運の尽きだ。しかし、その本人といたそうってときに早漏やっちゃうのは、フェイスブックの壁にそれを張り出すのとおんなじだ。

カイルは恥ずかしさに震えあがって電話してきて、助けてくれと言った。カイルにとっては幸運なことに、おれはちょうどアンジェラ・ディンブルトンのことを調べてたとこだった。このやばい情報で脅してポルノ売りを手伝わせようと思ってたんだけど、カイルに泣きつかれたんで、おれはアンジェラに電話してちょっと話をした。おまえの親チョー信心深いよな、ところでおまえ、中絶病院から出てくんのを見られてるぞって話をしたわけさ。アンジェラは折れて、カイルは光より速いなんて噂が広まることはなかった。カイルはものすごく感謝して、この借りを返してくれって言われたらなんでもすると約束したんだ。なんでも、、、、なんでもするって。

「アンジェラ・ディンブルトンだって?」カイルはぶすっとして言った。「どうしても?」

おれはうなずいた。「すまん、でもどうしても必要なんだ」

「わかったよ。だけど、これで借りは返したからな」

おれは笑顔で言った。「ぴったし一発でな」

「くたばっちまえ」カイルは泣きそうな顔で笑った。

カイルのおふくろさんが、外出するからついでに送ろうと言ってくれた。ここは受けておくのが得策だ。うちのおふくろから電話があったとき、送っていきましたよと言ってもらえる。

「まあ、ヨガ教室?」おふくろさんは興味しんしんで言いながら、車を高速に向けた。「わたしもヨガを習いたいって前から思ってたのよ」

「腰にはすごくいいんです」おれは笑顔で言った。「生活習慣病なら、どんなのにでも効くんだって」

「現代生活は身体に悪いことばっかりだものね」と彼女は悲しそうに言った。

ローニンの事務所の一ブロック手前でおろしてもらった。「ほんとにここでヨガを習ってるの？」おんぼろの産業ビルが並ぶのをうさんくさげに眺めている。

「先生がすごくまじめなんで。物質主義を嫌ってるんですよ」

「ああ、なるほどね」カイルのおふくろさんは、納得したように笑顔になった。「こんど先生の電話番号を教えて」

「もちろんです。それじゃ、ナマステ」と言って、お祈りするように両手を合わせた。

「ナマステ」彼女は大まじめに答えた。

　車が遠ざかるのを見届けてから、裏道に入ってローニンの事務所に向かった。大きな錆びた金属の門に天使の絵がいっぱいに落書きされている、そのわきを歩いていたとき、すぐ前に車が停まった。見覚えのあるでっかい男が窮屈そうにおりてきて、こっちにどたどた歩いてくる。

「おやおや、おれの大好きな連続殺人鬼じゃないか」シューマンが言った。

「嫌がらせはやめてくれよ」おれは歩く足を速めようとしたが、またあばらが痛みだして息を吐いた。

「とんでもない、こりゃ警察の捜査だ」と真ん前に立ち、そのでかい身体で行く手をふさぎやがった。「犠牲者が増えれば証拠も増える」

「エズメが？」胃に穴があきそうな気がした。

「いや」シューマンは言った。「そうじゃないが、教えてもらいたいことがある。この新しい犠牲者の死亡時刻がちょうど重なるんだよな、おまえさんが警察の監視をまいてた時間と。これはどういうことだ」

「警察が無能ってことかな」シューマンの太い腕が大蛇のように飛び出してきて、おれは錆びた金属の門に叩きつけられた。

「電話があったんだよ、ポルノを作ってるんで有名なクラブの内部の人間からな。それも、頭のいかれた賞金稼ぎといっしょにおまえが入ってった店だ。目撃者がいるんだぞ。クラブが完全に滅茶苦茶になったから来てくれって通報だったが、行ってみたらもう黒いヴァンに囲まれてて、政府機関のバッジをつけた男たちに、手を引けと言われたってわけだ」

「そういうの映画で見たよ」シューマンがおれのTシャツの胸ぐらをつかんだ。

「ある雑誌記者がな、オカルト格闘技の取材かなんかしてたんだが、わあわあ泣きながら帰ってきたと思ったら、まともに口もきけなくなってやがった。それでおまえだよ。おまえはいつのまにやら、オカルトの賞金稼ぎかなんか雇ってやがるじゃないか。ここにゃなんか関係がありそうな気がしないか」

おれは目を丸くしてみせた。「なんだよ、警察はなにが起こってるのかぜんぜんわかってないわけ？」

シューマンはまんまるな顔をおれの顔に寄せた。「いい加減にせんと、しまいにゃ怒るぞ」

「そっちこそ、しまいにゃ警察の暴力で訴えるよ」

太い指を突きつけて、「ゼヴチェンコ、かならずぶち込んでみせるからな。少年院じゃないぞ。ポルズムーア（ケープタウン近郊にある最重警備刑務所）だ。知ってるか、あそこに入ったらどんな目に——」

「あんたの妄想の刑務所話なんか聞きたくないんだけど」

おれをまた金属の門に力いっぱい叩きつけると、シューマンはやっとTシャツから手を離した。「おまえがやったのはわかってる。あとは証明するだけだ」

刑事はよたよたと離れていった。その車が見えなくなるのを待って、おれはローニンの事務所に向かった。


事務所の外でローニンに会って、シューマンのことを話した。ローニンは通りを見おろして手をふった。「ああ、あそこに駐まってるぜ、覆面パトカー。思春期のニキビみたいに目立ってやがる。またまかなきゃならんだろうな」

「どこに行くの」

「パットんとこだ。さっき話したんだが、ありゃまちがいなくなんか隠してる」

ローニンはあのコカインとネズミの儀式をまたやって、それから一時間近くかけて警察の尾行をまいた。運転しながら、ローニンは魔法について説明してくれた。

魔法は遺伝に関係があるらしい。理屈ではだれでもどんな魔法でも使えるんだけど、どの遺伝子プールにも先祖伝来の特別なつながり、つまり〈ウィアド〉があって、そのせいで人によって得意な魔法がちがってくる。コサ族はどうやら空気と音の魔法が得意分野らしくて、トーンにああいうことができるのはそのためだ。

「おれはたぶん、先祖にドワーフが混じってるんだと思う」ローニンは言った。「いまこんな話をしてるのは、おまえが〈肉欲の城〉で見たあれが、おまえの〈ウィアド〉に関係してるかもしれないからだ。ちっとは訓練を受けとかんと、そのせいで身を滅ぼすこともあるからな」

「シーナー」おれは言った。

「おまえ、アフリカーナーなのか」

「父親のほうにポーランド人とアフリカーナーが混じってるんだ」

ローニンはうなずいた。「可能性はある。ただ、そういう遺伝子を持ってる人間はすごく少ない。英国人は意図的にその遺伝子を抹消しようとしたんだ。帝国を建設しようってときに、本物の千里眼を持った敵がいた日にゃやりにくくてかなわないだろ。英国は古くから、南アフリカに魔法使いを送り込んできてた。ここじゃ、それがどうしても必要だったんだな。マースの専門はもともとそっち由来なんだ。おもに霊術なんだが、これは悪霊術とか邪術とかにつながりやすい。とくに、使うやつが外道だったらな。マースはまちがいなく外道だし、なお悪いことにカラスの血が混じってるんだ」

「MK6の長官があいつらの仲間だってこと?」

ローニンはうなずいた。「半分だけどな。政府があいつを手もとに置いときたがったのは、ひとつにはそのためもあったんだ。カラスの血が混じった人間はごく少ない。あいつらと交わって死なずにすむやつは多くないからな」おれは身震いした。あんなのがセックスするとこなんか想像したくもない。「カラスとちがって、あいつは変身はできない」ローニンが言った。

「だが、ふつうの人間より強いし、殺すのもむずかしいんだ」

ローニンは赤信号を無視してすっ飛ばし、タクシーの前に割り込んだ。

「カラスどもめ」高速を出て、フィリッピに向かいながら彼は言った。「一匹残らず殺してやりたい」


ローニンは、車寄せにゆっくり車を停めた。隠れ家（ヘイヴン）は平和そうだった。車をおりて玄関に向かうとき、かすかに鳥の鳴き声が聞こえた。ともかく鳥の声だとおれは思うけど、あんまり自信はない。なんせ、パットの納屋にはああいうのが飼われてるんだもんな。

「まあうれしい、こんなに早くまた会えるなんて」パットはドアをあけて言った。「さあ、入って入って」おれたちをキッチンに案内して、古いぼこぼこのやかんに水を入れはじめた。

「ふたりとも、イバラの茂みを後ろ向きに引きずられたみたいな顔してるわよ」パットは肩ごしに言った。

「この二、三日は滅茶苦茶だったから」おれは言った。

「ジャクスンといっしょだとかならずそうなるのよ」

「パット、おれたちはお茶を飲みに来たんじゃないんだ」ローニンが言った。

「あんたがこの子を危ない目にあわせたり、よろしくない場所に連れていったりしないといいんだけど」パットはすかさず言ってローニンを無視し、そそくさとやかんをガスにかけた。おれは〈肉欲の城〉のことを思い出した。ケープタウンに、あれよりよろしくない場所があるだろうか。

「パット」とローニン。

「バクスターに〝隠れ族〟のことをもっと勉強させたいんだったら、わたしが喜んで——」

「あのオバンボは、バクスターの彼女を誘拐したんだ」ローニンが言った。「おれたちの知るかぎりじゃ、殺してる可能性もある」

「トマスが？　まさか！」パットは驚いて言い、はっとして口に手を当てた。

「お願いです」おれは言った。「エズメがどこにいるかぜんぜんわからないんだ。あの光る人がたったひとつの手がかりなんです」

「いまどこにいるんだ」ローニンが有無を言わさぬ口調で言った。

パットの温厚そうな老いた顔が、打ちのめされたようにくしゃくしゃになった。「屋根裏よ」

ローニンがはじかれたように階段をのぼりだし、おれはそのあとを追った。

「あの人を傷つけないで。傷つけたりしないわよね、あんなかわいそうな人を！」

ローニンはウォーチャイルドをコートの下から抜き、屋根裏に続くあげ蓋をばたんとあけた。壊れそうな木の梯子（はしご）を勢いよくのぼっていく。おれもついていった。

オバンボは背は高かったがやせていて、顔の造作は西アフリカ人に似ていた。そして、まるで小さな太陽のように光を放っていた。部屋のすみの古い錬鉄のベッドに静かに腰をおろし、両手をひざに置いている。おれたちが来るのを待ってたみたいに。

「おれを殺しに来たのかい」とよく響く声で言った。

ローニンはウォーチャイルドを彼の胸に向けた。「ことによっちゃな」

「べつにかまわないよ」オバンボは言って、ベッドからおりて固い木の床にひざをついた。

ローニンはウォーチャイルドのふたつの引金に指をかけたまま、コートからビニールのひもを取り出した。近づいていって輝く男の両手を背中にまわした。パットがおれの肩をぎゅっとつかむ。唇から小さく嗚咽(おえつ)が漏れた。「ごめんなさい、トマス」

彼は悲しげな笑みを浮かべた。「あんたのせいじゃないよ、パトリシア」

「口を開け」ローニンは言った。「早く」

トマスは穏やかな悲しげな目でおれたちを見て、口を大きくあけた。賞金稼ぎはそのあごを手荒くつかんで、「前歯が一本ない。こいつだ」

「彼女はどこだ」おれは尋ねた。

トマスはまゆをひそめた。

おれは財布からエズメの写真を取り出した。「この子だ。エズメだよ。どこにいるんだ」

彼はその写真をしげしげと眺めた。「悪いが、会ったことがない」

ローニンは男ののどくびをつかんで、「いいか、このディスコボール、おれたちはいい警官と悪い警官をやってるわけじゃないんだぞ」

トマスはローニンを見あげた。「あんたには、おれをこれ以上傷つけることはできないよ。もうじゅうぶん傷ついてるんだ」

「それはどうかな」ローニンは言って、容赦なくトマスの頭をのけぞらせた。

「ジャクスン！」パットが叫ぶ。

ローニンはウォーチャイルドの銃口をトマスのひたいに押し当てた。瞳孔（どうこう）がすぼまって、歯を少し剝（む）き出している。

オバンボは銃を見あげた。「やれよ」と静かに言う。

「ローニン」おれはおずおずと口を開いた。「あのさ、エズメがどこにいるか聞き出さなくちゃならないんだよ」

賞金稼ぎは銃でトマスの頭を押した。「しゃべったほうが身のためだぞ」

「座ってもいいかな」トマスが言った。

「いいとも、ついでにお茶とスコーンもどうだ」ローニンは言ったが、トマスに座れと身ぶりで示した。オバンボは床についていた両ひざをあげて、木の床にぎくしゃくと腰をおろした。

おれはポケットからあの歯を取り出し、オバンボの顔の前に突き出した。

「これ、彼女の部屋で見つけたんだ。誘拐されたあとに。あんたの歯だろ」

彼はうなずいた。「ああ、おれのだ」少し身じろぎし、ローニンが脅すようにウォーチャイルドを向ける。「おれは〈肉欲の城〉で働いてた」彼は言った。「俳優として、『光幻想（ライト・ファンタスティーク）』っていうポルノのシリーズに出てたんだ」

おれはうなずいた。聞いたことはあるが、〈スパイダー〉では扱ってなかった。

「それで女優のひとりと結婚したんだ。彼女もオバンボだった」

「オバンボがほかにもいるの？」パットが言う。「トマス、よかったじゃない！」

「よくない」苦い口調で言った。「ちっともよくないよ。結婚して赤んぼが生まれた。可愛くて健康な、光る男の子だった。幸せだった。おれたち三人は、オバンボの最後の生き残りだったと思う。ところがそのころ、女王が新しいパートナーを作った。そのパートナーがおれたち家族にすごく興味を示したんだ。悪魔の鳥がやって来て、おれたちは無理やりその男のところへ行かされた。検査のためと言われた。最初のうちは、ただいろいろ質問するだけだった。どこで生まれたかとか、息子のアダムはいつどこでできたのかとか」

「トマス……」パットがささやくように言った。

「おれの見てる前で、あいつは女房と息子を突いたり殴ったりした。身体の一部を切り取って壜に入れた。血を抜いて、ふたりが苦しがって悲鳴をあげるのをビデオに撮った。そのあいだずっと笑ってた。楽しいことでもしてるみたいに笑ってた」

「マースだ」ローニンが押し殺した声で言った。

トマスが顔をあげてローニンに目を向けた。「アダムはすぐに死んで、あれにはほっとした。だがライラはもともとじょうぶだったから、何日もかかった。おれの見てる前で、おれの目の前で、光がだんだん薄れていってとうとう消えた」

小さなか細い泣き声がパットの唇から漏れた。トマスはおれを見あげた。燃え盛る彼の肉体のなかにあって、その目は黒い石炭のようだった。「その歯を抜いたのはあの男だ。なぜかは知らない」頭を下げると、小さな金色のしずくが顔を伝って床にぽとぽとと落ちた。パットが駆け寄り、片手をトマスの輝く首に当てた。彼女の顔にも涙が伝っている。「あなたは逃げたのね」パットはすすり泣き、トマスの両手を握った。「よかった、逃げてわたしのところへ来てくれて」

おれのポケットのなかで携帯が振動しはじめた。取り出して番号を見ると、カイルだった。

「信じられないだろうけどさ」とカイル。「たぶん見つけたと思うんだ」

「エズメをか？　どこで」

「数分前にテキストメッセージが来たんだよ。ＡＴＭを使ってる」彼は言った。「パローのトレーラーハウス駐車場だ。この電話を切ったらすぐに詳細を送るよ」

「おまえに会ったらキスしちゃいそうだ」

「その同性愛の告白は、ありがとうって意味だと思うことにする」カイルは言った。

おれは電話を切って、ローニンに目を向けた。電話がすぐにブーンと振動しだす。カイルがデータを送ってきたのだ。「エズメが見つかったみたいだ」おれは言った。

懐疑主義者同盟会報

今週のいかさま師――デイル・シェルドレーク

庭が美しければそれでじゅうぶんではないか。

その庭の奥に妖精がいると信じる必要がどこにある？

――ダグラス・アダムス

デイル・シェルドレークは、どこにでもいるありふれた陰謀論者ではない。著作、講演、マルチメディア作品で毎年何百万ドルも稼いでいるうえに、ハーブのサプリメントのシリーズまで出している。これを飲めば、一般人に紛れ込んでいる超常世界の住人に気がつきやすくなるというのだ。

そう、超常世界の住人だ。シェルドレークの全事業のおおもとにあるのは、そういう住人――ドワーフ、ノーム、トコロッシュなど、多種多様な妖精や怪物――がそのへんの通りをうろついている、われわれの目の前に存在しているという突拍子もない主張なのだ。マヤ暦の最後の日がなにごともなく過ぎ、デイヴィッド・アイクが殺害された（シェルドレークの主張によると、これは複数の国家の秘密政府機関が共同で仕組んだ暗殺である）ことで生じたすきまを、彼はこの主張できれいにふさいでしまったのである。

シェルドレークは、かつてはケープタウン大学の人類学者として尊敬を集めていたが、マジックマッシュルームによる幻覚を体験したことで「扉が開かれて」、通常の生態系と並んで、超常世界の生態系が併存していることに気がついたと主張している。

彼のおもな作品に見られる途方もない主張、すべてに裏があるという不安感、そして妄想的な確信にはあきれるほかない。彼の初の著作『隠された者たち』は薬物による妄想の生んだ大風呂敷だが、テーマはこのもうひとつの世界の第一印象だ。これはいまでは、一種のカウンターカルチャーの古典となっている。二作めの『蜘蛛崇拝』では、英国王室は脳幹にとりついた寄生蜘蛛によってコントロールされていると主張し、また数人の「魔法使い」がランディ・テスト（もと奇術師のジェームズ・ランディが提唱しているテスト。このテストを通じて、超能力その他の超常現象の存在を客観的に証明できた者には、百万ドルの賞金が与えられることになっている）を受ける数日前に謎の死をとげたとも主張している。

最新作の『囚われの神々』では、古代の錬金術師が神々をとらえるために次元移動船を作り出したが、政府機関の陰謀によってそれが隠蔽されていると主張している。以下の引用文を読めばわかるとおり、例によって混乱した取り止めのない意識の流れ的な文章である。

> 柔らかく静かに夜のとばりがおり、わたしのなかの語り部が目覚めて、見えるものと見えないものとをつないでいく。汚れた堕天使たちが空に撒き散らすのは、割れたガラス、お菓子の色をした〝怪物たち〟のコレクションだ。混血たちは乗物の操縦を学ぼうとしている。古代の天使たちによるチャヨテ——難解な火の言語——の書にあるとおり、操縦室ではつながりあった環がスピンしている。乗物を操縦するためには、シーナーの眼と囚われのカラスの強さが必要だ。

言うまでもなく、驚くべき主張には驚くべき証拠が必要だが、そんなものは出てくる気配すらないようだ。このたわごとは狂人の妄想なのか、はたまた抜け目のない実業家の販売戦術なのだろうか。いずれにせよ、シェルドレークは冷笑的にも、だまされやすいお人好しから金を巻きあげつづけ、こうしてわれらが「今週のいかさま師」に選ばれるにいたったわけである。

次号予告

「平凡から破天荒へ――9・11のビル崩壊はコントロールされていたという陰謀説の偽りを暴く」

航空機はホログラムの投影だったという説から、CIAが雇った「ドワーフ傭兵部隊」がツインタワービルを破壊したという説まで、頭のおかしい陰謀論者の9・11に関する主張を紹介する。

10 肉食獣（プレデター）

「トマスはここに隠しといてくれ」ローニンは車の窓越しにパットに言った。パットは顔に涙を流し、白髪を振り乱し、手をもみ絞っている。

「ジャクスン、まさかマースを狙ったりしないわよね」細い声で言った。「今度こそ殺されるわよ」

「あいつはバレシュを殺しやがった」ローニンは言った。「それでいまは〝鬼族〟と手を結んでる。そのわけを突き止めなくちゃならん」

「大事な話をしてるのはわかってるけどさ」おれは言った。「とにかくエズメを見つけに行こうよ」

「がんばって」パットが言った。

道路はがらがらで、パローの〈子豚ちゃん（クライン・ヴァーキー）トレーラーハウス駐車場&肉食動物園（プレデター・ズー）〉にはあっというまに着いた。土の道に入ると、ずらりと並ぶ見捨てられたトレーラーハウスのあいだをくねくねと進んでいく。ダンガリー姿の男が、手をふって停まれと合図してきた。赤ら顔でずんぐりしてはげ頭だ。車が停まってから見ると、ついでに耳の一部が欠けているし、鼻には大きな穴があいていた。

「あんたら、肉食動物園見に来たのかい」愛想はいいがくぐもった声で言った。身をかがめて車の窓をのぞき込んでくる。

「いや、ちょっと人を――」おれは言った。

「新しくワシが入ったんだよ。すごく獰猛なやつでね」

「いや、ちょっと――」おれはまた口を開きかけた。

「サソリは好きかい」

「あんまり」

「一時にはニシキヘビに餌をやるんだよ」男は言った。「いまならまだ間に――」

それをさえぎって、ローニンが窓から手を伸ばして男ののどくびをつかんだ。「いいか兄ちゃん、お誘いはありがたいがな、そんなことのためにここに来たんじゃねえんだ」男は目を剝き、鼻の横の穴から荒い息をしている。おれはその目の前にエズメの写真を出した。「見たことある?」

男はのろのろとうなずき、ローニンはのどくびから手を離した。「ハネムーン・ハウスにいるよ」と言いながら首をさすっている。ダンガリーのなかに手を入れ、駐車場の地図を差し出すと、汚い指でそのひとすみをつついた。

「ありがとう」おれは言った。

「急げば、まだニシキヘビの餌やりに間に合うよ」男がぼそぼそ言うのを聞きながら、ローニンは車を出した。

曲がりくねった土の道は、薄汚いトレーラーハウスの並ぶあいだを抜けていく。ハネムーン・ハウスはすぐに見つかった。なんせ真っピンクで、側面にはでっかいハートがぞんざいにペンキで書いてあるんだ。

泣かせるぜ。下からは雑草がはみ出してるし、パステルカラーのデッキチェアが芝生に出してあって、その横に並んでるのはプラスチックのフラミンゴの小隊と来た。

ローニンが車のドアをあけ、ここで待てとおれに合図した。見ていると、トレンチコートに手を滑り込ませ、油断なくトレーラーハウスに近づいていく。おれは車のドアをあけて、そっちに向かって走っていった。ローニンはおれの足音を聞いて、しかめ面でふり向いた。「たまには人の言うことを聞けよ」

低いきしるような音がして、トレーラーハウスのドアが開き、エズメが姿を現わした。天使のまぼろしのようだ。まあその、天使のまぼろしがタートルネックのセーターを着てればだけど。

「あんただれ?」エズメがローニンに言ったが、その声はなんだか抑揚がなくて一本調子だった。ヤクでもやってるんだろうか。

「もう大丈夫だよ」おれはかすれた声で言った。「助けに来たから」

エズメは笑って、髪を後ろへ払った。「バクスター、あたし助けが必要に見える？」

金髪をマレットにした男が、タートルネックのセーターにストーンウォッシュのデニムジャケットを引っかけて、なかから出てきてエズメのとなりに立った。ふたり並ぶと、八〇年代のファッション雑誌の見開きページみたいだった。ローニンがウォーチャイルドを男の胸に向ける。

「ひざまずけ」賞金稼ぎは言った。

「この低能に、銃を引っ込めろって言ってよ」エズメがきつい声で言う。

「感じのいいお嬢さんだな」ローニンが言った。「おまえが惚れるわけがわかったぜ。さあ兄ちゃん、ひざをつけ。そのどてっ腹に警告の一発をぶち込まれたいか」

エズメは、トレーラーハウスのドアから踏み段をおりてきて、おれの目の前に立った。手を触れたかったが、エズメはおれを射抜くような目で見ている。「銃を引っ込めろって言ってよ」と、一語一語を吐き捨てるように言う。

「引っ込めてくれ」おれはローニンに言った。

ローニンはエズメを見、次にマレット男を見て、ウォーチャイルドをホルスターに収めた。

「おかしなまねをすんなよ」と、太い指をエズメの相棒に突きつけた。

「もう大丈夫だよ」おれはやさしく言って手をとろうとしたが、エズメはぎょっとしたように手を引っ込めた。まるで煙草の火でも押しつけられたみたいに。

「どうしたんだよ、いったい」おれは言った。「いままでどこにいたんだ」

「ここにいたわよ。ニールスといっしょに」

「どうして黙っていなくなったんだ」ひたいがまたずきずきして気分が悪くなってきた。「いっしょにここを出よう。うちに送っていくから、くわしいことはそこで話そう。こんなのどうかしてる。おれがどんな思いをしたと――」

「あたしはここで暮らすわ」エズメはきっぱり言った。手を伸ばしてニールスにキスをする。指をマレットに埋めて、唇を唇に押しつけ、数秒も経ってからやっと離れた。「ここで暮らすの」また言った。「ニールスとふたりで」

くそったれ、ちょっと待て。ありとあらゆる展開を想像してきたけど、マレット男のせいでふられるなんてのはなかったぞ。おれの脳は、いま起こったことを受け入れようとしなかった。ループにはまり込んで、さっき見たキスを延々リプレイしている。

「なんで？」おれはばかみたいに言った。

エズメの顔が軽蔑に歪んだ。「あんたのせいよ、このノータリン」と、おれの胸を突いた。「バクスター、あんたはろくな人間じゃないわ」とまた突いた。「自分のことしか考えないし、人を利用してばっかりだし、くだらないポルノ売りに入れ込んじゃって、ばかじゃないの」

「おれがビジネスを広げるの、エズメも喜んでるんだと思ってた」おれはつぶやくように言った。ちくしょう、泣くなよ、ゼヴチェンコ。ここでは泣くな。エズメとあのマレット男が見てる前では。

「あんたは残酷よ、バクスター。だれかの前であんたの名前を出せば、ていうよりだれの前で出してもだけど、あんたに裏切られたとか、やりたくもないことをやらされたって話がかならず出てくるじゃない。そのうちあたしにだって残酷なことをしだすに決まってるわ」

「あれはビジネスのためだよ」おれはしゃがれ声で言った。涙が浮かんでくる。

「あんたが売ってるの、ポルノじゃない」

「ポルノがいやなのか。〈スパイダー〉はまだできたばっかりの小さな組織だ。いくらでも融通がきくし、べつの産業に多角化してもいい」くそ、なに言ってんだおれ。だれか止めてくれ、でないと〈スパイダー〉でアムウェイを始めるって約束してしまいそうだ。

「あんたは変わりっこないわ。バクスター、あんたは最低の人間のくずよ。認めなさいよ」

目のすみをこじ開けるように涙があふれて顔を伝った。この涙は失恋のせいか、それともエズメを「愛してる」と思い込んだおめでたい自分に腹が立ったせいだろうか。

手をポケットに入れて、トマスの歯を取り出した。「これはどうなんだ」と怒鳴った。「おまえの部屋の壁に、眼が刻みつけてあったのはなんでなんだよ」

「眼ってなんの？」エズメは笑った。「バクスター、あんた大丈夫？　ストレスで頭おかしくなってない？　いつかあんたがキレて、乱射事件でも起こすんじゃないかってずっと思ってたのよ。とうとうその時が来たわけ？」

いつもの怒りと激情の黒い波が膨れあがってきた。キックドラムみたいに、脳が内側からひたいをどつきまくっている。「くたばれ」おれはささやいた。

「えっ？」エズメが笑いながら言う。「よく聞こえなかったわ」

「くたばれ！」おれは怒鳴り、ふたりに近づいていった。

「どうしようっていうの、バクスター」エズメが愉快そうに言った。「ぶん殴る？　それとも殺す？」

もう少しで飛びかかって、人をなめたにやにや笑いを消してやるところだったが、そのとき肩をつかまれた。

「よせ、少年」ローニンが言った。「さっさと引きあげよう」

「そうよ、その頭のおかしいルンペンの友だちとさっさと帰ってよ」

ローニンにうながされて車に戻り、座席に滑り込んでドアを閉めた。

「さんざんだったな」運転席に乗り込みながらローニンが言った。「ありゃあきつい」

「わけがわからない」おれは目からこぼれる涙をぬぐおうとした。「あの歯はなんだったんだ」

エンジンがかかったとき、おれはまた言った。「トマスはマースに抜かれたって言ってたのに」

「おれの経験から言わしてもらえば、〝隠れ族〟は口のうまい信用できないろくでなしぞろいだ。あの光る兄ちゃんも、助かるためならなんとでも言うやつだったってことさ」

エズメは片腕を新しい彼氏に巻きつけ、バックする車に向かって嫌みに小さく手をふってみせた。マレット男が中指を立ててきたが、疲れてやり返す気にもならなかった。

「まるっきりわけがわからない」

「ニシキヘビ見に行くか」駐車場を進みながら、ローニンが言った。

おれは肩をすくめて、「どっちでもいいよ」

ローニンは、竹製の囲いのそばで車を停めた。囲いの看板には、蛍光イエローのスプレーで「ヘビ」と書いてある。ローニンは車をおりると、こっちにまわってきて窓ガラスをこつこつやった。「おりろよ。いまのうちに話をしとこうじゃないか。そのまんまにしとくと、たちの悪い腫れ物みたいに膿んでくるからな」

「話なんかしたくないよ。もううちに帰りたい」

「いいからおりてこい」

黙って従う以外にどうしようもなくて、ドアをあけ、ローニンといっしょに囲いのなかに歩いていった。

そこにいたのはさっきのダンガリーの男だった。ネズミの死骸の入ったバケツを持っている。囲いのいっぽうには正面にガラスの嵌まった檻があり、すみのほうにヘビの姿がなんとか見分けられた。「見に来ることにしたのかい」男はのどをさすりながら言った。

「あんたの売り込みがうまいから、見とかなきゃ損だって気になったのさ」ローニンが言った。

男はうなると、囲いの裏側に歩いていった。ローニンは、トレンチコートを探って札入れを出してきた。それを開いて、指先でそっと写真を抜き出しておれに渡す。「スー・シヴィアランスっていうんだ」彼は言った。「密輸商人で海賊で、おれの一生の恋人さ」おれはその写真に目をやった。写っている女性は黒人で、長いドレッドロックを後ろでひとつにまとめ、色あざやかなスカーフで縛っている。四十歳ぐらいで、美人だったけど、顔にはぎざぎざの傷痕が十字に走っていた。鼻は少し歪んでいて、何度か折れたことがあるみたいだった。えりの大きくあいた服を着ていて、胸に大きな錨のタトゥーを入れていた。

「きれいな人だね」

「特大のトゲがあるけどな」と笑った。

「いまも好きなの」おれは訊いた。「あんたを殺そうとしたんだろ」

ローニンはため息をついた。「そのせいで惚れなおしたような気がするな。おれは臆病だった。こわかったんだ。あいつまでいっしょにブラックホールに引きずり込むんじゃないかと」

「少なくとも、おれはもうそんな心配はしなくてよくなったな」おれはむっつりと言った。

ダンガリー男がケージのなかに姿を現わした。ガラス越しに見ていると、片隅にじっとしているヘビたちにネズミを投げてやっている。ヘビは動きだした。長い身体をゆるゆると伸ばして、けだるそうに餌のほうへ滑っていく。

「また立ち直れるさ」ローニンは言った。

「あんたは立ち直れたの」

「いや。完全にはな。でもおまえは若い」

おれは首をふった。「なにがなんだかわからないよ」

「恋愛なんてわけのわからないもんさ」と、おれの腕にパンチをくれた。「電子機器みたいなもんだ。取扱説明書は中国語からの翻訳だしな」

「あんたが恋愛を語るって？」

「まあ、どう見ても必要としてるやつがいるからなあ」彼は言った。「おまえの親父さんは、こういう話をしてくれなかったのか」

「しようとしたことはあるよ。おれがいやがったんであきらめたんだ」

「そうか。そりゃ、地雷原で石けり遊びをしてんのをほっぽっとくようなもんだ」ローニンは言った。「恋愛ってのはむずかしいぞ。素粒子物理学も真っ青だ。恋愛は波なのか粒なのかってなもんだ。答えは波でもあり粒でもあり、理解しようとしてもまるで歯が立たん」

「勉強になったよ」

「生意気言うな。おれが言おうとしてるのはだな、失恋したのは歴史上おまえが初めてじゃないってことさ。それに、これが最後ってわけでもないだろう。いつまで経っても思い出せば胸がちくりとはするだろうけどな、どうしても治らない小さいあざみたいに」

「いまは、釘撃ち銃ででっかい穴をあけられたみたいな気分だよ」

「そんなのはそのうち過ぎ去る。いま必要なのは酔っぱらうことだ。いいとこに連れてってやるよ、どんな失恋よりつらい二日酔いになれる」

「先に隠れ家（ヘイヴン）に寄らない？」おれは言った。「なんで嘘ついたのかトマスに訊きたい。嘘ついてるようにはぜんぜん見えなかったのに」

ローニンは鼻を鳴らした。「あのきんきらペテン師は、たんに生命が惜しかっただけさ。だが、ヘイヴンに寄るのは悪くない考えだな。お望みなら、口を割る動機を提供してやってもいいぜ」

ヘイヴン農場に戻る途中はなにも目に入らなかった。エズメがほかの男の口に舌を突っ込んでるってことしか考えられない。ニールスみたいなやつのためにふられたとしたら、おれはどう考えても自己イメージを見直す必要がある。

「様子がおかしい」ローニンは、ヘイヴンの車寄せに車を入れながら言った。指さすのを見れば、砂利に薄い半透明の血のあとが光っている。「『車に残ってろ』って言っても聞かないだろうな」

おれはうなずいた。

「しょうがない、おれのあとからついてこい」

母家（おもや）のドアは、ガラスと板の破片に変わっていた。ローニンはショットガンを構え、おれを従えて屋内に慎重に足を踏み入れた。古いぼこぼこのやかんは引っくり返り、椅子は壊されている。壁紙は大きくななめに引き裂かれている。そして血が——赤い血が流されていた。床には小さな血だまりができているし、ピンクの壁紙も血で汚れている。「ちくしょう」ローニンは言った。

トマスの部屋は荒らされていなかった。たぶんパットといっしょに階下にいたか、でなければ襲撃されたときも抵抗しなかったんだろう。おれたちは階段をおりて、納屋に向かった。両開きの扉が力ずくで引きはがされて、ぽっかり口をあけている。

なかに入ると、パットの動物園は滅茶苦茶だった。トニー・モンタナは床に落ちていた。頭がみょうな角度にねじれている。ネヴリはいっぽうの頭をちぎられて、片隅で力なくうごめいていた。「おねむの時間」残った頭がのど声で言った。トコロッシュが台の下から走り出てきておれの脚にしがみついた。狂ったように腰をふって「イクイクイク」とわめき、おれのジーンズに股間を押しつけてくる。脚をふってみたが、ますますしがみついてくるだけのようだった。しかたなく、盛りのついた狂ったちびを部屋の向こうに蹴飛ばした。トコロッシュは壁に叩きつけられたが、すぐに起きあがって今度は椅子の脚とやりはじめた。

「ちくしょう」ローニンは檻のひとつを蹴飛ばした。「おれはどうしようもない抜作だ。護衛もなしで、あいつらをここに残していくなんざどうかしてた」

「クリップスプリンガー」おれは言った。だしぬけにレイヨウ少年のことを思い出したのだ。納屋から飛び出し、建物のあいだの小道に走り込んだ。クリップスプリンガーの部屋のドアがあいている。

「レイヨウ少年！　いないのか、クリップスプリンガー！」返事はない。

太った灰色のヒルのように、恐怖が腹のうえを這いずりまわる。まさか、あんなチビを殺したりするはずが……部屋をのぞいた。暗い。がらくたの山のなかにはだれの気配もなかった。

「おおい、レイヨウ少年！」

「アノブサイクナヤツラドコ行ッタ？」アイスクリームの棒でできた城の陰から、クリップスプリンガーがひょいと頭を突き出した。

「このばかやろう」おれは胸を押さえて言った。「もうちょっとで心臓発作を起こすとこだったじゃないか」

「へん」クリップスプリンガーは飛び跳ねた。「あんなブサイクな鳥なんかに、このクリップスプリンガーさまがつかまるもんか」

「そうだよな」おれはクリップスプリンガーをつかまえて、肩に腕をまわした。「つかまりゃしないよな」

「放せよ、でかぶつ」クリップスプリンガーは言って、肩をすくめて腕を払うふりをした。ほんとうはぶるぶる震えていて、目には剝き出しの恐怖が浮かんでいる。「やさしいパットパットとあの光るやつを助けに行くんだろ？」とすがるように尋ねる。

「行くよ」おれは言った。「助けに行く」

「だめだ」とローニンが戸口から言う。「もうおまえの彼女は見つかったじゃないか。家へ帰って、こんなもんが存在したことなんかすっかり忘れちまえ。おれならそうする」

　ローニンの言うとおりだ。おれの任務は完了したんだ。エズメは見つかった。そしておれを嫌ってた。それだけじゃなく、エズメに言われたことは事実だった。おれはろくな人間じゃない。いまそれに気がついた。人をいいように操り、利用して、傷つける。マイキー・マーコウイッツもそうだし、コートニー・アダムズみたいなポーン（NPC）たちもそうだ。そしてエズメも。

メトロバクス　そのとおりだ。おれたち、自分の得になることしかしないもんな。
ビズバクス　それになんの問題が……？
メトロバクス　パットがこんな目にあうのはおかしい。
ビズバクス　現実を見ろよ、カラスの肉になって当然のやつなんかいないんだ。こういうことって、ときどき起こるものなんだよ。まじめな話、おまえの小市民的罪悪感をなだめるんなら、もっと簡単な方法があるぜ。音楽の違法コピーをやめるとか、ごみをリサイクルするとかさ。

メトロバクス おれたちはもう、感情のない人非人（にんぴにん）じゃない。後戻りはできない。ローニンといっしょにパットを助けに行くんだ。

ビズバクス 南アフリカ一の未成年ポルノ王になれればおれは満足だったのに。そんなに大それた望みかねえ。

「ねえ、パットを助けてきてくれよ」クリップスプリンガーがおれに言った。「頼むよ」

「ローニン、手助けが要るだろ。パットたちがどこにいるか、それすらあんたにはわからないじゃないか」

彼はしかめ面をした。おれの言うとおりだとわかっているのだ。トーンがいなくなって、いまではもう電話できる相手はいない。超常的アンダーワールドをはじから引っくり返してまわることはできても、たぶんそれではなんの役にも立たない。ローニンはひとりきりで、仲間はおれひとりなのだ。おれは正しいことをするつもりだった。どんな意味があってもなくてもだ。

「おまえにはわかるのか」彼はしまいに言った。「〈肉欲の城〉でやったことをまたやれるのか」

いい質問だ。〈城〉でやったあれは、でかいカラスに首を絞められて死にそうになってたからできたことだ。また同じことをやれる自信はあんまりなかった。

「コントロールできるのか」

おれは首をふった。「あれがなんだったのかもわかんないんだ」

ローニンはクリップスプリンガーの部屋に入ってきて、古い木のたんすのうえからアクションフィギュアの一群を払い落とし、そのうえに腰をおろした。「よし、魔法のことを説明させてもらおう。魔法ってのは、ニューエイジのたわごとじゃない。ポジティブ思考でもなきゃ、自分の現実は自分で作るでもない。振動の法則とかそんなんでもない」

ローニンは指を二本立てて銃の形にし、「物理ってのは、頑固でけんか腰のいまいましいやつだ。それをねじ曲げたけりゃ、顔にパンチをくわせて、乳首をクランプで締めつけて、こっちの要求にうんと言うまでねじりあげなくちゃいかん」片方のまゆをあげると、伸ばした指から炎がらせん状に立ちのぼった。「魔法ってのは、セーフワードのないＳＭなんだ。カバラだの、神秘主義だの、道教だの、マントラだかタントラだかヤントラだかなんてのはみんな、こっちの無理無体で得手勝手な都合に、この世を力ずくで従わせるための方法にすぎないんだ。それをかっこつけて言ってるだけだ」ローニンはおれをじっと見つめた。「やってみろ」

おれはうなずいて目を閉じた。目的は、パットの居場所を見ることだ。どうすればそれに集中できるのか。おれは心のブラウザの検索窓に文字をタイプするさまを思い描いた。ひたいがずきずきしはじめる。よし、手応えありだ。でもまだ集中が足りない。〈肉欲の城〉でやったように、自分が肉体から浮きあがるさまを想像した。少しずつ自分が滑り出ていくような感じがしはじめた。あのときほど簡単じゃない。なんだか、残り少ないハミガキを搾り出そうとしてるみたいだ。

おれは上昇しはじめた。ローニンとクリップスプリンガーが、おれの動かない身体を見守っているのが見えた。よし、この調子だ。これならうまくいきそうだ。あたりを見まわしたが、導いてくれる女の子は見当たらない。おれはパットに意識を集中しようとした。あの年老いた親切そうな顔、じゃらじゃら鳴るイヤリングを思い描く。ひたいがいっそう激しくずきずきしだす。おれはパットのイメージを保ったまま、意識のほかの部分を自由にさまよわせた。なにかがひらめいた。なにかの場面。だがはっきりしない。

また意識を集中しなおした。またなにかひらめく。ヘイヴンの屋根裏部屋だ。パットがトマスに話しかけてる。トマスの肩に触れてから、身をかがめて彼の足首にブレスレットを嵌めた。ベッドから小型のGPS装置を取りあげ、スイッチを入れて、トマスに微笑みかける。そこでイメージがひび割れて、四方八方から光がなだれ込んできた。目をあけようとしたが、まぶたがしっかりくっついて離れない。おれは悲鳴をあげてひたいを押さえつけた。なにかががつがつと脳をかじって穴をあけようとしてる。


いまわたしのお腹には判事さんの子供がいる。判事さんはやさしい人だ。美男子ではないけどやさしくしてくれる。でも結婚できないのはわかっている。この世界ではわたしは召使で、彼はご主人さまなのだ。お父さんが生きてたらわかってくれただろうか。ここに来てもう二年、判事さんの好意をずっと無視するのはむずかしかった。だって贈り物をしてくれたり、ひどい扱いを受けないように気をつけたりしてくれるから。

「おまえはきれいな子だ」判事さんは言う。傷痕のある手で自分の灰色の髪をかきあげる。

「またなにか夢を見たかね」と笑顔で尋ねる。わたしは首をふる。「そうか、残念だ」と言ってわたしの顔に触れる。「わたしは少し夢の研究をしてるんだが、おまえの夢ならとても興味深いだろうに」わたしは夢の話は一度もしたことがないのに、見ているはずだと決めつけているようだ。

「おまえはわたしの子供を産むんだね」と判事さんは笑顔になって、目立ってきたお腹に触れた。「シーナーの血を引く子供がこのなかで育ってるんだ。おまえたちの一族のことや、その能力のことをもっと知りたいと思っていたんだが」

わたしは微笑み、ぽかんとした表情をとりつくろう。「おじや父みたいなことは、わたしにはできません」

「ばかなことを言うんじゃないよ。謙遜しているんだろう。わたしの秘密を教えたら、おまえの秘密も教えてもらえるかもしれないね。おいで」

判事さんは向こうを向いて、屋敷の中央にのびる長い廊下を歩きだした。わたしはついていった。書斎に入ると、判事さんは内側からドアに鍵をかけた。部屋はがらんとしていて簡素だった。わたしはここに入ったことはなかったけれど、もっと豪華な、判事さんみたいなえらい人にふさわしい部屋を想像していた。でも、この部屋はあんまり使われていないみたいだ。

判事さんは椅子にかけようとはせず、腰をかがめて、床にはめ込まれた地下室のドアを引っ張ってあけた。こっちに笑顔を向けて、「どうぞ、お先に」と言って石の階段を身ぶりで示した。階段は暗闇の奥に続いている。

「どこへ行くんですか」

「わたしの秘密を見に行くのさ」

歩きだそうとすると、判事さんがろうそくを手渡してくれた。炎がぱたぱたゆらゆらして、まるでわたしの心臓のようだ。悪霊を祓(はら)う護符のようにろうそくを前に突き出しながら、わたしは闇のなかにおりていった。すぐ後ろに判事さんの気配を感じる。

階段をおりきるとまた廊下があって、それが闇のなかに続いていた。

「そのまま進みなさい」とうなじにささやきかけてくる。わたしは歩きつづけながら、まわりの壁の冷たさを感じていた。湿っぽくてかびくさいにおいもする。ちょっと気を抜くと、すぐに呼吸が乱れて荒くなってしまう。

やっと廊下が尽きて、広い部屋に入った。判事さんがわたしの手からろうそくをとり、壁にはめ込んであったいくつものたいまつに火をつけていく。室内に光があふれ、わたしは悲鳴をあげた。目の前に大きなものが立ちあがっているようだった。夢に出てきた怪物だ。たくさんの腕が伸びてきてわたしをつかまえようとする。邪悪な化物だ。わたしはすり足であとじさった。

「逃げなくていい」判事さんがなだめるように言う。「おまえの前にあるのは、強大な力を秘めたもの、創造主のいっぽうが封じられたものなんだよ」わたしは背中を壁に押しつけた。息があんまり早くなって、いまにも気が遠くなりそうだ。

判事さんはその怪物に近づいていってなでている。わたしはやっとふつうに呼吸ができるようになって、顔をあげてよく見てみたら、何本も腕のあるその化物はほんとは彫像のようなものだった。金属製で、青銅と銅と黄金でできている。大きな蛸の頭は乗物みたいで、なかに椅子がひとつあって人が座れるようになっていた。目は分厚い黒っぽいガラス、触手はうろこ状の金属だ。

「美しいだろう?」判事さんは言って、その輝く表面に指を走らせた。わたしは答えなかった。いろいろ形容のしようはあるけど、美しいとだけは言えない。見ていると強い不安と不快感が全身を走る。これは超自然的ななにか、それも穢れた力を持つものだ。その力を感じとって、病気にかかったみたいに全身がぞくぞくしてきた。

判事さんは近づいてきて、わたしのお腹に手を置いた。「おまえのなかで育っているのは、シーナーと〝恐ろし族〟の血を受け継ぐ者だ。きっと偉大な人物になるだろう」

「なんのことだかわかりません」わたしは判事さんの手から身を引いた。

「わからなくていいんだ。ただ、その子を守り育ててくれればいいんだよ」

「少年!」遠くから呼ぶ声がする。おれはうめいて目をあけた。頬に冷たい床が当たってる。ローニンがそばにひざをついて、おれをそっと揺すった。「大丈夫か」

「ショウネンショウネン」クリップスプリンガーは行ったり来たり走りまわっている。心配そうに顔をくしゃくしゃにして、「死ぬな！」

「死なないよ」おれは言って、両ひじをついて上体を起こした。

「なんかわかったか」ローニンがおれを助け起こす。

「追跡用の装置がある。おれたちが出てったあとで、パットがトマスにつけてた」

ローニンが笑いながら言った。「まったく、思ってたよりずっと抜け目のない婆さんだぜ」

家捜しをしたら、キッチンの引出しにGPS装置が入っていた。ローニンがスイッチを入れると、小さな点が画面のまんなかで点滅しはじめた。「テーブルマウンテンのうえだ」とまゆをひそめる。

「カラスがなんで、そんなとこにふたりを連れてくんだろう」おれは言った。

「あそこには、うちの部隊が使ってた軍の基地のあとがあるんだ。マースがまた使えるようにしたのかもしれんな」

「それじゃ、おれも行っていい？」

肩をすくめて、「おまえしだいだ」

おれはクリップスプリンガーに向かって、「ひとりで大丈夫か？」

「もっちろん」彼は言った。「パットパットをきっと連れて帰ってきてくれよな」

「わかった」おれは言って、ぎゅっと抱きしめた。

「げろげろ」クリップスプリンガーはつぶやいたが、逃げようとはしなかった。

ヘイヴンじゅう探して、見つかるかぎりのガソリンや溶剤や可燃物の缶をコーティナのトランクに積み込んだ。助手席におれが滑り込むと、ローニンがダッシュボードの小物入れに手を突っ込んで、長銃身のリヴォルヴァーを取り出した。「ついてくるんなら、ちっとは役に立つようにしとけ」と言って渡してよこす。手に持つとずっしり重い。たしかに、おれはろくな人間じゃない。恋人はおれを棄(す)てて、トレーラーハウス駐車場のなかだけで生まれて生きて繁殖するみたいな生活を選んだ。それで今度は、巨大カラスの巣に自分から進んで殴り込みをかけに行こうとしてる。エズメがいなかったらとうぶんいいこともできやしない。でも悪いことばっかりじゃない。うまくすれば、敵に向かってまともに銃をぶっ放せるかもしれないぞ。

11　おれの顔をひん剝いて、愛していると言ってくれ

　オレンジ色の土の道は、松の生い茂る山腹をくねくねと登っていく。途中で森林保護官事務所のわきを通り過ぎた。屋上にヘリ発着場があって、森林火災の消火に使うずんぐりした赤いヘリコプターが駐まっていた。いっぽうおれたちは、パットの家で見つけた可燃物を袋に詰め込んで、その重いやつを背中にかついで歩いてる。

　ひんやりした森のなかを黙って歩いた。ドラムを持ったドレッドロックのヒッピー二、三人、それに思いつめた表情のジョガー数人とすれちがい、おれたちは森を抜けて斜面を登り、険しい山道に入った。汗が噴き出してきた。日光はねばっこくて熱い液体みたいで、それをかき分けかき分け進んでるような気分だ。新しい打ち身みたいに胸は痛むけど、少なくともいまは、実存主義的危機以外にも考えなくちゃならないことがある。たとえばGPSの小さな赤い点のこととか。

「あの小要塞のうえまで登らんといかん」ローニンが言って、頭上の山のうえにうずくまる建

物を指さした。「あれの二、三百メートル上にいくつか洞窟があって、山の地下深くの実験施設につながってるんだ」

「簡単そうだね」

ローニンは顔の汗をぬぐった。「言うはやすしだがな、姿を見られずに洞窟に入るのはむずかしいぞ」

「あれはできないの、ほら……」おれは両手をちょっとふりまわして、「ほら、あの……」

「その手をひらひらさせてんのは、魔法って言いたいのか。まあ、呪文をちょっと唱えれば警備員の目をごまかすことはできるかもしれんが、マースはたぶんほかの手段を講じてるだろう。抜け目のないやつだからな」

「それじゃどうするわけ？」

肩をすくめて、「出たとこ勝負だ」

「なーるほど、前はそれですごくうまくいったもんな」

「なんじ信仰薄き者よ」

「ついでに、常識ってやつにも薄いみたいだよな」

埃っぽいオレンジ色の道をとぼとぼ歩いていき、少なくとも一時間は経ったころ、道が二手に分かれるところで立ち止まった。そのころにはTシャツはぐしょぐしょに汗を吸ってるし、息があがっておれは小さくぜえぜえ言っていた。足を止めて、水をごくごく飲む。

「大丈夫か」ローニンが前方から声をかけてくる。「こんなとこで、心臓発作を起こして死なれたくないぞ」

「おれだって、あんたを撃った最初のクライアントにはなりたくないよ。このろくでなし」Tシャツをめくりあげて、パットんとこでローニンにもらったリヴォルヴァーを見せびらかした。本物のギャングみたいにウェストに突っ込んだんだけど、どうも座りが悪くてしょっちゅう落っことしそうになる。

ローニンはシャツのえりを引き下げて、胸に走る大きな醜い傷痕を見せびらかした。「なれっこないね」

登りが終わって道は平坦になり、広い岩がちの高台に出た。高台はその先で細くなって、山腹をめぐる岩だなになっている。ローニンはその岩だなに足を踏み出し、じりじりと進みはじめた。

「ここ安全なの?」

「黙ってついてこい」

おれは岩だなに足をのせ、ローニンのあとをついていった。岩壁に身体をぴったりつけて、眼下に広がる街をなるべく見おろさないようにする。岩を巻いてじりじり進むと、その先に洞窟があった。

「よし」ローニンは言って、目を細めて暗がりを透かし見た。「ここを行けば実験場にたどり着く。マースはまちがいなくこの洞窟を見張ってるだろうから、なんとか手を打たなきゃならん」

「どんな手?」猜疑心もあらわにおれは尋ねた。

「そうだな、なにしろ初めてやることだから、先に何度か練習しといたほうがいいな」

「ふうん」

ローニンは呪物袋を取り出してなかをかきまわしはじめた。おれは重い袋を肩からおろし、地べたに座ってひんやりした岩に背中を預けた。マラソンを完走したみたいに汗びっしょりになってたけど、幸いここはちょっと涼しい。顔をあげると、ローニンがおれをまじまじと見つめていた。博物館の変な展示品じゃないぞ。

「どうかした?」

「首にかけてるそれ」と指さして、「どこで手に入れた」

おれは小さなペンダントを見おろした。「レイヨウ少年がくれたんだ」

ローニンは近づいてきて、小さなカマキリをつまんで手のひらにのせた。

「なんだよ」

「これは護符だ」

「へえ、それじゃ高く売れるかな」

「売れるもんなら売ってみろ。おまえが首にかけてるのは、強力な呪物だぞ」

おれはペンダントを見おろした。「どんな力があるのさ」不安になって、「まさか危険なもんじゃないよね」

「わからんが、簡単な魔法を使えば調べられる」おれはそそくさと首からはずして、ローニンに渡した。

　ローニンはペンダントを洞窟の砂地に置いた。ブーツからナイフを抜き、ペンダントの向きを直して、ナイフの切尖で円を描いた。呪物袋から小さな香草の束を取り出し、ライターでその端に火をつける。かぐわしい煙がふわりと洞窟に広がり、ローニンは手でペンダントのうえの空中に図を描きだした。描きながら、耳障りなのどに引っかかる言語でぶつぶつ呪文を唱えている。しまいに大きく息を吸って、砂のうえで燃えている香草の火を踏み消した。「少年、それはだな」と満足そうな笑顔で言った。「変身術の護符だ」

「それじゃ、これ形が変わるの」

「そうじゃない」とじれったそうに言う。「それを使えば持主が変身できるんだ」

「変身って……」

「ときどき思うんだが、おまえおれを怒らそうとしてわざとばかの真似してないか」ローニンは言った。「変身つったら変身だよ。魔法の力でべつの姿に変わることだ」両手の親指を組み合わせて鳥の形を作ってみせる。「それを使えば、鳥になって実験場に飛んでいって、また人間の姿に戻ってパットを見つけてここから逃げ出せるぞ」

「すげえ」おれは言った。「やろうよ」

「うーむ」ローニンはひげをしごいた。

「なんかまずいことでも？」

「まあな、こういうものはちっとばかし気むずかしいんだ。言い伝えからすると、護符のなかにはそれをもらった本人にしか使えないものがあるらしい」

「おれは魔法なんか使わないよ。さっきあんなことになったんだもん」

「ちょっと幻覚を見たぐらいで。おれなんかな、初めて魔法を使ってみたときは自分で自分に火をつけちまったぞ」

「あんたは好きでやったんだろ」

「そう言うな、これの力を引き出すだけでいいんだ。あとは、おれたちふたりがどんな形をとればいいか、そのイメージを頭に刻みつけとくことだ」

「ほんとにそんなに簡単なの？」

「確かめる方法はひとつしかない」と言って、おれにペンダントを返してよこす。「だが、まず着てるもんを脱がんといかん」

　おれはしぶしぶ服を脱いで、賞金稼ぎの赤毛で毛むくじゃらの裸から目をそらした。スポーツジムの更衣室でやるみたいに。それから、ローニンの手本にならって服を袋に押し込んだ。ペンダントを手にとると、そのぬくもりが心地よかった。心を鎮めようと深呼吸をする。手のひらのペンダントから軽い引きを感じる。うまくいきそうな気がしてきた。

「雑念を完全に払うんだ」ローニンが言った。「それと、ふたりいっしょに変身するんだってことを忘れるな。おまえだけ鳥に変わったって、おれは羽もなくここで置いてけぼりじゃしょうがないからな」

　おれはうなずき、心の目におれたちふたりの姿を焼きつけた。ローニンは赤いひげとぼさぼさの髪。おれは黒髪で眼鏡。思っていたより簡単だった。ペンダントからまた了解のしるしに小さい引きがあった。

「ワシがいいな」とローニン。「ワシか、でなきゃタカだ。空が飛べて、速くて、餌食にされないようなやつ」

一心に集中しているとき、脚のそばをなにかが走る音がした。それがおれの足のうえを走っていく。「わっ、いまのは……?」

「このノータリン」ローニンが、小さな灰色のネズミになってキーキー言った。「『ワシ』と言ったろうが。これのどこがワシだ」

「その姿、悪くないよ」とローニンに言って、おれは茶色の前足で顔をこすった。ネズミになるのはそう悪くない。狭い場所に入り込めるし、鋭い小さい歯があるし、人間界の抽象的な不安なんかなにもない。小さくて不潔だけど気にならない。問題は、おれたちの目的にネズミの姿はあんまりふさわしくないことだ。クリップスプリンガーのツヨイツヨイ魔法はちょっと不安定のようだ。基地に空から舞い降りるのではなく、ちょろちょろ走っていかなくてはならない。

「いいじゃん、かなりいい線いってるって」おれは言った。「荷物もうまい具合に変化してるし」小さな袋がネズミの背中にくくりつけられていて、服や武器や運んできた可燃物も小さくなっていた。

「これじゃ先が思いやられる」ローニンは小さいネズミの顔をしかめて言った。

「いいじゃん、元気出そうよ」おれは言った。「少なくとも、見つかっても処刑はされないもんな」

「いいか、チーズが置いてあってもやたらに食うんじゃないぞ」暗い洞窟のなかを走りながら、ローニンがキーキー声で言った。

やがて、広い大聖堂みたいな洞窟に出た。きらきらする水晶の大きな塊があちこちに散らばっている。よどんだ灰色の水がたまった大きな池のはたをちょろちょろと過ぎると、通電してあるフェンスの前に出た。そのフェンスが守っているのは、コンクリートの掩蔽壕（バンカー）の入口だった。洞窟の壁に埋め込むように建てられている。

「ほらな、だから羽があれば便利だって言ったんだ」ローニンが小さな前歯を剥き出しにして言った。彼の言うとおりだ。フェンスは電気でびりびり言っていて、すきまは狭すぎて通り抜けられない。おれたちはちょろちょろ走りまわって入口を探した。ない。ただ、ごく小さな部分だけど、フェンスが岩でなく土の地面のうえを通っているところがあった。ここを掘って下をくぐり抜ければいい。

「こっちだよ」おれは興奮してキーキー言った。

「あー、少年」とローニン。

「この下を掘って入ろう」

「いや、ただ――」ローニンネズミの目が、信じられないほど大きくなっていた。

「どうしたのさ。あんたがこわもての『超常世界の賞金稼ぎ』なのはわかってるけど」と、その文字を前足で空中に書いてみせて、「たまにはおれがいいことを思いつくことだってあるさ」

「ああ、おまえは大したもんだよ」ローニンが言った。「ただな、おまえの後ろにでっかいヘビがいるんだ」

くるりとふり向くのと同時に、弾丸形のコブラの頭が飛んできた。ネズミの反射神経のおかげで危うくよけ、コブラの長い牙がむなしく空気を嚙む。

おれは素早く後退し、と同時になめらかな光る身体が飛び出してきてまた空気を嚙んだ。ヘビは小さな黒い目でおれたちを凝視している。「こっちがこわがる以上に、向こうはこっちをこわがってるんじゃないの?」おれはあえいだ。

「ばか、そりゃ人間のときの話だ。いまおれたちは餌なんだよ」ローニンが言い、また弾丸形の頭が襲いかかってくる。

小さなネズミの足を地面に踏ん張って前に飛び出し、おれは洞窟をもと来たほうへ逃げた。ヘビが長い身体をのたくらせて方向転換し、あとを追いかけてくる。岩や枝をやすやすと乗り越えてしだいに迫ってくる。ちっぽけなネズミの生命を賭けておれは逃げた。

後ろからしゅうしゅうと威嚇音が聞こえ、おれはさらにスパートをかけた。超ネズミ的な大殊勲だ。洞窟の壁から生える茂みを突っ切り、鋭いとげに身を裂かれてたじろぎつつも、大きな円を描くようにして洞窟内を逃げまわった。そのときおれは気づいた。通電フェンスに穴がある。小さい穴だが、いまおれはネズミだ。

おれがそっちに向かって走りだしたとき、ヘビは鎌首をもたげておれにロックオンした。まるで熱追尾ミサイルだ。これは間に合わないな、と思った。あのばかでかい毒牙を、このちっぽけなネズミの胴体に埋められて、おれはショックで即死するんだ。ネズミとして死ぬのは、おれにふさわしいことみたいな気がした。エズメなら、きっとそのとおりと言うだろう。

だがそのとき、灰色のネズミが攻撃に出た。ふつうのダーウィン的宇宙なら、ネズミとコブラが戦えばコブラが全戦全勝だろう。しかしこの場合、戦っているのは変身した頭のおかしい賞金稼ぎだ。だから、ひょっとしたら法則どおりにはいかないかもしれない。

怒りのきいきい声とともに、小さな灰色の恐怖の毛玉がヘビに飛び乗り、その口でヘビの身を食いちぎりだした。小さな歯が頭や目を引き裂いていく。ヘビは首を後ろに曲げ、大きなあごでがぶりとやったが、ほんの数ミリの差でローニンに食いつきそこねた。金切り声をあげてローニンは飛びおり、今度は怒れるコブラののどくびに食らいついた。

ヘビは激しくのたうちまわったが、ローニンはネズミのカウボーイみたいにしがみついて離れない。しまいに、コブラはぐったり地面に腹這いになった。動こうとしたが動けない。地面に横たわり、しなやかな身体を断末魔のあがきで痙攣させている。

灰色のネズミがちょこちょこ近づいてきた。顔がヘビの血で黒ずんでいる。血まみれの小さい歯を剝いてにやりと笑った。「ネズミもそう悪くなかったかもな」

「ありがとう」おれはまだコブラから目が離せなかった。

「しっかりしろよ」ローニンは言った。「どれぐらいのあいだ、変身してられるもんかわからないんだぞ」

さっき見つけた穴をくぐって冷たいコンクリートのうえに出た。バンカーに入ると、その先は照明つきの長いトンネルになっていて、おれたちは壁にくっつくようにして先に進んだ。そのあいだも、もうヘビはいないかと絶えずこそこそ気を配っていた。トンネルの先にはまた広大な洞窟があって、四角い灰色の建物が固まって建っていた。コンクリートは濡れていていやなにおいがする。〈肉欲の城〉からこの実験場へ運ばれている、あの人間ソーセージのことをいやでも思い出した。頼むから、人間の臓器の汁にまみれて走ってるんじゃありませんように。

ネズミの目でちゃんと焦点が合うぐらい建物に近づいたとき、心臓が胃袋に高飛び込みをかました。二頭の怪物が、ふもとの哨所からうつろな目で外をじっと見ていたのだ。

二足歩行だったが、チンパンジーみたいに前かがみになっていて、頭はつぶれたみたいにずんぐりして、大きな白い目がついていた。顔からも身体からも、短い黒い不揃いな毛がはえている。要するに、ぞっとしないやつらだった。「ゴグだ」ローニンがささやいた。「おれはゴグが大嫌いなんだ。あれもマースのくだらねえ発明でな」

おれたちは大まわりしてそいつらを避け、通風ダクトを通って建物のなかに入り込んだ。ローニンが先に立ち、おれはその毛深い尻尾のあとをついて、長い金属パイプのなかをぱたぱたと進んでいった。湿気が多くて、通風システムの迷路を進めば進むほど、肉と死のにおいがいよいよ鼻についてくる。

「どっかもとの姿に戻れる場所を探さんと、このダクトから出られなくなっちまうぞ」ローニンが言った。においは強くなるいっぽうだし、実験室から有害な蒸気が流れ込んでくるせいで、ダクトのなかはかすんできている。おれは前方に開口部を見つけた。どこに通じてるかはわからないけど、ともかくここから出なくちゃならない。それも早く。「あそこだ」おれは言った。ローニンは開口部に駆け寄って飛び込んだ。おれもその灰色の尻尾のあとに続き、ふたりして光のほうに向かって金属パイプを落ちていった。と思ったらパイプが尽きて、開けた空間に放り出されていた。ローニンはがしゃんと金属の台に当たり、跳ね返って床に落ちた。おれはキャビネットにぶつかり、棚から棚へ跳ね返されていく。足がかりを求めてやみくもに爪を立てようとしたら、前足がなにかに引っかかって、目もくらむ激痛の白い閃光が走った。爪がはがれたのだ。

それでくらくらして床にのびているとき、おれはもとに戻りはじめた。身体がどろどろに溶けて、こぼれたソーダみたいにタイルの床の水たまりになった。両手がいっしょににじみ出てくるのがわかり、感覚が戻ってくるのと同時に、どろどろから吸い出されるように身体がもとの形を取り戻していった。しまいに、指の曲げ伸ばしができるようになった。またもとに戻ったと感じる。人心地がつくとはこのことだ。手を見おろしたら、左手の人さし指の爪が完全にはがれていた。痛みはひどいし、白いタイルの床じゅうに血がしたたっている。

ローニンも変身を終えていて、背負った袋のほかは素っ裸で床にうずくまっていた。おれはよいしょと立ちあがり、袋を肩からおろして服を取り出した。ひたいがまだずきずきするし、左手の痛みで気が遠くなりそうだ。

ローニンも服を着て、ウォーチャイルドをいつものホルスターに収めた。「手はどうだ」

「痛い」

「なめとけ」彼は言った。「ネズミになるのは、この小冒険じゃ楽な部分だからな」

おれは服の残りを身に着けて、指を口に突っ込んで血を止めようとした。金臭い血の味が口のなかに広がる。「ほれ」と、ローニンが棚から汚れた布をとって渡してくれたんで、それを手に巻きつけた。賞金稼ぎはドアに近づいていき、ガラスのパネルを通して廊下をうかがった。

「いいか、おれたちはここに戦いに来たわけじゃない」彼は言った。「パットを見つけて解放したらすぐに逃げる。わかったな」

「トマスは?」

ローニンは肩をすくめた。「あのディスコボールが死んでなかったら、いっしょに逃げてもいいさ」

「それで、〝鬼族〟に会っちゃったらどうする?」

ローニンはバックパックをおろし、ガソリンの缶を引っぱり出した。「そんときゃ焼き殺してやるまでだ」

おれたちは人けのない廊下にこっそり滑り出て、突き当たりのドアに急いだ。ガラスパネル越しにローニンが向こうをうかがい、「ゴグだ」と声を出さずに口だけ動かす。おれは首をふり、もと来たほうを指さした。ローニンはにやりと笑い、指でのどもとに横一文字を書いてみせ、ドアをあけた。なんだよ、戦いに来たわけじゃないって言ったくせに。

ローニンは、目にも留まらぬ素早さで、ゴグの膨れた太い首に刃を突き立てた。ゴグはひと声吼えて反撃に出て、トレンチコートをつかまえた。ローニンがひじをそいつの顔に叩き込むと、血が噴水のように噴き出す。ゴグは悲鳴をあげ、トレンチコートをぶんとふって壁に叩きつけると、忌まわしいほど正確に、禍々しい鉤爪でローニンの顔を引き裂いた。

筋肉隆々で黒い毛のはえた化物の背中をめがけて、おれは蹴りをくれようとした。かすめただけでまるで効き目がない。がんばれ、ブルース・リー。化物は類人猿みたいな腕を無造作に後ろにふって、おれを床に叩き伏せてくれた。

ゴグはまたローニンに向きなおり、歯で顔を噛みちぎろうとする。ローニンは死にもの狂いでひじをそいつののどの下に押し込み、ぱっくりあいた口を顔に近づけまいとしていた。おれはなんとか立ちあがろうとして、そのとき手が金属のスタンドに当たった。廊下に放置してあった点滴バッグ用のスタンドだ。おれは飛び起き、そのスタンドをつかんで前後に激しく揺すり、金属のポールをはずした。

なにしろ自分の戦闘能力は頼りにならないから、尖ったものを突き刺すという原始的な戦術に頼ることにして、渾身の力をこめて敵の頭にポールを突き立てた。金属のポールは、ゴグの左耳の下からみょうな角度で頭に入り、脳みそをケバブみたいに串刺しにした。化物はくずおれてぴくぴくしていたが、また立ちあがろうとするのを見て、おれはポールをつかんで引き抜き、相手の身体をめった刺しにしていった。ぬらぬらの赤いスロープでスキーをしてるみたいだった。ゴグの血しぶきが服にも顔にも飛ぶ。狂ったように刺しつづけるうちに、化物はとうとう動かなくなった。おれはへたへたひざをついて荒い息をついた。やったぜ、怪物殺しのバクスター・ゼヴチェンコ！

「休んでるひまはないぞ」ローニンが言って、おれを引っ張り起こした。

「あんたは大丈夫？」おれはあえぎながら訊いた。

「死にゃあせん」と言って、裂傷のできた顔にそっと触れる。

「なめときなよ」おれはにやりと笑って言った。

ドアの向こうをうかがうと、そこは広い実験室だった。巨大な水槽がいくつも置いてあって、黒っぽい液体がごぼごぼ音を立て、不健康な太った喫煙者みたいに空中に煙を吐き出していた。おれはとっさにあとじさって腕で顔を覆った。脂肪と肉と油のすさまじいにおい。まるでばかでかい人食いテイクアウト・レストランみたいだ。

白衣姿の男たちが、完成までのいろんな段階にあるゴグの世話をしていた。ある水槽にはあの化物の頭がいくつか浮かんでいて、その下にはクラゲみたいな触手が伸びていた。背骨のつながったシャム双生児のゴグには、針や管が何本も刺さっていた。切り刻まれて検査されてるのもいた。おれたちがいま殺したのと同じようなやつだ。その苦しがるさまを冷静に記録しつつ、科学者たちは実験室じゅうをせかせか動きまわっている。

廊下に引き返したとき、おれは空中に吹っ飛ばされて、したたかに床に叩きつけられた。眼鏡が吹っ飛び、起きあがろうとしたが、世界がぐるぐるまわってて立てない。手探りで眼鏡を見つけてかけてみたら、カラスがローニンを空中に持ちあげていた。ゴグが一匹、こっちに近づいてくる。

「逃げろ」ローニンが暴れながら言った。

おれはひざ立ちになって、ウェストからリヴォルヴァーを抜いた。

ローニンはカラスの鉤爪で吊りあげられていて、両足がぶらぶらしてるのが絞首台からぶら下がる死人のようだ。それでもコートの下からウォーチャイルドをなんとか引き抜き、ふり返り、狙いをつけて撃った。ウォーチャイルドが火を噴いて、ゴグの頭が深紅の霧になって消え失せた。

カラスはそれに応(こた)えて、無造作にウォーチャイルドをローニンの手からはじき飛ばし、彼を床に叩きつけた。おれはリヴォルヴァーをあたふたと構え、引金を引いて一発撃った。「ぎゃあ」ローニンが叫んだ。弾丸(たま)が肩に当たったのだ。「少年、このばか」彼は怒鳴った。「撃つなら敵を撃て」

今度はもっと慎重に狙いをつけて、まちがいなく黒い影のど真ん中に銃口を向けてから引金を絞った。反動で手がはねあがったけど、弾丸はカラスの胸に命中した。大当たりだ。しかし、まるでペイント弾かなにかみたいに、カラスはそれを振り払った。とそのとき、姿にも物音にも気づかないうちに、べつのゴグがおれの頭上にぬっと姿を現わして、腕をぶんとばかりに振りおろした。頭がコンクリートの床に当たって跳ね返り、キーンと甲高い耳鳴りがしはじめる。油膜のように、暗闇が目に覆いかぶさってきた。


流し場の女中が使うブラシで、全身をごしごしこすりたい。彼のにおいを消すことはできないのではないかと、このときもうわたしはうすうす勘づいていた。あの腐敗の前には、彼のやさしさなどなんの意味もない。もう思い出すまい。盛りのついた獣のように、あの人がわたしのうえで身体を揺するさまも、そのときの笑い声——あのおぞましい、子供のようなくすくす笑いも。

お腹のなかで育つものの存在を感じる。いや、モノじゃない、娘だ。女の子なのはわかっている。クララ、そう名づけることに決めた。判事さんがほんとうはなんなのか、そして判事さんの崇めているあの怪物がなんなのかはわからない。でもこの子は、そのなにものかとシーナーとの結びつきから生まれてくるのだ。

判事さんを殺すことも考える。お父さんが生きていれば、きっとそうしろと言うだろう。敵を殺せと。厨房の庖丁を持って書斎に忍び込み、動かなくなるまでめった刺しにしろと。でも、いまになってもわたしにはそれができない。

わたしは厨房で、汚れた雑巾を絞っていた。視界のすみに動くものがあって、気になって窓の外を見たら、ルアミータが道にうずくまっていた。手招きしている。わたしは困って首をふった。許しもなく外へ出れば罰が待っている。罰せられたら、耐えられるかどうかわからない。わたしは首にかけた輝く血の小壜を握りしめた。ルアミータはまた手招きして、手で自分の首に触れ、ものを飲むしぐさをしてみせた。ルアミータがまた、しつこく手招きしてくる。いけないのはわかってたけど、結局わたしはそれに応えた。厨房のドアからこっそり外へ、そして道へ出ていく。

ルアミータはわたしの両手を両手で包み込んだ。その手は日光のように温かい。「ここを出る時が来たのよ」と興奮を抑えてささやいた。

「どうやって？　すぐに見つかっちゃうわ。兵隊たちに知らせが行って、ケープタウンから出る道も見つけないうちにつかまるだけよ」

ルアミータはにっこりして、首からなにかをはずしてわたしの手に握らせた。小さなペンダントだった。真鍮でカマキリをかたどったものだ。「これはね、あなたを創造主の乗物と結びつけてくれるものなの」とささやいた。「これがあれば、乗物の力を使って変身することができるの。だれにでもなんにでもなれるのよ。短いあいだだけね」

わたしはカマキリを指でつまんだ。触れると温かい。「でも、どこへ行けっていうの」と小声で尋ねた。「船にもぐり込むことはできるかもしれないけど、もとの姿に戻ったら密航者になっちゃう」

「いっしょに山へ行きましょう」ルアミータが言った。「山にはわたしの家族がいるの。匿ってあげるわ」彼女の瞳は決意に輝いていて、わたしは目をそらすことができなかった。その瞳のなかに、お父さんとそのお父さんとそのお父さん、そして時をずっとさかのぼり、はるか昔のお父さんたちが見えた。わたし自身とクララが見えた。眼鏡の男の子が見えた。その子の息子と、その息子の息子と娘が見えた。みんなつながっている。わたしたちは家族なのだ。

「見ろよ、見ろ、見ろ見ろ」

おれは目をあけた。殺風景なコンクリートの天井が見えた。起きあがろうとしたが、途中であきらめた。頭に突き刺すような痛みが走ったのだ。こめかみに触れると、大きなこぶができている。

「見ろ、見ろ、見ろ」と、また甲高い声がする。

無理に上体を起こしてみた。おれはスチールのベッドに寝ていて、ベッドの端に男がひとり、鳥みたいにうずくまっていた。やせていて青白くて、汚れた手術着を着ていて、目には混じりけなしの狂気の色がある。頭から突き出す灰色の髪の房を引っかき、ひと房つかんで引き抜いた。頭皮から血をしたたらせながら、男はその髪をこっちに差し出してきた。

「けっこう」おれはしゃがれ声で言った。「ダイエット中なんで」

男はおれを見、髪の毛を見ると、自分の口に突っ込んで、うれしそうにもぐもぐやって呑み込んだ。

おれは頭を抱えながらなんとか起きあがった。ここはどうやら監房かなんかのようだ。部屋のすみに洗面台があり、反対側にもう一台スチールのベッドがある。唯一の出口は大きなドアだが、たぶん鍵がかかっているだろう。

男はベッドから飛びおり、不思議そうにおれを見た。「猿か?」と言って、頭を左右にふった。「猿、猿、見ろ、猿、猿、ほら見ろ」と言ったかと思うと、男は失禁して床に尿の水たまりを作った。「猿、猿、見ろよ、見ろ、見ろよ」男はまた言った。ベッドのうえから見ると、男の頭には切開手術のあとが残っていた。

鍵をはずす音がして、スチールのドアが開いた。入ってきたのはずんぐりした付添い夫(オーダリー)だった。丸ぽちゃの親切そうな顔をしている。

「ナイジェル」と猿男に言った。「薬の時間だぞ」

「猿、見ろ、見ろよ、見ろよ」と猿男は興奮して言いながら、オーダリーに渡された錠剤を服(の)んだ。

「おまえもだ、バクスター」オーダリーは言った。

「けっこう」おれは言った。「あんたやでかいカラスから逃げ出すほうがいい」

「こらこら。その妄想のことで、ドクター・バッスンになんて言われたか忘れたのか」

オーダリーはおれの前に立って、両手を腰に当ててみせた。「おとなしく薬を服みなさい。でないとちょっといやな思いをすることになるぞ」短気な親が、言うことを聞かない四歳児を叱(しか)るような口調だ。

「おれをここから出してくれたら服むよっていうのはどう」

「わかったよ、頑固なやつだ」オーダリーの手がヘビのように伸びて、おれの腕をつかんだ。驚くほど力が強くて、抵抗できずにいるうちに、注射針が滑り込むように刺さってきた。四方の壁が快く溶けていく。

「猿、見ろよおお」ナイジェルが言った。

症例報告――バクスター・アイヴァン・ゼヴチェンコ

ドクター・コーバス・バッスン

穏便に入院に持っていきたいと試みてきたが、その考えはいささか甘かったようだ。古い軍の施設への不法侵入が見つかって、バクスターは警察の手でスティックラント公立精神病院に送られたのである。全身に血を浴びており、警察の捜索により、近くで多数の刺傷を負った管理人の遺体が発見された。バクスターは自分が殺したと認めている。

精神科の研修医(レジデント)から連絡があったため、バクスターが運ばれてくるのを私はスティックラントで待っていた。入院のさい、バクスターは極度に混乱していた。眼鏡は破損し、左手の人さし指に軽傷を負っていた。また、そこにいないだれかと話をしているようだった。興奮して暴れ、オーダリーのひとりに向かって銃を撃つまねをした。興奮が激しかったため、やむなく鎮静剤を投与した。

精神状態評価

きわめて生々しい幻聴・幻視・運動幻覚があり、それを現実と区別できなくなっている。

本人の言によれば、バクスターの会話している相手は、彼自身の生み出した超常世界に住む人間であり、また幻想的な生物であるという。患者はサイエンス・フィクションやファンタジーの熱心な読者であり、幻覚の内容の一部はそれが基になっているのかもしれない。

主たる幻覚は「ジャッキー・ローニン」という無愛想な探偵であるが、この人物はさまざまな要素の混合物である。一部は父親像であり、また一部は獣性の象徴であり、バクスターの住む敵意に満ちた宇宙で案内人および保護者の役割を果たしている。

これらの幻覚に加えて、バクスターには誇大妄想も見られる。自分は「見る」力を持つ一種の神秘的予言者だという妄想である。目が悪いことに対する引け目が、この神秘的な「見る」という行為の妄想につながっているのかもしれない。マウンテン・キラーの犠牲者のひたいに眼が刻まれていることは、とくにバクスターとの関連性を示しているように思われる。

サン族のカマキリ神に対する執着は、より広範な社会的症状のひとつの現われと考えられる。都市部の白人青少年は、自分たちの属する文化は根無し草であると考える傾向があり、アパルトヘイトという残虐行為に対する抜きがたい罪悪感を抱えている。アメリカの白人の若者が、先住アメリカ人の文化に皮相な関心を抱くのとまったく同様に、南アフリカのこれらの若い白人は、南アフリカの土着文化の神話伝承を極度に理想化してそれに執着するのである。

バクスターは、現実に対処するために豊かな神話を生み出した。彼自身は軽口ばかり叩いているアンチヒーローであり、マキャヴェリ的な黒幕であり、残酷で苛烈な世界における神秘的な救済者でもある。孤独な疎外された少年にとっては、じつに魅力的な妄想だ。

病　歴

身体検査の結果によると、バクスターのＢＭＩは十六、脈拍は五十八、血圧は百十／六十、体温は三十六・五度である。軽い眼病で治療を受けており、またそのために医師の処方による眼鏡が不可欠である。また短期間ながら小児喘息の既往がある。

診療のさいに、バクスターは重い頭痛とひたいの搏動性の痛みを訴えていた。器質性障害の可能性も考えて、MRI検査が予定されている。

社会生活歴

バクスターは当初から、妄想性パーソナリティの特徴を示していた。本人の言によれば、この世界は適者生存の法則に支配されているのであり、彼は無慈悲で厳密な基準に照らして人々を判断している。そのような他者への対応について、彼は罪悪感も良心の呵責も示しておらず、また他者は軽蔑と非難にしか値しないと考えている。

彼は自閉症の兄のことを「うすのろ」と評し、周囲のほとんどの人々を「NPC」すなわちノン・プレイヤー・キャラクターと呼んでいる。これはビデオゲームからの借用語で、そのゲーム世界においてコンピュータが動かしている付随的キャラクターのことである。

バクスターは、このゲームの隠喩というレンズを通して学校生活を見ている。彼の世界では、人々はたんなるゲームの駒なのだ。このことは、彼には現実の友人がおらず、孤立しているという両親からの報告ともよく合致する。

面接のさいにバクスターは、ボーア戦争時代のアフリカーナーの少女の夢をくりかえし見ると打ち明けている。アフリカーナーの文化には根深い伝統が感じられると彼は言い、それは彼自身のグローバル化された自己意識——おおむね、テレビやビデオゲームなどのポップカルチャーに由来する——にはないものだと考えている。

勧　告

　スティックラントに入院後、世間を騒がせた連続殺人犯「マウンテン・キラー」は自分だとバクスターは告白した。連絡を受けた担当捜査官シューマン巡査部長は、診療記録をすべて提出するよう私に求めてきた。いっそうの捜査が必要である。バクスターがこれらの犯罪を実行したのか、それともたんなる模倣犯なのかはっきりしない。彼の妄想と幻覚は現実から大きく乖離（かいり）しているからである。罪悪感や良心の呵責に対する嫌悪感からして、バクスターが暴力行為（そしておそらくは殺人）に走ることは大いにありうるというのが私の診断である。

12　心神喪失の申立

「バクスター、きみは病気なんだ」ドクター・バッスンは言った。笑顔になるとひげが分かれて、震えるウサギの身体にぱっくり傷口が開いてるみたいだ。おれは両手にきつい手錠をかけられて不自由だし、着ているのが入院着だから裸の尻が剝き出しになって、冷たいスチールの椅子にじかに当たっている。身体がばらばらのぐにゃぐにゃになったような感じがする。乾いてくっついた唇をためしになめてみた。

「水を飲みなさい」バッスンは言って、プラスチックのカップを差し出した。手錠のかかった両手をぎこちなく伸ばして、おれはそれを受け取った。

「気分はどう」と、水を飲んでいるおれに尋ねる。

「頭のおかしいやつに捕虜にされたみたいな気分だよ」おれは怒鳴った。「ここから出せよ。マースはどこだ。あんたはマースの下で働いてるのか」

「バクスター」バッスンは言った。「その妄想が邪魔しているせいで、きみは自分のやったことと折り合いをつける機会を逃しているんだよ」

「妄想ってなにがだよ」しゃがれ声で尋ねた。「ミュータント部隊を作ってる錬金術師につかまったことか。あんたがそいつの下で働いてることか」

バッスンは脚を組んでまたほどいた。「そうだね、ああ、そのとおりだ。その妄想だよ。ここ数日のことはどれぐらい憶えてる?」

「いい加減にしてくれよ。『バクスター、きみは狂ってる』なんてさんざんご託を並べやがって、それでだませるって本気で思ってるのか」

「どれぐらい憶えてる?」

「みんなだよ、このくされヤブ医者。みんな憶えてるとも。エレメンタルにゾンビにゴグ。みんなだ」

「それと……」とノートを見て、「ジャッキー・ローニンだね」

「ああ、ローニンもだ。ローニンはどうなったんだよ」

「その人のことを話してくれないか」バッスンが言った。

「あんたの頭を吹っ飛ばしてくれるよ」おれはわめいた。「これでいいか」

「それじゃきみは、彼のことを一種のヒーローとか、保護者と思っているんだね」

おれは笑った。「頭はおかしいけどな」

バッスンは意味ありげにうなずいた。「それじゃ、狂っているのはローニンなんだね。きみではなくて」

「かんべんしてくれよ。これがあんたの考える悪役の拷問なのか。死ぬまで質問責めにするって？」

「きみは、これを拷問だと思ってるわけだ。なぜそう思うんだね」

「マースは頭がおかしいからさ」

「それじゃ、ローニンは頭がおかしく、マースもおかしいが、きみは理性的に行動しているというんだね。とすると、きみはなぜあの軍の施設に行ったのかな」

「パットを救い出すためだよ。それとトマスを」

「それで、その救出をだれかが邪魔したわけだね？」

「ゴグだよ」

「それで、その『ゴグ』はどうなった？」

「ローニンとおれで殺した」

「きみが殺したんだよ、バクスター」バッスンは言った。「そこは大きなちがいだ」

バッスンは手をおろして封筒を取りあげた。なかから写真を一枚抜いて、テーブル越しにこっちへ滑らせてよこす。おれはちらっと見てすぐ目をそらした。

「ちゃんと見るんだ、バクスター」

自分を抑えようとしたが、できなかった。見れば、写っているのは男の死体だった。全身血まみれだ。顔はぐしゃぐしゃで目鼻の区別もつかないが、ただひたいに刻まれた眼だけははっきり見える。

「その人はヘンリー・ムクロといって、テーブルマウンテンの古い軍用施設の管理人だった。これはローニンがやったのかね」

「ちがう。ちがう、これはなにかのまちがいだ。あれはミュータントだった」声がかすれる。

バッスンはまたべつの写真をこちらに滑らせた。この写真の死体は、ヴィクトリア朝ふうのドレスを着ていて、黒髪で、きれいな顔をしていた。ひたいにはあのひとつ眼が刻まれている。

「ケイシー・アイコン、〈肉欲の城〉のオーナーだった。きみはあのクラブに行って、事務室に入っていってこの女性を殺した。なぜこの人を殺したんだね、バクスター」

「これじゃない……あれは……くそったれ、あの女はアナンシの女王だったからだよ」

「それで、そのアナンシというのは……？」

「人をゾンビにする蜘蛛(くも)だよ。その女王がおれたちを殺そうとしたけど、先にローニンに殺されたんだ」

「なるほど、またローニンだ」バッスンは指を鳴らした。「自分の行動の責任をとりづらくなると、かならずローニンの名前が出てくるようだね」

おれは手錠を引っ張った。「ここから出してくれよ。うちへ帰りたい。超自然のアンダーワールドがあるんだ。ここは秘密の実験場で、怪物を創っているんだ」

バッスンは首をふった。「ちがうよ、バクスター。ここはスティッククラント病院だ。その触法精神障害者病棟だよ」

「嘘だ。そんなばかな」

「ゾンビとかミユータントとか。どれだけばかばかしく聞こえるか、きみにもわかると思うんだが。きみはずっと、とても深い闇のなかを歩いていたんだ」

「なぜだ。なぜおれがこんな話をでっちあげるっていうんだ」

バッスンはまゆをあげて、いろんな選択肢を見せるみたいに両手を広げた。「劣等感からかもしれない。つまるところ、妄想の具体的な内容はどうでもいいんだよ。どれも即席のでっちあげなのは明らかなんだから」

バッスンは、足もとに積まれた雑誌の小さな山を指さした。「わたしのオフィスに初めて来たとき、きみはこれを読んでいたね。だからがんばってぜんぶ読み通してみた。どれだけわたしが驚いたかわかるかな、一語一句たがわず、きみの話をそのまんま拾い出せるんだよ。きみの超常世界のファンタジーの要素は、映画雑誌の『クリーチャー・ポルノ』の記事から来ているね。ここが重要なんだが、その記事には〈肉欲の城〉の名前も出てくる。それでそこが、きみの次の犯罪の現場になったわけだ。また、格闘技の記事にはカラスの名が出てくるし、南アフリカ史の記事には……」バッスンは二冊の雑誌をおれの目の前に差し出した。「わたしがなにを言いたいかわかってくれるだろうね」

「ローニンはおれのでっちあげじゃない」おれは噛みつくように言った。

「その賞金稼ぎのことを話してくれないか。外見的な特徴を」

「赤毛でひげ面」

「わたしのオフィスに、そういう特徴に当てはまるものがなかったかな?」

「壁の写真」おれは言った。「船長の」

バッスンはうなずいた。「オフィスの壁にかけてある写真だね。あれはじつは、わたしの両親のものなんだよ。昔からちょっと俗っぽいと思っていたんだ」

「そんなばかな。ばかな、これはみんななんかのまちがいだ。おれはエズメを見つけるためにローニンを雇ったのに」

「なるほど、エズメか。もうひとつのきみのファンタジーだ。どんな子なのか教えてくれないか」

「身長は中ぐらいで、黒髪で、スキーのジャンプ場みたいな小さな鼻をしてる」

おれが話しているあいだに、バッスンはポケットに手を入れて札入れを取り出した。「これはわたしの娘のアンだ」と、札入れを開いてなかの写真を見せた。「デスクにも写真が飾ってある」

「嘘だ」

「ほんとうは、これは見せたくなかった。わたしの娘について、連続殺人犯がそんな妄想を作りあげていたというのは、正直言って考えるだけで恐ろしいことだからね。しかしバクスター、きみにはこれを見てほしい。どうか見てくれないか」

おれは見た。バッスンの札入れに入っていたのはエズメの写真だった。

時間の感覚をなくしてしまった。おれは上体を起こして、ナイジェルが頭から髪をむしって口に入れるのを眺めていた。あの習慣を続けようにも、彼の頭にはもうあまり毛根が残っていない。おれはぼんやり考えた――髪の毛がぜんぶなくなったら、次はなにを食べるんだろう。足の爪か、皮膚か、それとも手足をまるごとか。

「見ろ」ナイジェルは言った。

頭にかすみがかかってるみたいだ。腫瘍が脳を圧迫してるんだろうか。「頭が狂ったとき厄介なのは、自分が狂ってるとわからないことだな」とローニンは言った。皮肉だな、ローニンはほんとは存在しないのに。さあここで、分裂人格舞台上手(かみて)より登場。

メトロバクス わけがわからない。

ビズバクス そいつは驚きだ。それじゃおれが説明してやろう。おれたちふたりがこうしてしゃべってるって事実にしてから、おれたちが全体的に狂ってるってことの証拠になってるじゃないか。

メトロバクス なんでそう平気でいられるんだ。おれたち人を殺したんだぞ。

ビズバクス いつかは起こることだったんだろうよ。

メトロバクス わかってたのか。

ビズバクス いや。だけど、考えてもみろよ。暴力的なビデオゲームだろ、家族の問題だろ、反社会的行動だろ。絵に描いたようなサイコパスじゃないか。ただ自分で憶えていられたらよかったのにと思うね。頭のなかのスナップショットが二、三枚でいいからさ。どうせ殺人罪で放り込まれるんなら、憶えてて楽しみたいじゃないか。
メトロバクス　おまえビョーキだよ。
ビズバクス　なに言ってんだ。ここは「触法精神障害者病棟」なんだぞ。食って楽しくやるために放り込まれたわけじゃないんだ。

おれは連想語検査を受けている。サイコキラーっぽい言葉を口にしないように気をつける。むずかしい。

「休日」バッスンが言う。

「友だち」とおれが言うと、バッスンはうなずき、なにかを書き留める。

「しばらくそのテーマを探ってみようか。ご両親は、きみに友だちがいないのを以前から心配していたとおっしゃってるよ」

「おれの親と話したんだ」

「バクスター、ご両親は苦しんでらっしゃるよ。とくにお母さんは、もっと早く気がつけたはずなのにとお思いのようだ」

「残念だったな、『あの人が気狂いかどうか判定するには』ってクイズが『コスモポリタン』の来月号だったのは」

「ご両親を悲しませて、なにも感じないの」

だったらいいんだけどな。おれはいま、深い底なしの穴のふちでゆらゆらしてるみたいに感じてる。自分という感覚がない。自分で自分をどんな人間だと思ってたにしても、それはだんだん崩されていって、おれは人が言うとおりの人間だっていう確信が逆に強まっていく。超常的なアンダーワールドなんか存在しない。おれこそが化物だ。

バッスンに、ビデオ日記を撮るように言われた。そうすれば、自分のやったことに責任をとりやすくなるっていうんだ。自分のやったこと。つまり人を殺したってことだ。苦いものがこみあげてくる。おれはずっと、自分は悪人だと思ってた。だけど、これほど悪いとは思ってなかった。

バッスンの言うとおりにしなくちゃいけないと思った。そして、このばかな見せかけ、仮面、思い込みを始末するんだ。おれは影の首謀者バクスター・ゼヴチェンコじゃない。連続殺人鬼バクスター・ゼヴチェンコなんだ。

バッスンは三脚に小さなハンディカムをセットして、しばらくいじくっていた。おれは姿勢を正した。なにがあったかしゃべるなら、はっきりした頭でしゃべりたい。なのに、あいにくいまそいつは品切れと来てる。ぼんやりした頭ならそれこそ売るほどあるのにさ。バッスンと話したことを思い出して、そこから意味や理由を引っぱり出してこなくちゃならない。

バッスンはハンディカムの設定を終えて、こっちに向かって親指を立ててみせた。おれは、小さな黒と銀色のひとつ眼を見つめた。さあ始めるぞ。

「自分が連続殺人鬼だとわかったら、いろんな疑問が湧いてくるもんだよな。『テッド・バンディとどっちが凶悪なんだろう』とか、『〈犯罪捜査ネットワーク〉の番組になるかな』とかさ。

でもだいたいのところ、ほんとに人の頭の周波数帯を占領してるのは、いつ、だれが、どこで、なぜってことだから、まずはそこから始めようか。

おれはバクスター・ゼヴチェンコ、十六歳。ケープタウンのウェストリッジ高校に通ってる。友だちはひとりもいない。おれは人を殺してきた。何人も。無惨に。

おれは悪魔だってみんなに言われてるけど、それはちがう。いろんな幻覚が見えるだけなんだ。たとえば、巨大カマキリの姿をしたアフリカの神が、原始の闇の奥底から現われた怪物と戦ってるとか。それが十億年も続く戦争で、最後には腕が何本もあるのたくる怪物を、カマキリが天空の高みから奈落の底へ投げ落として――

「バクスター」と、精神科医が声をかけてくる。「その妄想は回復の妨げになる。それはきみも納得してくれたんじゃなかったかな？」

おれは息を吸って、頭からイメージを追い払って言葉を続けた。「あれは現実じゃない。カマキリ神なんかいないし、原始の闇の怪物もいない。兵器化学者も、賞金稼ぎもいないし、ガールフレンドを助けに行かなくちゃいけないなんてこともない。おれがいるだけ。それでおれは病気だ。結局のところ、おれたちはみんな自分の知覚にだまされてるんだよ、少年。それはわかってもらえると思う」

「その調子だ」と言って、バッスンはビデオのスイッチを切った。「とてもよかった」手をおれの肩に置いて、「バクスター、どうして『少年』と言ったんだね」

「ローニンがおれをそう呼んでたんだ」つぶやくように答える。

「それじゃ、ローニンのことでなにか気がついたことがあるんだね」おれはうなずいた。「それで、その気がついたことというのは？」

おれは目に涙をためてバッスンを見あげた。「ローニンはおれだってこと」

目を覚ましたら、だれかの手に口をふさがれていた。最初はナイジェルだと思った。髪の毛がなくなって腹が減って、おれの目玉を狙いに来たのかと。でもナイジェルじゃなかった。ローニンだった。

彼は自分の口の前で指を一本立てて、おれの口から手をどけた。「ずらかるぞ、用意はいいか」バツの悪い沈黙が落ちた。この出力全開の幻覚を前にして、なんと言っていいかわからない。

「どうしたんだ」ローニンが言った。

「だって……だってその、あんたは現実じゃないから」

これを呑み込むのに少し時間がかかった。ローニンの表情が揺らぐのが、潮だまりの水面が揺れてるみたいだ。「そりゃいったいどういう意味だ」しまいに言った。

「あんたは幻覚なんだ。代理人なんだ。自分では表現できない自分の一部を表現するために、おれの頭がでっちあげたんだ」

ローニンの口が歪（ゆが）んで笑みを作った。切れ切れの笑いで、のどの奥が震えている。大きな声を立てないように、手で口をぎゅっと押さえる。自分の一部に笑われるなんて、あんまり気分のいいもんじゃない。でもローニンは、血肉をちゃんと備えた現実の存在にしか見えなかった。病んだ精神の産物とはとても思えない。ただ、あのもじゃもじゃの赤い眉毛はべつだ——あれはちょっとやりすぎだ。

「ヤクでもキメてるのか。それとも投薬でもされたか」

「渡された薬だけだよ」おれは弁解がましく言った。

「たぶんそれで頭が混乱してるんだな。ものをはっきり考えられないんじゃないか？」

脳みそのなかで、灰色のもやが揺らいだ。「そんなことない」

「いいか、マースはそういうやつを国境戦争のときも使ったんだ」

「ドクター・バッスンはおれを治してくれてるんだ」

「ドクター・バッスン？　どんなやつだ」

「背が高くて、ひょろっとしてて、灰色の髪をポニーテールにしてる」おれはあやふやな口調で言った。

ローニンはおれの頭を横からはたいた。「ばか、そりゃマースだ」

「バッスンがマース？」

幻覚はため息をついた。「いまはこんなことやってるひまはない。パットを見つけなくちゃならん。パットが見つかったら、おまえを助けに来られるかやってみる。逃げる用意をしとけよ」立ちあがり、ドアににじり寄っていく。「現実のほうが妄想より変だってこともあるんだぞ、少年」

メトロバクス　ローニンは本物っぽかったけど、やっぱりなんか足りない気がする。だから
おれはバッスンに一票だ。

ビズバクス　あほか、『Xファクター（オーディション番組）』じゃないんだぞ。いま問題になってんのは、根本的な現実感覚の喪失なんだ。おれたちは気の狂った兵器化学者と戦ってるのかもしれないし、でなけりゃ精神異常の殺人犯で、いまの会話はまさしく、脳にがっちり根を張った化学的欠陥の徴候ってことになる。

メトロバクス　オッカムの剃刀（かみそり）だ、そうだろ。いつもカイルが言ってることじゃないか。単純な解決法がたいていいちばんいいんだ。

ビズバクス　もっともな意見だが、その論法には根本的な問題がふたつある。ひとつ、カイルは実在しないかもしれない。ふたつ、それでこの場合、どっちが単純な解決法なんだ？

「見たか？」ナイジェルがベッドからささやきかけてきた。
「寝ろよ、ナイジェル」おれもささやいた。「おれはいま、悪夢を見てたんだ」
翌朝（少なくともおれは朝だと思った）、おれは診察室に連れていかれた。この病院はどこもそうだけど、この部屋も寒くて殺風景だ。オーダリーがスチールのテーブルの前におれを座らせて、両手を背中にまわしてチェーンをかけようとしたとき、バッスンが入ってきた。片手

にコーヒーカップを持ち、もういっぽうの腕にはブリーフケースを抱えている。

「ああ、その必要はない」と言っておれを見て、「そうだね、バクスター」

「もちろん」しゃがれ声で答えた。

バッスンはにっこりして、テーブルの向こうに腰をおろした。ブリーフケースから新聞を取り出し、それをこっちに押しやる。『サンデー・タイムズ』だった。「ティーンエイジ連続殺人犯の顔」と見出しがあって、その下におれの写真が載っていた。記事をざっと読んでみたが、あんまりうれしくなるようなことは書いてない。「できるだけ公表を遅らせようとしたんだが、いつまでも伏せてはおけなかったんだ。わたしは弁護側の証人として証言することになっている」彼は続けた。「でも、きみもできるだけ協力してくれないとね」

おれはうなずいた。

「またローニンは出てきたかな?」バッスンが尋ねる。

もうひとつうなずいた。

「それで、なにか言ったかね」

「あんたがおれに薬を服ませて、頭をぼんやりさせてるって。国境戦争のときも同じことをしたって。あんたはマースで、MK6のトップだって」おれは言いながら、少し決まりが悪かった。

バッスンは両手をあげ、舞台の奇術師が手品をするみたいに指をひらひらさせた。くすくす笑って、「申し訳ない、バクスター、きみを笑うつもりはないんだ。しかし、あんまり突拍子もない話だから」

正直言って、たしかに気狂いじみている。バクスター・ゼヴチェンコ、ティーンエイジのマキャヴェリが、行方不明の恋人を求めてケープタウンの超常的アンダーワールドをさまよい歩く。なんと波瀾万丈（はらんばんじょう）で、なんとロマンチックで、なんと嘘っぽいこと。

「娘が言うには、超常世界の話はいまとても流行（はや）ってるらしいね」バッスンが言った。「ヴァンパイアとか、人狼とか、魔法使いとか。それがきみ個人の神話に組み込まれたのも不思議はない。この次またブラックブラッドが現われたら、すぐにわたしに教えてくれるね」バッスンの顔は、頑丈な彫り込み錠みたいな笑みにがっちり嵌（は）まっている。「ローニンのことだよ」とすぐに言いなおす。「またローニンが現われたらだ」

口のなかがからからだった。舌をまわして唇の内側をなめた。「最初、なんて呼んだ？」

「ただの精神医学用語だよ」バッスンは言葉を選ぶように言った。

黒い血（ブラックブラッド）が？　どんな精神科のマニュアルにも、そんな言葉は出てこないんじゃないかという気がした。

バッスンの目がおれの目を探るように見ている。おれは無表情にそれを見返す。なにかを悟ったように、医師の目尻にしわが寄る。ばれたとバッスンは悟っている。ばれたと悟られたとおれは悟っている。ばれたと悟られたと悟られたとバッスンは……まあそういうこと。

ビズバクス　なんかものすごくおかしいと思うんだが、異議は？

メトロバクス　異議なし。

「茶番はやめにしようぜ」おれは言った。

「それはつまり、妄想は片づいたということかな?」

「片づけるよ。ローニンがいまどこにいるのか、あんたが教えてくれれば」

バッスンは無念そうな笑みを浮かべた。「たったひとつの小さいミスで。それにしても感心したよ、よく気がついたね。あれだけのディムラセーンを投与されたら、兵士たちは完全にほうけてしまったものだが」

「どんな効き目があるわけ?」おれは頭を包む霧に呑まれまいと抵抗した。

「意志力が弱まり、服従しやすくなる。現実感覚が薄れる」

「そんな感じだな」と言って、まばたきをした。「どうしてさっさと殺さなかった?」

彼はまた笑みを浮かべた。親切な医者らしい見せかけはもう捨てている。バッスンは消え失せ、あとに残ったのはマースだけだった。

「おまえはわたしの曾々孫（そうそうそん）だからさ。もう気づいてるかと思ってたよ。おまえの能力がいまどの程度なのかよくわからないが、すぐに突き止めるつもりだ」

夢の少女の姿がくっきりと心によみがえってきた。あれは、おれの曾々祖母（ひいひいばあ）さんだったのか。

「いったいどうやったんだ」おれは言った。「理由はなんだ」

彼は長いこと笑っていた。甲高いくすくす笑い。やがて二本指を立てた。「ふたつの乗物、ふたつの檻。ひとつずつでもどんなテクノロジーより強力だ。しかしふたつそろえば——ああ、あれがそろえば」そう言って、立てた二本の指をからみあわせた。「そのパワーは想像を絶する。時間も空間も溶けて無意味になるんだ」笑顔をこっちに向けた。「バクスター、わたしは独裁者ではない。独裁者などくだらない。いっぽうの乗物のパワーだけで簡単になれる。そしてそのいっぽうはわたしが受け継いでいるし、操縦する能力も備えている」

椅子をぐいと前に寄せ、おれの真ん前に座る恰好になった。「わたしは冒険者、旅行者なんだ。ふたつの乗物のパワーを合わせれば、既知宇宙の果てまで行ける」

首をふり、また小さくくすくす笑った。「いやいや、謙遜はやめよう。既知宇宙を越えてその先まで行ける。すべての宇宙に行けるんだ」

「それであんたは、『まあそれはそれとして、若い女の子とよろしくやろうじゃないか』って思ったのか」

「ああ、きみの曾々祖母さんのことか。あれにはなんの快楽もなかったんだよ。科学的業績を達成する興奮はべつだがね」

「へえ、そうかい。なのに、例の記事を見つけるために『プレイボーイ』を読んだんだ」

「わたしに必要なのは、シーナーの知覚力と〝鬼族〟の強靭さを兼ね備えたひとつの肉体だ」彼は言った。「つまりきみの肉体だよ、気の毒だがね」

おれを見る目は、もらったばかりの子犬を見る子供の目だった。「わたしはずっと待っていた。きみの血筋のだれかに、シーナーの能力に目覚めたという徴候が現われるのをね。カラスと協定を結んで、きみに連なる遺伝子が汚されないように――」

「だから、ゼヴ祖父ちゃんのお姫さまを殺させたんだな」

「そのとおり。あれはエルフの一族だった。わたしの目的からすると、まったく不適な組み合わせだった。きみのお祖母さんをお祖父さんと結びつけたのもわたしたちだ。きみのお父さんの選んだ相手にはとくに問題がなかったから、介入の必要はなかったがね。そうしてきみときみのお兄さんが生まれて、ふたりともに能力を示しはじめた。ずっと以前から、わたしはきみたちを見守っていたんだよ。そしてきみこそそれだろうと興奮を募らせていたんだ」

「だからおれはいまここにいるわけだ」

「そうだよ。きみはいまここにいる。能力は育ちつつあるが、まだ完全には開花していない段階で」彼はくすくす笑い、のんびり片手をあげた。例の丸ぽちゃのオーダリーが現われる。

「白状するが、この茶番を終わりにできてほっとしたよ」と言って、オーダリーの差し出した注射器を受け取った。おれは手錠をはずそうとしたが、手首に深く食い込むばかりだった。手首に細い血の筋が浮いて、血が床にしたたり落ちる。

「精神病は恐ろしいものだ」マースが言った。

「さすがよく知ってるな」おれは吐き捨てるように言った。

目の前に注射器が突き出された。見れば、輝く液体が入っている。「きみの友人のオバンボがたっぷり提供してくれたよ」

「殺したのか」おれは言った。首にオーダリーの太い腕が巻きついてきて、身動きがとれなくなった。

「死んではいないよ」マースはちょっと笑った。「いまはまだ、ね」おれの腕に注射針を滑り込ませ、プランジャーを押した。

苦痛の深い裂け目が頭蓋のなかに開いて、黒っぽいしみのような斑点が目の前で渦を巻きはじめた。一匹の虫が脳をかき分けて進み出てきて、おれの目と目のあいだから外へ出ようと内側からかじりだす。脳の虫が灰白質をかじって穴をあけ、頭蓋から飛び出してくる。おれは悲鳴をあげた。しかし、それは虫ではなかった。眼だった。太い軟骨の茎のうえについた眼。意識が森羅万象を貫く。見える。あらゆる場所が。その眼で、おれはこの施設のなかを見てまわった。恐怖に満ちた部屋部屋が見える。実験台にされている人たち。変容のさまざまな段階にあるモノたち。

建物の壁にさえぎられることはなかった。おれの精神は雄叫(おたけ)びとともに夜空に突進していく。獲物を探すドラゴンのように、らせんを描いて山をめぐり、尽きることのない知覚の熱狂に浮かされて広がり、渦を巻き、飛びまわる。光のじゅうたんが眼下に広がる。街路の、会社の、商店の、売春宿の、レストランの、アパートの、住宅の、教会の、モスクの、ヨガ教室の、クラック密売所の、学生の下宿の、老人ホームの、居酒屋の、小さな個人商店の、もぐり酒場の光。

アリのような人々の周囲に、信条、イデオロギー、秘密、願望、記憶、野心が脈打つオーラのように発散されているのが見える。それらはひとつになって流れていく。巨大な四歳児がアリの飼育箱に着色料を流し入れて、色が混ざっていくのを眺めているみたいだ。

　おれの精神はデヴィルズ・ピーク（テーブルマウンテンの東にある山）に向かって上昇していき、頂上を覆う雲を突き抜けた。一面の霧、物音ひとつしない。深い霧の塊が海から押し寄せてくる。劇場のカーテンのように徐々にその霧が分かれはじめ、ひとりの男の姿が見えてきた。虚無の黒い海に浮かぶ平らな円盤のうえで、静かにパイプに煙草を詰めている。男は巨大でひょろりとしていた。古いつば広の帽子の下には髪がぼうぼうに伸びているが、それが緑のツタのように波うったり巻いたりしながら足もとまで垂れていた。ひたいからはキノコが一本生えていて、それが膨らんだ第三の眼のようだ。ひびが入って崩れかけた手は、コケやシダに覆われている。

　彼は顔をあげておれを見た。その目は静かで恐ろしかった。「ラディアル・フォガッジー・セレンズ」と彼は言った。言葉を発するにつれて声が震える。その声は浸蝕のようにゆるやかで、腐敗する植物のように温かく肥沃で、まるで無線のようにおれの大脳皮質と波長が合ってくるのがわかる。古さびた頭をふると、土が床に落ちた。「人と話すのは百五十年ぶりだ」しまいに彼は言った。ちらとのぞいた黒い舌にはテングタケがびっしり生えている。

「あなたはこの山の悪魔？」おれは畏れおののいて尋ねた。

　これを聞いて彼は笑った。地の底から響くような深く厚みのあるその声に、全身の骨が震えた。「わたしはファン・フンクスだ。いまも悪魔と煙草を吹かしておるよ（南アフリカの伝説によると。ファン・フンクスというオランダ人の海賊が、デヴィルズ・ピークで悪魔と煙草を吹かす競争をして勝ったが、くやしがった悪魔はときどき戻ってきてファン・フンクスと煙草を吹かし、そのたびに負けているという。東からの風が湿気を運んできてテーブルマウンテンが雲にすっぽり覆われると、また悪魔がファン・フンクスと競争をしていると言われた）。わたしはホエリクワッゴ、海中の山（テーブルマウンテンの別称）だ。わたしはアダマスター（喜望峰に現われる亡霊。ヴァスコ・ダ・ガマの船団にも出没したと言われる）であり、マザー・シティ（ケープタウンの愛称）の精霊であり、魂の歌い手でもある。たしかおまえには一度会ったことがあるな。もっとも、そのときはこの姿ではなかったと思うが」彼はにんまりして、パイプに火をつけた。

「あれが？」おれは言った。水路で会ったひとつ目のギター弾きのことを思い出す。

「ふたりのシーナーが、時の山を登っていまわたしに会いに来ている。ふたりはお互いを見ることはできないが、わたしは両方と話をしているんだ」

「あれが？」わたしは言った。

ルアミータのネックレスのおかげで、判事さんの屋敷を抜け出すのは簡単だった。ただ雑念を追い払い、心を鎮めて、逃げるのに役立ちそうな姿を一心に考えるだけでよかった。わたしは船乗りになった。猪首（いくび）の毛深い男で、黒髪にひげをはやしていた。男の人になるのはとっても変な感じだったから、しばらくはぼうぜんとして突っ立っていたくらいだ。こんな鈍重で、がっちりしていて汗くさいのが自分の姿だなんて。

ルアミータに早く行こうとせかされた。この魔法の効いている時間はあまり長くないのだそうだ。いっしょに通りを急いだけれど、わたしの荒っぽそうな外見に人はみんな見ないふりをしたし、ルアミータを見るとぎょっとして道をあけた。ふたりで山に向かい、でたらめな道を苦労して登って雑木林を見つけた。わたしはそこでもとの姿に戻ることができた。

もともとの小さくてひ弱な身体に戻ったら、先を進むのがいっそう大変になったけど、草原（ヴェルト）

を何時間も歩くのに慣れていたから気にならなかった。自由になれたのだ。あの恐ろしい男とそのおぞましい計画から逃げられたのだ。ルアミータが先に立って、びっしり生い茂る下生えをかき分けて道を示してくれた。やがて洞窟にたどり着いた。「ここで休みましょう」ルアミータは言って、先に立って暗い洞窟に入っていく。

「でかぶつ！」洞窟の奥から、アフリカーンス語が聞こえてきた。元気で甲高い声。わたしは腰が抜けそうになった。出てきたのは男の子——と言っても、男の子なのは身体の半分で、残り半分はスプリングボックの後半身だったのだ。興奮して行ったり来たりして、ルアミータにうれしそうに抱きついた。「これが、さっき言ってた男の子よ」ルアミータが笑顔で言う。

「名前はないの？」その子の小さな手をとって、握手しながら訊いてみた。首をふって、ひどく悲しそうな顔をする。

「それじゃ、クリップスプリンガーって呼ぶわ」わたしはにっこりして言った。「もともとはお父さんがわたしにつけたあだ名だけど、あなたは山登りがすごくじょうずそうだから」

「モノスッゴクジョウズダヨアリガト」と得意そうに言って胸を張った。「ぺんだんと返シテクレル？」

「どうもありがとう」と返しながら、「ほんとに助かったわ。あなたには想像もつかないぐらい」

「おれ、シーナーはいつだって助けるんだ」と言ってにっと笑った。夢に出てくる眼鏡の男の子のことを思い出す。あの子はときどき、とても寂しそうで不安そうだ。「ねえ、眼鏡をかけたシーナーの男の子にいつか会ったら、その子のことも助けてくれる？」

彼はうなずいた。「リョーカイ」

ルアミータにせかされて、すぐに出発することになった。クリップスプリンガーにさよならを言ってまた山道を進み、しまいにルアミータの家族が待っている洞窟にたどり着いた。四人の輝く人たちに会って、わたしは腰が抜けそうに驚いた。ルアミータはいつも肌を隠していたけど、この人たちはそんなことはしていなかったからだ。たくさんの太陽のあいだに紛れ込んだ惑星みたいな気分だ。自己紹介が終わったら、ぐずぐずしているひまはないということになって、わたしは壜（びん）に残っていた液体を飲み干した。また世界が燃えあがる。


「わたしは世界と世界のあいだの関門だ。わたしのところへ来れば、空間や時間で遠くへだてられた相手と話ができる」ファン・フンクスは大きな手の指を折って、ロックンロールの角（親指、中指、薬指を折って、人さし指と小指だけを立てる。ヤギの角＝悪魔の角を意味する）みたいな形にした。ひたいになにかが渦を巻いているような感じがする。その渦巻きはどんどん速くなっていき、星の内部で爆発が起きたみたいだった。目の前がぼやけて、次に目をあけたらきれいな女の子を見つめていた。夢の女の子だ。文字どおり。

おれたちはさっきの円盤のうえに立っていたが、魂の歌い手の姿はどこにも見えなくなっていた。

「こんにちは」おれはぎこちなく言った。くそ、なんてきれいな子なんだろう。つまりその、ひいひい祖母ちゃんにしてはってこと。

「こんにちは」きついアフリカーンス語なまりがあった。

「その、おれのひいひいお祖母さんだよね」おれは言った。いきなり要点をついてしまったが、それ以外にどうすればいいっていうんだ。

「あら」恥ずかしそうに言った。

「つまりその……」気まずい瞬間だった。どれぐらい気まずいかというと、自分のひいひいお祖母さんがすごく可愛くて、それでいっしょに時間と空間を超える宇宙の円盤のうえに立ってて、なんて言っていいかわからないぐらい気まずい。

「ええ……」

「あんなことになって、残念だったね」おれは言った。「あいつにあんなことをされるなんて」ただ、ほんとうに残念なのかよくわからない。マースがああいうことをしなかったら、おれは存在してなかったわけだよな？　それともやっぱり存在したんだろうか、いまとは姿形がちがうだけで。でなかったら、この宇宙のべつのバージョンに存在したんだろうか。まるでわからない。時間旅行のどうのこうのは、以前からちんぷんかんぷんだったんだ。

彼女は守るように自分のお腹に手を当てた。「でも、クララが生まれるの。それは残念とは思わないわ」

おれはゼヴ祖父ちゃんの部屋の写真のことを思い出した。クララって、祖父ちゃんのおふくろさんだ。「うん、そうだね」

「あの乗物、あなたに壊してもらわなくちゃ。わたしにはもう無理だから」

「おれにもできるとは思えないけど」

「できるわ。やらなくちゃいけないのよ」


目の前の男の子を見て、わたしは泣きたくなった。お父さんの面影がある。顔の形、まゆのあたり、それに眼鏡の奥の目。途方に暮れてるみたいだけど、やさしい目だ。きれいな目。

「あなたはいい人ね」わたしは言った。「わたしにはわかる」

男の子は居心地が悪そうに笑って、うつむいた。「そんなふうに思う人は、ほかにはひとりもいないと思うな」

「わたしは自慢に思うわよ。あなたみたいな子孫がいるんだもの」彼は顔をあげてわたしを見た。「わたし、あの乗物を壊すってお父さんに約束したの。でも、約束を守れなかった。だからあなたに約束してもらいたいの。ひいひいお祖母さんのわたしに約束して。きっとあの乗物を壊してね」

困ったような顔、途方に暮れた目、でも小さくうなずいてくれた。「約束するよ」彼は言った。

そんな感じで女の子は消えて、煙が凝集するみたいに魂の歌い手がまた姿を現わした。彼が片手をふると、パイプの煙が立ちのぼってダンスを踊りだす。煙は一面に広がり、糸のようにミ尖塔（せんとう）や巨大なタペストリーをなしていく。空中に全世界が現われた。尖塔やミナレットのある巨大な建造物の並ぶ都市、その眺めが溶けるように薄れていき、その後に現われた火山島が噴火して古代の文明を破壊する。はるか遠くの世界で、ロボットの反乱で知的生命が滅びるのが見えた。

見える。いくつもの次元がつぶれて折り重なっていくのが見える。おれの眼は物質の内部にも分け入っていく。テーブルマウンテンのてっぺんにいて、そこから空高く舞いあがった。南東の風、ケープ・ドクターになって、街に容赦なく吹き荒れる。すべての樹木、すべての草、森羅万象のすべての分子がおれの意識の延長だ。都市の上空で渦を巻き、そのすべての苦しみと恍惚（こうこつ）に絶叫する。百万もの風に分裂して、通りを歩くアリのようなちっぽけな人々の心を貫いて吹きすさぶ。人々の卑しい欲望、明るい希望、まとわりついて離れない思い、驚くほどの美、底なしの屈辱をじかに感じる。分かれていたおれがしだいにまとまり、ただひとつの思考と叫びに変わる。第三の眼で聴け、ケープタウン。

13 先祖（アンセスターズ）たち

「ジャングルへようこそ」と聞き憶えのある声がして、おれは目をあけた。何度も蹴飛ばされてたみたいに頭ががんがんする。指でひたいにさわってみた。よかった、なにも生えてない。ひたいから茎が生えてその先に目玉がついてたら、いったいどうするつもりだったのか自分でもわかんないけどさ。

監房のなかだった。猿男のナイジェルと入ってたのと似たような部屋だ。すみにローニンがぐったり座っている。顔は乾いた血で汚れていたけど、〈ガンズ・アンド・ローゼズ〉の曲をハミングしながら、だるそうにギターの弾きまねをしていた。

中央にトマスが横たわっていた。ローニンのトレンチコートがかけてあったが、そばにトーンがひざをついて抱き起こそうとすると、震えながらうめいていた。呪術師（サンゴマ）のトーンもけがをしていた。スーツは焼け焦げていて、胸や肩のまだ乾いていない傷に繊維がへばりついている。

「まあ、これで全員そろったわけだ」トーンが言った。

「なにがあったの」おれは尋ねた。「サヴィッジは？」

「あいつのせいで、われわれが内偵してるのはマースに筒抜けだったんだ。そんな頭があるとは思わなかったが、サヴィッジはずっとマースの手先として働いてたらしい。混血は信じちゃいかんということだな」トーンは言い、おれに向かって小さく笑ってみせた。「悪くとらんでくれ」

「つまり……おれがそうだって知ってるの」

「カラスとシーナーの血を引いているのは知ってるよ」彼は言った。「きみは、マースが取り組んでる科学研究プロジェクトだ」

「マースがおれを狙ってるの、ずっと知ってたって？」おれはふらつきながら立ちあがった。トーンはこっちに目を向けて、「許せないと思うだろうが、きみには知る権利があると思う」

「なにを？」おれは言った。頭がくらくらして、両手をひざについた。

トーンから目を向けられると、ローニンは「続けろ」と言うように手をふってみせた。「ほんとうは、ローニンはMK6を辞めてないんだ」とトーン。「パットもそうだが、影のチームの一員としてマースの悪だくみを証明しようと動いてたんだ」

「上等じゃないか」おれは言った。

「すまん、少年」ローニンが言った。「おまえに気づかれないように、ちっとばかしみんなで芝居を打ってたんだ」

「つまり、おれがだれで、どういうやつで、なんでそうなったのかみんな知ってたんだな。おれ以外は」

「知ってることはみんな話すよ」ローニンが言った。「とは言っても、そうたくさんあるわけじゃない。マースはずっと前からおまえに興味を持っていた。何年もさかのぼる調査記録が残ってる。ここの兵器プロジェクトをべつにすりゃ、おまえはマースの最優先事項だったようだ」

「それじゃエズメは？」

「おれたちは関係してない」ローニンが言った。「どうやら自分の意志で家出したみたいだな。おれたちはただ、こっちの影響の及ぶ範囲におまえを引き寄せるために、その状況を利用させてもらったんだ」

「このくそったれ、おれを利用したんじゃないか」

「まあそうだ。すまん、少年。しかしな、マースがおまえに強い関心を持ってる以上、超常世界のアンダーワールドをひとりでうろつかせるわけにゃいかなかったんだよ。殺されでもしたら元も子もないからな」

「それで、パットはどこだよ」

「わからん」ローニンが答える。「つかまる前に、この施設内はしらみつぶしに捜したんだが」

「ちくしょう」おれは言った。

トマスが低くうめいた。全身に抑えようもなく震えが走る。おれはローニンをにらみつけて、トマスのそばにひざをついた。ほとんど半透明になっている。乳白色の皮膚の層を通して心臓が見えた。大儀そうに打って、最後の透明な血液を送り出そうとあがいている。

「やあ」おれは言った。

トマスは笑みを浮かべようとしたが、そのせいでまた全身に震えが走った。「おれはもう死ぬ」と小声で言う。そんなことはないと言いたかったけど、否定しようがなかった。「父祖の地で家族に再会するんだ」

おれはうなずいて、励ますような笑顔（になっていればいいなと思う）をトマスに向けた。これまで、ただの一度も人が死ぬのを見送ったことはない。ましてトマスは、輝く人間という絶滅種族の最後のひとりなのだ。

「おれの血を飲んでくれ」彼は言った。

「いや、大丈夫、そんな必要はないよ」

「あいつと戦うなら必要になる」こんなに弱っているのに、「あいつ」という言葉には深い憎悪がこもっていて、その激しさにおれはたじろいだ。「バクスター、あいつにはきみが必要なんだ。あいつはあきらめないぞ。逃げたかったら上手をとるしかない。あいつに見える以上のものが見えなくちゃだめだ。それはきみひとりじゃできない。きみのなかに葛藤があるのはわかる」とかすれ声で続けた。「おれの一族は、昔からシーナーの能力に感応してきた。だから、きみのなかのカラスとシーナーが、なにかあるたびに戦ってるのがわかるんだ」

「あんたを殺すわけにはいかないよ」おれは言った。「あんたが死んだら、そのあと血をもらう。その前じゃなくて」

トマスは苦しそうに全身を震わせて咳(せ)き込み、しばらくは口を開くこともできなかった。

「それじゃだめなんだ。死んだあとで血をとったってなんの役にも立たない」手をあげて、おれの手をつかんだ。「頼む、バクスター。頼むからやってくれ」おれはその手を握りしめ、「わかった」とささやいた。

ローニンが糖尿病の薬の小壜(こびん)を取り出した。ブーツに隠してあったのだ。大汗をかきながら、震える手でなかの液体を床にあけた。「どうせ注射器がなきゃ役に立たん」彼は言った。「これを使え」

おれはその壜を受け取り、トマスのもとへ持って戻った。「どうやって血をとればいい?」とトーンに尋ねた。

「ちょっと音の穿孔機(ドリル)をやってみようか」彼は言った。「痛いだろうが、役には立つはずだ」

おれが目を向けると、トマスはうなずいた。トーンが甲高い口笛を吹きはじめる。耳をつんざく音が、跳弾のように四方の壁に跳ね返って飛びまわる。

トマスはまたおれの手を握った。「あいつを殺してくれ」とささやく。

「わかった」

口笛の音はしだいに強まり、やがて見えない剣のようにトマスの胸に突き刺さった。輝く血が泡を立てながらあふれはじめる。おれはその傷口のそばに小壜を置いて、貴重な液体を集めた。目に涙がしみてきたけど、このときばかりは気にならなかった。トマスが死ぬなんておかしい。トマスの奥さんや子供だってそうだ。おれは小壜の蓋を押し込んだ。聞き憶えのある低い歌声が聞こえる。それがしばし耳のなかに響いたかと思うと、トマスがため息を漏らした。最後に全身の光が狂おしく明滅して、ついに消えた。

「マースを殺してやりたい」おれはそでで目をぬぐいながら言った。「あいつの首を引っこ抜いて、ボウリングのボールにしてやりたい」

おれたちは監房に座り込んで待っていた。トマスの遺体を包むのにトレンチコートを使うのをローニンはしぶしぶ認めたが、おれはしょっちゅうその遺体のほうに目をやらずにいられなかった。

「ああ、その、悪かったな、嘘ついてて」ローニンは言った。

「話してくれたってよかったじゃないか。そうすりゃ、いろいろ手間がはぶけたのに」

「おれたちにとっちゃそうじゃなかった。おれがべつの角度から関わってると知ってたら、おまえほんとにおれを雇ったか？　おれたちは、てっきりマースがエズメを誘拐したもんと思ってたんだ。だから、お互い損はない話だと思ったわけさ」

おれは剝き出しの四つの壁を見まわした。「だけど、結局あんまりうまくいかなかったじゃないか」

ローニンは小さく笑った。「ああ、そうだな」

施設の東翼のほうから、くぐもった爆発音が響いてきた。「だから言ったろう、彼女は来るって」トーンが言った。ローニンは立ちあがり、落ち着いて戦闘態勢をとる。おれはトーンが立ちあがるのに手を貸した。待つうちにまた爆発が起きて床が揺れ、戦闘の騒音が廊下の向こうから響いてきた。「あいつ、ちょっとした軍隊を連れてきたみたいな音をさせてるな」ローニンはにんまりした。「それでこそだ」

監房のドアの外で銃声がはじけ、絶叫や怒号が響いた。「ドアから離れろ」と向こう側から声がする。おれたちが監房の壁にぴったり張りつくと、弾丸がドアに突き刺さってきた。なにか大きなものがスチールのドアにめり込み、ドアがふたつに折れ曲がる。壊れたドアのすきまを、巨体が窮屈そうに通り抜けてきた。

「なんであんたが！」おれは言った。

シューマンはその巨体にAK47を抱きかかえて、「いよう、坊や」

「助かったぜ、ダーリン」というローニンの頬に、シューマンは身をかがめてキスをした。

「いったい……」おれは言った。

「おまえさんにも会えてうれしいぜ、ベイビー」シューマンは言った。「だが、たぶんこっちのほうが好みだろ」巨体がしばしちらついたかと思うと、カティンカが――あのオシラ族の女バーテン、〈肉欲の城〉のエロティックな幻影使いが目の前に立っていた。翼はたたんで背中にぴったりつけていて、銃口をいやらしい手つきでなでてみせる。「それともこっちがいいかしら」また姿がちらちらして、次に現われたのはミス・ハンターだった。「お願いだから静かにして」と震え声で言う。「ねえ、お願い」またちらちらしたかと思ったらカティンカに戻って、肉感的な深紅の唇を割ってにやりと笑った。

「オシラ族は変身術が使えるって教えなかったっけか」ローニンがくすくす笑いながら言った。

「それじゃ、おれの数学の先生はずっとあんたがやってたの？」おれの人生はひょっとして『トゥルーマン・ショー（一九九八年アメリカ映画。生まれてからずっと、それとは知らずにテレビ番組の登場人物として生きていた青年の物語）』だったんだろうか。

カティンカは下唇を突き出した。「ただのまぼろしよ、シュガー。でなかったら、いまだに病院に通ってホルモン注射なんかしてないわ。だましてたのは悪かったけど、いつもだれかがあんたを見張っとかなきゃならなかったんだもの」

「でも、なんでシューマンなんだよ」しどろもどろに言った。「もうちょっとで、自分がマウンテン・キラーだって信じるとこだったじゃないか」

「なに言ってんの」と片手を腰に置いて、「もっと自分で自分を信じなさいよ。つきまとう理由が必要だったんだからしょうがないでしょ。でぶの無能な警官が、あんたを第一容疑者と思い込むっていうのはぴったりだったわ」ちょっと吐きそうな顔をして、見えない埃を肩から払った。「まあ、やってて楽しい変装じゃなかったけどさ」

「早くここから逃げんといかん」ローニンは言って、カティンカの差し出したリヴォルヴァーをありがたく受け取った。「いまどうなってる？」

「マースはヘリでここを脱出したわ」カティンカが言った。「だけど、ゴグとカラスはどっさり残していったから、血みどろの戦闘になるのはまちがいないわね」

ローニンはリヴォルヴァーの薬室をまわした。「望むところだ」

おれたちは蜂の巣にされたゴグの死体をまたぎ越し、散開しつつ廊下に足を踏み出した。カティンカはＡＫ47の床尾を肩にあてがい、足音を忍ばせて廊下の左側へ進んでいく。そのあとに続くローニンは、西部劇の早撃ち名人みたいにリヴォルヴァーを腰に構えていた。

カティンカが前方のかどを曲がり、即座にダダダと銃声がはじけた。苦痛の咆哮(ほうこう)があがったと思うと、カティンカが素早く引き返してきて、からになったマガジンを抜いて新しいのを押し込んだ。

「ゴグよ。でっかいの」と言うなり、銃をかどの向こうに向けなおし、またけたたましく連射を浴びせる。ゴグがふたたび吼(ほ)えて、どさっと床に倒れる音がした。

「すごくきれいだぜ、悪党をぶっ殺してるときのおまえは」ローニンがカティンカにウィンクをした。

「ふんだ、笑わせないでよ」とカティンカは髪を払う。

おれたちは、まだぴくぴくしている巨大なゴグの身体をまたぎ越した。よく見ると、ばかでかい不気味な蜘蛛(くも)の牙をはやしている。前方のかどを曲がって、六つの短軀(たんく)の人影が現われた。灰色のフードつきマントを着て、拳銃をこちらに向けていたが、その銃口を下げてフードをおろした。

「グレドク」カティンカが先頭の人物に呼びかける。ずんぐりした筋肉の塊で、ふさふさしたブロンドの口ひげは先っちょをひねりあげてある。髪は剃(そ)ってモヒカンにして、指にはごつい銀の指輪をびっしり嵌(は)めていた。「エージェント」とカティンカに声をかけ、そして「武闘シャーマン」とローニンに頭を下げた。

「おれに向かって、そんな堅苦しい挨拶はないだろ」ローニンはにっと笑って、ドワーフをつかまえると荒っぽく抱擁した。「いままでどこに行ってたんだ?」

ドワーフは肩をすくめた。「おもにアフガニスタンだ」

廊下を進みながら聞いたところでは、グレドクはバレシュの弟で、また傭兵（ようへい）でもあるらしい。バレシュが死んだあと、無許可離隊（AWOL）でドワーフ軍団から不名誉除隊になった。だが最近になって、傭兵の小班を引き連れて南アフリカへ戻ってきたのだそうだ。

グレドクも、彼に従う五人の仲間も、拳銃のほかに血みどろの剣を持っていた。うち三人は重いバックパックも携行していて、装備で膨らんだそれを、灰色のマントのうえから負いひも（ストラップ）でかついでいる。

「戦績は?」ローニンは、グレドクの血まみれの剣にあごをしゃくった。

「おれひとりでか?　あのフランケンシュタインの化けもんを十二匹だ」

「悪くないな」

「カラスにも出くわしたが、一匹殺すのにおれたち全員かかったぜ。火炎瓶まで使ったんだがな。あれがほかにも何匹かいたら厄介なことになる。もっとも……」と、意味ありげな目でローニンを見た。

ローニンは力いっぱい首をふった。「おれは自分で部隊を率いたことはない。それにバレシュが死んだあとは……」

「バレシュはおまえを信頼してた」グレドクは足を止めてローニンを真正面から見すえた。

「なんの話をしてるの」おれは小声で尋ねたが、カティンカは自分の唇に指を当ててみせただけだった。

「バレシュは、おまえにあとを継がせたがってた」グレドクが言う。

「おれはドワーフじゃない」

「それがどうした。ドワーフ軍団は腐ってる。アフリカじゅうで独裁者に雇われてるし、アフガニスタンじゃケシ畑を守るのに手を貸してやがる。掟(おきて)がなんのためにあるのかさえもう忘れているんだ」と、こぶしをローニンの胸に当てた。「バレシュは掟に従って生きてたし、おまえもそうだと信じてた。だからおまえを訓練したんだ。バレシュの顔をつぶしたくないなら、引き受けてくれ」

「わかった」ローニンが言った。

「インピ陣形」グレドクが声をかけると、部隊は廊下に広がってゆるやかなダイヤモンドの形を作った。

「ドワーフ族の軍神降ろし(バトル・トランス)よ」カティンカがおれに耳打ちしてウィンクした。「面白くなってきたわね」

ローニンはかれらの後ろに立ってこぶしをあげ、魔法の儀式で使っていた太いのど声の言語で、ゆっくりとリズミカルな詠唱を始めた。ドワーフたちが前後に身体を揺らしだす。ローニンが床を踏み鳴らすと、パワーを充填(じゅうてん)されたように全員に武者ぶるいが伝わっていく。「行くわよ」カティンカが言った。

おれたちはまた廊下を進みはじめた。先を行くドワーフたちは、一糸乱れずひとつの生物のように動いている。スイングドアをいくつか抜けたところで、ゴグの集団に出くわした。科学者の死体を狂ったようにむさぼり食っている。マースのいぬ間に生命の洗濯ってわけか。ゴグどもは食うのをやめて、顔をあげてこっちを見た。あごが血で汚れている。

ローニンがまた床をどんと踏み鳴らすと、灰色のフードをかぶったドワーフたちは、水銀のようになめらかに動きだした。スウェーデンのデスメタルに合わせて踊る『白鳥の湖』を見ているようだった。あるいは拳銃で詠む俳句というか、ヌレエフの首折りというか。ドワーフたちは怪物どものあいだを流れていった。グレドクがゴグの腕を一刀のもとに切り落とし、体を返してあごの下から脳みそに弾丸を二発撃ち込む。血をしぶかせて、ゴグはたちまちくずおれた。

魅入られたようにそのさまを眺めていたせいで、天井から襲いかかってきたカラスに気づかず、おれは危ういところで首をすくめ、勢いあまってしりもちをついた。あわてて手術台の下にもぐり込むと、すぐ横の床をカラスの鉤爪がえぐる。だが、トーンの甲高い音の衝撃波で吹っ飛ばされた。カラスは後ろによろけながらも、サソリの尾で弧を描いてドワーフのひとりを壁に釘付けにした。

ふたりのドワーフが剣をおろし、バックパックのなかから火炎瓶を取り出した。二本の火炎瓶が背中で爆発すると、カラスは釘付けにしていたドワーフを取り落として絶叫した。離陸しようとしたがつんのめり、黒っぽい液体の入った水槽に飛び込んだ。液体が床にざっとあふれる。

「酸だ！」トーンが叫び、おれたちは流れてくる液体からあわてて逃げた。カティンカが翼を広げて滑空し、負傷したドワーフを助けあげる。灼けつく液体の池は見る見る広がっていく。グレドクの助けを借りて、ローニンはカティンカを実験室から引っぱり出し、負傷したドワーフは仲間たちに運び出された。おれはトーンの腕につかまり、彼に導かれて施設の外へ向かった。

「母さん？」おれは電話に向かって言った。ここはヘイヴン農場のキッチンだ。いまはみんなしてテーブルのまわりに腰をおろしている。カティンカはトーンの胸を布でそっと拭いてやってるし、ローニンはすみの椅子に座って安いウィスキーをらっぱ飲みしている。銃弾と火炎と死の嵐のなか、あの施設を脱出してきて、いまおれはなによりも母さんにその話をしたかった。もう大丈夫よと頭をなでてもらいたかった。

グレドク率いる部隊は仲間の死を悼んでいる。カラスの毒がまわるさまは見るも無惨だった。ドワーフの顔は紫色に変わり、首の血管が浮き出して、太くて黒いナメクジのようだった。やがて鼻から血を流しはじめた。口からも、耳からも。そして全身の開口部のほとんどすべてから。それは長く苦しい死にかただった。あいつらには絶対に刺されないぞと固く決心したものの、でもあれはおれの遠い親戚なんだよな。

「バクスター！」おふくろは言った。「いまどこにいるの」おれの危機一髪な脱出劇のことをなにも知らないんだからしょうがないけど、なだめるどころか怒鳴りちらされた。「ルシンダはほとんどあんたを見てないって言うし、レイフは興奮して手がつけられないし。帰ってきなさい。いますぐ」

「まだ帰れないんだよ」声が詰まった。正直言って、うちに帰れればいまはこんなにうれしいことはないと思う。母さんにココアを淹れてもらって、居間に座ってテレビが観られたらどんなにいいだろう。だけどマースが追ってくるのはわかってる。かならず来る。あいつにはおれが必要だから。

「帰れない?!」おふくろが叫んだ。「もう少しで警察に電話するところだったのよ。ふいっと出ていくなんて、そんなことをお母さんが許すと思ってるの？　いい加減、あんたも責任をとることを覚えなさい。自分の行動がひとにどんな影響を――」

「母さん、聞いてよ。この数日間で、自分が世界一立派な人間じゃないっておれもやっと気がついたんだ。母さんの言うとおり、レイフにとっていい弟じゃなかったし、実際だれにとってもあんまりいいやつじゃなかった」おふくろは口をはさもうとしたけど、おれはそれをさえぎって続けた。「もう母さんに嘘はつかない。おれヨガ教室になんか行ってないし、写真のレッスンも受けてないし、失読症の田舎の子を助ける施設でボランティアもやってない。カイルがいろいろ言ったと思うけど、それはみんな嘘なんだ。いまなにやってるかは言えないけど、大事なことなんだ。だから信じてくれよ。もう子供じゃないんだし、自分のことは自分で決めなくちゃいけないときもあるんだよ。それは母さんも認めてくれなくちゃ」

「バクスター、お母さんはあんたを信じてるわよ」おふくろは言った。「エズメがいなくなってつらいんでしょう。それはわかってるわ」

「もうすぐ帰るから」おれは言った。「あっそうだ、母さん、愛してるよ」おふくろがびっくりしてどもっているのを最後に聞きながら、電話を切った。

「いまはどうせなんにもできないんだから」とカティンカが言った。「みんなちょっと寝とかなくちゃ」

徐々にみんながキッチンを出ていって、あとにはおれとローニンだけが残った。ローニンはウォーチャイルドをテーブルに置いて、柔らかい布で磨いている。「もう心配要らないぞ」と、銃に向かってろれつのあやしい声で言った。「パパが取り返してやったからな、ベイビー」ウォーチャイルドを持ちあげて、銃身にべったりキスをする。おれは目をそらした。人とショットガンの不適切ないちゃいちゃなんか見てられない。

ローニンはまたウィスキーをらっぱ飲みすると、今度はこっちにたるんだ笑顔を向けた。

「いよーしょーねん」

「おれ、マースにだまされてたんだ」おれは言った。

「ああ、そりゃわあってるよ」

「あんたは謝ったから、今度はおれの番だ。あんたのこと幻覚だなんて思い込んでてごめん」

ローニンは肩をすくめた。「しまいにゃ自分で気がついてたらろうよ」

ボトルを差し出してきたので、受け取ってひと口飲んだ。

「おれ、カラスの血が混じってるんだ」

「ああ、知ってる」

「バレシュはカラスに殺されたんだろ」

「そいれおめえは、おれがカラシュを殺すのを助けてくれるんらろ」彼は言った。「パットを見つけるのも助けてくれるらろ、な、しょーねん」にっと笑って、おれにハグしようとした。酒と血のにおいがぷんぷんするんで押しのけたら、そのままテーブルにつっぷしていびきをかきはじめた。そのいびきを聞きながら、おれは階段をのぼった。

14　銃、ポルノ、鉄

　鶏の血で書いたでかい星が、血が乾くにつれて黒く変わりはじめていた。トーンがコサ語で呪文を唱えながら、その星の周囲をまわっている。木の床に、裸足(はだし)が血まみれの足跡を残していく。

　星の中央にはでっかい岩が置いてある。グレドクがヘイヴンの納屋に引きずってきたやつだ。

「コントロールできるはずだ」トーンは言った。「練習しさえすりゃいいんだ」

「そんな簡単じゃないよ」おれは言った。おれの千里眼は超能力どころか、まるきり幻覚剤(LSD)のバッドトリップなんだ。「ギターじゃないんだからさ。ただ座って何度もくりかえし弾いてりゃ、いつか『天国への階段』がちゃんと弾けるようになるって、そんなふうにはいかないよ」

「それはそうかもしれん」トーンが答えた。「だが少なくとも、わたしらにも手助けはできる。きみが力をコントロールできるように」

　ローニンがおれの肩を叩いて、「要るか、迎え酒」とヒップフラスクを差し出してきた。おれは首をふった。酔っぱらってたら、ますます気持ち悪くて危険になるに決まってる。呪術師(サンゴマ)のトーンがこっちへ歩いてきた。両手も両足も血で汚れてたけど、目は澄んでいて強い光を放っている。「魔法ってえのはな」ローニンは言った。「ありゃヤクなんだ。最大のジャンキーがサンゴマなのさ」

　おれは勢いをつけて立ちあがった。トーンに導かれて星の中心に向かい、その手を借りてでかい岩のうえに立つ。

「いったん始まったら、最後まで見なけりゃならない」トーンが言う。「一時停止ボタンはないんだ、わかったな」

　おれはうなずいた。わかってはいるんだ。ただ、これをまたやるってことにあんまり乗り気じゃないってだけだ。ためしにやってちょっと探検して戻ってきて、あの天界へトリップするくらいなら、ＬＳＤやケタミン（麻酔薬。幻覚剤として使われることもある）を屠場(とじょう)でやるほうがまだましって知っちゃったからな。

　トーンは派手な色の絞り染めのＴシャツを脱いだ。焼け焦げたスーツの代わりに、パットのたんすから出してきたやつだ。グレドクが、ぎゃあぎゃあ騒ぐ鶏を持ってくる。彼の肉厚の手のなかで、小さい茶色の鳥がもがいていた。トーンが一度うなずくと、ドワーフはその鶏の首をへし折って差し出した。サンゴマはそれを受け取って高く掲げるや、その首を切った。噴き出す血が腕にも胴体にも降りかかる。おれは鼻にしわを寄せた。なんにしろ、魔法ってきれいなもんじゃないのはたしかだ。

トーンが呪文を唱えはじめ、おれはまたひたいがずきずきしてきた。偏頭痛のサブウーファーみたいだ。重低音みたいにズンズン響いてくる。ローニンも、例ののどに引っかかるドワーフ語で呪文を唱えはじめた。ひたいのずきずきがますます強烈になる。眼のついた茎がまたひたいから飛び出してくるのを待ち受けた。だから覚悟はできてたけど、でもだからってちっとも楽にはならなかった。

眼のついた茎は、頭のなかの床に放置されたホースみたいに激しくのたくった。洪水のように脳内に光が噴き出す。目がくらんでよろけそうになり、つかまるものを探そうとやみくもに手を伸ばした。

その手にトーンを感じた。サンゴマのパワーは豹のようだった。光の滝を越えて追ってきて、首根っこをつかまえて迷子になりかけてるところを引き戻してくれた。

ケープタウンが見えた。核の劫火に燃えている。カマキリと蛸が見えた。兄弟して永遠の戦いにはまり込んでいる。その戦いに懸かっているのは死――おれたち人類の死だ。時空が裂けて、地球は急激に気圧の低下した飛行機の機内みたいになった。物質はまるごと砕け散り、現実は何十億というでたらめな砕片に分裂していく。

そのとき、暗色の軍艦が黒い波頭に乗りあげるのが見えた。そばに巨大な渦巻きがあって、ブラックホールのように物質も生命も吸い込んでいくかのようだ。デッキにはでっかい鉄の十字架があり、それに一羽の鳥が翼を広げた恰好で固定されていた。弱々しく首をまわしてこっちを見る。

その鳥から無理に目をそらすと、視界がぐらりと回転した。おれは渦巻きに突っ込んでいく。闇が光に取って代わる。すべてが消え、おれから吸い出されていく。おれは悲鳴をあげたが、また豹がそばに現われて、おれをその黒い穴から引っぱり出してくれた。豹の牙が首に食い込んで、肩に血が流れるのがわかる。おれはまた悲鳴をあげたが、今度はすべてが消え失せるまで悲鳴をあげつづけていた。

「征服王のご帰還だ」ローニンがにやりとした。おれが上体を起こすと、ぴしゃりと肩を叩いて、「気分はどうだ」

「最低」おれは言って、グレドクが差し出したコーヒーカップを受け取った。

「ドワーフのコーヒーだぞ」彼は言った。「人間のコーヒーなんざただの色つき水だ」

ひと口飲んだとたん、その黒い液体に脳みそをたたき起こされた。リタリン（中枢神経を興奮させる薬）と栄養ドリンクのスムージーを飲んでるみたいだ。

キッチンのテーブルに南アフリカの地図が広げてあって、四すみを空き壜（びん）とかいろんな武器とかで押さえてあった。窓越しに、ほかのドワーフたち――フェル、レフ、マイク、トニー――が見えた。ナイフ片手に、庭で武闘訓練をしている。カティンカは芝生に広げたタオルに寝そべっていた。目のうえには周到に薄切りのキュウリがのせてある。

「おれ、どれぐらい行ってたの」と目をこすりながら尋ねた。

「三時間ぐらいだ」とローニン。

「うげ」

「なにか見えたか」トーンが尋ねる。

おれは地図を見おろして、南アフリカ東岸の曲がりくねった海岸線を目でたどった。

「ここ」と、インド洋の一点、イーストロンドンのそばに指を立てた。「このへんだ」

「船のうえか」とローニンが言う。

おれはうなずいた。

「大当たり」と両手を打ち合わせる。

グレドクがコーヒーを音を立ててすすった。「武器が足りん」彼は言った。「おれたちは拳銃しか持ってないし、しかも弾薬が尽きかけてる。船を攻撃するなら、火器がもっとどっさり要る」

「多少は手に入れられるかも」おれは言った。

みんながこっちをふり向いた。「それと火を噴くもんが要るな。家庭用の溶剤とかガソリンとか、火炎瓶の材料になるやつ」ローニンが言う。

「それもうってつけのやつを知ってるよ」おれは笑顔で言った。

「おまえから電話が来るなんて、驚かなかったって言やあ嘘になる」アンワルが言った。ここは〈セントラル〉、アンワルはひとりでソファに寝そべり、興味しんしんでこっちを見ている。

「ゼヴチェンコ、最近はみょうなやつらとつきあってんだな」

斜視の目でおれたちを眺めまわす。ここで落ち合うことになってたから、カイル、ジホーナ、インヘラント・キッドも来ている。レイフもついてきてた。おれはローニンとトーンとカティンカを連れてきた。グレドクたちドワーフはあとに残り、東岸への旅行の計画を立てている。

「おまえの仲間のヘンタイどもは知ってるけどよ」と、〈スパイダー〉の面々のほうへ手をふって、「だけどそっちの三人はだれだよ。そいつなんか、精神病院を脱走してきたみたいなツラしてるじゃねえか」

「ガキがなにを抜かす、狂犬病みたいなツラしやがって」ローニンがうなった。「発病しないうちに息の根を止めてやってもいいぞ」

「その友だちにちゃんと言っとけよ。ここじゃおれのルールに従ってもらう」アンワルは座ったまま、そわそわと身じろぎした。こいつの不安そうなとこを初めて見て、正直言ってかなりすかっとした。

「それはともかく、なんで〈スパイダー〉が武装すんだ」とアンワル。「おまえら、平和主義者じゃなかったのかよ」

「これはウェストリッジとはなんの関係もないんだ」おれは答えた。

アンワルが肩をすくめる。「言わなくてもわかるだろうけどよ、対立勢力をおれたちの武器で武装させるんだ。とうてい喜んでってわけにゃいかねえよな。教えてもらおうか、おれにどんな得があるんだ」

「ポルノの利益の一部を渡す。総売上の三十パーセントだ。ディルキ・フェンターと結んだ契約のぶんも含めて」

アンワルは笑った。「ゼヴチェンコ、勘違いしてねえか。おれはな、おまえのポルノに出てる俳優じゃねえんだ。カマなんか掘られたくねえしよ」とあごをなでた。「ぜんぶよこせ。インフラも、ウェストリッジでポルノを扱う契約もぜんぶだ。ディルキ・フェンターも説得して、おれと取引するようにさせろ。そしたら銃は好きなだけ持ってっていい」

「ぜんぶだって」

「もちろん競業避止義務つきだぞ」アンワルはにやりとした。「同意すりゃ、おまえはポルノは扱えなくなる。〈スパイダー〉は消滅だな」

「くそったれ」カイルが怒鳴った。

「バクスターの飼い犬が吠えてやがるぜ」とアンワル。

「仲間と話し合わなくちゃならない」おれは言った。

アンワルは肩をすくめた。「好きにしな」


友人たちとすみに引っ込んだ。レイフもついてきて、おれたちの作った輪の外でぶらぶらしている。「おまえさ、いつから〈スパイダー〉のメンバーになったんだよ」おれはレイフに言った。

黙ってこっちを見ている。

「だいたい、なんでくっついてきたんだ」

ひょいと肩をすくめた。

「上等だぜ」

「あいつの言うとおりにする気じゃないだろうな、バクス」カイルが言った。「みんなでがんばってきたのに。おまえもあんなにがんばってたじゃないか。それでここまでになったのに」

おれはため息をついて仲間たちに目を向けた。「いままで生きてきたうちで、〈スパイダー〉ぐらい大事なものはほかになかった。なのにこいつは、おれたちが追ってるやつは、おまえらが存在しないっておれに思い込ませようとしたんだ」

カイルがじっと見つめてくる。ジホーナはくちゃくちゃガムを嚙みながらおれを見守ってる。キッドは鼻をくすんくすん言わせながら、目玉をきょときょとさせている。

「だけど、そいつの使った最強の薬物でも、おまえたちみたいなごろつきを忘れることなんかできなかった。おれに嘘を信じさせることなんかできなかったんだ。カイルの言うとおり、おれたちはみんなでがんばって、〈スパイダー〉をここまで育ててきた。それをこんなふうに手放すなんて、ほんとならなにがあったってしたくない。だけど大事なのは、〈スパイダー〉はただの会社じゃないってことだ。おれたちは仲間なんだ。アンワルにだって、それを取りあげることなんかできやしない。それでもこのマースってやつは、いつかおれをつかまえに来る。それなら、こっちから打って出たほうがいい」おれは両手の甲で目をこすった。「とにかく、おれはこれを終わらせるつもりなんだ。どっちに転ぶにしても」

「くれてやろうぜ」カイルが思いきりよく言った。ジホーナがうなずく。インへラント・キッドはちょっとためらったが、やはりうなずいた。

「ほんとにいいのか」

「〈スパイダー〉作ったのおまえだし」カイルは言った。「おれを仲間に入れてくれたのもおまえだ。もとから、ビジネスよりそっちのほうがおれにとっちゃ大事なことだったんだ。それに、ポルノを売ってると見る楽しみが減るんだよな」

インヘラント・キッドがうなずく。「おまえらがやるんならなんでもするよ。おれのことキモいって言わないのおまえらだけだもん」

「あたしは言うよ、あんたはキモい」ジホーナは言って、キッドの腕にパンチをくれた。

「ポルノはあいつにやっちまおうぜ、バクスター」カイルが言った。

おれはまわれ右をしてまた戻っていき、アンワルに向かってうなずいた。彼はにやりとした。

「〈スパイダー〉消滅と、〈NTK〉の発展に乾杯だな」と言って、壁のキーパッドに暗証番号を打ち込んだ。かちりとロックのはずれる音がする。アンワルがフリーメイソンの旗の一枚を壁からひっぺがすと、でっかい金庫が現われた。

「軍用ショットガン、突撃銃（アサルトライフル）、グロック」アンワルが言う。「どんな戦闘にも対応できるぜ」

ギャングどうしの抗争になったらどっちが勝つか、かりに多少疑ってたとしても、これを見た瞬間にそんな疑いなんか吹っ飛んでしまった。

「すげえ」おれは言った。「いったいどこからこんなに集めてきたんだ」

「兄貴と取引したのさ。このあたりの学校におれがヤクをばらまき、その見返りに兄貴は銃を供給する」

「火炎放射器だ」ローニンがうれしそうに言って、パックを取りあげて背中にかついだ。

「これだけあれば、ちょっとした軍隊に武器を支給できるぞ」トーンはあきれたように目を丸くした。

「これがいまの教育制度なんだよ」アンワルは言って両手を広げた。「こうして〈スパイダー〉は死んで、ウェストリッジのひとつの時代が終わるってわけだ」

　おれはため息をついた。「ともかく、聖歌隊に入隊する時間はあるよな」


「巨大なカラス？」ジホーナはガムを嚙みながら言った。「そりゃまた、すごいＳＦの駄法螺（だぼら）を持ってきたねえ」

「ごもっとも」おれは言った。

「そんなのがほんとにいるなんて信じられねえよ」カイルが言う。「だってさ、なにも信じられなくなるじゃん、そうだろ？　それがずっと秘密にされてたっていうんなら、ほかにどんな秘密があるか知れたもんじゃない。ＵＦＯとか、バーミューダ・トライアングルとか、だれがピラミッドを建てたのかとか……」

「奴隷だよ」トーンが言った。「ピラミッドを建設したのは奴隷だ」

「そうでしょうとも」とカイル。「あんたみたいな官僚タイプは、国民にそう信じてもらいたいんだろ」

「悪いこた言わん」ローニンがうなるように言った。「ほんとはどんなもんがうろついてんのか、知らなきゃ知らないほどいいんだ。知っちまったら悪夢にうなされるぞ」

おれたちは武器と可燃物（これはインヘラント・キッドの提供だ）を、パットのフォルクスワーゲンの後部に積み込んだ。グレドクたちドワーフは、ごつくて黒いバイクに装備をストラップ留めして、アンワルの武器の点検をしている。

「出発は早いほどいい」ローニンが運転席に乗り込む。「だから、お仲間に早めにさよならを言っとけ」

「おれも行く」カイルは後部に乗り込んで、小さい子供みたいに胸の前で腕組みをした。

「船を襲撃するのに、コンピュータおたくのクラブを連れてくわけにはいかないんだよ」ローニンが言った。

「ちょっと、あたしも行くからね」とジホーナ。

「おれも」インヘラント・キッドも声を張りあげた。

「どうも話が通じなかったみたいだな」ローニンが怒鳴った。「おまえらを連れてくつもりはないぞ」

「それじゃ、ロシアのティータン級駆逐艦の艦内図は欲しくないんだ」カイルが言ってスマホを見せびらかす。「バクスの話からすると、あんたらが襲おうとしてるのはそれだろ」

「おまえの睾丸（こうがん）をつぶして、そのスマホをぶんどってやろうか」ローニンが答える。

レイフがおれの肩を叩いた。ふり向くと、レポートパッドになにか書きなぐって、それをおれの顔の前に突き出してみせた。「連れてかないと、行き先を母さんにばらす」と書いてある。

「かんべんしてくれよ、レイフ」ため息をついた。「毎日毎分、それをやんないと気がすまないのか」

　レイフはうなずいた。

「船を見つけるまで連れてくってのはどう」おれは言った。「そのあとは、バスでケープタウンに戻らせればいいしさ」

「そいつらが殺されても、おれは責任とらんぞ」ローニンが言った。

「決まり」とカイル。

「その前にうちに電話しとけ。うちの大事な子を誘拐したとか言われて、郊外のママさん族に撃たれちゃかなわん」

　みんながそれぞれ親に電話をかけた。レイフは、自分は大丈夫だというテキストメッセージを送っていた。おふくろはたぶんノイローゼになるだろうけど、いまはどうしようもない。

　ローニンはエンジンをかけ、ヘイヴンからバックで出ていった。正直な話、まっ黄色のＶＷのヴァンに乗ってたんじゃ、あんまりワルになったような気はしない。だけどそこは、ジムバッグに詰めたセミオートマティック銃や火炎放射器がばっちり補ってくれる。おまけに、百戦錬磨のドワーフ傭兵(ようへい)小隊が改造バイクでついてきてるんだ。おれはトーンと席を代わって、カイルのとなりにもぐり込んだ。カティンカがドアをばたんと閉じる。

「遠征だ！」カイルが声をあげた。

おれはしばらくうとうとして、夢の訪れない眠りをありがたくむさぼっていた。目が覚めたときは外は暗くなっていた。前部をのぞくと、サンゴマがハンドルを握っていて、ローニンは助手席でブーツの足をダッシュボードにのせて煙草(たばこ)を吸っていた。

「まだ着かないの」おれは尋ねた。

「もうちょっと寝てな」トーンがぼそぼそと答えた。

食料の調達や休憩のために途中の小さな町に何度か止まったが、地元民たちは興味なさそうに眺めていた。安酒で二日酔いになってると、重武装のドワーフがバイクに乗ってるのにも気がつかないものらしい。

また走りだしたとき、おれは急に信じられないほど落ち着かなくなって、二、三分おきにもぞもぞせずにいられなかった。それでカイルの頭が肩にのってきて、よだれがTシャツに垂れてきやがった。おれは「うわっ」とつぶやいて、カイルを向こうへ押しやった。

ローニンがまた交替して運転席に戻ったとき、おれはうまいこと言ってトーンと席を替わった。ばかなやつ。助手席に座ってほっとため息をついた。脚を伸ばしてダッシュボードにのせる。バックミラーを見たら、トーンはカイルとのあいだに音のシールドを作って、気持ちよさそうに背もたれに寄りかかってやがる。ちぇっ、悪党め。

「なんか気になることでもあんのか、少年」ローニンが煙草をくわえる歯のあいだから言った。

「いつかは楽になるんだろうか」おれは言った。「この世にはあんな怪物がいるってわかっちゃって。いや、ほんとはそんなことはいいんだ。自分がそういう怪物の仲間だって知っちゃったのが」

「例の『カラスの血がなんとか』ってあれか」ローニンは言った。「まあな、そりゃ気分が悪いだろなあ」

「ありがたいお言葉に涙が出るよ」

ローニンは肩をすくめた。「おまえにゃカラスの血が混じってるし、マースの親戚（しんせき）だし、彼女にはふられるし、これで慰めろって言われても困るぜ」

おれはため息をついた。「まあねえ」

「昔な、仲間の工作員がアサルトライフルを口にくわえて、引金を引くのを見たことがあるんだ」ローニンは言った。「ぐじゃぐじゃさ。そんときはばかなやつだと思ったもんだが、いまじゃ毎日、ほんとはあいつのほうが賢かったんじゃないかって思うんだよな」と、鼻から煙を吐き出した。「〝隠れ族〟は厄介な問題児の集団で、政府は利用できるときだけ利用してあとは知らんぷりだ。おれたちゃ、ナチの強制収容所の看守みたいなもんで、種族皆殺し（ジェノサイド）を監督してるわけよ。そういう悩みにはな、ヤクとジャック・ダニエルのブレンドが役に立つぞ」

「すげー、憶えとくよ」

ローニンはため息をついた。「デビッド・カッパーフィールドって知ってるだろ、マジシャンの。あいつはな、中国の万里の長城で壁抜けをやったことがあるんだ。そりゃすごい騒ぎでな、石壁のなかで『引っかかった』ときのためにってんで、心拍計を取り付けたりしたんだぜ。それでまあ、壁がびょーんと伸びてそこを通り抜けたわけだが、見てるほうは最初から、ぜんぶごまかしだってわかって見てるわけだ。ただの錯覚なんだけど、ほんとだと信じたいだけなんだよな」

ローニンの話がどこに行くのかわからないが、とりあえず最後まで聞こうと思った。それでうなずいた。

「つまりな、おとなになるってなそういうことなんだよ」ローニンは続けた。「子供とおとなのあいだにはちゃんと境界があって、はっきり分かれてるって思うだろ。いつかそういう手品をやって、つまりその境界を通り抜けて、それでおとなになるんだって思って育ってくる。だけどな、それで向こう側へ行ってみたら、そんなのただの錯覚だって気がつくのさ。壁なんかありゃしねえ。ただ煙と鏡があるだけなんだ。年寄りと若いのを分ける境界線なんかない。通り抜けたしるしなんてのは、ろくでもないことばっかりさ。交通事故とか、癌（がん）とか、心臓発作とかな」

つまりはこれが、ローニンの考える応援演説ってわけ。でも変な話だけど、ある意味では効き目があったんだ。だってさ、これで死んだとしても、そのせいで経験しそこなうことっていったら、住宅ローンとか、通勤ラッシュとか、夫婦げんかとか、たいていはそんなことばっかりだってわかってればあきらめもつくじゃないか。そりゃもちろん、熱い風呂で3Pとか、ホバーボードとか、技術的特異点（シンギュラリティ）とかも経験できるかもしれないけど、現実の人生は絶対確実に退屈だってことを考えたら、そういうのもみんな、なんだか色あせて見えてくるんだよな。

それに加えて、死ぬ心配をするのをやめられて、現実的な問題に頭を切り換えることもできた。超自然的に防衛されたミュータントだらけの船を、どうやって捜せばいいんだろう。

おれはまたいつのまにか眠り込んでいて、目が覚めたときにはヴァンは小さな海辺の町を走っていた。町の通りはがらんとしていた。ヴァンは大通りを走り、それから海岸に向かう。ローニンはハンドルを切って細道に入った。海岸を縁どる乾いた草地に、ななめにかしいだサーカスのテントが寝そべるように掛かっていた。看板には「不思ぎとまほうの世界えようこそ」とあった。

ローニンがテントのそばにヴァンを駐めると、ドワーフたちもバイクをそのとなりに停めた。ローニンがあごで示すほうを見ると、いかにもいかがわしそうな居酒屋があった。点滅するネオンサインで、屋根に大きなイトマキエイの絵が描いてある。「ここで待ってろ」ローニンは言ってヴァンをおり、そっちへずんずん歩いていった。

〈スパイダー〉の面々はまだ眠っていたが、レイフはぱっちり目が覚めていた。車に乗ってるあいだ、たぶんぜんぜん眠ってなかったんだと思う。おれを見てにっと笑うと、ヴァンのスライドドアをあけて小走りにローニンのあとを追った。

「あいつ、なんのつもりだ」トーンが押し殺した声で言う。

「頭が足りないんだよ」おれは言った。「連れ戻してくる。ほかの人の言うことなんか聞きゃしないんだ」おれの言うことも聞くかどうかあやしいもんだけど、それはサンゴマには黙っていた。

ヴァンをおりて追いかけた。安っぽい西部劇の保安官みたいに、レイフはふらりと居酒屋に入っていく。おれもあとに続いた。店内には煙がもうもうと立ち込めて、まるでスモッグみたいだった。潮と汗のにおいがする。サーカスの団員や船乗りたちが数人ずつあちこちに固まって、ビールのジョッキを囲みながら、店のすみのちらちらするテレビを見あげていた。

レイフは、ローニンと並んでカウンターに座っていた。

「ごめん」ふたりに近づくと、おれは言った。

ローニンは肩をすくめてビールをひと口飲んだ。「もう遅い」と低い声で言う。「四時の方向。あの船乗り、テーブルの下に銃を隠してる」

そっちを向こうとしたら、ローニンに肩をがっちりつかまれた。「見ろって意味で言ったんじゃないぞ、呑み込みの早い先生だ。いまどういう状況か警告しただけだ」

「ここで人に会うんだよね。友だち?」

「ちょっとちがう。昔の恋人だ」

「まさか――」と言いかけると、ローニンはうなずいた。

「結婚式で待ちぼうけを食わせた彼女に会うために、こんなとこへおれたちを連れてきたって? 頭だいじょうぶ?」

「そう言うな、あいつだっていまごろは怒りも収まってるさ」ローニンはスツールをまわしてほかの客に顔を向け、「スー・シヴィアランス船長を捜してるんだが」と大声で宣伝した。

「いい度胸だ」道化師が酒に向かってつぶやいた。

「聞いたことねえな」老船乗りが言った。「ここにゃ、そんな名前の船長はいねえよ」

「そうか、それじゃべつのことで手を貸してもらえないか」ローニンは言った。「船を捜してるんだ」

「港に行ってみるんだな」さっきの老船乗りが言う。

「いや、捜してんのは軍艦なんだ。駆逐艦、全体が真っ黒の」

船乗りたちは笑って、また酒のほうに目を向けた。「そんな船ねえよ」と言ったのは背の高い黒髪の船乗りで、ぴったりした黒のTシャツには壊れたハートの絵が描いてある。両の前腕には縦横に傷痕が走り、口もとでは金歯がにぶく光っていた。

「いや、あるって聞いたんだがな」ローニンが言った。

「そいじゃ聞きまちがったんだろ。わかったら、そのガキどもを連れて、おれたちのパブから出てってくれたらどうだ」

「そう突っかかるこたないだろ、兄さん。ものを訊いただけじゃないか」その船乗りは立ちあがり、手に持ったエールをおろした。「どうやら聞こえなかったらしいな」とこっちに近づいてくる。

「どうしようってんだい、ええ、ポパイさんよ」ローニンがばかにしたように鼻を鳴らした。

どうしようとしたかというと、岩をも砕く強烈なパンチをふるおうとした。ローニンはひょいとかがんでかわし、スツールをつかんで引っくり返すや、その脚を船乗りの股間に叩きつけた。船乗りがうめいて身体をふたつ折りにすると、すかさずその顔に容赦なくひざをめり込ませる。船乗りは床にぶっ倒れ、派手に折られた鼻から血が噴き出した。

ローニンはウォーチャイルドをコートの下から抜き、船乗りの首に突きつけた。「よし、もう一回言うから耳の穴かっぽじってよく聞けよ。スー・シヴィアランス船長を捜してるんだがな」

「ただの旅行者にしちゃ、ずいぶん物騒なもの持ってんじゃない」ハスキーな声。

ふり向くと、女が立っていた。ウージーで武装した船乗りの集団に囲まれている。あの写真の女だ。ドレッドロックにフェドーラ帽をのせ、レースの海賊シャツを着ていた。シャツのボタンは留めてなくて、胸に入れた錨の刺青が見える。おれの目はその刺青に、それから乳房に吸い寄せられた。シャツのレースが薄くて透けて見えてるんだ。

「坊や、なに見てんのさ」と声を尖らせた。両手にひとつずつ乳房を持ちあげて、上下に揺らしてみせる。「こっちが左舷でこっちが右舷、荷をおろすならどっちを先にする?」

おれは目をそらして、言葉にならない言葉をもごもごつぶやいた。

彼女は鼻を鳴らした。「これだから男は。口ばっかりでなんにもできやしない」と、部下たちのほうに顔を向けた。

「みんな、銃をおろしな。このチンカスどもはあたしの知り合いなんだよ」ローニンを険悪な目で見て、「まあ、少なくともひとりはね」そう言うと、奥の部屋に来いと手をふって合図してきた。

シヴィアランス船長は、ポーカーテーブルに向かって腰をおろしていた。いっしょにいたのは骨と皮にやせこけた老船乗りで、側頭部にはわずかばかり白髪の房が垂れ下がっているが、それがうねうねして海草みたいだった。でかいジョッキから、派手に音を立てながらビールをすすっている。「ジャクスン・ローニン」シヴィアランスは首をふりながら言った。「最後に会ったときは、あたしに不滅の愛を誓ってたくせに」

ローニンはにやりとした。「だからさ、死んでないだろ」

シヴィアランスも笑顔を返した。「いまはまだね」

「あいかわらずきれいだな」

「そう言うあんたはひどいかっこだね」

「ああ、ちっと厄介ごとがあってな」

船長は笑った。「あんたのことはわかってんのよ。ちっとやそっとの厄介ごとのはずがないわ。それで、その若い友だちはだれなのさ」

「バクスター・ゼヴチェンコです」おれは言った。「こっちは兄のレイフで」

「近ごろは、子供しかいっしょにつるんでくれなくなったの」

「助けてほしいんです」おれは言った。

「それはわかってるよ。でなかったらこのローニンがここに顔を出すはずがない。賭けてもいいけど、もう切羽詰まってるんでしょ」

「パットがさらわれたんだ」ローニンは言った。

「なんだって」シヴィアランスは言って、エールをごくりと飲んだ。「だれに」

「マースだ」

「ポニーテールの化けもん」船長は言った。「その名前、もう二度と聞かずにすむかと思ってたのに」

「おまえが必要なんだ、スー」

船長は背もたれに寄りかかり、ブーツを履いた両足をテーブルにのせた。「あたしだって昔はあんたが必要だったんだよ、ジャクスン。あんときなにがあったか思い出すじゃないの」

「すまん」ローニンは言った。「ほんとうにすまなかった。やっぱり来るんじゃなかったな」

「あんたらしいわ」と首をふった。「ちょっと突っぱねられるとすぐ尻尾まいちゃってさ。手を貸さないとは言ってないよ、パットのことは好きだし。ただ、そのために自分の船を危険にさらすのは気が進まないわ。あたしのおっぱいからは、親切心なんてお乳はしぼっても出てこないんでね」

「それじゃ、条件はなんですか」おれは言った。

シヴィアランスはテーブルの下に手を入れ、長銃身の銀の拳銃を二挺引っぱり出してテーブルに並べた。

「イエスとユダじゃないか」とローニン。

シヴィアランスは微笑んだ。「あたしの救済と破滅よ」ため息混じりに言う。最高だぜ、銃器フェチのサイコパスがもうひとり増えるのかよ。

「美しい銃だ」ローニンが言う。

「でも、足りないものがあるのよ。この子たちには大きな兄弟がいるんだよね。それもそろえたいんだ」

ローニンは顔をしかめた。考えただけで身体のどこかが痛むというように。「だめだ。バレシュはおまえにイエスとユダをやって、おれにはウォーチャイルドをくれたんだ」

シヴィアランスは肩をすくめた。「好きにすれば」

「ローニン」おれは言った。「本気じゃないよね。銃一挺のためにパットを見殺しにするの」

ローニンはお祈りでもするみたいに両手を組んだ。二、三秒ほどもそうしていたが、やがてうなずいた。「おまえにやるよ。ただ、パットを救出するのに使ったあとでだ」

「それと、船のうえで見つかったもんはみんないただくよ」

「いいとも」ローニンは言った。「止めやしない」

シヴィアランスは手につばを吐き、その手を差し出した。ローニンも自分の手につばを吐いてその手を握った。どうやら襲撃の足は確保できたみたいだ。


不平たらたらの船員たちの手を借りて、おれたちはシヴィアランス船長の船に装備を積み込んだ。船は頑丈そうなトロール漁船で、名前は〈ソルト・ドラゴン〉。乗り込んでみたら、どう見てもちゃちな漁船なんかじゃなかった。デッキの漁網の下には回転銃座（ターレット）が隠してあるし、船倉は鋼鉄で強化してあるし、密輸品を収めておく隠し部屋もいくつかあった。

装備の積み込みが終わると、おれは岸に戻った。

「ほんとに大丈夫なんだな?」カイルが言う。

おれはうなずいた。「おまえは?」

「バスが十二時に出る」カイルはいっしょに行きたくてたまらないのだ。それを口に出す寸前になっているのを察して、おれは話をそらした。まわりを見て、「レイフは?」

「たぶんヴァンに戻ったんだろう。さよならを言いたくなかったんじゃないかな」

「いつものことだ」おれはつぶやいた。

カイルはハグをしてきて「死ぬなよ」と言った。おれはにやりと笑って、カイルの背中をぽんぽんと叩き、「帝国を一から再建しなきゃならないもんな。殺されちゃ商売にならない」

最後にカイル、ジホーナ、キッドにさよならを言ってから、デッキに乗り込んだ。ローニンといっしょにブリッジにのぼる。指揮所には高度なレーダーや追跡装置が備えつけてあり、スーみたいな密輸業者にとっては完璧だった。

彼女は舵輪（だりん）に寄りかかっていた。白い船長帽をかぶっていたが、つばにはトランプが一枚――ハートのエースだ――が挿してある。深々と葉巻を吸いながら、「大渦巻きのそばだね。マースがなにを企んでるか知らないけど、よっぽどでかいことなんだろうね。あの渦巻きは大きくて危険なんだよ。漁船が二、三隻呑まれて、いまじゃ立入禁止水域なんだから」

〈ソルト・ドラゴン〉が速度をあげはじめるころ、おれはブリッジからデッキにおりた。舳先（へさき）にひじをついて、黒い海水を船が切り裂いて進むのを眺める。「びびってる?」カティンカが尋ねてきた。となりに身をもたせて、ふざけて肩でおれを押した。

「この一週間にあったことを考えたら、もうなにがあってもびびったりしないと思うな」

「そう言えば、彼女のことは気の毒だったわね。あたしも失恋したことがあるからわかるわ。初めて?」

「好きになったのがばかだったんだよ。だれにも深入りしないって方針を守ってればよかった」

「それって、憂鬱(ゆううつ)への片道切符だと思うわよ、ハニー。いつかはだれかを好きにならなくっちゃ」

「今回はそのいつかじゃなかったってことだね」

「あのね、『踊れ、だれも見ていないかのように(有名な英語の詩の冒頭。「愛せ、傷ついたことなどないかのように」という一節が続く)』みたいなお説教をする気はないけどさ、だれかのせいでそんな気持ちになるっていうのは、あんたがロボットじゃないって証拠よ。お祝いしていいことよ」

「ばんざーい」おれは言った。

カティンカはくすくす笑った。「生きて帰れたらさ、失恋によく効く曲を集めてミックステープを作ったげるわ。そしたらすぐに立ち直れるわよ」

「生きて帰れたら、もうどんなんでも聴けるよ」

その後、船室のひとつで天井をにらみながらエズメのことを考えていると、上のデッキを走る足音がした。

「敵襲」シヴィアランスがブリッジから呼ばわる。

「火炎瓶持ってこい」ローニンが怒鳴った。「急げ!」

おれたちは船倉へ急ぎ、火炎瓶の入った袋をあたふたとデッキに運びあげた。ローニンが手早く火炎放射器をかつぐ。

デッキのうえでは、船乗りたちが機銃から網をとりのけ、そわそわと空を見あげている。おれは片手に火炎瓶、片手に短銃身の重い拳銃を握っていた。

ぴりぴりした静寂を破ったのは、腹に響く機銃のとどろきだった。黒い影が空に輪を描き、こっちに向かって降下してくる。その背後からも黒い影が近づいてくる。夜空に輪郭が浮かびあがる。デッキの重機関銃が空をめがけて猛撃を開始した。

鋭く風を切る音がして、カラスが頭上に急降下してきた。カティンカがデッキから飛びあがってそれを追う。片手にはウージー、片手には火炎瓶を持ち、白い翼をハヤブサのように広げてカラスを追ってダイブする。やがて追いつき、狙いすました火炎瓶の投擲で、カラスは火だるまになって落ちていった。

べつのカラスがブリッジのてっぺんに着地した。船乗りたちは機銃をぐるりとまわし、そちらに向けて何十発と弾丸をぶち込んで、デッキに叩き落とした。おれが投げた火炎瓶がまんまと命中し、瓶が割れてでっかい鳥は可燃性の液体でびしょ濡れになった。が、そのときになって初めて、火をつけ忘れていたのに気がついた。悪態をつき、ポケットに手を突っ込んでライターを探しているうちに、カラスが鉤爪を使ってむくりと起きあがった。

おれは狙いをつけてそいつの胴体に銃弾を撃ち込んだが、火炎瓶の液体には火がつかない。黒い影がおれの頭上にのしかかってくる。と思ったら絶叫があがり、噴き出した炎にカラスは火だるまになった。飛び立とうとしたが、そこへまた銃声がはじけてばったり倒れた。デッキに長々と横たわり、羽と炎のバーベキューになってじゅうじゅう言っている。

ローニンがおれを怒鳴りつけて、ライターを放ってよこした。それを受け止めて、袋に手を突っ込んでまた火炎瓶を取り出した。

カラスがデッキに急降下してきて、船乗りのひとりが吹っ飛ばされた。船乗りは一回転したものの、デッキに落ちると同時に火炎瓶を投げてみごと命中させた。炎に包まれた鳥は、狂ったように夜空にらせんを描き、やがてまっさかさまに海面に落ちていった。

ふと顔をあげてみたら、レイフがデッキに立っていた。顔には落ち着いた集中の表情を浮かべ、手には火炎瓶を持っている。おれは幻覚を見てるのか？　レイフはこっちを見て、にっと笑って親指を立ててみせた。幻覚じゃない。あのばか、ほんとうにここにいるんだ。「レイフ」おれは怒鳴った。「ここにいちゃだめだ」

駆け寄ろうとしたが、デッキのなにかに足を滑らせてすっころび、したたかに両ひざをぶつけた。見れば濃い血の川が流れている。ひとりの船乗りがおれを見、次に自分の腹にあいた穴を見て、デッキにばったりと倒れた。

「レイフ、いったいなにやってんだ」おれは怒鳴った。「ぼさっとしてるとぶっ殺されるぞ」

レイフはこっちを見て、おれの手からライターを受け取った。火炎瓶の布に火をつけ、鳥に向かってそらよと放り投げる。鳥はたちまち炎に包まれ、レイフはこっちを見て得意そうににやりとした。憎ったらしいやつだ。

黄色いアノラックを着た船乗りがデッキを走ってきた。ウサギでもとるみたいに、カラスがその船乗りめがけて急降下してくる。アノラックはふり返って発砲した。「火を使え！」おれは怒鳴って、火炎瓶の布に火をつけた。カラスは船乗りに体当たりを食わせ、倒れたところをデッキから持ちあげて、くちばしを頭に突き刺した。血と黄色いアノラックの切れ端がデッキに飛び散る。

おれは火炎瓶を投げたけど、距離の目測を誤って鳥のうえを飛び越え、舳先に当たってそこで火を噴いただけだった。あせってデッキの網に足を引っかけて転んだところへ、カラスの鉤爪が襲いかかってくる。とっさにわが身をかばおうと片手をあげたのがまずかった。剃刀のように鋭利な爪に、左手の小指を付け根からすぱっと切断されてしまったのだ。

おれは痛みに悲鳴をあげたが、気がつけば鳥が目の前に立ちはだかっていた。ばかでかいくちばしから血がしたたっている。おれを突こうと頭を下げかけ、そのときシヴィアランスにぶっ飛ばされた。ガソリンで濡らして火をつけたチェインソーで、彼女はそいつを狂ったようにめった斬りにしていった。荒々しい雄叫びとともに、チェインソーであざやかに弧を描いて、カラスの頭を胴体から切断する。

おれはあわてて立ちあがろうとしたが、自分の血に足を滑らせてまたデッキにぶっ倒れた。カラスの最期を船長と喜びあいたかったのに、ただそこに寝ころがって、搏動のリズムに合わせて手から血を噴き出させている。親分に詫びを入れるために、指を切るヤクザのことを考えた。農機具の事故で指をなくす子供のことを考え、身体改造のために、自分から指を切断する人のことを考えた。空飛ぶ悪魔に小指を切断されたおれは、そういう人たちよりずっとばかなのか、それともまちがいなくずっとイケてるのか。どっちだろうと思っているうちに気を失った。

気がついたときには、無事なほうの手をレイフが握って、濡れた布で顔を拭いてくれていた。非難するような目で見る。おれが言うことを聞かないガキで、ボールをとりに道路に飛び出して車にはねられたとでもいうみたいに。

「この密航者」おれは言った。

レイフはにっと笑った。

ローニンが船室のドアをあけた。「行くぞ、少年」おれを気の毒そうに見たが、もう引き返せないのはお互いわかっていた。ここまで来たら、選択肢がふたつしかないのはだれでもわかる。どうにかやりおおせるか、壮絶な最期をとげるかだ。

15　重篤な身体損傷の意図を有する暴行罪

〈ソルト・ドラゴン〉は大きくいっぽうにかしいだ。大渦巻きが船体に爪をかけ、なにがなんでも暗い灰緑色の水のらせんに引きずり込もうとしている。激しく泡立つ巨大な波が空に向かってそそり立つ。

ブリッジでは、シヴィアランスが制御盤に身体を押しつけて、しっかと足を踏ん張っていた。引き締まった上腕二頭筋を盛りあがらせて、舵輪（だりん）を持っていかれまいと奮闘している。「レーダーがいかれた」と言って、スクリーンにあごをしゃくる。

カラスの襲撃は撃退したものの、これが始まりにすぎないのはわかっていた。たった数匹襲ってきただけなのに、一匹は取り逃がしてしまった。船の乗組員は三人死亡したし、火炎瓶はめったやたらに投げすぎて、少なくとも十本はむだになった。

おれは繃帯（ほうたい）を巻いた手の、小指があったあたりを見おろした。なくなった指にこんなに惹（ひ）きつけられるなんてビョーキみたいだ。二、三分おきにそこを見おろしては、つい指をくねくねさせてしまう。そのうち小指があるっていう幻覚が出てくるんだろうか。

レイフはおれと並んでブリッジに立って、面白そうに大渦巻きを眺めている。

「密航者は縁起が悪いんだよな」船乗りのひとりがぼやいた。

「いまさら引き返せないだろ」スーが言う。「これでやってくしかないんだよ」

そんなわけで、なにがあろうとレイフがいっしょってことになった。変な話だけど、おかげでおれは元気が出てきた。

「クリトリスも縮みあがるわ、ありゃ気味の悪い船だねえ」シヴィアランスが言った。外を見ると、真正面に黒い船が海からそびえ立っていた。デッキに鉄の十字架が突き出しているのがちらと見える。まるで塔のようだった。

〈ソルト・ドラゴン〉の機関は酷使されて悲鳴をあげていたが、シヴィアランスの舵さばきはみごとなもんだった。大渦巻きをよけてたくみに船を導くとこなんか、まるでタンゴでも踊ってるみたいだ。〈ドラゴン〉は速度をあげつつ、軍艦の左舷側に向かって波を切り裂いていく。銃撃に迎えられることはなかった。あっちのレーダーも、同じように動作不良を起こしてるのならいいんだけど。

「いよいよだね」おれはローニンに言った。

「そうだな」彼は言った。「今度はなるべくおれを撃つなよ」

船乗りたちが、電動の引っかけ鉤を軍艦の舷側の向こうに射ち込んだ。手慣れたもんだ。ほかの船に乗り込むのは、これが初めてじゃないんじゃないかと思った。日焼けした顔の黒っぽい髪の船乗りが、腰に手をやったかと思ったらシャツをつかんで脱ぎ捨て、アサルトライフルを背中にくくりつけ、口にはナイフをくわえた。引っかけ鉤の索に金具で自分を固定し、てっぺんを目指してゆっくりのぼっていく。

数秒後、制服を着た死体が艦側を越えて落ちてきて、暗い水中に姿を消した。

〈ソルト・ドラゴン〉の操船のために船員をふたり残し、おれたちはみな索に身体を固定して宙吊りになった。あとに残れとレイフを説得しようとしたけどむだだった。がんとして索から離れようとしないのだ。風に揺れる索を頼りに、海面から吹きあがるしぶきに肌を刺されながら、おれたちはてっぺんまでのぼっていった。

殺された歩哨(ほしょう)の血でデッキはぬるぬるしていた。長髪の船員がアサルトライフルを胸に抱えてうずくまっている。グレドクたちドワーフも、デッキの反対側でその船員の例にならった。おれたちが艦内におりているあいだに、デッキに出てきた歩哨を片づけようというわけだ。

露天のデッキを進んでいくと、やがて鉄の十字架が見えてきた。まちがいなくなにかがかけられている。正確に言えば鳥だ。〝鬼族〟のリーダーが磔(はりつけ)にされている。翼を広げた恰好で、ボルトで留められているのだ。首が胴体からぐんにゃり垂れ下がって、十字架の下のデッキは血で汚れていた。

「裏切り者ってのは裏切らなきゃいられないんだ」ローニンがささやく。

「あのドアだ」スーが拳銃で影のなかを指し示した。

「タカの目だな」ローニンが言う。

「ボディは虎だよ、賞金稼ぎさん」船長は言って、もう一挺の拳銃を抜いて撃鉄を起こした。

「ああ、憶えてるよ」とローニン。

階段をおりると、窓のない長い廊下に出た。左右両側にドアがある。カイルがおれのスマホにダウンロードしてくれた艦内図を調べた。「突き当たりまで行って、そこを左」おれは言った。そのまま廊下を進もうとしたとき、ドアのひとつから乗組員のひとりが走り出てきて、ローニンに危うくぶつかりかけた。一瞬の迷いもなく、賞金稼ぎはウォーチャイルドの床尾を相手の胸骨に叩き込む。

乗組員は倒れてうめいている。ローニンはその後頭部を二度、立て続けにショットガンで殴りつけた。

「あたしだったら、胸骨よりこめかみを狙うけどね」スーが当然のことのように言う。

「おまえは昔っからよけいな口出しが多いんだよ」ローニンがうなった。

レイフはふたりの横を、ショッピングセンターでも歩くみたいな様子で歩いていた。ぼさぼさの赤毛の頭を上下にふって、他人には聞こえないなにかの曲の拍子をとっている。武器といえば火炎瓶を一本持ってるきりだが、それをジュースの瓶みたいに無造作に手にさげている。

長い廊下を進むうちに、ひたいがむずむずしはじめた。灰色の金属壁がちらちらして、こっちに迫ってくるような気がする。おれは手の甲でひたいをこすった。しっかりしろよ、ゼヴチェンコ。もうまぼろしはたくさんだぞ、いいな。

ローニンがかどを曲がる、とたんに銃の連射が始まって廊下に弾丸が跳ねた。ローニンは戻ってきて壁にぴったり身体を張りつける。「三人いる」と言って、身をかがめてまた向こうを見る。「重武装だ」また連射が始まり、銃弾の雨が降った。

　シヴィアランスは二挺の拳銃をホルスターに収め、壁に寄りかかって葉巻に火をつけた。「弾丸（たま）をむだ遣いしてやがるわ」彼女は言った。「再装塡（リロード）のタイミングを待つんだね」また連射。スーは深々と葉巻を吸って、煙を吐いて輪を作った。さらに連射。スーは自分の爪を見る。次の連射が廊下をずたずたにし終わると、おもむろに二挺の拳銃を抜き、向こうの廊下に歩いていって、両方の弾倉をからにして戻ってきた。口から葉巻をとると、ローニンの顔に煙を吐きかける。

　ローニンはおれに向かって目をぎょろつかせた。かどをまわってみたら、三人の歩哨がうつろな目でおれたちを見あげていたのだ。三人が警備していたのは、重い金属ドアのある監房の列だった。シヴィアランスは死体のポケットに手を突っ込み、鍵束を探りあてて指からぶら下げてみせる。

　ドアをあけると、シヴィアランスは二挺の拳銃を構えてなかに入っていった。レイフがあとに続き、おれはそのあとに続いた。肩ごしに見えた捕虜はパットじゃなかった。エズメだった。ベッドに座って脚を組んでいる。いまもあのダサいタートルネックを着てたけど、ついでにごつい拳銃も二挺構えてた。化物だったら、どんなのにでも出くわす覚悟はできていた。頭が四つあるヘビの怪物？　ありきたり。猛毒をもつ空飛ぶサソリ？　流行後れもいいとこ。だけど、もと恋人がそこに座ってて、二挺の銃で平然とこっちを狙ってるのを見たら、おれはその場で棒立ちになってしまった。よくいるだろ、「文字どおり」って言葉の使いかたをまちがってる頭の悪いうっとうしいやつ。だけどおれはそういうのとはちがう。おれは文字どおり言葉をなくしてた。

「バクスター」エズメはにっこりして言った。「会えてうれしいわ」その目つきが、おれに回避行動をとらせた。レイフの襟首をつかんで引っ張り、ふたりいっしょに飛びさって壁にぶち当たったまさにそのとき、エズメが銃口をあげて発砲しようとした。スーの反応は猫そこのけだった。腰を落とすなり全身のばねで前に飛び出し、エズメが引金を引くのと同時にその両腕を横になぎ払っていた。

こんな狭苦しい部屋だと、銃声は信じられないぐらい大きく響くんだな。それがまだ耳のなかで鳴っているうちに、スーは自分の拳銃をあげてエズメののどに押し込んでいた。

「殺さないで!」おれは叫んだ。スーはおれをちらと見て、引金を引かずにグリップを鼻に叩き込んだ。エズメが意識を失ってベッドに倒れる。

「どういうことよ」スーがおれに言って、また葉巻を吸った。

「おれの彼女なんだ」

「そうでもなしだわよ、シュガー」カティンカが言って、ウージーを肩に構えた。「見てごらん」

ふり向くと、エズメが起きあがって座りなおそうとしていた。タートルネックのえりがずり落ちている。肩のすぐうえに、丸々と膨れたアナンシの胴体が突き出しているのが見えた。

子も死ぬぞ」

「エズメは……」おれは絶句した。

「ゾンビだ」トーンが言った。「寄生蜘蛛を離れさせなくちゃならん。無理に切り離すとその子も死ぬぞ」

エズメは意地の悪そうな笑みを浮かべた。「この子が死ぬまで離れるもんか」

と言い放つなり、ベッドから飛びあがってスーの顔を引っかいた。痛みにうめいてあとじさるところを、すかさず拳銃を奪い取ろうとしたが、そこにトーンが甲高い音の突風を起こし、エズメは壁に叩きつけられた。鼻から息を吸って口から吐く循環呼吸かなんかで、トーンはずっと風を起こしつづけている。

駆けつけたローニンがひじをエズメののどに押し込み、トーンは風を起こすのをやめて大きく息をついた。

ローニンはエズメを裏返しにして顔を壁に押しつけた。彼女は身をよじり、足をばたつかせる。

「バクスター、助けて！」と泣き声をあげた。

スーとレイフとカティンカがエズメを押さえつけているあいだに、ローニンはコートの下から呪物袋を引っぱり出し、中身をベッドにあけて、香草だの骨だの小間物だのをよりわけはじめた。

「アナンシってのは雑草みたいなもんでな」彼は言った。「根っこから引き抜かなきゃだめなんだ」粉末の入った小壜を探しあてて蓋をあけ、エズメの鼻の下に持っていく。

「どうだ、いいにおいだろ」ローニンは言った。

「やめて、お願いだからやめて」とエズメ。

「よしよし、そんなに言うなら」ローニンは蜘蛛の胴体に壜の中身をかけて、ライターでその粉末に火をつけた。金属光沢のある緑色の炎があがり、エズメは苦しがって悲鳴をあげはじめた。

緑の炎がアナンシの身体を包み込む。硫黄のにおいのする黒煙が噴き出してきて、ローニンは腕をあげて自分の口をふさいだ。全員がそれにならう。ローニンはブーツからナイフを抜いて、もういっぽうの手でそれをエズメの首とアナンシのあいだに突っ込み、押したり引いたりしはじめた。エズメの悲鳴がやんで、アナンシの本体からか細い声が漏れてくる。ローニンがナイフを押しあげると、蜘蛛はたまらずエズメの首から離れて床に飛びおりた。とげのはえた長い巻きひげを後ろに引きずっている。

真っ先に反応したのはカティンカだった。飛び出して、赤いスティレットのヒールを匕首のようにそいつの身体に突き刺した。蜘蛛は耳をつんざく悲鳴をあげ、やがて動かなくなった。カティンカはヒールを抜いて、気色悪そうに鼻にしわを寄せる。「船を襲撃するのに、ハイヒールは向かないって言ったわよねえ」とトーンに言った。

おれが駆け寄ると、エズメは狂おしい目で見あげてきた。首にはいくつか大きな紫色の穴があいているし、鼻はスーに殴られてまだ血が出ている。おれは腕に彼女を包み込んだ。硫黄のにおいがしたけど、彼女の身体はあつらえたみたいに腕にぴったり収まった。「大丈夫だよ」

おれはささやきかけた。「もう大丈夫」

「なにがあったの」としがみついてくる。「自分の部屋にいたことしか憶えてないよ」

「いろんなことがあったんだ」おれは言った。「でももう安心だからな」

「よし、恋人さんたちよ、こっから逃げなきゃならん」ローニンは言って、ドアから外の廊下をうかがった。「自分の船を好き勝手に荒らされて、マースが黙ってるわけがない」

「マースってだれ」エズメが言っておれを見た。

「あとで説明するよ」とささやいた。「ともかく、いまはおれから離れないで」

おれたちは廊下を歩いていき、次の監房を開いてみた。パットはそこにいた。汚れて打撲傷だらけだったが、青い目は輝いている。

「ジャクスン」と、助け起こすローニンに笑顔で言った。「助けに来てくれたのね」

「だれかが来なきゃならんだろ」と彼女を抱きしめて、「すぐ逃げられるか？」

「マースが」と吐き捨てるように言う。

「昔から楽しいやつだったよな」ローニンは言った。「殺しに行こうぜ」

廊下に戻ったとたん、周囲の壁に銃弾が突き刺さってきた。おれたちは廊下を走った。艦内図を確認する。「こっちだ」おれは叫び、左手のドアを指さした。

艦の厨房はがらんとしていた。銃声を聞いてスタッフが全員逃げ出したか、まともな食事はマースのリストでは優先順位が高くなかったんだろう。ステンレスの厨房をそろそろと通り抜けようとしていると、反対側のドアが開いた。

犬型のゴグが二匹、鼻をふんふん言わせながら現われた。灰色のうろこに覆われた爬虫類の皮膚に、もさもさの黒いたてがみをはやしている。盛りあがった首の筋肉を波うたせ、ピンクの目でおれたちをにらみつけると、二列のおぞましい歯を剝き出しにした。可愛いトカゲ犬だぜ。

スーとローニンが同時に発砲し、猛烈な弾丸の雨を二匹にお見舞いした。一匹はうなりながらステンレスのカウンターに飛び乗った。なべが滑ってがらがらと床に落ちる。

レイフはその犬を眺めて、ちょっと興味を惹かれたみたいな顔をしている。その腕をおれはしっかりつかまえた。寄っていってなでようとでもしたらしゃれにならない。犬はカウンターのうえを歩いてこっちに近づいてくる。

カティンカがひらりと天井に舞いあがるのを横目に、おれはレイフとエズメをつかんで廊下に引っ張っていった。本物のエズメが見つかったばっかりなのに、それを犬だかトカゲだかに食われてたまるもんか。

レイフがおれを見てにっと笑う。「ばかなことしないでくれよ」おれは言った。「マジで頼むよ、レイフ、おとなしくしててくれ。あの化物をみんなが始末してくれるのを待つんだ。今度ぐらいはお利口にしててくれよ」レイフはまじめな顔でうなずいた。「よかった」と思ったら、あきれた素早さでおれの手をふりほどいて、レイフは廊下の奥に向かって駆けだしていた。

「レイフ!」おれは悪態をつきながら、かばうようにエズメの身体に腕をまわしてあとを追った。

レイフは落ち着いて、しかし足早に廊下を歩いていく。バスの集合時刻に遅れた旅行者みたいにきょろきょろしながら。かどを曲がったら、レイフが木製のドアにのんびり歩いていくのが見えた。ドアの前で立ち止まり、例の千里眼でこっちを見ると、ドアをあけてなかに入っていった。

「ねえ、あそこには入らないほうがいいんじゃない」エズメがおれの腕をつかんだまま言う。

「そうなんだけど」おれはため息をついた。「でもしょうがないよ」

マースが朝食のテーブルに着いてお茶を飲んでいた。灰色の髪を後ろでポニーテールにして、赤いサテンのスクランチーで留めている。Tシャツの胸には「情報に自由を」と書いてあった。この船室は広々として重厚な雰囲気だった。本でいっぱいの背の高い書棚、水槽には色あざやかな魚が泳いでいる。いっぽうの壁は分厚いガラスでできていて、大渦巻きが眺められた。

「バクスター！」マースは言った。「時間どおりだね」と、テーブルのあいた椅子を指さした。

「どうぞ、座ってくれ」

「バクスター」エズメが言った。おれはその腕に触れた。レイフがとなりに立って、彼女の手を握った。こっちに向かってばかみたいににたにたしている。

「くそったれ」おれはつぶやいた。

テーブルに歩いていって腰をおろす。マースはおれのぶんのお茶をついだ。カップからオレンジに似たアールグレイの香りが立ちのぼる。

「それで、いま妄想のほうはどうなってるかな」と温かい声で言った。

「暴力的な妄想にずっと取り憑かれてるよ。あんたを細かく切り刻んでやるっていう」

「典型的な投影だね。それはきみのお母さんに原因があるんじゃないかな。それはともかく、また会えてうれしい。血縁は大事なものだからね、そうだろう?」

おれはマースの顔を見た。これまでいろんなやつを脅したりすかしたり説得したりして操ってきたけど、こんなのに会ったのは初めてだ。目の奥で、脳みそが高速で回転しているのがわかる。無数のマイクロプロセッサが、数字や事実や確率や可能性を処理してるみたいだ。チェスの世界チャンピオンのカスパロフが、IBMのディープ・ブルーと対戦したときの気持ちがわかるぜ。マースがこれまで、おれをどれぐらい操ってきたのか想像もつかない。おれの人生は最初から仕組まれていた。おれがマースの望みどおりのおれになるように、周到に計画され実行されてきたものだったんだ。

マースはおれにお茶を差し出してきた。おれはひと口飲んで、「いくつか訊きたいことがあるんだけど」

マースはうなずいた。「その権利はあると思うよ。なにが知りたい? 曾々祖父として、子孫に知恵を伝えられるのはうれしいね」

「エズメの誘拐だけど、なんであんなことしたんだよ。おれにじかに接触して、金や権力で釣ればすむ話じゃないか」

マースはため息をついて肩をすくめた。「あれしか手がなかったんだ。蛸の乗物には時間旅行の能力はあるが、カマキリとはちがって、それを作動させるには非常に単純な手法が必要でね。その鍵を握るのが、つまり人血なんだよ」

「だからマウンテン・キラーだったんだな」おれは言った。

手を心臓に当てて、「有罪を認めるよ。人血があれば蛸のパワーを活用することができる。それによってお膳立てを整えて、カマキリの乗物を操縦する能力の持主を生み出そうとしたわけだ。しかし、ほんとうにきみがその能力に目覚めたかどうかはまだわからなかった。だから、きみがそこの彼女に愛情を示しはじめたのを見て、テストに使うことにしたんだよ。付け加えるなら、きみはそのテストにみごと合格したね」

「合格して、それで?」

「わたしの下で働いてもらう。見習い期間と考えてくれ。きみはカマキリを操作し、わたしはきみの能力が開花するよう手を貸す。きみは権力を望んでいるね。わたしの助力があれば、歴史始まって以来最大の企業を築くことも夢じゃないよ」

権力のことなんか考えてないと言いたかった。善良な部分が育ってきて、そんな申し出なんか笑い飛ばせるほどになったと言いたかった。どんなに大きな富や権力にも動かされないほどになったと、マースに言ってやりたかった。

「わかった」おれは言った。

マースはおやという顔をした。「多少は抵抗があるかと思っていたんだがね。見損なうなとかなんとか」

「だってさ」とテーブルに身を乗り出して、「おれを創ったのはあんたじゃないか。ふざけんなと言いたくなる部分だって、あんたがわざと刺激して育てたんだろ。人を好きになるように仕向けたのだって、おれをあんたの望みどおりの人間に育てるためだったんだろ」

「それはそうだが……」

「あんたはやるべきことをちゃんとやったんだ。それはおれもおんなじだ。もうこんな茶番を続ける必要はないんだ」エズメのほうをふり向いて、「エズメの言ったとおりだ。あれを言ったのはほんとのおまえじゃなかったけど。おれはろくな人間じゃない。ポルノなんか売って、人をいいように操ってる。まともじゃない、ティーンエイジャーのやることじゃないってみんなに言われる。だけどそんなのくそくらえだ。この世は気高くて美しいだなんて、そんなご託を人の頭にどうして詰め込むんだ。ほんとはそうじゃない。この世は醜くて残酷で血も涙もない場所だ。それを出し抜くには、もっと醜くて残酷で血も涙もない人間になるしかないんだ」

マースはくすくす笑った。「まさにそのとおり」

「その乗物を見てみたい。あんたがなんのために、おれの人生を引っかきまわしたのか見てみたい」

マースに連れていかれた部屋には、二体の像が置かれていた。磨き抜かれた真鍮(しんちゅう)と銅とガラスでできていて、奇妙な象形文字や悪魔のいたずら書きみたいなのがびっしり彫り込んである。一体は蛸をかたどったもので、大きな身体をだらしなく伸ばしている。触手は太い黄金の鎖のようで、目玉に嵌(は)めてある琥珀(こはく)には大昔の昆虫が封じ込められていた。大きな胴体はどっしりした銅の鐘に似ていて、ねっとりした濃密なオーラに包まれている。その周囲では、空気がねじれよじれているように見えた。まるで、この怪物のそばから逃げ出したがっているみたいに。

「乗物であり、檻でもある」マースは言いながら、手の甲でそれをなでた。「驚くべき魔法だ。さっきのきみの短い演説には感服したよ。しかし、これはわかってもらえると思うが、多少の警戒措置はとらせてもらうよ」

マースは一本の触手にのぼり、蛸の顔の裏側にまわって、人がひとり入れるほどのくぼみにもぐり込んだ。琥珀を通して、マースが横すべりして適当な位置に収まるのが見えた。まるでコックピットだ。「きみがわたしの計画を妨害しようとしたら、報復として兄さんと恋人には死んでもらう」

「あんたはおれの人生をもののみごとに操ってくれた。敵対するより、その腕を学びたい」

「それはわたしにとっても願ったりかなったりだ。ではどうぞ」と言って、もういっぽうの乗物を身ぶりで示した。「どんなに長いこと、この時を待ちわびていたことか」

カマキリはおれの頭上にそびえ立っていた。昆虫型の機械戦士のようだ。胴体は長くほっそりしていて、宙にふりあげた鎌は鋸歯状の刃さながらだった。近づくと、みぞおちにブーンというなりが伝わってくる。本気で改造したカーステレオの超低音みたいだ。

おれはカマキリの後脚をのぼり、中心部のくぼみに足を踏み入れ、その中央にある人型のうろに滑り込んだ。驚くほど居心地がよくて、肌に金属のぬくもりが伝わってくる。この中ではすべてが低くうなりをあげているようだった。ただ、レバーや滑車はあったけど、おれが探してるのはコントローラやマウスやジョイスティックだ。そんなものはない。レバーを引いてみた。カマキリの脚の一本が動いた。この操縦システムが論理的にできているなら、ほかのレバーはほかの脚に対応しているはずだ。引いてみたら、やっぱりほかの脚が動く。

「どうだね、乗り心地は」マースが声をかけてきた。「それでは、起動してみてくれ」

「どうやって？」

「きみをここに連れてきたのはそのためなんだよ」マースは気短に言った。「囚われの神のパワーを引き出すんだ」

なーるほど。カマキリ神のパワーがたちどころに湧きあがってくるってか。時間をかければ、この操縦システムを使いこなせるようにはなるだろう。だけど、このなかに閉じ込められてる神の力を引き出すって？　たぶんFAQもウィキペディアもないんだろうな。荒くなってきた呼吸を抑えようとした。レイフのほうに目を向けると、にやりと笑って例の千里眼でこっちを見返してくる。その燃える眼にうながされて、太陽に向かって開くヒマワリのように、ひたいが開いていくのがわかった。すべてが小さなフラクタルに分裂していく。

「なんだこれ」おれはつぶやいた。世界が震えてふたつに裂けていく。おれはまたあの空に浮かぶ円盤のうえにいた。しかし、魂の歌い手の姿はどこにも見えない。その代わり、レイフがあぐらをかいておれを見あげていた。

「レイフ？　なにがどうなってるんだ？」

「おれは自分がシーナーだって気がついてたんだ。おまえが気がつくずうううっと前からな」と笑顔で言った。ここではレイフの声は豊かでよく響き、耳に快かった。ふだんのもごもごとうなるような声とはまるでちがう。「だけど、おまえは昔からほんっとどうしようもないやつで、おれがあんだけヒントをやってたのにぜんぜん気がつきゃしない」

「そんな……」おれは言った。「おまえ、しゃべれるんじゃないか。ちゃんと文章になってる」

レイフは肩をすくめた。「ここだと簡単なんだ。あの身体に閉じ込められてるとそう簡単にいかないけどな。おまえもおれもシーナーで、そのせいもあっておまえはずっとおれを嫌ってた。なんだかありえないぐらい強いもので結びつけられてるのはわかるけど、おれとはいっさい関わりを持ちたくないっておまえは思ってたからな」

「嫌ってなんかいなかったぞ」

レイフは笑った。「黙って聞け、バクスター。やっとおれのしゃべる番が来たんだから。おれはいつも、おまえがうぬぼれの強い雄鶏みたいにふんぞりかえって歩くのを見ていた。つまらない計画を立てたり、くだらない陰謀をめぐらしたり、この世で自分がいちばん頭がいいってふだんから思ってたり、そういうのを見てきたんだ」おれは口をはさもうとしたが、レイフが片手をあげた。「黙って聞けって言っただろ。真っ先に言ってやりたかったのは、おまえなんかくたばっちまえってことだ。おれが八つのとき、ミスター・ボブルを庭に埋めただろう。よくもあんな底意地の悪いことをやりやがったな」

ミスター・ボブルは、レイフのお気に入りのぬいぐるみだった。小さなウサギで、目がひとつしかなくて蝶ネクタイをしていた。レイフがおれのいたずらを言いつけた仕返しに、庭に埋めてやったんだ。レイフはショックを受けて、何か月も落ち込んでた。

「第二に、おれのことをうすのろって言うな。あんまり口はきかなくても、おまえの言ってることはみんなわかってるんだ」レイフが手をふると、円盤は消え失せて、気がつけばおれたちはテーブルマウンテンの上空に浮かんでいた。「おれの眼は、おまえよりずっと遠くまで見通せる」レイフは言った。「頭のなかで全世界を創造することもできる。だから悪いけどな、おまえたちみたいに退屈な呪文を長々唱えて時間をつぶす必要なんかないんだ」ぱちんと指を鳴らすと、おれたちはまた円盤のうえに戻っていた。

「おれ、おまえにずっと悪いことしてたんだな」おれは言った。

「べつに一方通行じゃないから。カリン・ドーマンにいきなりふられたときのこと憶えてるだろ」

「ああ……」

「あんときは、おれがおまえになりすまして、きみのママはいかしてるっていうメールを送ったんだ」

「きったねえ!」

「身近に最高のお手本がいたからな。おまえ、あの狂人の望みどおりにする気なんかないんだろ。どうするつもりなんだ」

「そりゃ、囚われの神を解放するしかないと思う」

「手を貸すよ」レイフは言って両手を差し出してきた。その手をとると、円盤が回転しはじめる。最初はゆっくり、しだいに速度を増し、まるで宇宙のメリーゴーラウンドに乗ってるみたいだった。その回転の力がおれの身内に打ち込まれてくる。

やがてそれが見えてきた。肉の眼には見えない輝く印形が、カマキリの全身に彫り込まれている。それが、一種の金属内部のコントロールパネルをなしていた。心の手を伸ばして、そのひとつに触れてみた。可聴音以下の音にならない深い音が響く。それに共鳴した脳みそが、頭蓋骨のなかで振動しはじめた。べつのにも触れてみた。こっちは周波数が高かったが、さっきの超低音と完璧な和音をなしている。これは目に見えない、時空のカシオキーボードだ。楽器の弾けないやつがキーボードの前に座ったらかならずやることがあるだろ。そう、『チョップスティックス（両手の人さし指だけで弾ける簡単なピアノ曲。『ねこふんじゃった』より易しい）』を弾くことさ。

心の手を伸ばして、あの単純なメロディを生む可聴音以下の音を探す。その「音以下の音」は内部にがらがらぶーんと響きわたった。カマキリが身じろぎする。太極拳でもやっているみたいに動く。渦を巻いたりころがったりして、霊気と時空のなかを水のように流れていく。

「完璧だ」マースが蛸の乗物のなかから声をかけてきた。おれは心の手ででたらめに印形に触れていった。ゲームのキャラにファイアボールを発射させようとして、コントローラで指をすり減らしてるみたいに。カマキリは酔っぱらったローラースケーターのようにふらふらしたが、おれはなんとかコントロールを失わずにいられた。だがこれまでのところ、大したスーパーウエポンぶりとは言いがたい。

「やめろ」マースは言って蛸を起動させ、触手を立てて起きあがった。心の手で、おれはカマキリを蛸に向かって前進させ、炎のエネルギーを浴びせかけようとした。カマキリの攻撃機能が起動された。しかし蛸はその攻撃を軽くそらし、伸びあがって触手を飛ばしてきて、おれは壁に叩きつけられた。「警告しておいたはずだ」マースは言った。おれはカマキリの印形を調べた。火をコントロールできるのはいいけど、ミサイルはどこだ？　光子(こうし)砲は？　触手が一本伸びてきて、おれはまた壁に叩きつけられた。立ちあがろうとしたが、空中に持ちあげられてしまった。蛸はカマキリに触手を巻きつけ、コックピットにもぐり込ませてくる。それに鼻と口をふさがれて、おれは息ができなくなった。

「少しは期待する部分もあったんだがね、ほんとうに協力しあえるんじゃないかと」マースは言った。数秒後には、肺が爆発しそうになってきた。とそのとき、ふっと頭が澄みわたった。その澄んだ頭で輝く印形を見て、ついに理解した。カマキリの仕組みが理解できたのだ。精神を集中させ、ついで解放した。カマキリとおれは、蛸を道連れにして瞬(まばた)きの間(ま)に消滅した。

16　アポカリプス・ナウナウ

出たところはケープタウンの中央ビジネス街（CBD）だった。テーブルマウンテンを背景に建てられた、おなじみのビルのあいだにおれは立ちあがった。フレデフック（ケープタウンの郊外地区）にそびえる三つのタンポン形のタワービル（ディサ・パークという三棟並んだ十七階建てのタワー型マンション。テーブルマウンテンの裾野にあり、景観を破壊していると非難されている）が見えた。すぐそばを黄色と灰色の電車ががたがたと駅に出入りしている。ほとんど同じだ——ほとんど。ただ、ひとつ小さなちがいがあった。最初は気がつかなかったが、すぐにいやというほど目につきだした。マークだ。赤い〈オクトグラム〉社のマークがあっちにもこっちにも。ビルの側面の看板にはそのマークがついているし、商店の外では〈オクトグラム〉のペナントが風にはためいている。

「時空のどこでも選べたはずなのに、おまえが選んだのは、わたしの計画がすでに成功したあとの次元だ」マースが言った。蛸（たこ）がするすると迫ってくる。金属の触手がアスファルトをこすって音を立てる。「心の底にひそむ願望がそうさせたんだ」

並行世界のケープタウン市民がおれたちのまわりにひしめいて、この乗物を不思議そうに眺めている。たぶんインスタレーション・アートかなんかだと思ってるんだろう。大きな広告を側面につけたバスがそばを走っていく。「これはあんたの思ってるような次元じゃなさそうだよ」おれは言って、カマキリの脚を使ってバスの広告をさした。ふり向いたマースを見返してきたのは、眼鏡をかけたおれの厳（いか）めしい顔だ。「その他大勢キャラ（ノン・プレイヤー・キャラクター）になるな。きみたちに手を差し伸べる最高指導者に手を差し伸べよう」と書いてある。

　マースはおれをふり返った。「おまえが?!」

「おれはきっと、あんたに退職手当をたんまり払って、功労賞に金時計を贈ったんじゃないかな」

「どうやらおまえは、最初に思っていた以上に危険なやつだったようだな」マースが応じる。

　おれはにやりとした。「多いんだよ、おれを見くびって失敗するやつ」

　流れ込むエネルギーに身震いしたかと思うと、蛸は巨大化しはじめた。触手がアスファルトのうえを伸びていき、野次馬たちを押しつぶす。これはアヴァンギャルドなアートの集合展示じゃなさそうだと急に気がついて、並行世界の市民たちが悲鳴をあげて逃げ出した。

　蛸は巨大化しつづけ、金属の身体は熱を帯びて輝きはじめた。「いまならまだ降参できるぞ」マースが言った。その声は拡大されて街路に響きわたる。「あるいは逃げるか」

　どっちもお断わりだ。おれはこのカマキリの手綱を握っている。かつて望んだすべてのパワーが、この印形（いんぎょう）のなかにこもっているのだ。なりたかったら最高指導者にだって簡単になれる。これだけのパワーがあれば、この世界全体を、いやひょっとしたらあらゆる世界を、おれの〈スプロール〉に変えることもできる。心の手を伸ばして望みの印形に触れた。カマキリはゆらりと姿勢を変え、ついで巨大化しはじめた。しまいには蛸と正対できるほどの大きさに成長する。時間旅行極大オクトパスと汎(はん)次元巨大カマキリの対決だ。戦闘(ファイト)開始！

マースが突っ込んできたが、おれはそれをかわし、巨大カマキリの脚を蛸の触手に突き刺してアスファルトに釘付けにしてやった。マースがまた打ちかかってくる。今度はべつの触手で列車をつかんで、それを灰色と黄色のムチのように打ちおろす。空(くう)を切って飛んできた先頭の車両が横っつらに当たり、カマキリはビルのうえに仰向(あおむ)けに引っくり返った。無数の窓ガラスが割れ、気がついたらおれはオープンプラン式のオフィスをのぞき込んでいた。個々の仕切りのなかから、人々がまさかという顔でこっちを見あげている。

すみませんと言いたくなるのを我慢して、カマキリを操ってよたよたと向きを変えさせた、ところへマースが襲いかかってきた。蛸の金属の巨体を伸びあがらせて、もろに体当たりを食わせてくる。おれは横ざまに吹っ飛ばされて、配達トラックのうえにどうとばかりにぶっ倒れた。トラックはぺしゃんこにつぶれたが、なかに乗ってた人のことは考えないことにするしかない。

カマキリをまた起きあがらせて、すぐに回避行動をとらせた。蛸が何本もの触手で自動車をこっちへ投げつけはじめたのだ。ラグジュアリーセダンをよけ、障害物を踏みつぶしながら通りを逃げて、大きな投資銀行ビルの陰に避難した。おれは肩で息をしていた。カマキリのうなりが伝わって全身がぶるぶる震える。こいつにすごいパワーがあるのはたしかだけど、殴りあいではどう見てもおれはマースの足もとにも及ばない。

そこでいちばん得意な戦術をとった。回避だ。ビルからビルへ素早く逃げて、蛸の背後をすり抜け、飛んでくる触手をよける。逃げる巨大カマキリの脚で車が次々に踏みつぶされる。どれだけ人が死んだかとか、そういうことは考えないようにした。

乗用車やトラックを踏みつぶしてまわりながら、おれはこの作戦の致命的欠陥に気がついた。精神力でカマキリをコントロールしてるんだけど、その肝心の精神がくたびれてきたんだ。緊張でこめかみがずきずきする。だんだん速度が落ちてくる。無理に精神を集中しないと止まってしまいそうだ。

背後からマースが迫ってくる。精神力で乗合タクシーを何台か浮きあがらせて投げつけたが、ばかにしたような触手のひと振りではじき飛ばされた。よけいなことをしてさらに疲れてしまったけど、なんとかよたよた前進しつづけた。

マースが触手の届く距離まで追いついてきて、カマキリの脚の一本をつかんでぐいとばかりに投げ飛ばした。カマキリは回転しながら夕空を飛んで、近くのショッピングセンターに落ちてルネサンスふうの丸屋根をぶち破った。おれはたじろいだ。アイスクリームを持った太った買い物客がふたり、下敷きになってつぶれていたのだ。

疲れきった精神を叱咤(しった)してカマキリを起きあがらせ、ショッピングセンターの残骸から飛び出した。そこへマースがぬっとのしかかってくる。おれは触手をなんとか押しのけ、金属の脚をマースのいるコックピットに突っ込んだ。マースが身をよじったせいでとらえそこなったけど、蛸の触手二本を釘付けにして、カマキリを後脚で立ちあがらせることに成功した。よし、この前脚でマースの脳天を串刺しにしてやる。

と思ったらそこへミサイルが飛んできた。この並行世界の住民たちが、二頭の巨獣にケープタウンを滅茶苦茶にされて我慢できなくなったらしい。攻撃ヘリコプターを何機か繰り出して報復に出てきたのだ。ミサイルが命中して、カマキリは後ろざまに吹っ飛ばされた。

ヘリコプターに取り囲まれ、機銃で狙われて、おれの座ってるすぐそばに銃弾が突き刺さってきた。ミサイルがマースのほうにも命中して、向こうは二機のヘリを触手でつかまえて地面に逆落としにしている。頭のまわりで触手をふりまわし、さらに二機のヘリを空中で破壊した。残った二機は大きく弧を描いて迂回(うかい)し、山のほうへ撤退していく。

ミサイルの爆発で頭が焦げているのもかまわず、蛸はカマキリの頭をつかまえて地面に叩きつけてくれた。その衝撃はすさまじく、おれの精神集中は完全に途切れた。プロレスラーみたいにマースはおれを持ちあげて、ノーザン地区の数区先にカマキリの金属の身体を投げ飛ばした。

黒い点々が、興奮したアメーバみたいに視野を泳ぎまわっている。首がマヒしたみたいで、おれは必死で動かそうとした。折れてはいなかったけど、もう少しで折れてたんじゃないかと思う。精神を集中しようとがんばったが、それに失敗したらあと数秒で死ぬことになるのはわかっていた。カマキリをどうにか起きあがらせてみたら、数層の有刺鉄線に引っかかった。あたりを見まわした。投げ飛ばされて落ちたところは、クーバーグ原子力発電所の塀のなかだったんだ。

ふり返ったとき、また触手に殴られておれは発電所に叩き込まれた。蛸が目の前に立ちはだかって夕陽を覆い隠している。カマキリのなか、おれは横たわったまま目を閉じた。やれるだけのことはやった。ケープタウンの超常世界のアンダーワールドに呑み込まれ、消化されて排泄されたんだ。精いっぱいがんばったけど、力が及ばなかった。おれは抵抗するのをやめた。心のなかでカマキリの手綱を手放した。カマキリはすばらしかったけど、十六年間生きてきて、この浮世にサヨナラを言う時が来たわけだ。完全にギブアップしかけて、そのときはたと気がついた。

どうすればいいかわかってしまった。すぐそばの原子炉におれは心の手を伸ばし、意志の力ひとつで火をつけた。と同時に、まだ残っていた集中力のありったけを動員して、エネルギーの膜を作って自分を包み込んだ。周囲に猛烈な衝撃波が広がっていく。その炎の波におれは翻弄され、ケープタウンを根こぎにする放射線の怒濤に押し流されていった。

樹木も車も住宅も人々も消滅していく。おれは波に投げ飛ばされ、ケープタウンの端まで流されて、テーブルマウンテンに引っかかった。エネルギーの膜をやっとのことで維持しながら、伸びていたカマキリを立ちあがらせて山に登る。テーブルマウンテンの平らなてっぺんからケープタウンを見おろした。

街は炎に包まれていた。ビルはつぶれている。湾の水は赤々と輝き、巨大な蒸気の柱を空に噴きあげている。南アフリカのハルマゲドン、世界の終末（アポカリプス・ナウナウ）はもうすぐだ。そしてそれを引き起こしたのはこのおれだ。

マースがよろよろと近づいてきた。蛸の金属の身体は歪（ゆが）み、ねじれている。触手はほとんどが焼け焦げて根元しか残っていない。どんどん近づいてくるが、おれは疲れきっていて止めることができなかった。一本残った触手を伸ばして、マースはおれを引き寄せた。死の抱擁か。テーブルマウンテンの頂上で抱きあったまま、ふたりして身動きがとれなくなっている。無惨に焼け焦げた蛸を見て、おれは最後の力を振りしぼった。カマキリの二本の前脚を後ろへいっぱいに引いて、それをハサミのように弧を描いて閉じた。二本の鎌がコックピットに切り込んで、マースを座席に釘付けにする。両腕を広げて固定されたさまは、展翅（てんし）板に留められた奇妙な蛾（が）のようだ。

口からピンクの血の泡が噴き出し、みじめったらしく小さくゴボゴボ言っている。

おれはマースの前でカマキリを前かがみにさせて、「ゲームオーバーだ」と言った。

「もう少しで、わたしの言うとおりだと信じるところだっただろう」口から血をあふれさせながらあえいだ。「せめてそれぐらいは認めろ」

「あんたの計画は精緻で美しかったなんて、おれがしぶしぶでも褒めると思ってんのかよ。考えが甘いぜ、この未練たらしいポニーテールの狂人が」

おれのその言葉は、胸郭に突き刺さった古代の金属のトゲよりも、ずっとマースを傷つけたようだった。がっくり肩を落とし、息をしようとあえいだ。

「おまえを生み出したのはわたしだ。歴史を変えておまえを創り出したんだ。それを考えてみろ。どんなことでもできたのに、わたしがしたのはおまえを生み出すことだったんだぞ」

「泣かせるぜ。『ルーク、わたしはおまえのひいひい祖父さんだ』みたいな感動の瞬間だね」

「わたしたちは家族なんだ」呼吸はいよいよ短いあえぎに変わっていく。「それを変えることはできないぞ」

「それはそうだけど、あんたが死ぬのを笑って眺めることはできるぜ」

「それでこそわたしの子孫だ」マースは息を詰まらせ、痙攣しはじめた。

見守るおれの前で、彼は断末魔の苦悶に身体を引きつらせ、やがて動かなくなった。

カマキリを包むエネルギーの膜を火がなめている。おれはそこに立って、ケープタウンの大虐殺バージョンを眺めた。「ごめん」と口に出したが、ばかみたいだと思った。核のハルマゲドンをもたらしておいて、陳腐なわびの言葉をかけたってしかたがない。また精神を集中させて、次元をジャンプしたときにやったことを思い出そうとした。目を閉じて、心のなかにおれの黒婦人の姿を思い描く。自分の次元に確実に戻らなくてはならない。よく似ててもべつの次元じゃしかたがない。だから、自分の属する次元でいちばん大切なもののことを考えたんだ。つまり、おれのバージョンのエズメのことを。

ジャンプして戻るのは、予想していたより簡単だった。ビーズのカーテンの向こうに移動するようなもんだ。軍艦のデッキにレイフとエズメが立っている。エズメがこっちを向き、おれは笑顔になった。まちがいない、おれのエズメだ。こっちへ駆けてこようとしたが、おれが首をふると立ち止まった。その前にやらなくちゃならないことがある。

カラス・バクス　これは認めるだろ、このカマキリはマジで弱っちい乗物だよな。

シーナー・バクス　なんと言おうと、これはとっとくわけにはいかないぞ、わかってるんだろ？

カラス・バクス　ガレージにしまっといて、ポルシェのクラシックカーみたいに週末だけ乗るっていうのはどうかな。

シーナー・バクス　ジョークで言ってるんだよな？

カラス・バクス　まあ、すごくそそられる案だけど、うまくいきっこないのはおれでもわかるよ。

シーナー・バクス　これがどういうことかわかるか。おれたち、意見がほんとに一致したんだぜ。

カラス・バクス　だからって泣くなよ。泣いたら脳内出血を起こしてやるからな。

ブラックチョコレート風味のヘロイン煙草（たばこ）を吸いながら、全身の毛穴から純粋な陽光を吸収しつつ、全世界とセックスをしてると想像してみてくれ。世界は憧（あこが）れと崇拝に身をよじっておれの名前を叫んでる。それが永遠に続くんだ。カマキリを完全にコントロールするっていうのはそういうことなんだ。それを味わったあとで捨てることを考えてみてくれ。不可能だ！　ありえない！　でも、それがおれのやったことだ。いい人間だからじゃない。理由はまさにその逆、おれがいい人間じゃないからだ。このカマキリが手もとにあったら、いいことのために使うわけがない。そりゃ、たぶん最初はいいことをしようとするだろうさ。世界平和とかそういうことに役立てようとするだろう。でもすぐにカラスの部分がのさばってきて、権力に飢えたガリガリ亡者になってしまうに決まってる。バクスター・ゼヴチェンコが最高指導者をやってる世界？　そんなの望むやつはいないだろう。だれよりもおれ自身が願い下げだ。

カマキリに自分の精神を打ち込んで、内側からほぐしていった。分子が少しずつほどけていく。魔法が逆転していく。何千年何万年も前に、アフリカの冶金師（やきんし）が生み出した魔法が。べつの世界への窓が閉じていくのを見て、おれは悲しくなった。べつのバージョンの現実を見に行けたら、さぞかし愉快にちがいない。核の冬なんか起こしたりしなければだけどさ。コックピットからおりて、カマキリが崩れて塵（ちり）になっていくのを見守った。

「バクスター」エズメがおれの名を呼ぶ。抱き寄せて唇にキスをしてくれた。カマキリの蜜と陽光とヘロインのパワーとはちがうけど、それにかなり近かった。

17 燃え尽きるまで待て（レット・イット・バーン）

カイルとおれは、ウェストリッジのプレハブ教室の屋上に座っていた。アンワルが刺されたのはそのときだった。おれたちの目の前で、あいつは用心棒をひとりも連れずに〈スプロール〉をふんぞりかえって歩いていた。それがアンワルの流儀なんだ。こわいものなんかないと見せびらかしたいのだ。だけど〈フォーム〉のやつらはそんなこと気にもせず、アンワルを取り囲んで腹にナイフを突き立てた。

アンワルは倒れて、襲ってきたやつらをののしりながら、アスファルトのうえで身体を丸めた。

「動画に撮らなくちゃ」カイルが言った。アンワルが腹を押さえて仰向け（あおむ）になるのを見ながら、ポケットに手を突っ込んでスマホを探している。その日の授業が終わってから二時間も経ってたから、周囲にはおれたち以外だれもいなかった。

「高く売れるだろうな」おれは言った。

「デントンならたんまり払うよな」カイルは同意して、スマホを取り出してアンワルに向けた。「だけどさ、ユーチューブにアップすれば、広告料でもっと稼げるかもしれないぜ」

「助けなくちゃまずいんじゃないか」

カイルはふり向いておれの顔を見た。「バクス、おまえ起業家精神をなくしちまったみたいだな」スマホを閉じてため息をつく。

「まあな」

おれたちは屋上からアスファルトにおりて、血の海に倒れているアンワルに近づいていった。

「嗤(わら)いに来たのかよ、ゼヴチェンコ」しゃがれ声で言う。

「じつを言うと、助けようかと思って」

アンワルは笑おうとしたが、痛みに顔をしかめた。「それでおれがポルノを返すと思ってんのか。だとしたら大まちがいだぞ」

「要らないよ」

「要らない？」カイルが聞き返す。

うなずいて、「〈スパイダー〉はポルノ事業を卒業したんだ」

カイルはまたスマホを取り出し、アンワルに向けた。「バクス、それじゃ殺人実写(スナッフ)ムービーにしようぜ。頼むからさ、これからはスナッフムービーをやるって言ってくれよ」

「やめろよ」と言って、そのスマホをおろさせる。

アンワルはどうにか嘲笑を浮かべてみせた。「女のせいですっかりめめしくなりやがって」

おれは足を突き出し、学校指定の固い革靴でナイフの傷を蹴りつけてやった。アンワルがはっと息を呑んで目をつぶる。

「そうかもな」おれは言った。「だからってあんまりなめてんじゃねえぞ」

救急車を呼び、待つあいだに学校のジャージで傷口を押さえてやった。アンワルは頑固にこっちに目を向けようとしない。一度ならず、死んでもいいからほったらかして帰ろうかと思った。

やっと救急車が到着すると、救急隊員はおれたちをどかして、アンワルを担架に固定して後部に運び込んだ。「おれにありがとうって言ってもらいたいんだろ」と、酸素マスクの下から言う。

「あなたの明るい笑顔が、なによりの感謝の言葉です」おれは言った。救急隊員が救急車のドアを閉じるとき、アンワルは片手をあげてこっちに向かって中指を立てていた。

「これでどうなると思う?」救急車を見送りながらおれは言った。

「マジにやばいことになるだろうな」とカイル。「おれたち、こうなるのをなんとか阻止しようとしてきたのに。こりゃみんなが尋問されるぞ。ほんとに全員が。みんながぎゃあぎゃあ言わないわけがない。くそ、きっと警察も出てくるよな。バクス、いったいどうする?」

「どうもしない」

「なんだって?!」カイルは、腹に一発食らったような顔をした。

「もうそういうことはしないんだ」

「バクス、理屈で考えろよ。そりゃいろいろあったのはわかってるけど、なんにもしないなんて――」

「そうじゃない」おれは言った。「おれたちはなんにもしない。おれにはやることがある。自白するんだ。なにもかも」

「なにを言いだすんだよ」カイルは目を見開いた。その目には涙が浮いている。「殉教者にでもなるつもりなのか。そんなことしてなんになるんだよ」

「さあな」カイルに目を向けた。「たぶん、いままでいろいろやってきたけど、そんなに後ろめたいと感じなくなるかもしれない。それに、おまえらが人生を台無しにするのを止められるかもしれない。時間旅行で作られた半分カラスのSFチックなろくでなしじゃなくて、エズメにふさわしい男になった気がするかもしれない。それにそうだな、トマスが死んだのもまったくのむだじゃなかったって、そう思えるかもしれない」

「ああ、だけどそのどれにも、まるっきり役に立たないかもしれないぜ」カイルがむっつりと言った。

「おまえの言うとおりだ。だけど、いまのおれはやってみないわけにはいかないんだよ。おまえはずっとおれの味方でいてくれたけど、もうひとつだけ頼みがある。最後まで黙って見ててくれ」

「おまえさ、まだチビだったころに、おれを説き伏せてゴキブリを食わせたことがあっただろ」カイルは言った。

「ああ、あったな」おれは笑った。

「これ、あんときよりひどいぞ。だけどバクス、おまえを信じるよ。これまでもずっと信じてきたんだ。おまえがどうしてもそうするって言うんなら、おれもついていくよ。もうめたくそに、ダーウィン賞（みずからの愚行で死亡もしくは生殖能力を失い、ばかの遺伝子が後世に伝わるのを防いで人類の進化に貢献した人に与えられる賞）ももらえるぐらい、カーダシアン（アメリカのリアリティ番組のスター。恋人とのセックス動画流出で有名になった）とタメが張れるぐらい、『ジーリ（二〇〇三年米映画。最低映画の呼び声も高く、主演のアフレックも最低男優賞を受賞）』に出たベン・アフレック並みに、コミックサンズのフォントで書いたみたいにばかな話だけどさ」

おれは笑顔で言った。「ありがとう、恩に着るよ」


その週はもう滅茶苦茶だった。ロッカーが捜索され、ポルノ映画の記録されたＤＶＤやハードドライブや携帯電話がぞろぞろ見つかった。生徒たちは子豚みたいにわめきたて、〈スパイダー〉が関与してるのはすぐにばれた。全員校長室に呼び出しを受けたけど、おれはひげ親父とふたりだけで緊急の話し合いをしたいと要求した。

呼ばれて校長室に入っていくと、ひげ親父は顔を真っ赤にして怒っていた。「これはだね、ええ、その、ひじょうに重大な問題だよ、バクスター」おれはうなずいた。自分がどんな厄介な状況にあるかはわかってる。だがいまは、とりあえずこれを最後に人を操ることだ。

「きみが、その、なんだ、こんな問題を起こすとは思いもしなかった。なにか言うことはあるかね」

「はい」と切り出した。「第一に、ぼくは謝るつもりはありません。たんに需要のある商品を供給してただけですから」

「きみの商品をいくつか見てみた」ひげ親父は言った。「吐き気がした」

肩をすくめて、「芸術も、見る人によっちゃモラル・パニックってことですかね」

ひげ親父はデスクをばんと叩いた。校長がこんなに怒ってるとこは初めて見た。まさにこっちの狙いどおりだ。「きみと、きみの共犯者たちの汚いビジネスのことを洗いざらい白状しなさい」指を一本立ててこっちをさす。「隠しだてするとためにならないぞ」

おれはにやりとした。マースや巨大なカラスにくらべたら、ひげの校長なんかこわいものリストじゃはるかに下のほうだ。「誤解ですよ。共犯者なんかいません。ぼくがひとりでやったことです。ほかのみんなはゲームの駒みたいなもんです」

「関わった者はみんな、それ相応の報いを受けなくちゃならん」

おれは椅子の背もたれに寄りかかった。「考えてみてくださいよ。どうせ新聞に書き立てられるんならどっちがましですか。ウェストリッジには、ナイフをふりまわす不良集団やポルノの販売組織がはびこってたっていうのと、悪ガキがひとりでなにもかもやってたっていうのと」

「きみがすべての責任をかぶるというのかね。傷害事件のぶんまで」とうさんくさげに言う。

「ぼくには動機がありますアンワルはビジネスの障害になってましたから」と肩をすくめてみせた。

校長は思案げにひげをしごいている。「わかっているんだろうね、自分ひとりの責任だと頑固に言い張っていると、きみの受ける罰はずっと重いものになるんだよ」おれはうなずいた。「通常はこういうことはしないのだが、しかしわたしとしては、ウェストリッジの未来を考えざるをえない」

兵器化学者でも校長でもおんなじだ。向こうの動機の核心を突くことができれば、目的は半分達したも同然さ。

刑事告発を受けたことで、おれは退学処分になった。笑いが止まらなかったよ、一時的な精神障害を申し立てたらどうかって弁護士が言うんだもんな。トーンに電話したら、ＭＫ６が後援してる学校に入学するなら、殺人未遂の告発は取り下げにできるだろうと言う。おれは考えとくと答えた。

両親は予想どおりショックを受けてた。おれは何度も精神的にくたびれる会話に引きずり込まれ、自分たちの育てかたのどこが悪かったのか教えてくれと懇願された。そう言われても、両親が納得するような答えは出せなかった。小指をなくしたのにも両親は震えあがって、自分で自分を切り刻む異常なカルトに入信したにちがいないと思い込んだ。また精神科医の診察を受けさせられることになったけど、今度は絶対にほんとのことは言わないと自分で自分に約束した。

日が経つにつれて、柄にもなくあんな立派なまねをしたのを、おれは心底後悔するようになった。根っからの悪人じゃないと自分で自分に証明しようとあせって、ついやりすぎてしまったような気がする。世界を救ったご褒美に、殺人未遂と未成年へのポルノ販売で裁かれたんじゃワリに合わなすぎる。だけど前にも言ったように、この世は不公平にできてるんだ。ダイヤルアップのインターネットみたいな頭のとろい連中が弁護士や政治家や医者になって、平々凡凡なやつらがこれからも世界を支配していくんだ。やっぱり最高指導者になっとけばよかったかな。いまさら気を変えても遅いか。

だけど、おれには少なくともエズメがいる。アンワルが刺されて五日後の土曜日の夜、エズメはうちの排水管をのぼっておれの部屋にもぐり込んできた。

「せめてこれぐらいはしたいと思ったのよ。あんたはあたしを助けに来てくれたんだもの」おれのベッドに引っくり返って、煙草（たばこ）に火をつけながら言った。おれたちは仰向けに寝ころがって、いっしょに天井を見あげた。

「おれ、ふられたって思い込んでたんだ」ややあってから言った。

「ふるときはちゃんと言うわよ。あんたがどんなひどいことしたかぜんぶ書き出して、スプレッドシートにして渡したげる」

おれは笑った。

「信じらんないわ、マレット・ヘアの男とあたしがつきあうなんて、本気で思ったわけ？」

「だよな。自分がなに考えてたのかわかんないよ」

「ゾンビになってたなんて変な感じ。だって、ほんとになんにも感じなかったんだもの。感情もなんにも」

「その感じわかるよ」おれは言って笑った。

「あんたはゾンビじゃないじゃない、バクスター。ゾンビだったことなんかないわよ」

「おれが言ってるのは、あの船のうえで自分がしゃべったことだよ。あんとき、おれなに考えてたんだろ。この世はまるっきりでたらめなんだな。おれは世界を救ったかもしれないけど、だれからも感謝されないし、なんの見返りもない。正しいことをしたんだって満足感みたいなもんがあるだろうと思ってたけど、現実にはそんなもんなかった。ヒーローになるなんて、底抜けのばかのやることだな」

「バクス、あんたはあたしを連れ戻しに来てくれた」と言って目をのぞき込んでくる。「一生忘れないわ」おれをベッドに押し倒して馬乗りになった。「あんたは白馬の王子さまね」と耳もとでささやく。

「ぜんぜんちがうよ」おれはつぶやいた。エズメが下のほうへ滑っていく。

ゼヴ祖父(じい)ちゃんの葬式は、ウッドストックの古い墓地であげた。まわりには、崩れかけた昔の墓石がずらりと並んでいる。エズメも来てくれた。黒いワンピースに黒いスニーカーを履いてて、すごくきれいだった。

ゼヴ祖父ちゃんには信仰がなかったから、無宗教の司式者(ししき)を頼んだんだけど、なんだかなにを言っていいか困ってるような顔をしてた。お祈りも聖歌もなんにもないと、死について話せることはあんまりたくさんないみたいだ。人はみんないつか死ぬとか、死ぬのはいやだとか言うわけにもいかないし。

家族の番が来て、祖父ちゃんがどんなに立派な人だったか、みんなが気づまりそうに短い言葉を並べはじめた。親父は、若かったときに祖父ちゃんとラグビーの試合を見に行った話をした。おふくろは、闇のあとに光に入っていくとかいう、すごくニューエイジっぽい文章を読んだ。ロジャーおじさんは祖父ちゃんの魂のために祈った。よかったけど、どっかねじくれてる気がする。おれもなにか言わなくちゃいけない気がしたし、言うならなにを言いたいかはちゃんとわかってた。

「祖父ちゃんは、巨大なカラスが自分をつかまえに来ると信じてました」そう切り出した。家族みんながはっと息を呑むのがわかった。ロジャーおじさんはこっちをにらんでいる。「でも、そんなの大したことじゃない。もっとぶっ飛んだことを信じてる人もいるし」と言って、ロジャーおじさんに目をやった。

「ゼヴ祖父ちゃんはおれに、物事は自分の思うとおりにいかないこともあるけど、泣きごとをこぼさずに我慢してやり抜けと教えてくれました。愛するものがあるなら、そのために戦わなくちゃいけないとも教えてくれました」ジャケットのポケットに手を入れて、ヒップフラスクを取り出した。「ゼヴ祖父ちゃんのために。そして、巨大カラスどもの死を祈って」ジンを墓にかけ、「さよなら、祖父ちゃん」とささやいた。

葬式のあと、エズメといっしょに歩いてたら、パグみたいにくしゃっとした顔のブロンドのおばさんに呼び止められた。ゼヴ祖父ちゃんの暮らしてた、養老ホーム〈シェイディ・パインズ〉の所長だって言う。

「お祖父さまのことはお気の毒でした」と間延びした鼻声で言った。

「ありがとうございます」

「みなさんいろいろおっしゃってたけど、お祖父さまがいちばん喜ばれたのはあなたの言葉だったでしょうね。お祖父さまはほんとに頑固なかたで」と言いながら、首にかけた真珠のネックレスを指でいじっている。「もうほんとに頑固。それで、これをわたしからあなたにお渡しすることになったの」と、古い革装の本と、クララ——おれのひい祖母ちゃんだ——の写真を差し出した。「遺品はみんな故人のお子さんにお渡しするというのが所の方針なんですけどね、どうしても直接あなたにお渡しするようにって言い張られちゃって。そうしないと化けて出てやるだなんて」鈴をふるような高い声で笑った。「でもあれだけ頑固な人なら、ほんとに出てくるかもしれないってわたしもちょっと思ってるの」

「どうもすみません」おれは言った。

エズメといっしょに墓地の裏の小さい丘に登って、古いねじくれたオークの木の下に腰をおろした。

「読んでみてよ」とエズメがささやくように言った。おれは革装の本の最初のページを開いた。アフリカーンス語で書いてあったが、だれかが丁寧に英語に訳して、薄い鉛筆でページに書き込んでくれている。

エステル・ファン・レンスブルフの日記

クララが生まれた！　こんなに可愛くて大切な娘はほかにいないと思う。あんな怪物からこれほど無垢なものが生じるなんてとうてい信じられないけれど、たぶんそれが生命というものなんだろう。この子には父親のことは絶対に話すまい。お父さんは船乗りで、海で溺れ死んだと話して聞かせよう。そのほうがいい。

ルアミータの家族と暮らすのはとても楽しい。お父さんの名前はトマス。ルアミータの一家では、男の人はみんなトマスというんだそうだ。強くてやさしい人で、オバンボの歴史について美しい話を聞かせてくれた。オバンボの聖書によると、オバンボはほとんど死に絶える運命にあるけれど、いつかふたたび、輝く花のようにこの地上に栄える時が来るのだそうだ。そうであってほしい。こんな美しい人たちが消えてしまうのはまちがっている。

悲しいけれど、ここにずっと匿ってもらうことはできない。出発の時がこわい。ルアミータのおかげで、ポーランド行きの船の切符を手に入れることができた。わたしはこの国以外知らないし、お父さんやご先祖さまをみんなあとに残していくような気がする。でもクララのために出ていかなくてはならない。あの腹黒い男に見つかる危険はおかせない。

これまでにあったことをいろいろ考える。あれはみんなほんとうにあったことなのかしら。頭がおかしくなりそうだから、もう考えないようにしようと思う。これからはクララのために生きなくては。ああ、クララ。あなたはどんな人になるのかしら。わたしとはぜんぜんちがう道を歩いていってね。長く幸せな一生を過ごしてね。あなたのお祖父さんが知ったら、えらいと褒めてくれるような人になってね。

おれは本を閉じて、祖父ちゃんのお母さんの写真から埃を払った。クララ。写真の彼女はいまのおれと同じぐらいの年齢で、若くて、お母さんに似て美人だ。おれの知るかぎりでは、クララは彼女のお母さんが望んだとおりの人生を送った。長く幸せな一生を過ごしたんだ。ほんとうによかったと思う。

レイフが丘をぶらぶら登ってきた。顔にはぽかんとした笑みを浮かべている。「しばらく兄弟水入らずにしたげるね」とエズメは言って、墓地を抜けて丘をおりていった。指を広げて、墓石のうえをなでて歩いている。

レイフは、オークの下におれと並んで腰をおろした。

「ミスター・ボブルのことはごめんな」おれは言った。

こっちを見て肩をすくめる。

「助けてくれてありがとう」

「いいよ」ぼそりとつぶやく。紙切れになにか書きなぐったと思ったら、それをこっちに渡してきた。「おまえのPS3くれ」と書いてあった。

「このやろう」レイフの肩にパンチをくれて、それからこっちに引き寄せて、照れくさかったけどハグをした。自分から進んで兄貴とハグしたのは、たぶんこれが初めてだったと思う。やってみたらそんなに悪くなかった。

トーンに電話をかけて、こないだの話を受けると伝えた。一か月休んでから、そのヘクスポールトって学校に通うことになった。矯正院っていうのは表向きで、ほんとはＭＫ６の訓練アカデミーだ。つまり少年院に放り込まれずにはすんだけど、学校を卒業するまではずっとサンゴマの手の内ってことだ。だけどおれにクィディッチ（『ハリー・ポッター』に出てくる空飛ぶ箒にまたがっておこなう球技）なんかやらせてみろ、血の雨を降らしてやるからな。

　これで両親はちょっと軟化したけど、ひとりで外出するのを許されたのは、それから二週間以上もたってからだった。最初の遠征先に選んだのは海岸だった。おれはクリフトン・セカンド・ビーチに通じる階段をたらたらおりていった。ビーチサンダルでコンクリートをぱたぱた叩いて、でたらめなリズムを刻みながら。

　細かい白砂の浜におりてサングラスをずりおろし、あたりを見まわす。波打ち際に見慣れた人影。アーミーブーツを履き、トレンチコートを引っかけている。その下は漫画入りのシルクのボクサーショーツで、シャツは着てない。

「元気か、少年」

　おれはうなずいた。「あんたは？」

　トレンチコートを開いて、からのホルスターを見せた。

「またべつの銃が見つかるよ、ローニン」

「おんなじもんは見つからん」と鼻を鳴らし、ヒップフラスクを口もとに持っていった。「けどな、スーとちょくちょく会うようになってな。いろいろ話し合ってるんだ」ローニンとスーがいっしょのところを想像した。「いろいろ話し合」うって、どれぐらいナイフをふりまわしたり本気のキックボクシングをやったりしてるんだろう。

「それじゃ、いつかウォーチャイルドも返してくれるんじゃないの」おれは明るく言った。

「ああ、返してくれるだろうよ。自分で自分の心臓や肺をえぐり出したあとならな」と鼻を鳴らす。

ヒップフラスクを渡してくれたんで、ひと口飲んだらのどが灼けそうだった。

「おれ、退学になってさ」

ローニンはうなずいた。「聞いたよ。けど気にすんな、おれだって高校なんか出てないんだぞ」

「そうか、それでそうなっちゃったんだ」

「まあな」ローニンは苦笑した。

「トーンがヘクスポールトに入れてくれた」

ローニンは歯のあいだから口笛を吹いた。「おれの母校じゃねえか。かなり度はずれた教育を受けられるぞ、少年」

「サイコー」ため息が出る。失った人生がもう惜しくなっていた。ジホーナやインヘラント・キッドは、ふつうの学校生活に適応しなおそうとがんばってるけど、それは易しいことじゃない。〈スパイダー〉は権力と権威を与えてくれてた。それがいまじゃ、みんなに好かれるように努力しなくちゃならないんだ。カイルはそつなくやってる。ただ、ちょっと落ち込んでるみたいだ。おれのやりかたは大間違いだった、回避する手段があったはずだっていまも思ってるんだ。だけど、少しずつ折り合いをつけていくだろう。三人にまた会いたい。またポルノを売りさばきたい。儲けるためっていうより、次のヒット作を欲しがるみんなの、興奮して汗かいてる顔を見るのが好きだった。あんまり高尚なことじゃないのはたしかだけど、面白かったし、おれの得意の分野だったんだ。ときどきは、それだけでじゅうぶんじゃないかって気がする。

「少年、おまえはなんとかやってくさ」ローニンが言った。「人はみんな、しまいにはなんとかやってくもんだ。それに、卒業したらおれと仕事すりゃいいじゃないか。バットマンとロビンみたいに」

「おれにタイツはけっていうわけ?」

「はきたかったらはいてもいいぞ」ローニンはにっと笑った。「ただいいか、ボスはおれだからな。これはまじめな話だぞ、考えてみろ。超常的な犯罪と戦って、ケープタウンをけだものや悪霊やフリークから救うんだ」

「悪くなさそうだね」

「悪くなさそうだ?」バーナーの火みたいな青い目でおれを見つめた。「なにをぬかす、こういうのはやりがいのある仕事って言うんだ」

そうかもしれない。ひょっとしてジャッキーの言うとおりかも。聴いてみるか、第三の眼で。

謝辞

本を書くのはむずかしい。ここにあげたのは、そのつらい道程をずっと歩きやすくしてくれた人たちだ。ありがとう。

ローレン・ビュークスはわたしの友人で、文筆業のあらゆる面で師匠（ミヤギ）になってくれた。わたしにとって指導者の名に値する唯一の人物だ。なにからなにまでありがとう。

エージェントのジョン・バーリンには、さまざまな助力と鋭い助言に感謝したい。彼の意見はとても貴重だった。

サラ・ロッツには、その情熱と激励とフィードバックにお礼を言いたい。

ジョーイ・ハイファイはじつにみごとな表紙を描いてくれた。

ネカーマ・ブローディ、マット・ド・プレシー、サム・ウィルスンは、この作品の最初の読者になってくれた。

出版社〈センチュリー〉のジャック・フォグは、よくものがわかっていて、苦しいときに支えてくれた。

わたし自身の高校時代の〈スパイダー〉は、いっしょにカマキリ神の謎を追いかけてくれた。

デニとカーリンは、わたしにとってお気に入りの次元間移動の達人だ。

わたしのふたりの祖父は数々の物語を聞かせてくれた。

わが美しき妻ジョージアは、これ以上は望めない最高の詩神(ミューズ)だ。また継娘クロエは才能豊かで、いつも楽しませ、笑わせてくれる。

最後に、母プルーと父イアンに感謝したい。いつもわたしを見守り、「放浪する者すべてが迷う者ではない(トールキン作『指輪物語』に出てくる詩の一節)」とわかっていてくれた。ありがとう。

解説

橋本輝幸（てるゆき）

本書は、二〇一三年に刊行された南アフリカ共和国の作家チャーリー・ヒューマンのデビュー長編小説だ。ケープタウンを舞台に、乱れ飛ぶ弾丸、ほとばしる呪術、そして跳梁跋扈（ちょうりょうばっこ）する南アフリカの怪異の数々を描いている。目付きの悪いひねくれメガネ少年バクスター・ゼヴチエンコは、ショットガンをひっさげた容貌魁偉（かいい）な赤毛の「薬草医・超常世界の賞金稼ぎ」ジャッキー・ローニンによって、未知なる世界のイロハを学んでいく。つれ回された先でバクスターが遭遇するのは、絶滅に瀕した光輝く種族オバンボ、人間をゾンビとして操る寄生蜘蛛（ぐも）の女王、そして太古の昔、邪神に奉仕する種族として生み出された〝恐ろし族〟悪魔カラスたちだ。非日常の中、バクスター自身の秘められた能力が目覚め、またそれを狙う者の存在も明らかになるのだった……。一九八〇―九〇年代に日本で一世を風靡（ふうび）した、スーパー伝奇バイオレンスと超伝奇アクションというラベルに通じるものがある作品である。

物語はおもにバクスターの視点から、毒気と皮肉と不謹慎さたっぷり、饒舌（じょうぜつ）に語られる。

バクスターはどこにでもいる十六歳、とは言いがたい。彼が通うウェストリッジ高校は「弁論部があり、強いラグビーチームがあり、派閥（ギャング）があり、ヤクに過食症にうつ病にいじめもそろっている」ごく普通の（?）学校である。ここを実際に支配するのはふた組の不良学生チームだ。バクスターは二者の危うい均衡が崩れ、大抗争に発展するのを危惧していた。なぜかというと彼の商売の邪魔になるから。彼とはみ出し者の仲間たちによるささやかなチーム〈スパイダー〉は、校内でポルノ動画の販売をしてこづかい稼ぎをしていた。近ごろは真に迫ったモンスターが登場する特撮AVが流行して、せっせとDVDを焼き増ししているところ。本格的に警察や親が学校生活に介入してきたら、彼らのおいしいビジネスもおしまいなのだ。

商売以外に、バクスターには思春期らしい悩みもある。母親や兄との仲は悪いし、ガールフレンドのエズメには実際のところメロメロ。ところがそのエズメがふいに失踪し、必死に手がかりを追うバクスターがすがった最後の藁（わら）はうさんくさいことこの上ない中年男ジャッキー・ローニンだった。彼の元同僚パットが運営する、保護されたモンスターの収容施設に案内され、超常の種族の実在を納得させられたバクスターは、エズメ捜索のため秘密クラブ〈肉欲の城〉へ潜入する。肉食と肉欲の饗宴（きょうえん）がくりひろげられる魔窟で、バクスターとローニンの共闘が始まる。

アフリカの伝承やファンタジーの王道をインスピレーションの源に、独自の味つけやハッタリをまぶした設定がとにかく魅力的だ。たとえば、侏儒拳（ドワーフ・カンフー）こと無情不死（むじょうふし）酔拳（すいけん）の発祥に関するくだりは傑作である。開祖・漢悟空（かんごくう）が玉茎寺（ぎょくけいじ）なる寺を建立（こんりゅう）し、武闘シャーマンの修練所にした。しかし「寺は巨大なカラスの集団によって破壊されたと伝えられるが、歴史では一般に、これは天狗（てんぐ）をさすものと考えられている。天狗とは伝説に言うカラスの悪霊で、日本の忍者のこととされている」という悲劇に見舞われたという。もはやツッコミが追いつかない。

そのほか、血に飢えた元素（エレメンタル）の精霊に家畜や罪人を捧げ、電気の供給源として利用する人々も出てくるし、巨大ロボットのような代物に搭乗しての時空を超えた戦いまで用意されている。よく見れば章題も、映画や書籍や曲名のパロディになっていて油断ならない。そもそも本書の原題自体が、フランシス・フォード・コッポラ監督の映画『地獄の黙示録（もくしろく）』の原題 *Apocalypse Now* と、「近い将来」を意味する南アフリカ方言の英俗語 now now をひっかけたものである。こうした過剰なまでのアイディアの盛りつけは、黒いユーモアと共に著者が得意とするところだ。

さて、口の減らないバクスターはすべてに対して疑りぶかく人間不信だ。本書自体もひねくれていて、冒頭は彼が母親に通わされている精神科医とのカウンセリングシーンなのだ。その後も医者による見解が章の合間に挿入され、バクスターは自己中心的で誇大妄想者だと診断されてしまう。バクスターは、自分が母親の悩みの種で、よその母親たちからも好かれないタイプだと自嘲（じちょう）する。警察からも疑いを持たれる。

だが、そんな孤独な世間の敵バクスターが内面に秘める弱さは、本書のあちこちで顔をのぞかせる。中学時代の親友とのつきあいを断ち、彼が高校でいじめられているのを放置している罪悪感に苦しむ。ガールフレンドのエズメをたかが一時期の彼女として割り切れず、必死にその行方を捜す。誰しも身に覚えがある、痛々しくこじらせた思春期は、ケープタウンにも日本と変わりなく存在するようだ。

ショットガンと呪術的な素材で武装したローニンもまた、過去の仲間の喪失を今でもひきずっており、酒に逃避する弱さを抱える。強がりだが繊細さを抱えるバクスターとローニンはいいコンビで、彼らのせりふの応酬も楽しいところ。異形の敵や、頼もしい助っ人となるローニンの旧知の面々のキャラクター造形ももちろん印象深く個性的である。

著者の出身地である南アフリカ共和国からは、続々と広義のクライム・フィクション作家が輩出されている。たとえば本邦でもすでに紹介されているデオン・マイヤー（メイヤー表記もあり）やローレン・ビュークスだ。また、ヨハネスブルグを舞台にし、監督や主演俳優も南アフリカ共和国出身者であるSF映画『第9地区』は、世界的に評判になり、本邦でも星雲賞メディア部門を受賞した。そんな娯楽産業の盛り上がり著しい国とはいえ、まだまだなじみが薄い読者が多いだろう。本書では、穏やかで一見平和な郊外、危険な雑居ビルや黒人居住区、夜ごと盛り上がるクラブなど、オランダ人入植地としての歴史を持つケープタウンの様々な面がこまやかに描かれている。作品の根幹にも深く関わる、ボーア人の歴史やサン族の神話についての言及からは、いくつもの民族と文化が流入してきたケープタウン像が垣間見える。バクスターの父方の祖父は、ポーランド人とアフリカーナー（欧州からの南アフリカ移民。おもにオランダ系）とのハーフという設定であるし、本書自体、アフリカーンス語（オランダ人入植者がもたらしたオランダ語から発達した言語。南アフリカ共和国の公用語の一つ）翻訳版が出版されている。なお「複数のルーツの混淆」は、読み終わった読者ならご存じのとおり、超常的な意味でもバクスターにしがらみをもたらしている。

本書に登場するアフリカ固有の妖怪たちは、中央から南部アフリカの伝承を下敷きにしたものが多いが、独自のアレンジが加えられている。著者によれば、トコロッシュのイメージは実際もっと恐ろしげであるし、変身能力を持つカマキリの神はサン族の神話を基にしているが、蛸の神は完全なオリジナルだという。妖怪たちについては、地元のタブロイド紙から大いに着想をもらったそうだ。妖怪や呪術の話題が毎号のようにヘッドラインに載っており、南アフリカではタブロイド紙が最大のＳＦ・ファンタジー媒体というのが一般的なジョークだとか。そんなわけで、英米のファンタジーとはひと味ちがった雰囲気が味わえる。

著者の経歴について。チャーリー・ヒューマンはケープタウン出身、生年は非公開。ケープタウン大学で創作（クリエイティヴ・ライティング）の修士号を取得。ライフスタイルに関するコラムの執筆など、オンライン・メディアでの仕事を本業にしながら妻と娘と共に暮らしている。先述の作家ローレン・ビュークスが公募した、彼女の長編 *Moxyland* の二次創作コンテストでの採用をきっかけに、彼女から創作に対する助言をもらうようになる。いわば師弟の関係である。影響を受けた作家として、チャイナ・ミエヴィル、ニール・ゲイマン、ブレット・イーストン・エリス、マーガレット・アトウッド、リチャード・モーガン、リチャード・キャドリー、ニック・ハーカウェイ、ジェフ・ヴァンダミアが挙げられている。本書の魅力的な人外たち、退廃的な雰囲気、都市でのアクションなどは確かにこれらの作家を彷彿とさせる。

二〇一三年に本書『鋼鉄の黙示録』が南アフリカ共和国と英国で出版され、追ってイタリアでも翻訳出版された。二〇一四年に本シリーズの続編にあたる *Kill Baxter* を上梓した。この第二作は、バクスターがポルノ中毒から更生するための自助グループに入れられ、そこの会員の縁で、元々は社会的地位が高かったが差別発言で「炎上」して失墜してしまった人たちの集会に顔を出させられるシーンから幕を開ける。サムライを気どるゴブリン、自分は選ばれし者だと標榜してはばからない級友など、新たなキャラクターもくせ者ぞろいだ。こちらも本邦で紹介される日がくることを願いたい。

訳者紹介　1960年鹿児島県生まれ。翻訳家。東京大学文学部西洋史学科卒。訳書にアダムス『銀河ヒッチハイク・ガイド』，オースティン／グレアム＝スミス『高慢と偏見とゾンビ』，ネイラー『宇宙船レッド・ドワーフ号』など。

検印
廃止

鋼鉄の黙示録

2015年3月13日　初版

著者　チャーリー・ヒューマン
訳者　安《やす》原《はら》和《かず》見《み》

発行所　（株）東京創元社
代表者　長谷川晋一

162-0814／東京都新宿区新小川町1-5
電話　03·3268·8231-営業部
03·3268·8204-編集部
URL　http://www.tsogen.co.jp
振替　00160-9-1565
萩原印刷・本間製本

乱丁・落丁本は，ご面倒ですが小社までご送付ください。送料小社負担にてお取替えいたします。

©安原和見　2015　Printed in Japan

ISBN978-4-488-75301-6　C0197